# A serpente emplumada

Xu Xiaobin

# A serpente emplumada

Tradução de
Ana Maria Mandim

EDITORA RECORD
RIO DE JANEIRO • SÃO PAULO
2011

CIP-Brasil. Catalogação-na-fonte
Sindicato Nacional dos Editores de Livros, RJ

X44s Xu, Xiaobin, 1953-
A serpente emplumada / Xu Xiaobin; tradução de Ana Maria Mandim. – Rio de Janeiro: Record, 2011.

Tradução de: Feathered serpent
ISBN 978-85-01-08548-1

1. Romance chinês. I. Mandim, Ana Maria. II. Título.

11-5152. CDD: 895.13
CDU: 821.581-3

TÍTULO EM INGLÊS:
Feathered serpent



Texto revisado segundo o novo Acordo Ortográfico da Língua Portuguesa.



Editoração eletrônica: Ilustrarte Design e Produção Editorial

Direitos exclusivos de publicação em língua portuguesa somente para o Brasil adquiridos pela
EDITORA RECORD LTDA.
Rua Argentina, 171 – Rio de Janeiro, RJ – 20921-380 – Tel.: 2585-2000,
que se reserva a propriedade literária desta tradução.

---

Impresso no Brasil

ISBN 978-85-01-08548-1

# Sumário

# Agradecimentos

Meus profundos agradecimentos vão para:

A Atria Books da Simon & Schuster, por sua sabedoria e capacidade de julgamento.

Judith Curr, minha editora, por sua paixão pela literatura internacional.

Johanna Castillo e Amy Tannenbaum, meus editores, pelo trabalho diligente. O primeiro tradutor, John Howard Gibbon, por seu insuperável poder de discernimento e devoção, e seu duro trabalho de mais de um ano na tradução de *Serpente emplumada*.

O Professor Jan Walls, que sugeriu o projeto ao Sr. Howard-Gibbon.

Os chineses-canadenses de além-mar Zhang Mai e sua esposa, He Na, que estimularam John pelo caminho.

Meu querido amigo Sr. Wang, que apresentou *Serpente emplumada* à Srta. Joanne Wang.

Sr. Grant Barnes e professor Lawrence Sullivan, por sua percepção editorial para a tradução.

E meus agradecimentos mais profundos e sinceros vão para a própria Joanne Wang, agente do livro e tradutora auxiliar. Como uma acadêmica cujo apoio tivesse sido conquistado há muito tempo, imediatamente compreendeu o espírito de *Serpente emplumada*; e, como uma comandante dinâmica e corajosa, traçou uma estratégia bem planejada para a publicação do livro. Durante nosso trabalho comum em *Serpente emplumada*, viramos irmãs.

Queridos leitores, espero que aproveitem e entendam este livro, o qual gostaria que viesse a pertencer não só à China, mas a todo o mundo.

# Prefácio

Depois de passear pelo continente chinês por mais de uma década, *Serpente emplumada* finalmente se aventura no exterior! Quando percebi o que acontecia, não consegui parar de pensar nos versos de uma das minhas músicas favoritas: "Nada pode *ser* feito / Para suprimir sua paixão por *liberdade*". Essas palavras enchem meus olhos de lágrimas. Pois Deus sabe por quantos anos nossos corações têm se erguido sem descanso na direção da liberdade, mas a um preço maior que o da própria vida. *Serpente emplumada*, de certa forma, foi escrito com sangue.

Não tivemos sorte: nascemos e fomos criados em uma enfermaria onde éramos todos nivelados à mesma altura, para assegurar uniformidade, sem chance de nos levantar, graciosos, como flores únicas. O que era mais difícil de aguentar era que qualquer flor fora do comum estaria condenada a ser arrancada, mesmo se seus brotos fossem ricos em sangue novo. Os sortudos o bastante para sobreviver e tornar-se uma nova classe de flores tinham suas cores brilhantes devoradas pela poluição, e, no final, viravam lugar-comum.

Mas também tivemos sorte: no mundo de hoje, em que outro país pessoas da nossa idade tiveram a nossa rica experiência? Quando criancinhas, fomos infelizes; quando mais velhos, nos faltou educação primária; quando jovens, estávamos alheios ao amor; na meia-idade, nos faltou vitalidade; na maturidade, nos faltou um lar espiritual ao qual retornar... Em outro mundo, pessoas tinham afeto umas pelas outras e nunca ouviram falar nos Cartazes de Grandes Personalidades, Reuniões de Autodenúncia e ordens de prisão arbitrárias. Todas essas coisas passaram diante dos nossos olhos. Embora o povo chinês tenha a habilidade de esquecer, elas estão profundamente gravadas na memória da heroína deste livro e nas mentes de incontáveis pessoas da mesma geração.

*Penas que caíram da asa podem só flutuar, nunca voar, porque seu destino está nas mãos do vento.*

Então, ao concluir estas palavras de apresentação, sinto-me compelida a acrescentar que vivemos em uma sociedade que perdeu sua consciência, e onde perdemos nossas convicções espirituais.

*Pequim, 8 de fevereiro de 2008*

蛇

# Prólogo | AGREGADO DE RAINHAS

Tarde da noite, com a brisa de outono farfalhando lá fora, peguei uma caneta normalmente usada para assinar documentos e comecei a desenhar ao acaso em uma folha que imitava papel antigo. Ao ver o que fiz, meu filho de 10 anos disse: "Parece uma cobra em que estão nascendo plumas."

Na verdade, era uma menina. As mãos exageradamente longas, tão longas, de fato, que mais pareciam os ramos de uma árvore — murchos e silenciosos, mas bonitos; ou os grandes chifres de um alce saltando da sua cabeça, misturados com as mechas sedosas de cabelo escuro. A profusão de linhas agitava a mente e tocava a alma, enquanto elas, em sequência, tomavam forma no papel, no rosto imóvel da garota, com seu ar de total indiferença. Coloquei uma pinta enfática entre suas sobrancelhas e usei muita tinta nos lábios, dando-lhes uma aparência úmida e atraente. Pendurados na árvore estavam os seios, que, naturalmente, eram os frutos. As linhas da cintura apareciam rapidamente e desapareciam no umbigo; e as extremidades inferiores tinham a harmonia do padrão do couro de uma jiboia, as curvas exalando lentamente uma calma beleza.

Mas quando eu esboçava joias em seus braços, um pingo de tinta espalhou-se no papel, destruindo a unidade do desenho, e eu tive pouca escolha a não ser transformar a tinta espirrada em plumas. Apenas anos mais tarde soube que "Yushe", ou "Serpente emplumada", era um dos nomes usados por povos primitivos para se referir ao sol.

Meu sol nasceu sob minha caneta, de maneira fortuita, sem que eu pudesse fazer qualquer coisa a respeito.

Mas, na verdade, Yushe é o nome de uma das mulheres de nosso clã. Passei vários anos pesquisando nossa história. Penso que nossos laços de sangue carregam densa dose de mistério, especialmente do lado materno. Para entender melhor como nosso clã se formou, imagine um imenso tabuleiro de xadrez, com uma rainha no quadrado central, de onde não pode sair, enquanto os peões em qualquer ponto podem se mover totalmente ao acaso, sem rumo, como bêbados, em qualquer das quatro direções do tabuleiro, o sentido de cada passo escolhido a partir de quatro possibilidades iguais. Quando um peão chega ao último quadrado, adjacente à base da primeira rainha, esse peão se torna a nova rainha e não pode mais se mover. No final, um agregado de rainhas cuja forma lembra os ramos de uma árvore — nada parecida com uma rede — se configura gradualmente. Na física contemporânea, esse padrão maravilhoso de ramos é conhecido como "Grupo DLA (Agregação por Difusão Limitada em inglês) Witten-Sander".

Os laços de sangue formam o mesmo padrão espantoso de galhos.

Tais padrões nos permitem apreciar por completo a beleza da arte fractal contemporânea. São como uma árvore capaz de produzir formas intricadas, complicadas, que nos confundem, mas nos permitem apreciar as relações sutis e profundas entre elas e o mundo real. Após muitos anos de pesquisa, finalmente compreendi a estrutura da nossa família do lado materno; ou, em outras palavras, nosso agregado de rainhas.

Nesse diagrama arbóreo, Yushe era o ramo mais fino, e também o mais flexível. Ela começou com os passos vacilantes de um bêbado e acabou morrendo prematuramente, antes de se tornar rainha.

Mas sua morte precoce não teve influência sobre nenhuma outra mulher de nosso clã. Jinwu, Ruomu, Xuanming — todas elas — foram os sóis e oceanos das primeiras gerações. Todas nasceram e coexistiram com esta parte da Terra.

## Capítulo 1 | CREPÚSCULO NA TERRA DE DEUS

### 1

Às 15h15 de um dia do fim da primavera nos últimos anos do século, quando o brilho vermelho das roupas de inverno ainda não havia desaparecido completamente das ruas do centro, as portas da ala cirúrgica do hospital de neurocirurgia mais conhecido da cidade foram abertas. Silenciosamente, como um bote em águas calmas, emergiu uma maca. Uma enfermeira encabeçava a procissão, segurando um frasco intravenoso, e na ordem usual atrás da maca vinham a enfermeira-chefe, um interno, um médico-assistente e o cirurgião responsável.

Embora a jovem mulher, cujo nome era Yushe, obviamente ainda não tivesse acordado da anestesia geral, os raios do sol da tarde permitiam distinguir sua face pálida, com manchas amarelo-azuladas. A cabeça estava enfaixada, dando ao rosto um toque fantasmagórico. Não era bonita, com exceção dos cílios longos. Naquele momento, de olhos fechados, eles encobriam completamente as olheiras profundas, chegando até as maçãs do rosto.

Era uma dessas mulheres que não mostram a idade, especialmente à luz obscura da tarde. Como reflexos em uma poça suavemente dourada de água fresca, as feições faciais completamente borradas mudavam à vontade, encolhendo-se ou esticando-se, unindo-se ou separando-se.

Naturalmente, ela não era nada parecida com *Yushe*, minha pintura de serpente emplumada, com quem compartilhava o nome.

Naquele momento, pessoas que estavam sentadas em um sofá se aproximaram da maca, mas a luz difusa da tarde tornava suas feições indistintas; minha atenção foi atraída para um homem aparentemente jovem, de cabelos louros, olhos azuis, de pé em um canto, calado.

A primeira pessoa a chegar à maca foi a senhora de nome Ruomu. Setenta e cinco anos, usava uma túnica preta de seda com nuvens bordadas a ouro. A fragrância que exalava, delicada e deliciosa com um toque etéreo de bambus, fazia as mulheres mais jovens à sua volta parecerem sem graça. Era uma espécie de fragrância aristocrática tão profundamente incrustada em seu ser que ninguém conseguiria tirar dela tal perfume.

A pele de Ruomu, branca como a neve, era incomum, algo associado a mulheres dos anos 1940, ou até um pouco antes. Hoje, essa brancura de neve, resultado de uma pele nunca diretamente exposta ao sol, tornou-se, em grande medida, coisa do passado. Então, quando a viu pela primeira vez, a enfermeira-chefe ficou um pouco desarmada. Não havia rugas na face de Ruomu, mas, em desacordo com isso, havia grandes bolsas sob seus olhos, como dois pingentes cristalizados, lustrosos. O nariz lembrava o bico curvo de uma ave de rapina, e os lábios, no formato de folha de pessegueiro, estavam cobertos de batom vermelho, o que lhes dava uma bela luminescência encarnada. Essas também eram marcas de uma aristocracia decadente. Não há como a idade avançada conservar os vigores de uma geração prévia. No passado, Ruomu teve o tipo de beleza que podia subjugar cidades ou derrubar impérios. As linhas de seu rosto eram delicadas, embora firmes, um contraste perfeito com as linhas suaves do rosto de Yushe. Apesar de ter mais de 70 anos, o poder de sua beleza era esmagador. Mesmo não existindo rugas em seu velho rosto, ele era, ainda assim, um pouco assustador.

Com uma expressão óbvia de gratidão nos olhos, Ruomu levantou as mãos unidas para impedir o avanço do médico mais velho. Naquele momento, ele se assustou, porque, em sua opinião, aquelas mãos pareciam um conjunto lindamente preservado de ossos brancos.

A operação foi um sucesso — um sucesso sem precedentes. O cirurgião-chefe fizera uma lobotomia frontal, removendo habilmente a camada germinal do cérebro da paciente. Ao guiar seu bisturi com precisão pela complexa rede de nervos, tão entrelaçada quanto um cabelo despenteado, o cirurgião não danificara um terminal sequer. A decisão de operar fora tomada graças à pressão da matriarca da família. O raciocínio dela tinha sido o seguinte: queria que a camada germinal do cérebro de sua filha fosse removida para preservar a saúde mental da moça e permitir que vivesse o resto da vida como uma pessoa normal.

Agora seu desejo se realizara.

Essa linda mulher de 75 anos não era outra senão a mãe de Yushe. Nesse momento, sua atenção está concentrada na filha, ainda anestesiada. Lentamente, as lágrimas da mãe começam a brotar, tão quentes quanto uma fonte de primavera borbulhando sob um céu branco como neve.

## 2

No início dos anos 1960, esse cenário hoje famoso ainda não havia sido reconhecido como tal. Pelo contrário, era visto como um refúgio estéril e desolado para aqueles que não se adaptavam à sociedade. Erguendo-se como em um conto de fadas, no meio do matagal de árvores altas e desfolhadas, havia uma pequena cabana de madeira. Para além do brilho dourado das folhas, o intenso azul dos céus transmitia uma inexplicável aura de tranquilidade.

Existem mistérios na vida que estão além de nosso controle. Tudo que podemos fazer é sucumbir ao seu poder de nos levar àquelas visões antigas que flutuam pelos céus. Mas essas velhas histórias, exauridas pelo vento e pela chuva, não podem nos satisfazer. O que quero descrever são as fantásticas mudanças nos cenários de minha história que a fazem dela diferente. Devemos nos adaptar a essas mudanças incessantemente.

No crepúsculo, as florestas, com suas grandes árvores, queimam com um misterioso fulgor dourado, fazendo o resto da natureza parecer um cemitério árido.

Há também um lago. Fundamentalmente, nesta nossa história, deveríamos ter deixado de lado cenários de conto de fadas como esse. Eles obviamente não são reais. Isso é particularmente verdadeiro ao falar do lago em frente à cabana de madeira. Aparentemente saído do nada, ele toma forma tendo a floresta como pano de fundo. A água era azul como um pedaço de cristal. Parecendo bastante com corais, incontáveis e bonitos ramos brotavam no seu fundo. No início dos anos 1960, quando acompanhou o marido exilado para este lugar, Ruomu de jeito algum teria posto as mãos naquela água. Temia que tivesse um corante azul que pudesse envenenar pessoas e que, caso encostasse nela, o veneno penetraria em suas juntas e nunca se livraria dele. Foi apenas quando sua filhinha, brincando, meteu as mãos na água, que Ruomu finalmente venceu esse tabu. O nome da garotinha era Yu, ou "pluma". Foi apenas porque nasceu no ano de *She*, a "cobra", ou "serpente", que, extrapolando, juntei as duas palavras — "pluma" e "serpente". Naturalmente, houve também outras razões, que você terá de descobrir nos desdobramentos da história. O nascimento de Yushe foi um grande desapontamento para Ruomu, que queria um menino. A garotinha estava longe de compartilhar o tipo de beleza que sua mãe podia ter esperado. Fora seus cílios espantosos, não havia nada de excepcional nela. Mas, quando aqueles cílios flutuavam, eles remetiam a um leque de penas pretas abrindo e fechando. Foi isso que levou a mãe de Ruomu, Xuanming, a lhe dar o nome de Yu.

Os nomes das duas irmãs mais velhas de Yu, por outro lado, foram ideias da própria Ruomu: na época do nascimento da primeira filha, sedas e cetins tinham um interesse especial para Ruomu, que a chamou de Ling, uma espécie de cetim delicado; quando sua segunda filha nasceu, Ruomu havia começado a tocar o xiao, uma flauta de bambu vertical, logo esse foi o nome da filha. Quando Yu nasceu, suas irmãs frequentavam a escola em uma cidade grande, muito longe da cabana de madeira no refúgio desolado.

Na época, a mãe de Ruomu, Xuanming, entrara na casa dos 60. Tinha nascido no fim do século XIX, e todo o seu corpo exalava a melancolia cinzenta daquela era. Quando Xuanming era viva, Ruomu sempre se sentava em uma cadeira de vime em frente à janela e limpava as orelhas usando uma colher especial de ouro maciço. Yu não conseguia lembrar se de Ruomu na cozinha. Quando era hora de cozinhar, Ruomu pegava a colher de ouro maciço, enquanto Xuanming se levantava de um salto e seus pés pequenos desapareciam na cozinha. Aqueles pés pequeninos eram incomparavelmente bonitos.

Na memória de Yu, os pés de Xuanming eram únicos, e Yu tinha paixão por tudo que era extraordinário. À noite, quando Xuanming tirava os sapatos, a pequena Yu levantava os pés da avó e os beijava. Sempre que fazia isso, a face digna de Xuanming transbordava de afetuoso divertimento.

— Cheiram mal? — perguntava.

— Mal — respondia Yu.

— Têm cheiro de azedo?

— Azedo.

Esse pequeno ritual diário indispensável agradava Xuanming. Relegados a um canto, os sapatos de cetim preto lembravam os pequenos botes de papel que Yu adorava fazer. A parte da frente se voltava para cima, exatamente como a proa de um navio de verdade, e cada um dos sapatos tinha uma pedra de jade em forma de diamante.

Para Yu, tudo relacionado a Xuanming era tão enigmático quanto atraente. Ela possuía um grande baú, feito de uma variedade de jacarandá tropical chamada *jin hua li*. Um dos mais venerados materiais usados no acabamento de casas na década de 1990, dizia-se que "valia mais que seu peso em ouro". Era o melhor material para assoalhos de madeira dura. O baú tinha 22 gavetas de tamanhos variados, cujas chaves Xuanming apertava na mão. Com muita rapidez e precisão, podia pegar a chave certa de cada uma daquelas gavetas. Mais tarde, depois de perder a visão, ainda conseguia fazer isso. No momento em que corria a ponta dos dedos por aqueles pedacinhos de metal, podia determinar exatamente qual era cada um deles. Xuanming era muito precisa em tudo que fazia. Havia incontáveis somas plantadas em sua cabeça. Depois que ficou cega, muitas delas, aparentemente simbólicas, cruzavam regularmente a escuridão diante daqueles olhos. Como pequeninos vagalumes, aqueles números emitiam um brilho fosco prateado, trazendo luz aos anos que restavam em sua vida.

Uma noite, por volta do crepúsculo (hora em que se passam muitas das cenas desta nossa história), Yu se meteu embaixo da cama para brincar com sua boneca de pano. Yu gostava de brincar debaixo da cama, onde ficava durante horas, sentindo uma espécie de segurança na sombra que encontrava lá. Dali podia ver o par de sapatos de cetim preto com os jades em forma de diamante entrarem no quarto e pararem em frente ao baú de madeira. Prendendo a respiração, Yu observava como sua avó abria as 22 gavetas, uma a uma. Em cada uma delas havia uma violeta feita de pedaços de quartzo roxo. O brilho do crepúsculo emprestava uma aura etérea a essas flores cor de violeta. Xuanming as prendia, lisas como vidro, uma à outra, formando um candelabro — um candelabro absolutamente deslumbrante, no formato de uma árvore chinesa de glicínias. Assim como fizera com as chaves, Xuanming descobrira cedo a sequência codificada dessas flores. Elas pareciam iguais, mas Xuanming sabia que não eram, e que, se uma delas estivesse fora de sequência, o candelabro não poderia ser montado.

Yu ficava encantada. Com fascinada atenção, observava o pequeno jogo da avó. Em frente à janela, o candelabro revelava uma beleza muito própria. Era um sonho — um sonho que se passava ante a luxúria contida das folhas verdes do lado de fora da janela cheia de luz do crepúsculo. Yu não podia experimentar o sonho, mas seus dedos sentiam claramente uma espécie de arrepio gelado no ar.

No crepúsculo está um candelabro feito de quartzo cor de violeta. Seus fios de flores lançam um som como sinos de vento. Yu sabe que é um som caro.

Em frente ao candelabro, Xuanming pode preparar uma cheirosa xícara de chá, mas, sob sua luz, o chá esfriará lentamente.

## 3

Por muito tempo não fui de falar. Como demorei a pronunciar as primeiras palavras, meu pai achou por engano que eu nascera muda. Mas eu estava muito consciente da razão de não gostar de falar: os adultos nunca acreditavam em mim. Eu via as coisas de um modo diferente deles. Esse foi um grande problema, que se manifestou muitas vezes, basicamente a raiz de todas as minhas desventuras. Por exemplo, se eu olhasse pela janela à noite para algumas roupas penduradas do lado de fora e as visse balançar ao vento, podia pensar que fosse um bando de amputados dançando; ou, se ouvia o sussurro do vento nas roseiras, ficava tão assustada que começava a chorar, convencida de que a casa estava cercada de serpentes. No lago diante da entrada da casa, de água tão límpida que se podia ver o fundo, em algumas noites claras (impossível dizer exatamente quais), eu avistava de relance um enorme mexilhão. Às vezes, sua concha escura revelava uma longa fissura quando começava a se abrir. Da primeira vez que vi esse mexilhão, gritei de pavor, mas acabei me acostumando a vê-lo. Quando acontecia, eu simplesmente ia chamar meu pai ou minha mãe e, segurando um dos dois firmemente, ficava parada no lugar e usava minha mão pequenina para apontar para o lago enquanto gritava: "Lá!... Lá!" Mas, com qualquer um dos dois, eu era agarrada sem cerimônia pelo braço e me diziam: "Está na hora de ir para casa comer!"

Também ouvia sons que pareciam sussurros, mas eram obscuros e indistintos. Ocasionalmente, conseguia distinguir algumas palavras, mas não entendia o conjunto. De qualquer modo, para mim esses sussurros pareciam ordens celestiais. Frequentemente eu agia de acordo com suas nebulosas intenções. Por isso, as coisas que fazia costumavam deixar as pessoas ao meu redor intrigadas. Como era pequena, minhas ações não chamavam tanto a atenção e, quando finalmente atraíram, muito tempo já se passara.

Naqueles tempos, ainda não falava e, quando comecei, não queria discutir aquelas coisas. Muitas vezes, no crepúsculo, eu ficava de pé, olhando fixamente para o lago, em estado de transe, enquanto ao lusco--fusco do anoitecer as muitas espécies de flores estranhas às suas margens fechavam tranquilamente as pétalas. Naqueles momentos, quando o pôr do sol e o nascer da lua compartilhavam o céu noturno, essas flores assumiam tons mais escuros, as pétalas tornavam-se tão transparentes e frágeis quanto vidro. Aos meus ouvidos, quando apertadas entre os dedos, emitiam um som caótico, tilintante. Nesses momentos, eu também podia ver aquele imenso mexilhão repousando em silêncio e absolutamente imóvel no fundo do lago. Uma noite, quando houve uma tempestade de raios e trovões, saí de casa sem que ninguém visse, fui para a praia com meu cabelo dançando ao vento, como fumaça, meu rosto ora escuro ora iluminado pelos raios. Naquela noite, sem lua ou estrelas, o lago era uma manta de escuridão. Logo quando eu abria caminho entre aqueles amontoados de flores estranhas, um grande clarão iluminou todo o lago, e vi aquele imenso mexilhão começar a se abrir lentamente. Estava vazio; não havia absolutamente nada dentro dele. Inclinei-me para olhar mais de perto, meu cabelo flutuando na água como uma medusa verde-pálido. Naquele momento, em conjunto, trovão, raios e uma chuva torrencial caíram sobre o meu pequenino corpo de menina de 6 anos. Naquela época, ainda não sabia o que era medo de trovão ou de raio. Tudo que senti foi uma espécie de excitação, como se alguma coisa estivesse prestes a acontecer.

Mas depois de algum tempo, os fachos resplandecentes de uma lanterna se acrescentaram aos clarões dos raios. Essa mistura de fontes de luz fragmentou a minha imagem e a da superfície do lago em miríades de facetas, parecidas aos vitrais rococós das janelas das catedrais europeias. Ao mesmo tempo, comecei a ouvir os gritos roucos e exaustos de minha avó.

Uma luz se aproximava lentamente e pude sentir o cheiro de folhas de chá.

# 4

Em um álbum de fotos montado por Ruomu, há uma imagem de Xuanming quando muito jovem. Foi tirada perto do fim do reinado do imperador Guangxu, da dinastia Qing. Embora Xuanming tivesse apenas 9 anos, já era espantosamente linda. Tudo nela indicava estar destinada a se tornar uma beleza de atrativos celestiais que toda a nação admiraria. Mas um levante político no fim do século minimizou aquele destino. Sua beleza foi eclipsada pelo caos da época. Ou, se poderia dizer, ela mudara, fora substituída por um abatimento gelado, infeliz. Na foto, era a garota atrás de Xuanming que chamava a atenção. Parecendo gorda e envolta em uma vestimenta palaciana disforme, com grandes olhos em um rosto redondo e boca meticulosamente pintada, era óbvio que não tinha vitalidade alguma. Em nenhum aspecto poderia ser considerada uma beleza. Mas o nome daquela garota seria lembrado nos anais da história como um símbolo vívido do sacrifício. Ela era Zhenfei, a consorte favorita do imperador Guangxu e uma das tias de Xuanming por parte de pai.

Era um dia de meados do verão no 25º ano do reinado de Guangxu e também o último verão da vida de Zhenfei. Há muitos relatos diferentes de sua morte. As versões mais comuns começam com Zhenfei se intrometendo na política de Estado, pelo que foi severamente condenada pela conspiradora imperatriz viúva Dowager Cixi e depois trancafiada, recebendo nada além de uma dieta básica para a sobrevivência. Finalmente, depois de um édito imperial de Cixi, foi jogada em um poço por um eunuco chamado Cui Yughi, onde morreu. Mas Xuanming insistia em que aquela definitivamente não era a intenção de Cixi.

Xuanming dizia que Cui atirou Zhenfei ao poço sem esperar ordem alguma de Cixi. Se isso não fosse verdade, Cixi não teria medo de ver o eunuco Cui depois, nem o teria removido de sua posição de autoridade e o expulsado do palácio assim que pôde. Ter Xuanming e sua tia Zhenfei fotografadas juntas era um favor especial para Cixi que ela mesma arranjou. Nos seus anos de ocaso, a velha viúva apreciava a beleza das pequenas coisas, a espécie de beleza que se podia abraçar. Para Cixi, com os velhos olhos cobertos de catarata, a beleza deslumbrante da pequena Xuanming a fazia pensar nos anos de sua própria juventude. Então, aspirou o cheiro de flor de abóbora em garrafa e a fragrância da seda crua do delicado leque de abrir e fechar que a menina abanava. Convidou a pequena Xuanming a sentar-se em seu colo, mas, àquela altura da vida, os membros de Cixi haviam se tornado tão finos quanto gravetos. Com muito cuidado, Xuanming encolheu as próprias pernas, com medo de que aqueles ossos gastos debaixo dela pudessem quebrar de repente.

Ao longo das várias décadas seguintes, esse evento se tornou um assunto regular e imutável na conversa de Xuanming. Ela sempre começava assim: no 25º ano do reinado de Guangxu, a imperatriz viúva Cixi me segurou ternamente em seus braços... Naquelas décadas, esse tema se desdobraria em um conto dos mais incomuns: Xuanming era uma das moças mais bonitas da Manchúria nos anos finais da dinastia Qing, e a mais bem-dotada de todas as bisnetas de Cixi. Cixi a convidou em muitas ocasiões a ir ao palácio e tinha a intenção de torná-la uma jovem princesa. Mas a morte da velha imperatriz viúva transformou tais planos em ilusões vazias...

O tempo sempre transforma a história em conto de fadas.

A conversa da mãe convenceu Ruomu de que ela descendia de uma princesa manchu. Como resultado, em tudo que fazia, Ruomu sempre exigia de si mesma os padrões de uma princesa. Mesmo durante o conturbado período da guerra, ela penteava o cabelo meticulosamente, usando um creme popular entre as mulheres mais velhas na época, feito de serragem de madeira de paulównia misturada com água. Ruomu arrumava seu belo e abundante cabelo em um coque pesado. Apenas uma vez, depois que as sirenes de ataque aéreo soaram três vezes durante a guerra com o Japão, seu penteado foi desfeito no aperto do abrigo antiaéreo lotado, o coque despencando como uma cachoeira negra, deixando-a dolorosamente constrangida, como se suas roupas tivessem sido arrancadas diante de uma multidão. Seguindo o costume do grupo étnico manchu, Ruomu caminhava sem mexer o corpo da cintura para cima, prática que manteve durante a vida inteira. Mesmo em seus 70 anos, com a face pálida como neve, ainda usava vestidos tradicionais chineses cor de ferrugem, feitos de gaze tingida de catechu de Guangdong, e andava com o corpo rígido como uma vara, deixando em seu rastro a tradicional fragrância de jasmim e lavanda.

De fato, porém, a família de Ruomu do lado materno não tinha absolutamente nenhuma ligação com os manchu. Seu avô e avó maternos tinham sangue han chinês, mas a família ocupou cargos no governo manchu e aceitou o sistema político manchuriano. Não havia, no entanto, nenhuma gota de sangue aristocrático nas suas veias.

## 5

Yu teve uma febre alta que persistiu durante sete dias inteiros, deixando a mãe preocupadíssima. Xuanming teve a ideia de conseguir um pouco de uísque branco e fazer uma massagem na criança. Quando os dedos decrépitos da avó encostaram na pele de Yu, a sensação foi gelada como o toque da porcelana. A pele de Yu era delicada e brilhante, como se ela descendesse de uma criatura aquática — tão delicada que se você a tocasse ela se estilhaçaria. Apesar disso, Xuanming continuou a massagear. Com suas mãos grandes, esfregou vigorosamente cada polegada do corpo pequenino da neta, tão frágil que parecia não ter ossos. Xuanming estava ficando tão cansada que arquejou. Com as duas peças de jade em seus sapatos de cetim preto chacoalhando, pois não conseguia manter o corpo firme, continuou a falar enquanto esfregava. Ela disse que a menina devia ser a reencarnação de uma cobra; de outra forma, como poderia ser tão fria?!

Quando Yu acordou, viu Ruomu em frente à janela iluminada, limpando as orelhas, a colher cor de ouro era um ponto tremeluzente de luz dourada. Por um longo tempo, Yu não conseguiu imaginar onde Ruomu estava. Observando-a aos raios dourados do crepúsculo, Yu notou uma estranha protuberância no abdome da mãe, uma protuberância que estragava sua silhueta encantadora e graciosa. A mãe usava uma túnica comprida de algodão ocre, estampada com flores pretas, na verdade, crisântemos pretos. Yu imaginava que, no mundo natural, um crisântemo genuinamente preto seria, sem dúvida, espantosamente bonito.

Seu pai, que raramente vinha para casa, apareceu em um fim de semana. A primeira coisa que disse quando viu Yu foi: como pode essa menina ser tão magra? Ele era o único da família a prestar atenção ao peso de Yu. Antes que ela tivesse chance de pensar em uma resposta para a pergunta, a porta do quarto de Ruomu se abriu. A atmosfera era fria, melancólica, mas o pai enfrentou o hálito gelado e entrou, o rosto imobilizado em inevitável martírio. Então, Yu ouviu o som de vozes abafadas e os suspiros pesados do pai. Ela aguardou com persistência do lado de fora, esperando uma chance de ter uma conversa a sós com ele, mas ele não saiu.

Yu percebeu muito cedo na vida que a mãe e a avó materna não gostavam dela de verdade. Sempre que a via, sua avó resmungava, "Nossa família vai decair, agora que um demônio nasceu..." A mãe virava a cabeça e olhava fixamente para Yu. Aqueles olhos absolutamente vazios enchiam a garotinha de medo. Nada poderia ter sido mais assustador que aquele vazio absoluto. Ela pensava naquele imenso mexilhão de água doce e na concha se abrindo para revelar que não havia nada lá dentro, pondo um fim abrupto a todas as suas fantasias. Esse vazio a enchia de medo, um medo que a fez adoecer.

Ela não queria admitir, mas, na verdade, gostava de ficar doente. Quando estava assim, a mãe e a avó a tratavam um pouco melhor. Sua avó lhe fazia uma tigela de bolinhos recheados, depois se sentava ao lado da cama para vê-la comer e lembrava dos bons tempos passados. Podia contar sobre os doces em forma de chifre de carneiro que pingavam mel quando mordidos e eram vendidos na loja da companhia durante os anos da família na estrada de ferro Gansu–Shangai. Só de ouvir falar neles Yu ficava com água na boca. Ela adorava comer, mas em seu tempo, quando não havia doces, tinha de se satisfazer com um pouco de vinho aguado ou os bolinhos recheados de cogumelos feitos pela avó. Sempre havia muitos cogumelos nas florestas em torno da casa.

Sempre insatisfeita com as realidades da vida, Xuanming vivia inteiramente em seu mundo de lembranças. Seus olhos se iluminavam quando se entregava aos sonhos, mas, então a realidade se intrometia, a desilusão cobria-lhe o rosto, e ela emudecia e fazia bico. Sempre que o pai encontrava aquela lamentação, ele a afogava com sua própria lamentação. Era óbvio que desaprovava a atitude da senhora. Pai e avó estavam sempre às turras, e todos na família de Yu sabiam disso.

Depois que Yu se recobrou da doença, foi matriculada na escola primária. A escola ficava na floresta próxima. Suas duas irmãs mais velhas, no entanto, iam para a escola na cidade grande, muito longe de casa. Seu pai dizia que, mesmo que a escola ficasse ainda mais longe, eles definitivamente não poderiam deixar de prover a educação das meninas. Yu também sabia que a mulher que cuidava da educação de suas irmãs era Jinwu. Mas Yu não via a mãe expressar nenhuma gratidão a Jinwu. Por algum tempo, a curiosidade e o interesse pela outra mulher dominaram completamente a vida de Yu. Em sua mente, sonhava com muitas imagens de Jinwu, mas não encontrava um só vestígio dela nos oito gordos álbuns de fotos da família.

## 6

A nevasca naquele dia foi tão pesada que o mundo inteiro estava branco — o tipo de branco absoluto, que não admite lacunas.

Languidamente e sem descanso, a neve descia à terra, os flocos tão grandes que assustavam. Quando ainda era muito pequena, Yushe já descobrira a maravilhosa variedade de formas hexagonais que podem ser vistas em um caleidoscópio. A fim de pegar aquelas bonitas flores hexagonais, quebrou o caleidoscópio. O resultado foi a total decepção. Descobriu que não era nada além de um tubo de papelão, com três tiras compridas de vidro e alguns pedaços de vidro colorido dentro, nem sequer uma flor hexagonal.

Pela janela aberta, Yu pegou alguns flocos de neve nas mãos pequeninas para trazê-los para dentro de casa. Enquanto olhava os cristais de gelo hexagonais, sua delicada beleza, algo que estava além da habilidade do homem, eles rapidamente derreteram. Yu tentou pensar em algo capaz de preservar essas maravilhas de seis pontas, até finalmente encontrar a solução perfeita.

Um dia, em sua aula de arte, a professora disse aos alunos para pintar alguma coisa da qual gostassem, aquilo de que mais gostavam, para dar à pessoa de quem mais gostavam. Usando tinta de cartaz, Yu cobriu completamente uma grande folha de papel branco de um extraordinário azul. Quando o azul secou, usando um branco puro como neve, profundo, suntuoso, cobriu o papel com uma série de desenhos de flocos hexagonais, cada um deles único, cada um revelando um tipo singular de beleza pela simplicidade sem sofisticação da mão de uma criança. O azul e o branco que ela havia escolhido eram tão deslumbrantes que prendiam o olhar do observador. De sua mesa, como se subitamente compelida a fazer isso, a professora aproximou-se e parou ao lado de Yu, onde ficou até a pintura ser terminada. Assim que Yu pôs de lado o pincel, a professora pegou a pintura e voltou para a frente. Pediu atenção à classe e disse aos alunos para olharem o trabalho de Yu. Disse que queria pendurar a pintura na sala e que os outros aprendessem com ela, a imitassem, porque ela pintava muito bem. Depois, disse não, que não a penduraria na sala, porque queria inscrevê-la em exposições, exposições de jovens artistas. Depois disse não, não apenas exposições; ela a queria em concursos internacionais de pintura para jovens e crianças; esperava que sua aluna ganhasse uma competição internacional... Profundamente comovida, a professora tinha tanto a dizer que estava desprevenida quando Yu foi até a frente da classe e, sem um pingo de hesitação, tomou a pintura de volta. Isso aconteceu tão rapidamente que surpreendeu todo mundo, deixando a professora e todos os colegas de classe espantados. Exatamente quando Yu se virou para sair, a sineta tocou, anunciando o fim da aula.

Sem nem sequer olhar para trás, Yu saiu da sala. Quando chegou ao escritório da recepção, no portão da frente da escola, com uma das mãos segurou a pintura contra a parede, e com a outra escreveu "Para mamãe e papai", em letras tortas, no canto inferior direito. Naquela época, suas mãos ainda eram tão pequenas que, mais de uma vez, quase deixou a pintura cair. Tinha de tomar muito cuidado para não sujar aquelas maravilhosas formas azuis e brancas. Quando estava terminando sua pequena dedicatória, os pais que chegavam para pegar os filhos começaram a se aglomerar em volta do portão de entrada. Como sempre fazia, Yu subiu em um degrau alto de pedra para esperar. Parecia um pouco mais animada que o comum; embora ainda fosse a mesma coisinha pequena, assumira um ar adulto muito peculiar. Segurando a pintura solenemente enrolada, mantinha o olhar no horizonte. As roupas que usava naquele dia eram feitas de roupas velhas da mãe. Originalmente verdes, depois de tantas lavagens, misturadas com outras cores, adquiriram o tom de um velho artefato de bronze. Assim, a distância, de relance, Yu parecia uma pequena estátua de bronze.

Aos poucos todos os colegas de classe se foram, mas ninguém viera apanhar Yu. Com a pintura ficando cada vez mais pesada, ela começou uma contagem regressiva, mas os números continuavam a subir. A escola esvaziou. Mais tempo se passou, e começou a nevar, os pesados flocos caindo na terra, enormes e um a um. Yu enfiou a pintura embaixo da roupa e ficou lá, na neve, sem ligar para os gritos do velho no escritório da recepção. Pela janela, dizia: "De que turma você é? Depressa! Entre e se aqueça junto ao fogão. Você parece congelada!"

Yu estava ali há tanto tempo que os flocos derretidos ensoparam sua roupa e congelaram novamente, prendendo-a em uma armadura gelada. Do lado de fora, parecia uma camada de neve congelada, branca, cintilante, mas não era macia — era gelo. Justo nessa hora, uma bicicleta veio chacoalhando e parou em frente ao portão da escola. Yu viu o velho Li, que cuidava do telefone público. Quando ele levantou o braço para esfregar o nariz congelado e vermelho rosáceo, o braço que tinha sido ferido no campo de batalha ajudando a Coreia contra a agressão norte-americana, o velho Li deu um sorriso de lado e disse: "Vamos para casa imediatamente. Sua mãe acabou de dar à luz um irmãozinho para você!" Yu olhou para ele com expressão vazia, parecendo não entender o que dissera. Com o braço bom, o velho Li rapidamente levantou-a do chão e a sentou no banco traseiro da bicicleta, sorrindo enquanto dizia: "Seu pai está ocupado cuidando de sua mãe e me pediu para vir buscá-la. Ah... quem não gostaria de ter um filho! Sua mãe está com quase 40, ela é mesmo abençoada por ter um filho com esta idade!"

Yu sentou-se quieta na garupa. Como estava frio, levou as mãos em concha à boca e soprou dentro delas, a bruma esbranquiçada de seu hálito dissipando-se rapidamente nas correntes de ar que passavam. Ainda não fazia ideia do que acontecera, ou do significado que teria em sua vida.

## 7

Quando Yu chegou em casa, a mãe estava na cama, parecendo muito relaxada e confortável, com um menino miudinho deitado ao lado. Esse companheirinho dormia. Tinha um rosto magrinho, tão enrugado quanto a casca de uma noz, e apenas umas poucas mechas alouradas esparsas em vez de um belo cabelo negro. O coleguinha não era mesmo nada bonito — não se diria nem que fosse digno de amor. Não era nem um pouco como Yu imaginava que seria um bebezinho. Mas o que ela realmente estranhou foi a solenidade da família com a chegada do coleguinha e de onde, na verdade, ele tinha vindo. Tudo parecia tão esquisito, que Yu esticou a mão e apertou o narizinho enrugado do bebê. Foi o bastante para extrair um pequeno choro, muito fraco a princípio, mas que rapidamente se transformou em uma tempestade.

O coração de Yu deu um salto, e ela pulou para trás, aterrorizada. Ficou atônita com o fato de uma criatura tão pequena conseguir de repente produzir um som tão alto, e que seu rosto, como o de um velhinho, fosse tão expressivo; um rosto que, com padrões de rugas sempre mudando, lembrava as adoráveis texturas do crisântemo se abrindo lentamente. Ainda extasiada com a espantosa maravilha, subitamente sentiu um pesado golpe na bochecha, tão pesado que estava acima da capacidade de uma menina de seis anos suportar, e ela caiu. Quando caiu, derrubou a bandeja de chá a seu lado, levando quatro xícaras de porcelana e seus pratos estampados com cabeças de fênix e friso dourado na borda ao chão.

Ainda estupefata, Yu viu o rosto distorcido da mãe tão de perto que distinguia claramente as pupilas dilatadas, amarelo-escuro, de seus olhos. Yu sabia que elas só ficavam assim quando a mãe estava extremamente zangada.

Antes que se refizesse do primeiro golpe, foi atingida novamente na outra bochecha. Até a própria menina se esqueceu de quantas vezes a mãe bateu nela naquele dia. Não tinha tempo sequer de chorar. Tudo que sentia era medo. Não tinha ideia de por que o comportamento de sua mãe mudara tão radicalmente. Tudo que fez foi apertar suavemente aquele narizinho — nada demais!

Depois de tirar lentamente o roupão acolchoado verde-escuro de cetim, a mãe vestiu um conjunto de calça e casaco de cor clara, uma mescla de lã e algodão. Com seus pés pequeninos, a avó também entrou atabalhoadamente no quarto. Assim que viu a própria mãe, começou a chorar, como se ela e não a filha tivesse apanhado uma sova. Todos os sons de sua mãe chorando, falando e balbuciando penetraram no próprio tutano dos ossos de Yu. "Pobre de mim, um dia e uma noite inteiros sem poder fechar os olhos", disse a mãe. "Não sei o que fazer. Aquela pestinha só esperou eu não estar olhando para apertar o nariz do meu bebezinho. Se eu não tivesse percebido imediatamente, a pobre criaturinha poderia ter morrido!" Em seu coração, Yu gritava que sua mãe estava mentindo, que não era verdade; mas exceto por seu pranto amargurado, nem um som vinha dela, o transbordamento de lágrimas a sufocando.

O rosto da avó caiu quando ouviu as palavras da filha. Respondeu que muito cedo havia percebido que a netinha egoísta não tinha nada de bom e perguntou a Ruomu se ela se esquecera de que, assim que Yu nasceu, o velho Li leu seu futuro e disse que estava destinada a impedir o nascimento de herdeiros homens, e que, de fato, nos dois abortos espontâneos subsequentes de Ruomu, os fetos já eram homens. Pensando nisso por algum tempo, a mãe concordou, acrescentando que era precisamente isso o que havia acontecido e que, se ela não tivesse sido lembrada pela própria mãe, não se recordaria. Também falou, em tom de autopiedade, do sofrimento que aqueles dois abortos haviam causado, e no fato de suas mãos ainda estarem dormentes e não conseguir fechar os punhos. Parecia que, quanto mais pensava naquilo, pior se sentia, e começou a se lamentar novamente — balbuciando, soluçando, falando.

A dor em sua cabeça fez Yu pensar que ela havia explodido. No meio desse coro de balbucios, a avó virou-se para a menina e disse, em voz alta: "De agora em diante, nunca mais você vai encostar nesse garotinho. Entendeu? Ele é seu irmãozinho, um menino. Ele levará adiante a linhagem da sua família, e é mais importante que você. Entendeu? Sua mãe não pode mais ter bebês. Entendeu?!" Yu viu que a beleza calma dos olhos da avó tinha sido substituída por chamas ferozes. Yu sabia que seu tio — o único filho homem da avó — morrera nos anos turbulentos da guerra e que, depois da morte do marido, ela teve de se mudar para a casa da filha, porque não tinha outro lugar para ir, o que levou a intermináveis picuinhas entre as duas. Yu ouvia todas as coisas ruins que sua avó dizia da filha pelas costas: "Puta sem vergonha! Não pode viver sem homem? Puta sem coração! Pobre de mim — por gente igual a ela sacrifiquei meu filho maravilhoso! Aquela ordinária...! Aquela nojenta...! Aquela inútil...!" E a mãe não relaxava nesse tipo de ofensa: "Sua viúva velha, se você é tão boa nisso, tão boa naquilo, como foi que quando o pai ainda era vivo ele preferia dormir com coristas, não com você?"

As ofensas acaloradas entre a mãe e a avó com frequência deixavam Yu imobilizada de medo. Mas agora, de repente, elas se davam as mãos para se voltar contra ela, o foco de sua aliança era o camaradinha na cama, com aquele rosto tão enrugado quanto uma casca de noz.

Por outro lado, quando não havia palavrões, a avó e a mãe tinham, de costume, maneiras refinadas. A educação da avó não passara de alguns anos na velha e tradicional escola particular, mas, quando se tratava de pagar uma conta, nem os caixeiros das lojas podiam vencê-la no ábaco. Tanto quanto Yu se lembrava, sua mãe nunca entrava na cozinha. Quando o horário das refeições se aproximava, a mãe se sentava na cadeira de vime defronte à janela e limpava as orelhas usando a colher de ouro maciço, que, naturalmente, tinha sido um presente da avó.

Yu admirava profundamente a mãe por isso. Na época, em seus sonhos, sempre aparecia uma bonita mulher de meia-idade, sempre vestida com uma túnica tradicional de seda cor creme, abotoada do lado direito, o cabelo penteado em ondas, pele branca como a neve e, nos lábios, um batom escuro. Yu estava perfeitamente consciente de seu desejo de crescer para se tornar exatamente aquele tipo de mulher. As fantasias de Yu costumavam ser bastante diretas. Ela queria habitar um sonho cheio de fantasias, como um indestrutível caleidoscópio, com seus padrões intermináveis, curiosos e coloridos. Yu gostava de dormir mais que tudo. Às vezes, ficava tão ansiosa para isso que esquecia de fazer o dever de casa. Então, os sonhos chegavam até ela em correntes sem fim, a ponto de ter dificuldade para separá-los da realidade. Se encontrava alguma coisa perturbadora no sonho e reconhecia isso como parte de um sonho, geralmente conseguia se obrigar a acordar. Dolorosamente tímida, chegava ao ponto de fingir estupidez ou teimosia cega para esconder seus sentimentos. Tinha tanto medo de gente que, com frequência, quando havia convidados em casa, ela se esgueirava para fora na primeira oportunidade e só voltava no meio da noite. Se não tivesse chance de escapar, trancava-se no banheiro, depois rastejava para fora pela janelinha e usava os galhos da amoreira para subir no muro. Felizmente, a família ainda vivia na pequena casa de madeira, e nenhuma das paredes era muito alta. Por causa de seu medo de gente, Yu podia ficar sem comer ou dormir. Realmente não sabia o que a assustava, mas, na época, com a mãe e a avó inesperadamente hostis, sentiu que aquilo que temera tão cegamente por tanto tempo estava a ponto de revelar-se.

## 8

Amei meu pai do mais fundo do meu coração, apesar de ele raramente vir para casa e ser sempre tão frio e sério. Lembro-me de uma ocasião, quando ainda vivíamos na cidade grande, exatamente quando minha mãe estava a ponto de me repreender por alguma coisa, ele de repente puxou um ingresso de cinema e, sacudindo-o no ar, me disse para eu ir imediatamente e que, se não fosse, perderia o começo do espetáculo! Rapidamente enfiei o ingresso no bolso e disparei como um tiro para o cinema local — eu era absolutamente louca por cinema.

As luzes já estavam apagadas quando entrei. Comecei a andar entre duas fileiras de assentos, tropecei e empurrei, abrindo caminho, e as pessoas na fileira atrás de mim me censuraram, gritando: "Ei, garota! Sente-se!" Em pânico, confusa, quase me sentei nas pernas de alguém. Naquele momento, uma mão delicada e macia como uma peça de jade me segurou e, com gentileza e paciência, me guiou para um assento vazio. Tentei ver melhor a pessoa a quem a mão pertencia, mas estava tão escuro que eu não enxergava nada.

A música de abertura do filme ainda estava tocando, seu estilo estranho e bizarro totalmente novo para mim. Era um pouco enervante e, sem pensar, me aproximei da pessoa ao meu lado. Novamente, aquela mão gentil segurou meu braço muito de leve, aliviando minha tensão. Justo então vi uma mão de mulher aparecer na tela. Era aquela mesma mão, exatamente como eu a imaginara, aquela mão tão delicada e macia como uma peça de jade que me fizera sentir segura. A garota estava fazendo as unhas, usando um esmalte vermelho. A cena fora filmada de um ponto atrás dela. Vestia-se pobremente, mas seu traje tinha um bonito corte e seu cabelo castanho lhe chegava à cintura. Nesse momento, uma voz de barítono muito agradável perguntou: "Zhuo Ma?" A garota se virou e um *close-up* revelou um par de olhos castanhos por trás de longos cílios. O lustro radiante daqueles olhos encheu o meu próprio coração de luz. Nesse ponto, o olhar da audiência foi transferido para o barítono, meticulosamente vestido, que acabara de entrar na tela, mas não gostei de sua roupa verde brilhante e dourada. Senti que em seus fios dourados, ele não alcançava o esplendor da garota em seus farrapos. O desenvolvimento da história provou que meu instinto estava certo. O homem era um chefe. Seu amor pela garota terminou quando ela teve um filho. Depois disso, ele inventava desculpas intermináveis para evitar vê-la, deixando-a engolir seu desapontamento, até que, finalmente, com seus próprios olhos, ela o viu fazer amor com outra mulher. Sua vingança foi chocante: com as próprias mãos estrangulou seu filho — aquela criança inocente que era produto de seu amor. No momento em que matou a criança, gritos incessantes de horror ecoaram no cinema.

Quando vi aquele bonito par de mãos se estender para a criança, subitamente escorreguei em meu assento e, por um longo tempo, não ousei levantar a cabeça, até que, finalmente, aquela mão delicada e macia como uma peça de jade me ajudou a levantar. Fiquei totalmente apavorada: para minha profunda surpresa, a jovem sentada ao meu lado se revelou a atriz do filme! Nesse ponto, meus olhos já estavam adaptados à luz fraca do cinema. Pude ver claramente o brilho incomum de seus olhos castanhos.

Quando a música de encerramento começou, a tela se encheu do branco da neve caindo e de uma imagem da garota por trás, com sua bonita silhueta e roupas elegantes, andando hesitante para longe. Observei surpresa a tela inteira encher-se dos flocos que caíam. O *close-up* nos flocos era de inexcedível beleza: a bonita neve branqueava tudo — tanto o bonito quanto o feio.

Quando deixávamos o cinema, ouvi gente discutindo se a garota devia pôr fim à própria vida ou não, mas aquilo não me preocupava nem um pouco. Eu mantinha os olhos nas costas da jovem diante de mim, que estivera sentada ao meu lado. Ela aparecia e desaparecia na multidão. Mas eu já me decidira: me aproximaria dela, falaria com ela, mesmo que apenas uma frase! Cheguei a emparelhar com ela uma vez, mas justo quando cheguei perto o bastante para tocá-la, hesitei, e, naquele momento, a multidão nos separou. Meu coração estava na garganta o tempo todo. Eu realmente não me importava se a mulher no filme vivia ou morria. O que me preocupava era essa jovem vivaz com seus radiantes olhos castanhos e lindas mãos.

## 9

Já revelamos que Yu soube muito cedo na vida que a mãe não gostava dela. Mas a mãe dizia que isso era porque Yu "não era agradável".

Yu queria muito ser uma criança agradável, mas isso estava além de suas habilidades. Quando era muito pequena, descobriu que, se quisesse ser uma criança agradável, tinha de dizer coisas que não sentia. Mas ela preferia se matar a fazer isso. Pondo de lado a falsidade, achou difícil até mesmo dizer coisas verdadeiras, porque descobriu que, o que se tem no coração e é transformado em palavras perde muito de seu valor especial. Fosse muito ou pouco, tudo que se coloca em palavras contém algum elemento de falsidade. Por isso, raramente dizia qualquer coisa. O resultado dessa relutância em falar era o "não ser agradável", e não havia nada que pudesse fazer para mudar isso. Mas hoje, pela primeira vez na vida, Yu odiou sua boca estúpida e a falta de coragem. Pensou que, se fosse uma garotinha "agradável", seria capaz de sorrir docemente para aquela jovem e, tomando-a pela mão, convidá-la a ir até sua casa. As coisas teriam fluido calmamente e não como agora, em que parecia que sua garganta fora selada com uma camada de laca, um trovão abafado em seu coração e nem o mais leve sinal de coragem da sua parte.

Depois que passou por aquela floresta um tanto desinteressante, pôde ver a porta da frente de casa. Seu coração estava cheio de desespero. Por isso, quando aqueles longos cabelos castanhos subitamente apareceram entre os arbustos, Yu ficou algum tempo sem acreditar em seus olhos.

"Você e seu pai não se parecem nem um pouco."

A jovem sorriu, os olhos castanhos lampejando à luz incandescente da tarde.

O longo cabelo castanho flutuou para longe, enquanto Yu ficava plantada no lugar, a garganta completamente fechada: "Ela sabia que eu a seguia; com certeza sabia!", pensou Yu, o rosto subitamente se ruborizando. "Mas é difícil acreditar que ela, de repente, apareceu na floresta, exatamente como uma fada, apenas para dizer aquilo! Com certeza é uma fada!" Quando Yu pensava nessa palavra, sua mente ficava em branco. Memória e ilusão eram inseparáveis. Todas as vezes que recordou aquele evento, a jovem, cujo nome era Jinwu, sempre surgia como uma fada, uma fada que aparecia subitamente em uma floresta misteriosa. Vestida de cetim rosa-claro e emoldurada pelo longo cabelo castanho, subitamente desaparecia e depois reaparecia como uma nuvem cor-de-rosa contra o fundo de um céu de fim de tarde. Aquela única incandescência vespertina parecia representar uma força irresistível. Diante dela, o coraçãozinho caleidoscópico de Yu foi profundamente tocado, quebrando-se em incontáveis fragmentos translúcidos. Quando era pega naquela espécie de pressão controlada, a fada sussurrava para ela: "Você e seu pai não se parecem nem um pouco."

Embora o sussurro fosse muito suave, era perturbador, pois, naquele momento, o céu reverberava com música de fundo. A memória de Yu estava lotada de incontáveis exemplos daquele tipo exato de música intimidadora, então o que ouviu foi uma espécie de sussurro amplificado — uma algaravia sobrenatural e aterrorizante.

Só muito tempo depois, Yu finalmente contou à mãe sobre a fada. Ela levantou aquelas refinadas sobrancelhas que se arqueavam de cada lado do nariz enquanto dizia: "Que fada? Aquela era uma das alunas de seu pai. É uma puta de sangue mestiço que fez alguns filmes."

## 10

Yu não jantou. Com o nariz pingando sangue, foi para o quarto e trancou a porta. Depois de um tempo, quebrou em pedacinhos tudo que havia ao seu redor, deixando o quarto parecido com o interior daquele caleidoscópio. Em completo contraste com sua aparência, Yu tinha um temperamento feroz. Usou pedaços de um vaso quebrado para mutilar o próprio corpo, derramando o próprio sangue. Seguindo seu modo de pensar infantil, mas determinado, repetia para si mesma que o que fazia era real, que só aquilo era real. Sentia que apenas por meio do sofrimento físico poderia aliviar a dor mental. Minha mãe não me ama, repetia para si mesma, minha mãe não me ama — para essa menina de 6 anos, esse foi o fator decisivo, e quebrou seu coração em mil pedaços.

A mãe e a avó, uma de cada vez, bateram à porta do quarto, chamando-a suavemente, depois alto. O som do pranto balbuciado da mãe ia direto ao cérebro de Yu. O estranho era que sua mãe sempre dava um jeito de parecer que era a vítima. Quando Yu chegou ao ponto em que a dor esmagou seu desejo de viver, foi a mãe, surpreendentemente, quem recebeu a compaixão dos outros. Quando foi para o quarto, Yu podia ver um canto do céu pela janela. Sua atenção sempre se voltava para esse canto de céu azul-claro, gradativamente oculto pela escuridão. Yu sentia que podia enxergar além da camada superficial do céu para algo muito mais profundo — um tipo de cor que inspirava terror. Quando a viu, lembrou-se dos sussurros daquela jovem. Eles eram as preces da hora de dormir do céu sombrio, tinham uma espécie de poder assustador difícil de transmitir em palavras.

Os sons de fora do quarto gradualmente desapareceram. Já era impossível distinguir as cores no céu. Ouviu a porta da frente se abrir e, aparentemente, alguém entrar. Sim, o som daqueles passos era familiar. Era seu pai. Depois, ouviu o som de vozes abafadas e os suspiros pesados do pai.

A escuridão reverberava com o sussurro da voz de sua mãe.

Ela dizia que havia alguma coisa assustadora na pestinha da Yu. A expressão do olhar dela fazia as pessoas pensarem que tinha tendências canibalescas e que era melhor que fosse mantida longe do bebê.

O pai suspirou e disse: "Por favor, não complique as coisas, está bem? Estão organizando outro movimento político lá fora, e eu já tenho preocupações o bastante."

Mas a mãe continuou a falar como se não ouvisse: "De qualquer forma, ela logo estará de férias de inverno, então a melhor coisa é mandá-la para ficar com sua irmã mais velha por algum tempo."

Yu sabia que a referida irmã era a irmã mais velha de seu pai. Essa tia, que nunca se casara, tinha um comportamento cruel, e Yu sempre tivera medo dela.

A conversa abafada continuou, parando apenas quando a fragrância de chá fresco flutuou para fora do quarto da avó. Yu estava de pé, absolutamente imóvel no corredor, que estava tão sombrio, que, quando seus olhos sondaram as profundezas da escuridão, a escuridão se tornou um reino de quietude. Mas agora essa imobilidade era despedaçada por uma espécie de sussurro aterrorizador. Exatamente nesse momento, Yu viu Xuanming claramente, de pé a um canto, vestida de preto. Incapaz de abafar o medo, Yu deixou escapar um grito e irrompeu no quarto dos pais. Mas um susto ainda maior a esperava: viu os pais, normalmente muito pudicos, nos braços um do outro, o branco e o amarelo de seus corpos claramente entrelaçados na escuridão. Parada ali, sem saber o que fazer, ouviu através da escuridão o grito agudo e zangado da mãe: "Fora daqui! Fora daqui! Sua peste! Sua puta descarada! Fora da minha vista!"

Em pânico, Yu fugiu para o quarto. A avó, que caíra em sono profundo, roncava alto, em harmonia com o trovão que rugia do lado de fora. Yu sentiu que não havia lugar para onde pudesse fugir. Aquelas três palavras — "sua puta descarada" — marcavam seu coração como ferro em brasa. Mesmo anos depois, ao recordar a cena, ainda sentia aquela dor queimando o peito. A vergonha cobriu completamente a vida dessa criança de 6 anos, uma vergonha totalmente injustificada, que não tinha ligação com ela, mas que tinha de suportar. A condenação a fez sentir como se ela estivesse errada. Daquele dia em diante, sempre sentiu estar errada. Em tudo que tentou, mesmo antes de começar, tinha premonições esmagadoras de derrota. No fim, realmente foi derrotada, profun damente derrotada por tudo.

O pai saiu e conversou com ela. Ela sentia que não poderia suportar a indiferença dele, mas não conseguiu explicar-lhe as coisas — e não conseguiu pelo resto da vida. Quando ele falou, ela não prestou atenção em nada do que disse. Sua atitude o irritou, e ele sacudiu a manga, irritado, e se virou para sair, mas, de repente, ouviu uma vozinha murmurar alguma coisa, parou e perguntou o que ela havia dito. Ela olhou para ele, e assim que viu aquele par de olhos facilmente magoáveis e tão suaves e sensíveis como água, ele se compadeceu. Em tom gentil, disse: "O que você disse, Yu?" A resposta dela foi muito clara: "Jinwu é bonita?" Ao dizê-lo ficou mortalmente pálida, como se ela se preparasse para um forte tapa. Pego desprevenido, o pai a olhou com suspeita enquanto dizia: "Minha garotinha, o que a leva a perguntar isso?"

Daquele dia em diante, Yu soube que algumas coisas uma criança nunca deveria perguntar, muito menos fazer. Mas não havia o que a impedisse de pensar nelas. Fechou-se em seu mundo. Uma ideia criou raízes: estava determinada a encontrar-se cara a cara com Jinwu.

Quando descobriu que Xuanming dormia em pé ao lado de um cabide com roupas pretas penduradas, contou a ela a respeito. Xuanming não disse nada. Vários dias depois, falando sozinha, a avó disse: "Não vou viver muito mais. Minha alma foi assustada por aquele diabinho!" Daquele dia em diante, Xuanming e Ruomu chamavam Yu de "aquele diabinho" pelas costas. Xuanming dizia: "A família vai declinar, agora que um demônio faz parte dela." Mas, na verdade, Xuanming viveria uma longa vida, quase chegando ao centenário. Na noite em que morreu, ainda conseguiu jogar seu maravilhoso jogo de "encordoar o candelabro", mas não teve tempo de desmontá-lo. Ele ficou ali montado, em toda a sua espantosa beleza. Ruomu o levou para vender, mas ninguém queria comprá-lo. Parecia uma espécie de tesouro raro que só poderia pertencer a uma única pessoa, e aquela pessoa morrera antes de passar adiante o segredo de sua montagem. Somente após várias gerações o candelabro foi levado ao museu mais famoso — por Yun'er, filha da irmã mais velha de Yushe, Ling. Só depois que o encarregado do museu pesquisou muito é que eles decidiram, finalmente, aceitar o candelabro incomum. Mas ele era exibido em um canto pouco atraente, sem nenhum material explicativo que identificasse a dinastia e o reinado ao qual pertencia aquela relíquia cultural.

## 11

Yu fechou-se no quarto e não comeu por vários dias. Rangendo os dentes, os pais e a avó lembravam uns aos outros para ignorá-la. Ninguém considerou que o comportamento excêntrico da garotinha merecesse atenção. Todos se agruparam em torno do bebezinho e de seu minúsculo pênis. Todas as suas esperanças repousavam nele. Cada sorriso e cada choro extraíam reações ansiosas. Ele seria a força genuína de união da família, com sua pletora de *yin* e parcimônia de *yang*.

Quatro dias depois, às 3 da manhã, um som abafado, como algo atingindo o chão, acordou abruptamente os pais de Yu. A mãe sentou-se rapidamente, dizendo, "Yu, é Yu", enquanto seu corpo começava a tremer violentamente. Sem pronunciar uma palavra, o pai disparou para fora do quarto, com a mãe em seus calcanhares, mas esta não se esqueceu de vestir a túnica de cetim quadriculado e as calças. Às vezes, a mãe gostava de tentar efeitos teatrais. Se Yu fosse só um pouco mais velha, entenderia por que a mãe frequentemente se entregava à ideia equivocada de se ver como uma jovem atriz ansiosa pela estação do amor. Mas Yu era muito pequena. Só tinha 6 anos; e, como qualquer criança de 6 anos, queria a mãe apenas para si, queria ser a criança mimada aninhada em seu seio. Mas a mãe a abandonara, e, para Yu, menina introvertida de 6 anos, isso equivalia à queda dos céus.

Na verdade, o que Yu fez foi abrir sua janela e jogar uma cadeira para fora. Enquanto o pai e a mãe corriam para fora, um drama real acontecia — talvez o próprio drama que sua mãe esperava: como um espectro do mundo dos mortos, Yu lentamente se dirigiu ao quarto dos pais. Sabia que havia um berço pequenino ali, como um gordo casulo de bicho-da-seda, envolto pelo calor que emanava do corpo de seus pais.

Estendido ao lado do bercinho, Yu viu que aquele menino continuava mais ou menos o mesmo, mas, ao luar, aquele rosto de casca de noz parecia um pouco mais macio, o que lhe dava uma aparência melhor. Ele estava profundamente adormecido. À medida que as mudanças na luz cruzavam seu rosto, ele se iluminava por um momento, depois desaparecia na sombra. Muito inoportunamente, Yu nesse momento pensou no filme que vira. Quando aquele par de mãos bonitas se estendeu na direção da criança, esta subitamente começou a gritar. Era como se esse grito sinalizasse para alguém que aquela coisinha estava viva. Mas o choro distorcia o rosto da criança: toldado de carmesim, parecia adquirir uma expressão selvagem.

À sombra dessa noite escura, Yu não observou a expressão de seu irmãozinho. Naquele momento, a janela foi iluminada por um raio de luar oblíquo e obscuro. Yu achou que a janela parecia um gigantesco floco de neve. Espera-se que flocos de neve sejam bonitos, mas este, por ser tão imenso, parecia sinistro.

O ronco da avó parou por um momento, para logo recomeçar. Yu pensou que o som era uma espécie de sugestão sutil, muito como aquele perturbador e inconcebível sussurro, que tinha um poder irresistível.

## 12

A grande nevasca ficou gravada nos anais da região. Quando a neve finalmente parou, tanto o céu quanto o lago ganharam um profundo tom de azul nunca visto antes, e as árvores pareciam uma mancha verde-escuro. Houve relatos de que essa parte do norte do país tivera tempestades desastrosas antes, e as pessoas que viviam na área deveriam prestar atenção especial à previsão do tempo. Na ocasião, a previsão era: amanhã à tarde o tempo ficará nublado, depois claro; o vento virá do norte, depois vai virar para o sul; os ventos vão passar de força 2 para força 3; a temperatura será de 3 graus Celsius...

Naquele dia, muita gente ficou do lado de fora da casa, tirando neve com a pá. Muitas coisas foram queimadas pela neve. O mais estranho foi uma pintura envolvida por uma camada congelada. O canto descoberto revelava claramente ser uma pintura de flocos de neve contra um fundo azul. Os flocos, grandes e bonitos, tinham uma espécie de simplicidade infantil. Todos que a viram gritaram maravilhados, mas ela acabou no lixo, junto com outros achados.

Como um sussurro sobrenatural, os sons da previsão do tempo ressoaram entre as pessoas que afastavam a neve: "Há uma área alongada de pressão baixa de alto nível na região norte do país."

# Capítulo 2 | JULGAMENTO *IN ABSENTIA*

## 1

Ruomu estava entre os formandos da década de 1940. Um dos marcos da época eram os estudantes pobres amontoados em torno de comida caseira paga com suas magras bolsas de estudos. Brotos de ervilha se tornaram o símbolo de Guizhou, província que empobreceu durante a guerra contra o Japão, e eram a base da dieta estudantil durante aqueles tempos. Mas a memória embeleza tudo. Várias décadas mais tarde, o mesmo verso ruim que os estudantes costumavam recitar enquanto se aqueciam em torno do fogão ganhou contornos profundamente românticos: "Em volta do fogo, comendo verdes cozidos / Nossas vidas vazias pareciam cheias de caroços... Mingau de arroz foi sempre nossa principal matéria-prima." Quando chegaram os anos 1950, aquele tipo de mingau de arroz, com uma espessa camada de óleo flutuando em cima, desapareceria. Como a dieta de Ruomu não incluía um cardápio regular, o cheiro do arroz grosso penetrou diretamente em seus órgãos. Com seus interiores marinados naquele odor, o buquê aristocrático de Ruomu foi encoberto. Mas sua ambição era imbatível e, ainda que impregnada daquele cheiro, nunca perdeu de vista sua meta original ao cursar a universidade — encontrar um bom marido, com educação superior.

Já com 29 anos, era a mais velha da turma. Não ser noiva naquela idade era praticamente sem precedentes naqueles dias. Nem mesmo as mulheres com alguma deficiência física, ou as mais pobres e mais feias, se encontravam nessa situação. Bem ao contrário delas, Ruomu vinha de família rica e influente, e era dona de um rosto sereno e belo, de uma pele bonita e delicada, além de corpo e mente incrivelmente saudáveis. Que Ruomu, aos 29 anos, ainda não estivesse casada era exclusivamente culpa de sua mãe. Xuanming, com seus olhos que nunca perdiam uma coisa sequer, policiava estritamente os contatos da filha com o sexo oposto.

Quando Ruomu estava com 17 anos, uma nova família, com o sobrenome Qian, mudou-se para a casa ao lado. Quatro caminhões de transporte chegaram, carregados do mobiliário da família e de uma grande variedade de objetos valiosos. Os Quian não tinham filhas, só filhos — Qian Feng e Qian Run. Ruomu lembra de Xuanming naquela manhã, andando desajeitadamente para lá e para cá, com seus pés pequenos e o rosto radiante com animação rara. Xuanming disse que os dois herdeiros Qian pareciam ter acabado de sair de uma pintura. Como um ferro em brasa, aquele pronunciamento marcou o coração de Ruomu. Filha única, não experimentara nenhuma paixão de juventude, ou um amor inocente. Seu corpo alto e esguio não mostrava nenhum dos sinais comuns de desenvolvimento sexual. Carente das elevações e depressões habituais, não era nada curvilíneo. O que a tornava atraente era a pele branca como a neve. Se ficasse nua em frente a uma parede recém-pintada de branco, as únicas coisas visíveis seriam seus cabelos e seus olhos e, se não usasse batom, os lábios ficariam também quase invisíveis. Poucas pessoas tinham uma pele como aquela, o corpo inteiro de um branco absolutamente uniforme, como se fosse pintado, completamente livre de manchas, rugas e descolorações, embora definitivamente não se pudesse dizer que fosse brilhante ou translúcido. Afastada da parede e posta à luz do sol, seria possível ver que a pele tinha o branco sem brilho da farinha de arroz delicadamente moída e viscosa usada para fazer os bolos duros de ano-novo. Xuanming não tinha ideia do que preenchia a mente da filha, nem tempo para contemplar a questão. Os eventos dos dias de Xuanming eram rigorosamente organizados, e, depois do jantar, ela sempre reservava tempo para as apostas, em jogos de cartas ou mahjong, começando à meia-noite. Desde que a filha era muito pequena, Xuanming havia aceitado sua relutância em se comunicar. Imaginou que Ruomu fosse reservada e taciturna por natureza, que este era um aspecto inato de ser menina, e o aprovava com satisfação.

Em uma tarde de meados de verão, quando a fragrância das madressilvas enchia o ar, Ruomu caminhava sem pressa sob a treliça do lado de fora da porta da frente, como costumava fazer. Sempre que andava por ali, os poemas da dinastia Song, que sua mãe lhe ensinara quando era garotinha, surgiam em sua mente — como o *Festival do Duplo-Nove**, de Li Qingzhao, letra da canção *Bêbado à sombra das flores*:

*Finas brumas e espessas nuvens suspendem o dia triste,*
*Enquanto o incensário dourado de cânfora queima,*
*E o festivo Duplo-Nove nem parece tão alegre.*
*Agora minha câmara de seda e meu travesseiro de jade*
*Tornam-se muito frios à sombra escura da meia-noite.*

*Quando junto à sebe oriental degusto vinho tardio,*
*Sua sutil fragrância repleta da passagem do tempo*
*Não posso dizer que meu amor decline.*
*Quando minha cortina balança com o frio vento oeste,*
*Revela uma silhueta ainda elegantemente delgada.*

Ou *Em Cativeiro*, de Li Yu, adaptada à canção *Dunas Semoventes:*

---

* Acontece no nono dia do nono mês lunar chinês, também conhecido como Festival Chongyang, normalmente em outubro no calendário gregoriano. (*N. da T.*)

*Do lado de fora da minha cortina, o som da chuva*
*Anuncia que a primavera chega ao fim;*
*O frio antes do alvorecer se infiltra em minha colcha de seda,*
*Enquanto em meu sonho de prazer sem culpa,*
*Esqueço-me de que não sou senão uma convidada.*

*Ao lado desse corrimão não devo permanecer*
*Para contemplar essa terra sem fim;*
*Terminar é fácil; começar, difícil*
*Se no céu ou na terra*
*A água que flui e as pétalas que caem marcam a morte da primavera.*

Naquela noite, a suave luz da lua deu às folhas da parreira uma translucidez brilhante, enquanto a pele branca como a neve de Ruomu andava como um fantasma à sombra da treliça. Ela sentiu então que um olhar não familiar vinha das sombras como um sabre, cortando as belas folhas da parreira uma a uma. Virando-se, hesitante, subitamente congelou. Um lindo rapaz estava de pé diante dela. Ela não precisou fazer perguntas; soube imediatamente quem era. Qian Run, pensou, não há dúvida.

Era mesmo Qian Run, o segundo filho dos Qian. Quando pequenos, os filhos homens de boa aparência têm algumas características femininas. Talvez porque os elementos próprios para meninas sejam favorecidos em suas roupas, eles às vezes parecem mesmo com meninas bonitas. Seus modos eram também afeminados: não gostava muito de falar, e, quando o fazia, gaguejava e parecia acanhado e incoerente, incapaz de comunicar sua intenção. Ruomu, também, em consequência da severidade da mãe, frequentemente não sabia como se comportar na frente dos outros. Tinha o mesmo problema com Qian Run. Mas, pelas costas, seu comportamento era totalmente diferente. Podia ser fria e calculista, dissimulada e selvagem, o coração duro como aço. Por causa da suavidade de Qian, sentiu imediatamente que ganhava uma nova força. Ruomu queria ter autoridade sobre os outros, e não ser contrariada. Qian Run era o alvo perfeito. Por isso, foi o equivalente a amor à primeira vista para ambos. Embora se comportasse como uma moça na frente dos outros, quando Qian Run ficava sozinho, sua mente frequentemente se enchia das curiosidades profanas de um pervertido.

Um dia, quando Xuanming saiu para jogar mahjong, Qian Run se esgueirou para dentro da casa e, sob a grande mesa de carvalho, desafivelou as calças e puxou para fora seu pequeno pênis. Em tensa excitação, com suor gelado pingando da testa, perguntou: "Você tem um desses? Tem?" O rosto de Ruomu se contorceu com um brilho gelado e, sem dizer palavra, ela despiu-se da cintura para baixo. Sufocando de curiosidade, Qian Run inclinou-se para ver melhor. Assim, diante das partes simples, mas perfeitamente limpas de Yu, o segundo filho da família Qian satisfez a curiosidade que assombrava seus sonhos dia e noite. Ele pensou que aquela coisa rosada, escondida como uma semente de pêssego entre as coxas brancas de Ruomu, devia ser o segredo especial das mulheres. Não conseguia parar de olhar e explorar de todos os ângulos. Mas, finalmente, com o rosto pálido, vestiu as calças novamente. O olhar implacável de Ruomu, como uma câmera de segurança, o amedrontou. Esse tipo de comportamento estava fora de questão na frente de uma câmera de segurança, principalmente para um jovem rapaz cuja luxúria era esmagada pela covardia.

Mas esse teatro se repetiria. Como Xuanming e seu marido não gostavam da companhia um do outro, ela passava cada vez mais horas da noite jogando cartas ou mahjong fora de casa. Tudo que Ruomu precisava fazer era ir à despensa e bater três vezes na parede: Qian Run corria como a brisa noturna. Enquanto o tempo passava, ele se satisfazia cada vez menos com apenas olhar a protuberância parecida com uma semente de pêssego. Então, uma noite, pegou uma esferográfica Parker alemã do bolso e a usou para cutucar levemente o centro da saliência. Pensava que sua própria ferramenta não era mais grossa que a caneta. Mas, naquele momento, os sinos da porta da frente soaram. Como uma dupla de ladrões pegos no flagra, os dois apressadamente começaram a vestir as roupas. Xuanming viera pegar mais dinheiro, depois de perder tudo no jogo. Se o jovem casal tivesse conseguido manter a calma, não teria assustado aquela mulher, cujos pensamentos ainda estavam no jogo. Mas os ruídos do seu pânico interromperam completamente os pensamentos de Xuanming. Ela se virou na direção dos sons e, como um golpe de vento, abriu a porta e entrou no quarto. Pálida como um cadáver, sua filha se agarrou à parede do quarto de vestir branco como um iglu. Aos seus pés, uma pequena pilha de roupas azul-safira tremia incontrolavelmente.

Aquele azul-safira brilhante golpeou os olhos de Xuanming. Ela levantou um pé e chutou a pilha. Certeiro, seu lindo pezinho encontrou o caminho para a pessoa escondida lá embaixo. Quando sacudiu o garoto e o pôs de pé, ele parecia um peixe recém-pescado, com a cauda ainda batendo, e, ao se erguer, suas calças escorregaram, revelando o acessório que usara tantas vezes em suas performances.

O grito de Xuanming reverberou em todas as casas do condomínio. As jovens empregadas, as velhas enfermeiras, a equipe da cozinha e todos os outros servos estavam ajoelhados ordeiramente, em um grupo compacto, no pátio. Quando o jovem Qian Run subiu as calças e correu, estava a ponto de desmaiar. Nenhum dos servos do lado de fora tinha a mais leve suspeita do que acontecera. Quando saiu, Xuanming trancou o portão do pátio interno por dentro. Os servos viram que as cortinas escuras e pesadas do quarto de vestir da filha tinham sido fechadas, de modo que nada podia ser visto.

O quarto de vestir de Ruomu, branco como um iglu, parecia mais uma caverna negra. Como castigo, foi forçada a ajoelhar-se, e não foi posto um limite de tempo à sua sentença. Lá estava ela, ajoelhada, imóvel, em sua caverna negra. Não tinha nada para comer, beber, ou dizer. Havia apenas silêncio. Na escuridão profunda da noite, só ouvia o som débil do ronco da mãe e o cricri distante dos gafanhotos.

## 2

Uma tarde, ao pôr do sol, a Sra. Peng, empregada mais antiga de Xuanming, perguntou à patroa com cautela: "Senhora, por que não vimos sua filha nesses últimos dias?" Enquanto cutucava a boca atrás de um osso de peixe preso nos dentes, Xuanming fez uma pausa e disse sem pressa: "Não pergunte coisas sobre as quais não deveria perguntar." Enfrentando a situação, Peng continuou: "Mesmo que sua filha tenha agido de forma imprópria, ela é jovem, e, ainda por cima, sua própria carne e seu próprio sangue." O último comentário fez Xuanming levantar as sobrancelhas e responder: "Se eu decidisse mantê-la de joelhos até morrer, eu mataria quem tentasse intervir."

Chocada e profundamente perturbada, Peng foi procurar a empregada pessoal da filha de Xuanming, Meihua. Qin Heshou, marido de Xuanming, não vinha para casa havia duas semanas. O boato era que tinha comprado uma casa na periferia e ali mantinha uma dupla de atrizes; mas, dado o tamanho da cidade, seria difícil encontrá-lo. A solução óbvia seria ir ao escritório da Ferrovia Gansu–Shangai, que ele administrava. Isso provocaria a sua ira, mas, em uma situação de vida ou morte, não fazer nada seria igualmente desastroso. Presa entre marido e mulher, era difícil decidir o que fazer.

Mas Meihua tinha seu próprio modo de agir. Era a criada mais bonita da família Qin. Sabia como agir e como falar. Todos na família, exceto Ruomu, gostavam dela. Meihua nascera na família Qin. Xuanming lhe dera o trabalho de servir Ruomu quando era só uma menina. Embora muito mais jovem que Ruomu, entendia as regras do decoro e os princípios do bom comportamento, assim como a correção moral e era boa em ler as intenções alheias. Se fossem vistas juntas, seria difícil dizer quem era a ama e quem era a criada. Em inúmeras ocasiões, Ruomu quis se livrar de Meihua, mas não encontrava substituta. Não havia muito que pudesse fazer, a não ser mandá-la para os aposentos das criadas para costurar e nunca requisitar seus serviços pessoais. Buscou, em vez disso, uma oportunidade para falar com a mãe, dizendo: "Mãe, Meihua já tem idade; é hora de arranjar um casamento para ela. Acho que Shu'er, a criada do meu irmão mais novo, é um pouco rústica; mas ele está longe, estudando, então não precisa dos serviços dela. A melhor coisa a fazer seria dá-la para mim." Xuanming ouviu, mas preferiu não responder.

Meihua, naturalmente, entendia a atitude de Ruomu. Mas já sabia qual homem queria em sua vida há tempos. Ele era ninguém menos que o único filho homem da família Qin — o irmão mais novo de Ruomu, Tiancheng. Naquela época, Tiancheng frequentava a escola longe de casa. A intenção do pai era que ele acabasse na administração da ferrovia, seguindo os passos do pai, como mandava a tradição. Tiancheng não parecia parte do clã, nem em aparência nem em temperamento, mas não havia dúvida de que era filho de carne e sangue de Qin Heshou e Xuanming. Era tão digno e bonito quanto os homens descritos nos livros tradicionais chineses costurados à linha como tão bonitos quanto o ornamento de jade no chapéu dos oficiais. Mas suas sobrancelhas estavam sempre juntas, em uma expressão triste. Mesmo quando sorria, as nuvens de preocupação não se afastavam.

Desde bebês, tanto Tiancheng e Ruomu estavam cercados pelas brigas intermináveis dos pais; mas suas reações e a influência sobre eles não foram nada parecidas. Desde muito cedo, Ruomu reconheceu e ignorou a situação. Mesmo que, na frente dela, o pai atacasse a mãe brandindo uma cadeira, isso não causaria sequer uma ruga na testa da garota. Mas coisas como essas perturbavam Tiancheng profundamente. Aos 4 anos, imaginava que, rastejando até o pai e pondo os braços ao redor de suas pernas, poderia implorar para que não batesse na mãe. Mas o pequeno Tiancheng não sabia que, na verdade, o pai era um tigre de papel, e que formidável era sua mãe. Olhando hoje para aqueles dias passados, percebe-se que Xuanming estava na linha de frente do movimento de liberação feminista. Sua vontade de viver e lutar não tinha paralelo. Podia xingar e socar a mesa de jacarandá do amanhecer ao anoitecer. Cada palavra sua era uma pedra preciosa, cada frase tinha valor inestimável, ressoando com razão irrefutável. Heshou detestava ficar preso naquela rede, mas seu jeito com as palavras era limitado. Tudo que podia fazer era criar uma tempestade, agarrando e brandindo aquela cadeira como um revólver fumegante, tentando ganhar um pouco de prestígio e manter as aparências diante do filho, da filha e dos criados.

Mas tudo isso feria profundamente o coração bondoso, gentil e sensível de Tiancheng. Uma vez, quando a mãe não estava em casa, ele viu, com os próprios olhos, o pai, vestido em roupas ocidentais, com uma gravata-borboleta, de frente para duas mulheres sentadas no sofá, dando o ritmo enquanto elas cantavam árias de óperas. O pequeno Tiancheng não sabia que uma das duas mulheres era a substituta de Cheng Yanqiu, um dos quatro famosos atores de papéis femininos da ópera de Pequim. Quando comparadas a Xuanming, nenhuma das duas mulheres era minimamente bonita, mas sua humilde subserviência, seu encanto malicioso e sorrisos convidativos significavam mais para os homens que a beleza genuína. Ao longo de sua vida, Xuanming nunca entendeu isso, e passou a vida inteira imersa em brigas.

Houve tempos estranhos, em que Xuanming se mostrava contida. Tiancheng era sempre um dos melhores alunos. Seu desempenho em estudos culturais chineses era particularmente bom. Uma redação que escreveu em seu terceiro ano foi escolhida pela escola como modelo. Mas quando Xuanming, borbulhante de alegria, entrou no escritório do diretor com seus pés pequenos, se amedrontou com a expressão de censura nos olhos dele, do fiscal de ensino e dos professores. Para ela, o título da redação foi pior que um raio: "Um lar desfeito."

Depois que todos os membros importantes do ensino e da administração confirmaram a qualidade excepcional do talento de Tiancheng, um silêncio tomou conta do ambiente. Depois de um longo tempo, o diretor, hesitante, sondou: "Sra. Qin, desculpe me intrometer, mas como o seu filho, tão jovem, foi capaz de escrever uma redação dessas? Naturalmente, está muito bem escrita, mas..."

Naquela noite, Xuanming chorou. Era como se de repente percebesse que, além das travessuras românticas de Qin Heshou e suas atrizes, havia incontáveis outras peripécias acontecendo neste mundo. Seus filhos não eram mais bebês. Seus olhos já podiam interpretar o mundo; seus ouvidos entendiam as brigas de adultos. Era uma situação perigosa, assustadora e dolorosa!

Na escuridão da noite, pela primeira vez em muitos, muitos anos, Xuanming se deu ao trabalho de avaliar seus pensamentos. Percebeu que as coisas em que realmente estava interessada já estavam no passado distante.

Xuanming foi, de fato, a filha caçula de um clã muito grande. Seu pai construíra uma família extremamente rica, mas não tivera nenhuma concubina. Seu pai e sua mãe formaram uma família com 17 crianças. Ela era a caçula — "Pequena Dezessete". Desde garotinha, Pequena Dezessete era boa em matemática e nos assuntos de família, e hábil na administração das finanças. Seu avô tinha sido um negociante de renome no mundo financeiro de Hunan e das províncias Hubei. Foi precisamente na geração de seu pai que a situação financeira da família atingiu novas alturas. De todos os filhos, a favorita do pai era a Pequena Dezessete. Quando fez 15 anos, assumiu o ábaco de ferro da família. Suas irmãs podiam praticar a costura em um dos quartos, acompanhadas pela música de fundo dos cálculos da Pequena Dezessete em seu ábaco.

Desde garota, Xuanming não temia ninguém. Mas, daquela noite em diante, passou a ter medo do filho.

## 3

Mais tarde, durante os anos turbulentos da guerra contra o Japão, Tiancheng contraiu febre tifoide e morreu. Apenas 22 anos, recém-formado na universidade, morreu na aurora da vida. Xuanming insistia que, se não tivesse ignorado o filho ao focar sua atenção em Ruomu, ele não teria morrido. Isso criaria uma rixa eterna entre mãe e filha. Ruomu ficando ciente da importância de ter um filho homem pela experiência da mãe, estava determinada a ter o seu próprio. Seu desejo finalmente se realizou quando estava com 40 anos. Deu à luz um filho homem. Mesmo que tivesse nascido prematuro e fosse pequeno, feio e fraco, era, mesmo assim, um filho homem, um filho que levaria adiante o nome da família e o culto das gerações passadas. Graças a deus, enfim, tivera um varão.

Após se formar, Ruomu trabalhou apenas quatro anos. Depois de dar à luz Xiao, sua segunda filha, Xuanming lhe disse que ela não voltaria ao trabalho, e que Lu Chen, marido de Ruomu, fora promovido a professor-adjunto e ganhava o bastante para sustentar a família. Naquela época, o marido de Xuanming, Heshou, já havia morrido, e Xuanming concentrou-se em ajudar a filha a cuidar da casa. Mas Ruomu tratava a mãe como a todos os outros — com suspeita e ciúme. Não deixava Xuanming pôr um dedo sequer nas finanças da família, mas, ao mesmo tempo, não queria fazer compras. Mãe e filha inventaram um sistema de guardar os recibos para reembolso. Não foi por acaso que Ruomu estudou administração financeira, e não permitia que a mãe deixasse de prestar contas de um só centavo. Xuanming, nascida em uma família rica e poderosa, achava impossível suportar essas pequenas humilhações e acabaria por chamar claramente de abuso o tratamento da filha.

Por tudo isso, Yu foi, aos poucos, conhecendo a história da família. Sabia que existira um tio que fora o bem-amado de sua avó materna, mas que, enquanto enfrentava os problemas da guerra, ela negligenciara e perdera seu adorado filho em função da preocupação em cuidar da mãe de Yu. Xuanming contou essa história tantas vezes que os ouvintes, inicialmente simpáticos, acabaram se entediando. Depois de destilar sua raiva, ela se punha em seus pés pequenos e, seguindo a prática diária, saía com uma cesta no braço para comprar mantimentos. Depois voltava para casa e, como sempre, cozinhava uma refeição deliciosa e chamava todos para a mesa. Mas tudo que aparecia sobre ela tinha de ser pago. Na mesa de jantar da família Lu, que ainda era considerada rica, todos tinham de ouvir Xuanming matraquear sobre como tivera de pagar por tudo. Na frente de Lu Chen, porém, Ruomu não ousava pronunciar uma só palavra. Tudo que podia fazer era curvar a cabeça e, silenciosamente, escavar seu arroz, como uma pequena e sofredora filha adotiva. Mas é claro que Lu Chen teria uma tendência natural a distorcer seu julgamento, e, com o tempo, ele e Xuanming viraram inimigos pessoais, cada um sem tempo ou paciência para o outro.

Isso prosseguiu até que uma força de coesão de valor incalculável apareceu nessa família de brigas intermináveis: o nascimento de um herdeiro homem. Xuanming imediatamente disse a Ruomu para escrever uma carta a Xiangqin, filha de sua antiga criada de muitos anos, a Sra.

Peng, e também para a criada de Ruomu, Shu'er. Ling e Xiao, filhas de Ruomu, foram ambas criadas por essas duas mulheres até a vida adulta. Agora que tinham um filho pequeno para levar adiante a linhagem, não havia, naturalmente, mãos suficientes para cuidar dele. Se apenas uma das mulheres respondesse, seria o bastante. Além disso, Xuanming teimava para que o menino tomasse o sobrenome Qin e fosse aceito como o filho adotivo de seu filho morto, Tiancheng, o que o faria seu neto legítimo. É claro que Lu Chen não concordaria com isso. A família Lu lutara muito, durante várias gerações, para produzir um único herdeiro homem. Como poderiam agora dar o único primogênito para o clã Qin?!

Mas enquanto continuava a discussão para determinar se ele se chamaria Lu ou Qin, a criança não existia mais, sua vida terminou prematuramente. Morrera sufocado. Naquela noite, o mundo da família Lu desabou. O choro daquele garotinho, com seu rosto magro e enrugado, não vinha mais do berço, que parecia o casulo de um bicho-da-seda. Seu rosto e corpo, púrpura-esverdeado; jazia ali sem emitir qualquer som, sem respirar.

Depois que as lágrimas iniciais incontroláveis e os uivos diminuíram um pouco, Ruomu abriu a cortina formada pelo cabelo ensopado de lágrimas e, por entre os dentes, gritou esganiçadamente: "Foi ela! Foi a terceira filha!"

Com o rosto subitamente cinzento, Lu Chen viu o que pareceu um par de olhos de brilho incomum, demoníaco, reluzir na escuridão e rapidamente desaparecer. Os olhos eram de sua filhinha.

## 4

Foi em uma clara manhã de primavera, com uma brisa gentil acariciando seu rosto, que Yushe encontrou Jinwu. Foi no primeiro prédio residencial da cidade. Depois que apertou a campainha pela terceira vez, uma mulher abriu a porta e pôs a cabeça para fora. Os olhos de Yu brilharam — era mesmo aquela mulher que parecia uma fada, a estrela de cinema que ansiava conhecer havia anos.

"Maravilhosos" seria uma palavra apropriada para descrever o rosto e a roupa de Jinwu. Com seu longo cabelo castanho penteado para trás e recolhido em um grande coque na nuca, e a testa radiante e comprida, tinha uma beleza ocidental. O laranja do batom aumentava o contraste de cor entre seus lábios e sua pele. Yu notou que a tez de Jinwu era delicada e tão lustrosa e colorida quanto a de um bebê. Em comparação, a pele de Yu mostrava sinais prematuros de ressecamento e morte. Jinwu parecia estar na flor da idade, e Yu, uma criança negligente que não dava atenção à aparência.

A idade é uma medida estranha das coisas. Não está ligada a quanto cabelo branco ou negro temos, ou quantas rugas. Elementos mutáveis, ou *software*, como pele, cabelo e até a aparência geral de uma pessoa, não são os árbitros da idade. Ela é governada pelo *hardware*. Desde os tempos remotos, por causa do medo do envelhecimento, incontáveis mulheres bonitas inventaram miríades de modos de manter sua beleza. Mas, no fim, nenhuma escapou do fracasso. Das primeiras formas de pó mineral vermelho ao melhor ruge atual da Chanel, tudo para mascarar a idade, trabalharam para inventar meios de decepcionar a si mesmas. Mas não importa o quão inteligentes essas mulheres inteligentes sejam, sem remorso ou pesar todas terminam se enganando, exatamente como no passado.

É melhor ninguém revelar a verdade, porque o mundo é uma forma de caos, um rio de cinzas: é melhor ninguém quebrar o padrão, porque ele é o resultado natural de milhares de anos de mudança cíclica. Se for quebrado, as pessoas terão de pagar por isso com a vida, sem o menor benefício. Na vida real, a verdade às vezes vira piada. Se você disser a uma mulher honestamente como ela é velha e feia, seu ódio por você irá até os ossos e, quando pensar que ela esqueceu, quando menos esperar por retaliação, ela desfechará o golpe fatal. Também podem existir pessoas que você nunca levou em consideração e que, de repente, em uma noite, viram seus inimigos. Por exemplo, uma esteticista que ganhou um bocado de dinheiro daquela mulher, ou os donos de negócios que fizeram fortuna com cosméticos. Eles esgotaram incessantemente os neurônios pensando em meios de levar adiante a mentira da beleza, enquanto você, em uma frase, tenta pôr fim às mentiras deles... seu meio de subsistência, seu prato de comida.

Neste mundo, aqueles que enganam a si e aos outros podem ser uma armadilha, bonita mas perigosa, e que, portanto, deve ser evitada.

Naquele dia, Yu pegou um dos pijamas azuis de Jinwu. Eram únicos e maravilhosos, um turquesa com tons de azul que imediatamente lembrou Yu do lago em frente à sua casa. Nessa época, ela se sentava ao lado do lago toda noite, ao crepúsculo, sempre à espera de alguma pequena descoberta. Às vezes via o imenso mexilhão abrindo silenciosamente a concha. Nunca conseguia ver claramente o que estava dentro, até que um dia, subitamente, teve a sensação de que, na verdade, aquilo não era mexilhão algum, mas sim várias plumas pretas em uma moldura de metal em forma de mexilhão. Era como uma peça de teatro: a capa de uma mulher. A mulher ali escondida era uma auxiliar dos bastidores, que, por escolha própria, se trancafiara em uma prisão de plumas. Era uma espécie de isolamento, um tipo de proteção.

Ela era muito parecida com a dama.

## 5

Na época, Jinwu já era uma estrela de cinema bem conhecida na cidade. Já aparecera em três filmes. Dois deles eram sobre minorias nacionais, mas, no outro, viveu o papel de uma espiã norte-americana. Esse papel lhe deu fama instantânea. Em consequência, no mundo do espetáculo, adquiriu o apelido de "dama espiã". Jinwu tinha uma cordialidade inata. Era sempre encantadora e graciosa — nunca jovem demais, nunca velha demais.

Jinwu não tinha idade.

Ela pertencia ao momento, sempre ao momento presente.

Dizia-se que tinha uma lista incontável de amores ilícitos. Na cidade, tinha pelo menos metade da influência do prefeito, talvez até mais.

Então, quando foi pessoalmente brigar por uma escola para Yu, tudo correu bem. Era um dia úmido e chuvoso quando foi levada a uma aula em que a professora de idiomas e literatura recitava em voz alta o conto de Lu Xun, "Um pequeno assunto". Yu conseguiu reunir coragem suficiente para olhar para seus colegas, mas não disse nada. A professora, um pouco por preocupação, um pouco por irritação, disse: "Se você usar aquele assento vazio, os representantes da classe para cada matéria logo vão lhe entregar os seus livros."

Quando foi para sua carteira, Yu notou que o estudante que dividia o assento com ela era estrangeiro, e muito bonito. Mas ela sentiu que isso não tinha importância. A boa aparência dele não tinha absolutamente nada a ver com ela. Nem sequer pensou em dar uma segunda olhada. Mas ele lhe deu um sorriso, o rosto bronzeado revelando duas fileiras de deslumbrantes dentes brancos.

No passado, a escola havia tido outros estudantes estrangeiros. Não havia nada de incomum nisso. O que era incomum é que esse estrangeiro sentado ao lado de Yu era filho de um famoso líder do movimento de esquerda nos Estados Unidos.

O garoto, cujo nome era Michael, sempre parecia estar de bom humor, com um sorriso no rosto, mas não falava muito; e quando dizia uma ou duas palavras, ninguém conseguia entender. Ele era um completo fracasso no estudo de línguas — exatamente o contrário de sua irmã menor, Joan, que estava em outra turma. Michael usava a camisa branca e as calças cinza que eram o uniforme dos estudantes homens na China Joan, por outro lado, era especial: usava o cabelo preso em cachos e vestidos de estampa persa. Ambos tinham olhos azul-claro e muitas sardas, inclusive nas mãos. A pele de Joan tinha um tom esbranquiçado e, embora não fosse particularmente bonita, impressionava com sua vivacidade.

Jinwu conheceu Michael por intermédio de Yu. Ela soube que havia um menino na turma cujo pai era um líder esquerdista nos Estados Unidos, e, por curiosidade, insistiu que Yu o convidasse para ir à sua casa. Durante muito tempo, Yu não respondeu, mas finalmente sugeriu que Jinwu escrevesse um bilhete para ele, pois nunca falava com o menino.

Jinwu estava bastante acostumada a esse tipo de resposta. Yu tinha medo de gente. Toda vez que chegavam convidados em casa, ela fugia na primeira oportunidade. Não comia e vivia dormindo para evitar encontrar-se com pessoas; e, como resultado, ainda muito jovem já tinha olheiras escuras e ossos finos como gravetos. Jinwu sempre sentiu que Yu tinha algum segredo no coração que a cegava para a verdade, um segredo aparentemente assustador.

Por isso, Jinwu era indulgente com Yu — por seu hábito triste de se confinar, sua solidão infeliz, sua falta de afeto e respeito por parte de outros; por seu segredo assustador e até mais por sua inabilidade de esconder seus verdadeiros sentimentos.

Por seu rosto eternamente revelador.

## 6

Jinwu estava dando um banho em Yu, em uma grande banheira, cheia de flores que tinham acabado de ser colhidas. O corpo de Yu era exatamente como Jinwu imaginava — suave e lustroso; delicado, adorável e delgado. Seus seios eram totalmente chatos; os mamilos, de um branco pálido, não tinham qualquer traço de rosa. Yu não possuía sequer um fio de cabelo no corpo e a pele era fria e escorregadia ao toque, como se descendesse de alguma criatura aquática.

Com a esperança de transformar Yushe em uma perfeita jovem beleza, dando ao seu corpo um pouco do perfume fresco de pétalas de flores, Jinwu usou as duas mãos para pegar as pétalas e esfregá-las na pele de Yu. Coberta com uma camada de flores, a água da banheira assumiu a cor rosa do sumo das pétalas esmagadas de não-me-toques, cravos e rosas chinesas. Enquanto a água tingida pelas flores e o vapor da banheira fizeram a face de Jinwu ficar totalmente cor-de-rosa, o rosto de Yu continuava em seu tom branco-pálido habitual, como se o corpo tivesse sido completamente drenado de sangue.

Depois de observá-la por um longo tempo, Jinwu teve a sensação de que o corpo da menina tinha, ao mesmo tempo, uma beleza delicada e uma exuberância ousada, como o toque delicado do pincel de escrever, ou a imersão total na música. Seus vasos sanguíneos, como hastes de flores no inverno, ou leitos de rios secos, só poderiam revelar sua beleza no calor do amor; mas, agora, como um rolo de seda de verão guardado em uma prateleira alta por estar fora da estação, ela não podia fazer nada a não ser hibernar.

Jinwu decidiu despertá-la.

Jinwu tirou a roupa de dormir. O olhar de Yu caiu sobre os grandes seios da mulher, mas só por um momento — como se fosse muito tímida, como se Jinwu a constrangesse e até assustasse. Enfeitiçada pela expressão de Yu, Jinwu estendeu as mãos e a puxou para si. Na água, os braços de Yu assumiam a translucidez de dois ramos entrelaçados de coral branco como leite. Amparadas pela água, as duas flutuaram na superfície da banheira. Jinwu gentilmente puxou Yu para perto e começou a acariciá-la lentamente. O longo cabelo de Yu lhe cobria o rosto, ocultando sua expressão, enquanto as carícias de Jinwu se tornavam cada vez mais pronunciadas e atingiam cada polegada do seu corpo, como se Jinwu se preocupasse com o que tocava. Depois, deitou ali, esperando que Yu a beijasse. Yu olhou os luxuriantes pelos púbicos de Jinwu, curvando-se para a frente e para trás na superfície da água como alga marinha. Um pouco hesitante a princípio, foi rapidamente dominada pela paixão, ficando ainda mais excitada que Jinwu. As duas se debateram dentro da banheira cheia de flores como um par de peixes loucos empenhados em uma batalha, seus longos cabelos ondulando, ofegando, soltando sucos corporais; até que, finalmente, exaustas, como um par de cadáveres, flutuaram silenciosamente na superfície da água.

Aparentemente surgida do nada, também flutuando na água, apareceu uma flor escura — uma tulipa negra. Yu a tomou e gentilmente introduziu-a na vagina ávida de Jinwu. Com uma expressão estranha no rosto, Yu contemplou sua obra-prima.

## 7

Yu atirou o convite escrito à mão para seu colega de mesa Michael. Do ponto de vista dela, ele não era diferente de nenhum dos idiotas ali. Ela não entendia a obsessão de Jinwu pelo nome "Estados Unidos da América". Era só isso — o nome *Mei Guo*, ou País Bonito —, dois símbolos de escrita chineses. Yu achou que, não fosse pelos dois símbolos, Jinwu não se daria ao trabalho de escrever o convite.

O ato seguinte de Jinwu fez com que Yu ficasse ainda mais zangada. Ela foi ao mercado do centro e comprou uma grande quantidade de coisas, incluindo uma tapeçaria para a parede, pequenas cestas de flores, ornamentos de vime trançado e muitos aperitivos saborosos. Ouvira dizer que Michael gostava de bolinhos chineses, então comprou também diversos tipos de recheio pronto e, pessoalmente, passou a tarde inteira amassando a mistura de farinha, esticando a massa, cortando pedaços pequenos e embrulhando os bolinhos. Yu sentou ao seu lado, fazendo uma bolsa de mão de crochê, sem nunca ao menos erguer uma pálpebra. Depois de algum tempo, Jinwu pressionou Yu a ajudá-la, mas os bolinhos de Yu jaziam sem vida sobre a tábua de cortar, enquanto os de Jinwu, tão lindos como a própria Jinwu, pareciam cheios de vida, prontos para voar.

Quando Michael chegou, quase todos os bolinhos tinham sido enrolados. Mas era a primeira vez que ele via o processo, então insistiu em tentar. Como Jinwu estava ocupada cozinhando os bolinhos, pediu a Yu para lhe mostrar o que fazer. Uma Yu desanimada respondeu: "Não deveria ser eu a ensiná-lo, pois meus bolinhos são todos casos de hospital." Com uma risadinha, Jinwu admitiu a verdade daquelas palavras, e respondeu: "Sua safadinha, se for sempre teimosa e inflexível assim, quem ousará querer alguma coisa com você no futuro?" Com um olhar rápido, de olhos bem abertos, Yu respondeu: "Ninguém além de você!"

Pega de surpresa, Jinwu ficou ao mesmo tempo emocionada e atormentada, pensando que não era hora para aqueles jogos.

Com os bolinhos servindo apenas de intermediários, os dedos brancos como a neve de Jinwu e os dedos bronzeados de Michael se tocaram. Ela notou que ele tinha as unhas muito longas, e usava um esplêndido anel de marfim no dedo médio da mão esquerda. Michael já falava um pouco de chinês, desajeitado, com sons estranhos. Sabia como dizer um educado "obrigado" e insinuar-se para o sexo oposto, embora sua habilidade nesse quesito se limitasse a uma frase: "Você é mesmo cativante como uma pomba penugenta."

Quando os bolinhos foram servidos, Michael, pressionado a encontrar palavras que transmitissem sua delícia, proferiu sua frase nada apropriada da pomba penugenta enquanto olhava para as pequenas obras de arte com recheios doces. Jinwu pensou que ele elogiasse Yu, enquanto Yu achou que ele se referia aos bolinhos, embora nenhuma delas respondesse ao comentário dele. Michael nunca tivera nenhuma fé em sua habilidade no chinês. Agora, olhando a expressão no rosto delas, a pequena confiança que tinha foi ainda mais abalada. Para tentar salvar um pouco as aparências, logo engoliu um bolinho; depois, levantando um polegar de unha longa, disse: "Uau — estão sensacionais."

Na verdade, àquela altura, Michael ainda não sabia o gosto dos bolinhos.

Mulheres gostam de fazer julgamentos baseados em detalhes identificados com precisão. Mas essas duas garotas, ao julgar com base no ato de comer bolinhos, tiraram conclusões totalmente diferentes. Yu concluiu que Michael era um idiota completo, enquanto Jinwu sentiu que ele era absolutamente adorável. Michael era exatamente o tipo de homem que Jinwu sempre havia procurado: um inocente sem adornos, abençoado com uma simplicidade pura. A paixão de Jinwu era educar pessoas.

## 8

Tenho um leque de sândalo com uma fragrância intensa e delicada muito parecida com a da garrafa redonda de flores de abóbora. Também gosto de usar roupas de seda. Até mesmo quando garotinha, eu adorava ir às lojas de seda com a minha mãe adotiva. As peças bem enroladas deslizavam dos dedos gentis das proprietárias em cores claras e escuras, algumas calmantes e frias como água, outras luzidias e suaves como o luar. Junto com aquele som especial da seda sendo rasgada, de dentro das camadas do tecido emergiam lindas montanhas com vales e nuvens. Aqueles desenhos ondulantes que enchiam os céus, como folhas de videiras, pássaros, folhas de prata, possuíam uma beleza inimitável muito própria. Durante a minha infância, eu não ousaria tocar naquelas sedas. Tinha medo de que não fossem reais e que, se as tocasse, pudessem desaparecer.

Minha primeira roupa de seda foi presente da minha mãe adotiva. Era uma velha túnica de seda. Naquela noite, sob o brilho luminoso do candelabro, quando ela a puxou do fundo da gaveta de roupas, as grandes flores trabalhadas em fios dourados e coloridos foram enchendo todo o quarto com a essência de cânfora enquanto eram desdobradas uma a uma. Diante dos olhos curiosos dela, vesti a túnica. Vi claramente que me transformava em um personagem onírico cuja beleza transmitia uma espécie de encanto antigo. As flores douradas tinham o tom ocre de fotos velhas. Embora eu tivesse 14 anos e meu desenvolvimento físico ainda não estivesse completo, a túnica não ficava grande demais em mim; na verdade, com exceção do comprimento, me servia perfeitamente. Era fácil imaginar que a dona original tinha uma silhueta muito delgada, mas achei que minha mãe adotiva não poderia ter sido a dona daquela silhueta.

Com um sorriso gentil, ela disse:

— Jinwu, minha criança, você se parece mesmo com ela.

— Pareço quem? Com quem você acha que eu me pareço?

Ela sorriu novamente.

— Na verdade, não se parece tanto assim. Você tem que levar em conta que ela tinha 20 anos quando usou essa túnica. Quando você tiver 20, poderá não servir em você. Ela era alta e esguia, mas não magra; graciosamente delgada. As mulheres de hoje ou são gordas como porcos, ou ossudas. Não entendem o que "delgada" quer dizer. Ponha da seguinte forma: o contorno de sua cintura era tão pequeno em proporção quanto a boca de uma garrafa, mas nem um osso apontava em sua pele. Quando eu era jovem, também tinha um corpo bonito, mas, quando ela entrava em cena, era minha vez de desaparecer, ou ser ignorada. Quem não a visse caminhar não poderia compreender o sentido da frase "oscilando como ramos de salgueiro ao vento". Esse tipo de encanto, e isso sem mencionar seu efeito nos homens, realmente atraía o meu amor.

Com uma risada, eu disse:

— Tia, você está sendo injusta consigo mesma. Que mulher ousaria competir com você?

Quase capturada na minha armadilha, ela rapidamente começou a procurar a foto, mas subitamente, como se despertasse para o que estava a ponto de fazer, se sentou. Tomando um gole de chá gelado, disse sem pressa:

— Não faz sentido ser impaciente; chegará o dia em que você descobrirá quem é.

Durante a guerra contra o Japão, minha mãe adotiva, Luo Bing, era uma comandante feminina conhecida, e meu pai adotivo estava sob sua jurisdição. Pelo que me lembro ela tinha problemas de saúde. Estava sempre em tratamento em vários tipos de sanatório. Sofria de várias doenças crônicas e não podia ter filhos, mas sempre achei que era uma das poucas mulheres genuinamente bonitas do mundo. Se desastres secarem os fluidos corporais dessas mulheres, deixando nada mais que esqueletos, então esses ossos farão música de extraordinária beleza. Luo Bing tinha exatamente essa beleza mórbida. Achei difícil imaginar que uma pessoa de aparência tão doentia fosse capaz de comandar forças militares no campo de batalha. Mas esse fato foi atestado incontáveis vezes por meu pai adotivo. Sua maior paixão era glorificar os méritos e conquistas da mulher. Luo Bing foi a primeira verdadeira feminista que encontrei na vida. O respeito e a admiração por ela que adornavam o rosto de todos os homens que passavam por nossa porta não eram exigidos deles, mas vinham do coração. Isso me dava muito orgulho.

Por um tempo chamei Luo Bing de mãe, porque na época precisava de alguém para chamar de mãe. Mas Luo Bing era decididamente contrária a que eu usasse essa palavra. Insistia em ser chamada de tia. Dizia: "Você tem uma mãe. Espere até ficar um pouco mais velha e eu lhe contarei a história dela."

Mas ela não percebia o quanto sua filha adotiva era inteligente.

Um dia, quando meu pai adotivo estava mais uma vez louvando os méritos e realizações da mulher, ele puxou uma foto antiga, com os tons esmaecidos de uma velha pintura a óleo. Um olhar foi o bastante para que eu visse a jovem vestida com o uniforme do Oitavo Exército Comunista de Infantaria, minha mãe adotiva. Com um braço estendido, falava com alguns homens diante dela. A seu lado havia uma mulher de túnica. Embora a foto tivesse sido tirada de um ângulo ruim, ainda se podia ver que era uma mulher bonita, aparentemente muito mais bonita que Luo Bing. Imediatamente apontei para ela e perguntei quem era. Rapidamente, como se tivesse sido queimado, meu pai adotivo pediu a foto de volta, dizendo que eles não tinham nada a ver com aquela mulher e que sua aparição na foto fora puro acaso.

Mas não acreditei em uma só palavra.

Alguns anos depois, durante a grande tempestade política, eu, como todos os jovens da época, entramos de cabeça naquele mundo novo e estranho. A espessa e misteriosa cortina que bloqueava minha visão do que estava à frente criou o impulso irresistível de rasgá-la. Usando a remoção dos "quatro velhos" — ideias tradicionais, cultura, costumes e hábitos — como desculpa, comecei a remexer em tudo o que havia na casa. Objetos comuns assumiram um novo valor porque estiveram cobertos de pó por tanto tempo, exatamente como uma velha caixa de joias deve tornar-se mais valiosa quanto mais velha fica. Alguns anos depois, no parque SeaWorld nos Estados Unidos, vi um baú assim. Estava em um grande navio pirata. Todos os tesouros estavam embrulhados em redes. Alguns pequenos animais subaquáticos os atacavam em vão e sem remorso.

Finalmente, chegou o dia em que, por trás de um pôster intitulado "Camarada Mao Viaja por Nossa Grande Pátria-Mãe", descobri a resposta para o mistério, na forma de uma foto grande e antiga, de excelente resolução, muito melhor que a outra. Era a foto de uma mulher com o cabelo arrumado para cima em um coque, com um traje estampado com bordados de croquis de flores. Era como um pequeno botão de flor, ainda não totalmente aberto, mas já revelando uma beleza extraordinária. Era a foto daquela mulher de túnica, mas tirada quando ainda era muito jovem.

Exatamente naquele momento, ouvi uma voz atrás de mim: "Sim, é verdade. É sua mãe. Você finalmente a encontrou. Mas tenho que dizer que ela foi uma traidora da revolução."

Virei-me e vi minha mãe adotiva parada à luz difusa do fim de tarde. Não pude ver a expressão de seu rosto.

## 9

Foi naquele momento que Jinwu cresceu. Era muito assustador descobrir, ao mesmo tempo, que alguém era sua mãe biológica e traidora da revolução. Mas, no coração de Jinwu, aquele botão de flor pequeno e bonito e a palavra "traidora" não tinham absolutamente nenhuma ligação. Ela não dormiu naquela noite. Especulou todas as incontáveis possibilidades que alguém de sua idade era capaz de conceber, inclusive a de que sua mãe adotiva podia ter dito isso porque ela e a mãe de Jinwu se apaixonaram pelo mesmo homem ao mesmo tempo. Mas imediatamente rejeitou a ideia: a imagem de seu pai adotivo, sorridente como Buda, apareceu diante dela, e não houve meios de associá-lo ao botão de flor.

Do momento em que aquela foto apareceu, os pais adotivos de Jinwu foram relegados a um canto muito remoto de seu coração, enquanto sua mãe, aquela encarnação alucinatória de beleza sem paralelo, depois de tantos anos, finalmente chegava até ela de um passado distante. A aparição da mãe fez a história subitamente desabrochar em algo como uma mensagem clara — de uma canção comum e monótona para uma melodia estimulante e magnífica.

Ela sentia que a "carapuça" de traidora não servia, de nenhum ponto de vista, na mãe, e que tal acusação era injusta, que sua mãe estava sendo julgada *in absentia*.

## 10

Agora deveríamos voltar no tempo e no espaço para Yan'an, na província do norte, Shaanxi, trinta anos antes. Naqueles dias, Yan'an lembrava as pinturas realistas detalhadas da dinastia Song. Localizada em uma montanha, depois da confluência de dois pequenos rios, com penhascos vertiginosos de cada lado. Do lado oeste, o muro da cidade com brasões de armas serpenteava pela cadeia de montanhas até uma torre de vigia no alto. A cidade em si se localizava no centro do vale, com o muro oriental chegando ao leito do rio, e nas montanhas que subiam havia ruínas desabadas de templos e pagodes. O rio, naturalmente, era o famoso Yan. Havia várias mulheres lavando roupa em suas margens, mas suas águas, cheias de terra do platô Loess, não eram nada límpidas.

As compridas muralhas da cidade foram construídas na dinastia Song, época em que Yan'an marcava a base de defesa mais avançada da dinastia na luta contra os bárbaros do norte.

Agora a famosa Academia Político-Militar Antijaponesa do Povo Chinês fora instalada em um complexo de templos. As paredes eram decoradas com caricaturas repulsivas — todas, naturalmente, de japoneses.

Na primavera de 1943, lá chegou uma jovem montada em um camelo, a cabeça coberta de flores vermelhas como se fosse uma noiva. Mas o que chamou a atenção foi a própria jovem. Vestia uma capa vermelha, com calças e botas de montaria. A capa vermelha flutuava e cintilava com o brilho suave de um lírio estrela-da-manhã. A jovem era Shen Mengtang, a mãe que Jinwu levaria tantos anos procurando. Mas ainda era uma jovem de 25 anos. Quando estava com 21, entrou para o Novo Quarto Exército Comunista, onde só trabalhou na coleta de dados de inteligência, e, de fato, foi nada menos que uma genuína "espiã". (Obviamente, o apelido de Jinwu, Espiã, tinha raízes profundas que alcançavam um passado distante.) Depois que o Incidente do Novo Quarto Exército teve lugar na província sulista de Anhui, em 1941, quando forças do KMT, o exército nacionalista de Chiang Kai-shek, traiu a confiança dos comunistas enquanto lutavam juntos contra os japoneses, o trabalho de Shen Mengtang foi exposto. Depois de passar por uma série de dificuldades, ela conseguiu seguir para o lugar mais sagrado da revolução — Yan'an. Naturalmente, nem em seus sonhos mais loucos ela fazia ideia do impressionante drama que a aguardava, e se jogou tão completamente nele que isso quase lhe custou a vida.

Mas, naquela primavera, ela foi inundada de felicidade e sentimentos profundos. Aparentemente, como se fosse para saudar a chegada dela a Yan'an, foi feita uma apresentação especial no auditório da Escola Pública Shaanxi do Norte, e o baile habitual do fim de semana foi cancelado. Todos contribuíram com 20 centavos em moeda local, levantando um total de 200 iuanes, para realizar um grande banquete ao ar livre. Foi a primeira vez que Mengtang comeu carne de cordeiro fresca na vida. Tudo ali era fresco. Nesse dia revigorante, Shen Mengtang conheceu um jovem estudante formado na Academia Político-Militar. Vestindo a farda e com um olhar decidido, ele se destacava claramente da multidão barulhenta.

Naquela noite, ela foi alojada em um abrigo velho, mas limpo, em uma caverna. Uma garota muito magra já aquecera água para o banho. A garota não era outra senão Luo Bing. Desde o primeiro momento, Shen e Luo se comportaram como velhas amigas, nunca cansadas da companhia uma da outra. Naquela noite, conversaram até os galos cantarem. Mengtang gostou da franqueza de Luo Bing e de seu senso cavalheiresco de honra e justiça, e Luo Bing foi atraída pela inteligência e pelo charme de Mengtang. Foi dos lábios de Luo Bing que Mengtang ouviu pela primeira vez a frase "Campanha de Retificação". Luo Bing disse que a parte da Campanha de Retificação que lidava com o exame da formação dos familiares dos quadros do partido, experiência de trabalho e ligações sociais fora assumida em 1942 e chegara ao auge no outono daquele ano, e que, agora, uma segunda fase estava a ponto de começar.

Mengtang, que viera das "áreas brancas", controladas pelo KMT, não tinha o menor interesse nessa florescente campanha. Estava muito mais interessada em qualquer coisa que tivesse a ver com a vida de sua nova amiga. Luo admitiu abertamente que já tinha namorado, e que ele acabara de se formar na Academia Político-Militar e partiria para o campo de batalha em alguns dias. Ela mesma se formara dois anos antes e agora ensinava na Escola Pública de Shaanxi do Norte. Foi só quando começou a falar sobre o namorado que uma expressão de garotinha tomou seu rosto. Mengtang achou isso muito comovente. "Você consegue suportar que ele vá para a frente?" Mordendo o lábio, Luo sorriu, e disse: "O que haveria de insuportável nisso? Quando você vem para cá, dedica tudo à revolução."

No dia seguinte, Mengtang conheceu o namorado de Luo Bing, apenas para descobrir que era ele o estudante da Academia Político-Militar de expressão determinada. No momento em que o viu, pensou em como era terrível que ela e sua nova amiga estivessem apaixonadas pelo mesmo homem.

Mas Mengtang não se sentiu nem um pouco culpada. Desde criança recebera uma educação ao estilo ocidental. Quando jovem, seu pai, Shen Xuanjian, fora estudar na França. Sua mãe era filha de um enviado da dinastia Imperial Qing, adido na França, e também conhecida discípula da famosa dançarina Isadora Duncan. Era figura proeminente da dança contemporânea na China, e não era surpresa que influenciasse Mengtang de várias maneiras. Mengtang não apenas era uma excelente dançarina, mas também fluente em inglês e francês, além de saber tocar piano. Mas dança e piano não eram coisas a que se pudesse dedicar uma vida. De acordo com a mãe, havia algo raivoso e escuro enterrado em sua mente. Mesmo quando criança, Mengtang gostava de fazer coisas arriscadas: quanto mais perigosas, mais estimulavam sua inteligência e criatividade. Totalmente ao contrário de seus sete irmãos e irmãs mais velhos, escolheu o caminho da revolução, que foi, de fato, a escolha de uma carreira perigosa por toda a vida. Foi muito eficiente em seu trabalho de inteligência nas Áreas Brancas controladas pelo KMT, recebendo inúmeros elogios. Toda vez que usava seu talento e sua habilidade para cumprir uma nova missão, era recompensada com um sentimento profundo de satisfação.

Quando chegou a Yan'an, por causa das mudanças em torno dela e em sua posição, foi inundada por um novo tipo de entusiasmo. Mas após três meses, seu único interesse remanescente era pelo namorado de Luo Bing e ele, finalmente, tornou-se seu.

## 11

É fácil entender que Jinwu nunca aceitou completamente os relatos de seus pais adotivos sobre sua mãe. Jinwu achava que tudo que diziam era sempre parcial e decidiu ela mesma procurar a mãe.

Naturalmente, seu pai adotivo não era Wujin. Wujin perdera a vida em combate. Jinwu acreditava firmemente que foi sua mãe o verdadeiro amor de Wujin. A preferência dos homens no amor é por mulheres bonitas, inteligentes, cheias de vida e também muito femininas. Mas sua mãe adotiva tinha uma espécie de beleza assexuada. Para sua surpresa, depois que soube de sua mãe verdadeira, Jinwu ergueu uma tela protetora entre si e a mãe adotiva. Em sua imaginação, sempre via a mãe como o reflexo da perfeição. Quando se imaginava como ela em certos aspectos e, em outros, como seu pai, a mãe adotiva, em tom cheio de ódio, dizia que seu pai era um estrangeiro dos Estados Unidos, acrescentando: "Foi por causa dele que sua mãe virou as costas para a revolução." Seu pai adotivo, por sua vez, puxava um suspiro e acrescentava: "Sinceramente, minha criança, as suas ligações emocionais com a sua mãe são muito profundas. Gostamos dela e a respeitamos. Naqueles dias, sua beleza era incomum, e ela falava fluentemente três idiomas, tocava piano e era maravilhosamente dotada em dança contemporânea. Entre as mulheres na área de Yan'an, não havia ninguém que se comparasse a ela. Mas lhe faltava determinação revolucionária, e ela não suportava ser condenada ou mal entendida. Acabou fugindo com um sujeito dos Estados Unidos. Foi um golpe grande demais para nós. Durante todos esses anos nunca conseguimos perdoá-la... mas nossos sentimentos fortes por ela nunca foram rompidos. Sua tia e sua mãe eram como irmãs de sangue, nunca houve dúvida de que tomaríamos conta de você como sua mãe desejaria..."

Jinwu ficou surpresa ao ver sua mãe adotiva, que nunca chorava, derramando lágrimas grandes como pérolas — lágrimas que pareciam tão pesadas quanto a própria história.

Depois disso, ficava horas diante do espelho. De pé, pensava em coisas como a beleza de sua pele, seus grandes olhos castanhos, seus cílios longos e curvos e em tudo que tivesse a ver com ser de "um país diferente e de uma raça diferente", incluindo a mistura dos sangues de duas raças, e como apenas uma gota de esperma e um óvulo podiam unir dois indivíduos totalmente diversos, países, raças e culturas, para dar vida a algo absolutamente novo e inusitado. Alguns anos mais tarde, Jinwu aprenderia uma nova frase — “integração internacional”. Mas, uma vez, diante do espelho, nos velhos dias, pegou um batom cor de laranja e, sorrindo friamente, lentamente o esfregou no rosto todo. Olhando-se ao espelho, essa dama cor de laranja declarou: Bastarda. Uma declaração muito clara.

Jinwu levou dois anos para conseguir um relato coerente do passado da mãe. Da série de histórias dos pais adotivos, finalmente entendeu que sua mãe fora tachada de “suspeita importante” na Campanha de Retificação, que lidava com os quadros do partido. Era de se esperar que, naquela época, uma pessoa que tivesse trabalhado com espionagem nas Áreas Brancas do KMT por muito tempo e fosse fluente em três idiomas fosse tachada de suspeita importante. Mas o que detonou todo o processo foi uma insignificância. “Sua mãe não completou nem dois meses em Yan’an e ficou farta das condições dali”, disse sua mãe adotiva, dando uma forte tragada no cigarro, novamente à beira das lágrimas. “Não é que tivesse medo das dificuldades. Simplesmente, sentia que a vida cultural lá era vazia demais. Não havia música, poesia, ficção ou cinema. Tudo eram velhas peças teatrais, dramas políticos, contos de aplauso ao regime e jogos verbais de trava-língua.”

“A livraria de Yan’an era o único lugar onde se podiam ler jornais do exterior, mas estavam sempre um mês atrasados e, portanto, não tinham mais o menor valor. Os intelectuais enfrentavam uma contínua lavagem cerebral, e qualquer pessoa educada tinha de aprender com analfabetos e semianalfabetos... Obviamente, essa era uma visão preconceituosa das coisas, que ela adotou quando estava nas Áreas Brancas, onde estimulou seus incipientes gostos capitalistas. Fizemos tudo que pudemos para ajudá-la a mudar sua visão das coisas... Não ocorreu a nenhum de nós que sua mãe escreveria um relatório formal sobre tudo que tentamos fazer por ela. Pense nisso, dada a situação naquele tempo, quem poderia salvá-la?”

Um fio contínuo de ideias corria na mente de Jinwu. Visualizou sua linda mãe no outono daquele ano, trancada em um quarto pequeno e escuro, sujeita a infindáveis interrogatórios. Os ventos do outono e as folhas amarelas do lado de fora da janela pareciam gélidos e solitários. Na época, Shen Mengtang devia sentir-se aprisionada nos espasmos do desespero, porque todos, naquela mesma manhã, traçaram aberta e claramente uma linha de distinção entre eles e ela, que incluía seu adorado Wujin. A única pessoa que ainda a visitava era Luo Bing, que foi vê-la duas vezes. Na segunda ocasião, trouxe consigo um homem que Mengtang não conhecia. Bing trouxe muitos pratos feitos por ela mesma, mas Mengtang não comeu nada. Luo Bing apontou para o estranho gordo, apresentando-o como o comissário Lin da área de Yan'an. Jinwu percebeu que o comissário Lin não era outro senão seu pai adotivo.

A última vez em que Wujin visitou Mengtang, antes de partir para a frente de batalha, serviu de cerimônia de encerramento para o seu curto romance. É impossível dizer agora de forma exata como tudo aconteceu naquele dia. Mas Luo Bing insistiu em afirmar que Wujin estava muito triste e que, como o momento de sua partida se aproximava, tudo que conseguiu dizer foi: "Cuidem dela por mim." Estas acabaram sendo suas últimas palavras, já que três meses depois foi morto em combate, não como herói, porque sua morte foi o resultado da descarga acidental do rifle de um de seus camaradas.

Por um longo tempo depois disso, Shen Mengtang foi ignorada pelo povo da região. Então, um ano depois, quando a área de Yan'an recebeu a primeira delegação de repórteres estrangeiros, uma das autoridades locais ficou irritada com a falta de serviços adequados de tradução. Só então as pessoas lembraram que, escondida em algum lugar e sem fazer nada, havia essa tradutora, fluente em três idiomas. Como se fossem um bando de arqueólogos a examinar meticulosamente a terra em busca de relíquias culturais, eles começaram uma caçada a Mengtang e, finalmente, a localizaram em uma caverna escura, onde ficara presa por um longo tempo. A primeira vez em que viu a amiga, Luo Bing ficou chocada. Viu que aquela beleza natural, aquela criatura amável e cheia de vida, não era mais que um vestígio do seu velho eu, coberta agora por uma camada de poeira. Achou difícil imaginar que um ano e meio pudesse infligir tanto dano. Três dias antes recebera instruções do comandante para que fizesse Shen Mengtang voltar ao normal no menor prazo possível. Disseram-lhe que podia pedir qualquer coisa.

Naquele abrigo na caverna, velho, mas limpo e arrumado, exatamente como fizera na primeira vez que se encontraram, Luo Bing silenciosamente esquentou a água para o banho. Enquanto usava uma toalha limpa para ajudar Mengtang a se esfregar, Luo descobriu que a amiga estava frágil como um bebê e tinha dificuldade para respirar na água quente e fumegante, mas conservava uma incomparável vontade de viver. Naquela noite, Luo Bing usou ingredientes especiais para cozinhar um suntuoso jantar. Mengtang comia devagar, mas Luo Bing ficou surpresa ao descobrir que, a cada bocado, um pouquinho de cor voltava às faces da amiga, e seus olhos lentamente adquiriam brilho. Como um balão inflando aos poucos, Mengtang gradualmente se completava. Depois que toda a poeira foi lavada daquele rosto, Luo Bing descobriu que era como uma camada de maquiagem, e que o rosto debaixo dela, apesar de estar muito mais magro que antes, não havia mudado nada.

Uma importante coletiva de imprensa se realizou no auditório da escola pública do Norte de Shaanxi. A tradutora Shen Mengtang rompeu as velhas convenções. Só quando os jornalistas estrangeiros perceberam que ainda havia pessoas extremamente talentosas e bonitas como aquela nas áreas de Yan'an é que seu medo dos "Bandidos Vermelhos" começou a se dissipar. Naqueles dias, Shen Mengtang serviu mais ou menos como uma ponte, ligando a área de Yan'an ao mundo exterior. Depois de isolar-se durante um ano e sete meses, ela mais uma vez se envolvia com a vida. Quase sob os olhos de Luo Bing, que a mantinha sob estrita vigilância, ela começou um caso com um jovem jornalista norte-americano chamado Smith. Jinwu foi o produto de sua paixão.

Jinwu sentiu que, não importava o que dissessem, sua mãe definitivamente tivera suas próprias razões para o que fez. Sentiu que tinha de encontrá-la. Não podia tolerar o pensamento de outros a julgando *in absentia.*

Mas os julgamentos *in absentia* continuariam. Agora, envolviam seus pais adotivos. O velho casal, que fora leal ao Partido Comunista durante toda a vida, não pôde evitar essa nova campanha de "julgamentos *in absentia*". Sua duvidosa ligação com uma "traidora" lhes custou seu nome e também sua história de vida limpa.

# Capítulo 3 | AS LINHAS DO *YIN*

## 1

No *I Ching*, ou Livro das Mudanças, *yin* e *yang* representam rigidez e suavidade. O *yang* simboliza a masculinidade, e o *yin*, a feminilidade. Números ímpares são classificados como *yang*, e números pares como *yin*.

Então, das seis posições de linhas de um hexagrama, sempre construído de baixo para cima, a primeira, ou base, e a terceira e quinta posições são posições *yang*, enquanto o segundo, o quarto e o sexto lugares são posições *yin*. Todas essas linhas podem estar em associações positivas ou corretas ou em associações negativas.

Os trigramas de três linhas, o interno e o externo, ou o mais baixo e o mais alto, que se combinam para formar os hexagramas — todos têm inter-relações definidas. Apenas uma linha masculina e uma feminina, com sua atração mútua, podem funcionar juntas em harmonia positiva. Se as duas linhas forem da mesma orientação sexual, elas irão se opor em vez de se complementar.

Além da criação de trigramas que usam as linhas *yin* e *yang*, existe outra forma de estruturá-los, chamada "linhas inconstantes".

## 2

Naturalmente, Yushe não sabia o quanto sua avó, Xuanming, tinha sido dura com sua mãe, Ruomu, naquele ano. Se soubesse, talvez não tivesse sido perturbada com tanta facilidade pela mãe.

Aquele foi o ano em que a criada pessoal de Ruomu, Meihua, veio ajudar a ama.

A ajuda que Meihua buscou foi a de Tiancheng.

Ela autorizou o Velho Zhang, criado da dona da casa, a ir à escola de Tiancheng para encontrá-lo. Disse que era muito importante e que, se ele não encontrasse Tiancheng e o trouxesse para casa, Ruomu estaria condenada.

Uma noite, ao pôr do sol, o grande portão da frente reverberou com o suave som metálico do toque baixo, mas persistente, de Tiancheng. Todos os criados reconheceram a batida do jovem amo. Aos 19 anos, Tiancheng já era um homem alto, esguio e de aparência refinada, com um rosto gentil, mas resoluto e respeitável, que o diferenciava do resto da família. Naquela noite, junto com o Velho Zhang, Tiancheng, trazendo o odor de figueira de uma outra cidade pequena, abriu o portão do quintal. Talvez graças à delicada luz da noite, o rapaz achou que o corpo da jovem mulher ajoelhada diante dele era translúcido, como se ela tivesse sido recortada em papel branco. Era uma luz suave e frágil; parecia que, se você estendesse a mão e a tocasse, a forma ajoelhada desapareceria instantaneamente.

Tiancheng sentiu-se à beira das lágrimas. Inclinou-se e ofereceu a mão à irmã para que se levantasse, mas encontrou uma inesperada resistência. A jovem mulher recortada em papel permanecia absolutamente imóvel. Tiancheng disse:

“Irmã, foi a mãe quem insistiu para que eu viesse. Ela me pediu que levasse você para vê-la.”

Um pouco afastado, o Velho Zhang acrescentou que ela devia levantar-se imediatamente, a velha patroa dissera à cozinheira para fazer galinha cozida ao vapor com *gojis* especialmente para ela, para fortalecê-la, mas só se admitisse suas falhas para com a mãe. Mas Ruomu, a jovem mulher que parecia ter sido cortada de um pedaço de papel branco, permaneceu calada; e, como mantinha as pálpebras caídas, voltadas para baixo, não havia como Tiancheng, ou o Velho Zhang desvendarem sua expressão. Sentindo o medo na espinha, finalmente Tiancheng não pôde mais suportar e gritou:

"Mãe! Mãe! Venha correndo. Olhe para a irmã. O que ela tem?"

Xuanming, que o tempo todo ouvia furtivamente atrás da porta, entrou repentinamente no quarto com seus pés pequenos.

Naquela noite, Xuanming fez algo que lamentaria pelo resto da vida. Ela se prostrou diante da própria filha. Sua trovejante fúria inicial deu lugar a uma brandura tão delicada como a brisa da primavera, ou o chuvisco de verão, e finalmente ao ato de se ajoelhar, em total capitulação diante da filha. Só quando Xuanming estava ajoelhada diante dela é que a jovem mulher perdeu os sentidos. Na confusão, ninguém notou a sombra de um sorriso aparecer em seus lábios. Naquela face pálida, o sorriso era assustador.

## 3

Quase todas as mulheres bonitas têm destinos infelizes. Nossa história não é diferente. A sorte de Meihua não mudou para melhor por ter resgatado a jovem ama. Muito pelo contrário; tudo em sua vida piorou depois disso. Algo que Meihua, com sua inteligência limitada, não poderia ter previsto.

A vida inteira de Ruomu estava envolta em uma neblina mental. Daquela noite em diante, na escuridão, essa jovem mulher com a aparência de recorte de papel branco frequentemente abrigaria um detestável sorrisinho de escárnio. Permaneceu taciturna como sempre, interpretando sem cessar o papel de jovem princesa. As linhas de seu rosto estavam lindas como sempre haviam sido, sem o mais leve indício de sofrimento. A única coisa diferente era o tempo que gastava sem fazer nada, e a magríssima porção de comida que ingeria. Podia ficar sentada, olhando interminavelmente para os cachos de uva do lado de fora da janela, limpando vagarosamente as orelhas com uma colher de ouvido. A colher de ouvido, feita de ouro puro, foi presente da mãe. Xuanming estava certa de que a filha ficaria contentíssima, mas ela aceitou a colher sem o mais leve sinal de gratidão e começou a tirar cera dos ouvidos. A fria arrogância de Ruomu enquanto cavava repetidamente as orelhas perturbou tanto Xuanming que ela claudicou para fora do quarto com seus pés pequenos, esbarrando nos móbiles pendurados na entrada do pátio em seu caminho. Mas o tinido habitualmente claro e agudo soou abafado e mofado. Era o meio da estação chuvosa, quando tudo ficava mofado, inclusive o primeiro amor daquela jovem mulher.

Meihua era a única que podia se aproximar de Ruomu. Toda noite, antes de dormir, Ruomu lia algumas páginas de um livro que tinha. Embora Meihua não fosse totalmente analfabeta, as letras do livro que Ruomu estava lendo pareciam girinos pequeninos aos seus olhos. Entre as palavras em forma de girino flutuavam algumas ilustrações que realmente a fizeram tremer de susto. Uma delas retratava uma mulher de vestido longo que deixava os seios e as costas totalmente nus. Tinha olhos grandes e tristes, e cílios espantosamente longos. Com os braços em torno dela, um homem aconchegava os amplos seios dela ao seu peito. Naturalmente, Meihua não tinha como saber que o livro era uma edição original do clássico romance francês *Manon Lescault*, de Abbé Prévost. Com o coração batendo forte e as orelhas queimando, Meihua sentiu que uma parte de seu corpo lhe enviava um sinal estranho, completamente novo para ela. Virou-se e seguiu em direção ao próprio quartinho, que seria árido não fosse ela tê-lo embelezado com vários sachês perfumados que havia bordado. Já no próprio quarto, Meihua mergulhou o rosto em uma pilha daqueles sachês. Sentia tanto calor que precisou desabotoar sua túnica verde-clara. Os dois montes carnudos de seus seios protuberavam sob seu *doudu* — corpete ou peitilho de avental de cetim vermelho em formato de diamante, comumente usado como roupa de baixo por meninas —, exatamente como melões redondos, recém-colhidos, bonitos e cheirosos. Ao tocar-lhes bem de leve, uma sensação delicada percorreu todo o seu corpo, enquanto até os sachês bordados ao redor começaram a tremer suavemente, emitindo um cativante aroma de gardênias e lavanda.

Na tarde seguinte, ainda encantadora, Meihua entrou no quarto de Tiancheng, exatamente quando o jovem amo acordava da sesta do meio do dia. Ruomu enviara Meihua para espanar o pó do quarto do irmão, porque sempre achava que estava empoeirado e precisando de limpeza. No momento em que Meihua entrou, os olhos dela transbordaram de um brilho que parecia a cintilação de lágrimas. A encantadora aparição de Meihua intimidou Tiancheng completamente e ele sentiu o coração quebrado em pedacinhos por um martelo, foi instantaneamente esmagado por uma dor surda que imediatamente começou a espalhar tentáculos por todo o seu corpo. Com o nascer de sua paixão de homem jovem, todo o rosto de Tiancheng, inclusive os olhos, ficou vermelho, dando-lhe um aspecto de pureza simples, do tipo que pertence apenas a homens jovens.

Muitos anos mais tarde, Meihua ainda se lembraria daquela cena. Exatamente naquele momento, uma lufada súbita de vento abriu a janela e uma rajada de amentilhos de salgueiro entrou, um deles indo pousar no ombro de Tiancheng. Instintivamente, Meihua foi até ele e tirou o amento com um gesto. Ela observou o rosto bonito, um tanto endurecido, do jovem amo, subitamente transbordar de vitalidade. Em vez de soltar imediatamente a mão dela, ele a manteve gentilmente na sua por um tempo, e Meihua pôde sentir um fluido cristalino e brilhante subindo por seu braço e se espalhando pelo corpo. Mas isso só durou um momento, pois o jovem amo a libertou rapidamente. Ela notou o pulsar fraco das veias azuis na testa dele e pôde ver o olhar dele escorregar, hesitante, na direção dela, e em seguida afastar-se involuntariamente. Foi o tipo de olhar perfeito para criar um clima de timidez. Vê-lo acendeu um fogo no coração de Meihua e as chamas se espalharam imediatamente. Ela sabia que sua própria face estava enrubescida, mas não havia nada que pudesse fazer para apagar o fogo. Sentiu cada célula de seu corpo ficar extremamente sensível. Tinha medo de que, se a mão do jovem amo a tocasse novamente, ela não pudesse evitar um grito. Mas desejava descontroladamente esse toque. Desejava que aquelas mãos a acariciassem, a estimulassem, exatamente como a brisa de abril do lado de fora. Silenciosamente ergueu a cabeça, seus olhos brilhantes como estrelas. O jovem foi claramente sobrepujado por aqueles olhos cintilantes. Sentindo que perdera a voz, ficou de pé sem pronunciar uma só palavra.

Precisamente então, o som da voz de Ruomu chamando por Meihua adentrou o quarto.

## 4

À meia-noite, como sempre fazia, Meihua entregou a Ruomu uma xícara de chá. Via claramente o sorriso fixo e ameaçador da ama na escuridão, sob as treliças. Aquele sorriso sinistro gravado no rosto pálido de Ruomu a apavorava.

Sorvendo lentamente o chá, Ruomu voltou para seu quarto e fez sinal a Meihua para que fechasse a porta. Logo depois, sentou-se em uma cadeira no meio do aposento e, pegando sua colher de ouro puro, começou despreocupadamente a cutucar a cera no ouvido. Meihua não sabia dizer se o som abafado ouvido no quarto sempre silencioso vinha do relógio de pêndulo ou do pulsar de seu coração. Não teve ideia de quanto tempo se passou antes que sua honorável ama finalmente dissesse, com um sorriso terno:

— Meihua, ajoelhe-se, tenho que saber uma coisa.

Já apavorada, Meihua caiu de joelhos com um baque suave. Era jovem demais, tão jovem que, sem pensar duas vezes, classificava suas paixões internas como más. Todo o seu rosto enrubesceu, como se tivesse feito algo vergonhoso. Mais uma vez, um débil sorriso embelezou o rosto da ama quando seu olhar descansou sobre o profundo decote de Meihua. Ela disse:

— Meihua, você realmente está ficando cada vez mais bonita. Já deveria estar se casando.

Essas palavras, como um trovão súbito em um céu claro, deixaram Meihua, com sua figura delicada, parecida com um pilar rígido de madeira. Enquanto o sangue em suas veias pareceu deixar de correr, seus braços e pernas ficaram frios como gelo. Sem o menor sinal de hesitação, abaixou a cabeça até o chão de concreto, encostando nele a testa, aos gritos:

— Patroa, eu preferiria morrer a casar. Quero servi-la pelo resto da vida!

Ruomu pegou aquela colher de ouro puro de novo e recomeçou a busca por cera no ouvido, a edição francesa de *Manon Lescault* aberta ao lado. Não havia dúvida, Ruomu era mesmo a filha de uma família aristocrata, não tinha maus hábitos como jogar mahjong ou fumar ópio. Como a fumaça ou as nuvens, sua breve fascinação pelo segundo filho dos Qin também logo se dissipou. E agora a jovem ama estava tranquila como água parada, sua vida consistindo em nada mais que três refeições por dia, a leitura, o chá aromático e a meditação. A reputação de Ruomu era tão sólida e impressionante como aquela colher de ouro puro. Na presença de uma jovem tão sofisticada e madura, que era tão lida quanto elegante e educada, tudo que Meihua pôde fazer foi erguer o olhar reverente para a imensa montanha diante dela. Mas, nesse momento, os lábios pintados de Ruomu se separaram levemente para pronunciar apenas duas palavras:

— Conversa fiada.

Como balas, essas palavras atingiram Meihua, uma criada bonita e afetuosa, em um golpe mortal.

Ainda escavando as orelhas, Ruomu acrescentou, casualmente:

— Não precisa se perturbar. Só faço o que é melhor para você. Acho que você e o criado-mestre Velho Zhang fariam um excelente par...

Meihua sentiu o corpo dilacerado, e a dor insuportável fez as lágrimas caírem como chuva. O sangue da testa ferida no impacto com o chão reduzia as pancadas a pequenos ruídos surdos. Com os olhos arregalados e o rosto ensopado de suor e lágrimas, disse:

— Ama, a senhora não deve esquecer a vez em que vim em sua ajuda!

O que Meihua não podia saber é que foram exatamente essas palavras que esmagaram sua última esperança. Sua vida de garota terminou abruptamente naquele instante. Ela viu as sobrancelhas de sua ama se franzirem brevemente antes que puxasse a corda do sino para chamar os criados. Minutos depois, o Velho Zhang, de 46 anos, criado do amo da casa, entrou no quarto de vestir da jovem.

Meihua soluçava e gritava histericamente e, em seus últimos esforços, gritou o nome do jovem amo:

— Tiancheng!

A resistência decidida dela serviu apenas para aumentar o ódio de Ruomu. Ruomu nunca amara ninguém verdadeiramente na vida. E, claro, havia limites até para o amor que podia sentir pelo irmão mais novo. Mas ela compreendia as diferenças entre as classes sociais e a necessidade de proteger a honra da família. Não tinha absolutamente nenhuma dúvida de que o irmão mais novo estava destinado a casar-se com alguma rara beleza de divina fragrância, de alguma família nobre, definitivamente não essa criada ordinária, Meihua, que rastejava diante dela. Qualquer migalha de compaixão que Ruomu pudesse ainda sentir por ela e por seu irmão mais moço desapareceu quando viu o olhar entre os dois. No momento em que seu relacionamento com o segundo amo da família Qian foi cortado, o coração de Ruomu se transformou em pedra, e isso a deixou muito orgulhosa.

Dois criados homens musculosos e fortes arrastaram Meihua para o pequeno quarto do Velho Zhang. Na luta feroz, algumas roupas da criada foram rasgadas, e um de seus seios escapou do seu corpete vermelho. Aquele seio fresco, roliço e jovem foi agarrado pela mão grande, grosseira e suja do velho criado. Meihua sabia que qualquer resistência de sua parte seria inútil. O mais desesperador era que, mesmo que sua mente e seu corpo estivessem partidos, ela ainda sentiu intensa excitação. Como uma fruta fresca que tivesse sido aberta, não conseguia impedir que os fluidos de seu corpo transbordassem. Sua paixão jovem continuou a extravasar em orgasmo após orgasmo, levando o velho de 40 e tantos anos a êxtases loucos.

Em uma única noite, os sucos orgásticos de Meihua foram drenados, deixando-a instantaneamente seca.

# 5

Embora ainda tivesse retornado à casa, Tiancheng nunca mais viu Meihua de novo, e a melancolia em seus olhos só aumentou. Quando Shu'er o observou abrir a janela para deixar que enxames de amentos de salgueiros fossem arrastados para dentro, ela foi até a janela e a fechou, arrancando uma praga de Tiancheng: "Tola! Maldita tola!" Shu'er sabia que seu amo nunca xingara ninguém antes. Se havia perdido o controle dessa maneira, só podia ser porque seu coração estava irreparavelmente partido. O jovem amo viera para casa nas férias da primavera, mas, sem explicação, partiu após alguns dias. Depois, nunca mais voltou.

Tiancheng morreu um ano antes da rendição japonesa. Naquele ano, o campus da sua universidade se mudou para o sul. Enquanto estavam na estrada, Tiancheng caiu com um caso grave de febre tifoide. Quando Xuanming e Ruomu souberam e correram para o hospital, Tiancheng já agonizava. Ruomu se espantou ao ver que a pele tão clara do irmão ficara preta como carvão. Perturbada, pensou que fosse outra pessoa. Era a primeira vez que via o que a proximidade da morte fazia com a aparência de uma pessoa. O desejo de Tiancheng antes de morrer era comer uma tangerina. Por causa do catarro que obstruía a garganta, sua pronúncia estava totalmente irreconhecível, mas, lendo seus lábios, Ruomu foi capaz de deduzir isso. Então, correu o mais que pôde para comprar algumas tangerinas; mas, ainda que ansiosa, não esqueceu de barganhar com o vendedor.

Quando voltou, Ruomu ouviu os soluços desesperados de Xuanming. Tiancheng parara de respirar, mas seus olhos continuavam abertos. Xuanming tentara fechá-los diversas vezes, sem conseguir. Só quando Ruomu colocou uma pequena tangerina brilhante na boca bem aberta de Tiancheng é que suas pálpebras finalmente se fecharam. Xuanming começou a chorar amargamente de novo:

— Pobre criança. Nenhum de nós pode entender o quanto você sofreu! Um pedaço de tangerina era tudo o que queria. Todo ano, de agora em diante, mamãe vai lhe comprar tangerinas!... Que pena, que injustiça!

Ruomu também chorava silenciosamente, mas sabia que aquelas lágrimas eram derramadas para os outros, e que até a maior parte das lágrimas da mãe era para manter as aparências, uma forma de dar vazão à indignação. Naquela época, já fazia quatro anos que as famílias que trabalhavam para a Companhia da Ferrovia Gansu-Shangai tinham sido avisadas para se mudar por causa da guerra. Heshou e Xuanming aproveitaram a confusão nacional para encerrar o casamento. Embora não tenham tomado nenhuma medida legal, viviam a quilômetros de distância. Xuanming levou os filhos para o sul, enquanto Heshou, de pleno acordo, deixou-os partir, ganhando assim sua própria liberdade. Ele poderia levar tranquilamente suas coristas para casa, gozar a companhia daqueles botões em flor em meio ao luxo e à riqueza. Só esqueceu que o luxo e a riqueza eram uma ilusão, que podia virar pó no minuto em que as bombas japonesas começassem a voar.

Tiancheng foi cremado em uma pequena montanha próxima da universidade. Na noite anterior ao sepultamento, Xuanming bordou cuidadosamente um par de sapatilhas com tangerinas douradas. Repetia que Tiancheng devia levá-las com ele, mas, por alguma razão não explicada, espetou os dedos com a agulha durante toda a noite. Quando Ruomu acordou, viu a mãe sentada sob o candelabro, as mãos para cima, cheias de pedaços de sangue coagulado. Seu cabelo preto ficara totalmente grisalho durante a noite e não estava penteado em um coque, mas solto. A brisa noturna que soprava pela janela o fazia voar bem acima da cabeça. O olhar fixo e sinistro de Xuanming focalizava os olhos ainda não totalmente abertos de Ruomu, pesados de sono.

Ruomu gritou de susto e se enterrou sob a colcha.

## 6

Decidi dar um presente de aniversário a Jinwu. Eu sabia do que ela mais gostava.

Em minha mão estava o objeto mais cobiçado, algo que pertencia a uma época muito distante.

Uma noite, há muitos e muitos anos atrás, quando minha avó materna, Xuanming, estava envolvida em seu passatempo de desmontar ou tornar a montar seu antigo candelabro, acordei sem fazer ruído e, espiando pela rede dos meus cílios, pude enxergar o candelabro. Parecia uma árvore de maçã chinesa, aquele candelabro magnífico que iluminava minha fronte. Era feito de cristal de quartzo violeta, e eu via claramente suas cintilações. Deveriam ter saído da água, para ter aquela sua indescritível fragrância. Aquele era um labirinto convidativo, que me dera a sensação de haver miríades de espíritos flutuando ali dentro, lutando para abrir caminho entre embriões de ouro ou prata para voltar à vida.

Decidi de imediato que tinha grande valor.

Naquele instante o cheiro de chá adentrou o quarto e vovó desapareceu. Eu sabia que ela voltaria para sentar-se ao lado do candelabro e tomar seu chá. Sob aquele candelabro decorativo o chá esfriaria aos poucos. Para mim, aquilo tudo parecia um cerimonial, um ritual antigo e misterioso que apenas vovó compreendia.

Quando ela voltou, eu já havia terminado minha pequena ação clandestina sem deixar vestígios. Por mera curiosidade, peguei um pedaço de cristal, uma pétala de violeta. Pensei que, dado o abundante buquê, uma só pétala seria pequena demais para ser notada. Nunca me ocorrera que precisamente por causa daquela pecinha vovó nunca mais poderia montar o candelabro. Ele tinha sido feito com a precisão de um computador, e a mais leve falha poderia impedir seu funcionamento.

Se, naquela ocasião, vovó tivesse sido um pouco mais suave, calma, um pouco mais compreensiva, eu poderia, talvez, ter feito uma escolha diferente. Mas ela reagiu como sempre reagia a qualquer outra coisa: imediatamente se encheu de raiva. Pulou como se seus pequeninos pés tivessem molas. Como de costume, sempre que deparava com algo assim, era como se nada ao meu redor fosse real. As únicas coisas que continuavam reais eram os jades verdes em forma de diamante nos pés da vovó. Seu verde espesso incomum sempre me chamava a atenção. Quando ela entrou no quarto de meus pais, esganiçando-se e berrando, eu tratei de logo atirar a "prova do crime" pela janela.

Aquela noite teve um inconfundível ar dramático. Como se tivessem enlouquecido, meus pais invadiram meu quarto ainda seminus, e me arrancaram da cama. Era a primeira vez que via meu pai tão sério.

— O enfeite da vovó, você pegou ou não? Toda filha minha tem de ser honesta.

Exatamente quando eu ia abrir a boca, o gemido da mamãe recomeçou. Não existe outro som como aquele. Ele pode penetrar no seu crânio e perfurar até o cérebro. Acho que, diante dele, ninguém teria escolha a não ser desistir. Ela começou, gemendo:

— Essa fedelha malvada está mesmo perturbando a família. Pobre de mim! Trabalhei como uma escrava o dia inteiro e agora que a noite está quase acabando eu ainda não descansei. Será que fui uma criminosa na outra vida? É tão injusto! Pobre de mim!

Como sempre, meu pai não podia suportar aquele gemido. Quando não suportava mais, era sinal de que a minha carne sentiria a dor. Aquilo tinha virado um círculo vicioso há tempos, mas, ainda assim, a cada novo ciclo, minha dor continuava viva e aguda como sempre, e as feridas em meu coração sangravam constantemente, nunca cicatrizando.

Embora meu corpo estivesse completamente preparado, não pude resistir ao primeiro golpe. Perdi o equilíbrio e caí sobre a guarda da cama. A voz de minha mãe se fez ouvir novamente, só que daquela vez não era o murmúrio habitual; soava fria e calculada:

— Olhe para essa fedelha, que fingida! Papai não usou tanta força. Você é a filha favorita. Como ele pode suportar bater em você? Que espetáculo você dá para uma menina tão jovem! O que vai aprontar quando for mais velha? Vai enganar o mundo inteiro?

Para mim, suas palavras eram como um martelo de metal despedaçando o meu coração. Incapaz de dizer uma só palavra, tudo que eu pude fazer foi chorar. Não tinha capacidade para falar e ignorava completamente que a principal razão pela qual Deus nos deu a fala foi a autodefesa. Eu não sabia me defender, mas enquanto chorava e chorava, uma voz junto ao meu ouvido riu sombriamente: "Vá em frente, bata em mim, me xingue. Joguei fora o seu tesouro. Não posso devolvê-lo."

Aquele sussurro ficou comigo durante muito, muito tempo. Ele sempre me dá força nos momentos críticos. Essa força, não importa se boa ou má, é o único poder divino que venero.

Como não havia outro jeito, vovó acabou substituindo um pedaço de vidro para poder montar seu candelabro novamente.

## 7

Yu gosta cada vez menos da escola.

Quando Yu começou a estudar, vários professores gostaram muito dela. Mas, na época, Yu achava que não havia como continuarem gostando. Iriam acabar desprezando-a, exatamente como seus pais e sua avó. Yu pensava assim porque aquela voz terrível em seu coração lhe dizia isso. Com frequência, não conseguia distinguir entre a voz e seus próprios pensamentos. Na verdade, os dois haviam se tornado uma única coisa, uma espécie de premonição. O ruim era que tais premonições, uma a uma, se tornavam verdadeiras.

A arte de conviver com as pessoas é parte importante da educação. Se você dominar esse ramo do aprendizado, sua vida poderá ser pacífica, a má sorte se transformará em boa sorte, e a calamidade em bênção. Dar pouca importância a ele é criar problemas para você mesmo, transformar a boa sorte em azar e rejeitar o sucesso por falta de um pequeno esforço. O que mais prejudicava Yu era que não fazia ideia de que essa arte existia. Dada essa precondição, tudo que se segue na história faz sentido.

Agora sabemos que Yu vivia com Jinwu, indo à escola, temporariamente, na cidade que a outra chamava de lar. Mas Yu não era como nenhuma daquelas Cinderelas cujo destino mudou quando seus príncipes apareceram. Pelo contrário, sempre conseguia arruinar aquilo que começava promissor. Era sempre a mesma história: em tudo que fazia, antes mesmo de começar, tinha a certeza de que falharia. Nunca poderia sair da sombra da mãe. Sempre que Yu ficava animada, a mãe lhe dizia que falharia, que tudo que fazia estava destinado a não sair da estaca zero — ou mesmo dos números negativos. Antes de começar qualquer coisa, Yu já era derrotada. Mas nunca sabíamos e não tínhamos como descobrir o que a derrotara.

Na amizade, existem pré-requisitos e limites. O professor de matemática começou a gostar de Yu porque ela era inteligente. Tão inteligente, de fato, que chegou a achar que ela era um gênio. Mas, a princípio, ele mal tomou conhecimento da criatura magrinha de origem obscura. Mesmo sendo apresentada a ele por Jinwu, a artista de cinema que ele idolatrava, foi apenas com relutância que a aceitou na classe. Mas logo descobriu que a jovem que não dava atenção à própria aparência volta e meia descobria respostas para problemas difíceis de matemática, que ele próprio achava desafiadores. Uma vez, apenas para testar o quanto era boa, ele a fez resolver um problema difícil, conhecido por estar acima do nível de estudantes do curso secundário. Ela encontrou rapidamente a solução, usando um método próprio, não ensinado nos livros. Ele saiu correndo como um louco para a sala do departamento de matemática e chamou todos os seus colegas. Com a voz rouca de animação, acenou com a folha de exercícios e disse:

— Deem uma olhada nisto aqui, todos vocês. A solução foi encontrada por uma estudante do curso secundário. Não. Na verdade, tecnicamente falando, ela ainda é do curso elementar. E, surpreendentemente, não apenas achou a resposta, mas usou um novo método. Eu me aventuraria a dizer que este método é mesmo novo, ainda não aplicado.

Em seguida, o papel do exercício foi passado de mão em mão, provocando um coro de elogios.

Mas a alta na reputação de Yu não trouxe nada novo para sua vida. Ao contrário, ela recebeu muita atenção indesejada e revelou sua verdadeira natureza rápido demais. Os professores logo começaram a não gostar dela, por sua arrogância, teimosia e um traço de rebeldia. Certa vez, durante uma experiência de química, foi a primeira a terminar. Notando isso, a professora disse que "os estudantes que terminaram seu trabalho devem sair de classe para não atrapalhar os outros". Como se não ouvisse, Yu continuou a usar soluções químicas na mesa do laboratório até provocar uma explosão. Naquele dia, a enraivecida professora a arrastou pelo chão esburacado e a jogou na sala do diretor. Enquanto era arrastada, Yu se lembrou de uma ocasião de seu passado distante, quando tentava desesperadamente fechar-se aos outros, como um bicho-da-seda em seu casulo, mas seus infindáveis fios de seda continuavam a sair. Essas secreções, como sempre, provocavam ressentimento. O olhar alheio, que temia como a um sabre, a perseguia sem cessar, para destruí-la, de sua vida anterior para esta e desta para a próxima.

Na ocasião, Jinwu pagou uma taxa compensatória para encerrar a questão e não falou mais nada sobre o assunto. Quando tudo acabou, Yu ficou ainda menos comunicativa do que já era.

Mas seu silêncio não poderia salvá-la. Os professores sentiam que ela o usava para expressar desdém, e que usava o desdém para destruir esse grupo de professores respeitados. Se permitissem que isso continuasse sem consequências, qualquer coisa poderia acontecer. Então, eles formaram uma aliança para lidar com Yu e assim proteger sua dignidade.

Nessa longa batalha, Yu estava condenada a ser a vítima. Em seus sonhos, ainda revisitava frequentemente o pequeno e triste lago azul, lugar onde nascera. O mexilhão de água doce, que abria lentamente sua concha no lago, devia estar só, incuravelmente solitário. Mas ela, sem dúvida, deveria ter recepcionado, valorizado e protegido sua solidão. Ela havia rejeitado seus laços de sangue. Não tinha nada e não era nada. Em seu coração havia um zero, um zero eterno. É exatamente esse zero que está em contenda com um mundo também hostil. Está condenado a acabar esmagado. De acordo com as explicações do *yin* e do *yang*, ou fêmea e macho, linhas que compõem os trigramas e hexagramas do *Livro das Mudanças*, quando um zero é esmagado, ele se torna uma linha contínua — e quando uma linha é rompida fica assim —, como o *yin* do *Livro das Mudanças*. Isso significa que todas as mulheres estão destinadas ao esmagamento, e isso reflete a grande sabedoria de nossos ancestrais.

# 8

Yushe abriu silenciosamente a porta e entrou no quarto de Jinwu. Ela havia comprado uma caixa para seu presente de aniversário incomum. Nas horas anteriores ao amanhecer, quando todos dormiam profundamente, ela se esgueirara e recuperara o pedaço de cristal violeta do pequeno jardim de flores no pátio da frente. Observando-o como um talismã ou amuleto encantado, enfiou-o no bolso, próximo à pele. Vários anos depois, ela o transformou em um broche. Se fosse apresentado em uma grande exposição de joias, um broche como aquele, feito de um pedaço de cristal do formato de uma pétala de flor, imediatamente chamaria a atenção, como se não houvesse escolha a não ser aproximar-se dele.

Agora ela estava a ponto de dar esse broche para sua amada amiga. Sentia que Jinwu era a única pessoa no mundo cuja beleza combinava com a do broche.

Mas o quarto estava silencioso.

Era uma linda casa. Yu a adorava. Comparada ao lugar onde vivia antes, era um verdadeiro paraíso. Yu se fechava em casa de manhã à noite, amando cada momento da vida ali dentro. A casa virou seu disfarce, sua armadura, seu casulo.

O mundo exterior, com suas ruas exuberantes e encantadoras, não era parte da sua vida. Não tinha nada em comum com as outras pessoas, em sua imensa variedade de formas e cores. Não entendia nem as palavras nem os atos daquele mundo; mas naquele vasto mar, podia apontar alguém de sua própria espécie. Ignorava o grupo, mostrando interesse apenas pelos indivíduos.

É possível enxergar essa garota magra passando pela sala de estar em direção ao quarto de dormir. Usa uma velha camisa de corte masculino. Fica tão larga que não há sinal da sua cintura. Mesmo de longe, sua aparência negligente é logo visível. Nenhuma das linhas de sua figura é normal. Dão a impressão de que ela foi esticada ou distorcida por algum programa de computador, ou de ter saído de uma pintura de Picasso em seu período azul — ossuda e deformada, mística e escura —, uma alma das sombras flutuando em nosso mundo. Mas se focarmos nela, descobriremos que essa jovem é realmente única em sua espécie, ela própria um mundo. Parece que todas as linhas de seu rosto podem se movimentar como água, e essas linhas davam a impressão de que seu rosto estava constantemente mudando. A única coisa de que lembramos com clareza são seus olhos. Normalmente, aqueles olhos ficavam bem escondidos por trás dos cílios, mas subitamente sentia-se a sua aproximação, chegavam cada vez mais perto. Pareciam um par de passarinhos e o cheiro fresco do incenso floral enchia o ar.

Yu parou em frente a um biombo. Exatamente como se assistisse a um teatro de sombras, claramente visíveis pelo biombo estavam as imagens de duas pessoas — um homem e uma mulher. Eles se movimentavam juntos como uma dança, mas de forma muito mais intensa e esplêndida. Yu viu algumas roupas de homem e de mulher penduradas no biombo. Reconheceu o vestido de seda azul como o lago, estampado de flores, que Jinwu acabara de vestir. Também viu uma mão bronzeada coberta de sardas colocando um sutiã e calcinhas de mulher no biombo. De um lado, através da veneziana parcialmente aberta, captou um breve relance do copioso tufo de folhas verdes pela janela. Aquele breve momento fixou-se para sempre em sua memória.

Nesse ponto, a garota magra e fantasmagórica virou-se para sair. Em um clarão, o par de passarinhos em seus olhos voou e a fragrância de incenso floral fresco desapareceu, como se nunca tivesse existido. Aquele par de olhos viajou subitamente para longe, muito longe, instantaneamente se separando daqueles que procuravam controlá-los, escapando para um vale quieto e desabitado.

## 9

A jovem estava deitava ali, na escuridão profunda, como um cadáver.

Jinwu entrou e acendeu a luz. A luz caiu sobre os cabelos da garota. Sentando-se ao lado dela e alisando gentilmente esses cabelos, Jinwu disse:

— Michael vai voltar para o país dele... É verdade, estamos apaixonados. É uma coisa normal. Sim, sou mais velha que ele, mas o amor não tem a ver com a idade. Um dia você compreenderá isso. O amor não tem nada a ver com a realidade. É a única coisa que os deuses nos deram... Não está feliz por mim?

O rosto deprimido e pequeno da jovem está ensopado de lágrimas. Ela pensava no quanto amava Jinwu, mas que Jinwu obviamente não a amava. Jinwu, como sua própria família no passado, como todos os demais em sua vida, não a amava. Jinwu, a quem amava e admirava tanto, estava prestes a rejeitá-la por um homem. Jinwu estava apaixonada por um homem. Aquele homem ocupava todos os cantos do coração de Jinwu. Para Jinwu, Yu não tinha mais importância. Ela não importava para ninguém. Em todo o mundo não havia uma só pessoa que realmente a amasse. Acreditar nisso mergulhou-a na tristeza.

— Meu Deus, criança, o que aconteceu? Você está chorando? Não seja tão limitada!... Tão tola! Pode relaxar, eu amarei e cuidarei de você exatamente como sempre fiz. Meu Deus! Como pode ser tão boba?

— Não fale mais nada. Sei que nunca serei perdoada... Eles contaram tudo, não foi? Sim, cometi um crime. Eu matei o meu irmão bebê. Mas... eu só tinha 6 anos. Não entendia nada da vida... Eu... Realmente não sei como compensar o meu crime. Se eu soubesse, mesmo que tivesse de morrer mil vezes, o faria de boa vontade!...

Em seu coração, Yu continuou a soluçar:

— Jinwu, Jinwu, não me deixe. Se você não me deixar, farei tudo que pedir...

Jinwu ficou completamente espantada. A princípio, pensou que as palavras de Yu eram choramingos infantis. Mas logo percebeu que a menina falava a verdade. Não surpreendia que os pais de Yu nunca tivessem se importado com ela da mesma forma que com Ling e Xiao. Todas as despesas de Yu eram, na verdade, pagas por Jinwu, que não a via como um peso de maneira alguma. Na verdade, Jinwu sentia falta da companhia de Yu. Para ela, Yu era muito mais adorável que suas duas irmãs mais velhas. O que Jinwu precisava era de uma companhia feminina permanente. Ela disse:

— Existe alguém que não cometeu um erro em algum momento da vida? O tempo apaga todos os erros. Como você era jovem demais para entender a vida, o que fez não pode ser visto como um crime e foi só um erro.

Yu não dormiu durante toda a noite. Continuou a pensar que Jinwu mentia para ela, que não podia perdoá-la, que ninguém poderia perdoá-la. Com esses pensamentos, suas lágrimas transbordaram, e continuaram até o céu clarear. Ensopada em lágrimas, sentia-se muito leve, como se flutuasse sem destino em um mar de tristeza. Então, uma voz sussurrou claramente em seu ouvido: "No templo Jinque, na montanha Xitan, você poderá pagar por seu crime..." Assustada, pensou que era Jinwu. Sentou rapidamente e viu que não havia ninguém ali. Mas sentiu uma espécie de calma baixar sobre ela. Seu coração batia tão depressa que a deixava nervosa. De repente, lembrou de que esse era um sentimento que conhecia, uma mudança na pressão do ar, um sussurro infantil em um céu ameaçador, cheio de neve.

Templo Jinque, na montanha Xitan: lembrava agora que, quando era criança, sua avó lhe contara uma vez a história daquele templo e do artista mestre da tatuagem, Fa Yan, que ali vivia.

## 10

Mais um dia de neve.

Enormes flocos, um por um, criavam uma brancura em que nada, nem mesmo o vento, penetrava. Andando sem destino nesse depressivo mundo branco, Yushe parecia terrivelmente pequena.

Seu único propósito era a autodestruição. Odiava sua vida, odiava cada milímetro de sua pele. Essa pele havia perdido o sentido e virado desprezível, porque ninguém a tocava ou mostrava interesse nela. Pensou que viver neste mundo era uma verdadeira perda de tempo. Mas ninguém poderia ignorar a imensa tempestade de neve que enchia os céus. Um após o outro, os padrões dos enormes flocos se refletiram nas pupilas de seus olhos.

Aqueles padrões eram fragmentos de sua infância. Yu adorava aqueles flocos hexagonais. Ela os pintara uma vez, em uma folha de papel branco em que dera primeiro um banho de azul brilhante, para oferecê-la à mãe e ao pai como seu mais precioso tesouro.

Mas o pai e a mãe definitivamente não a amavam.

Naquele momento, enquanto olhava para o branco deprimente, de algum lugar de seu coração o sangue espirrou, fluindo como um rio. Ela temeu que ele se derramasse incontrolavelmente sobre o chão coberto de neve, formando flores ferozmente vermelhas, tão enaltecedoras e perturbadoras quanto as flores das ameixas de inverno. Ela achou que o melhor seria que o sangue em seu coração um dia secasse; então nunca mais sentiria dor.

Foi justo naquele momento que um grande templo ficou à vista.

Era obviamente um templo budista. Levemente e sem esforço a neve branca marcava suas linhas externas. Quando o sol se punha ao final do crepúsculo, o templo levava muitos a pensarem estar olhando para um palácio de jade esculpido no gelo. Naquela época, Yu ainda era jovem, e ainda podia lembrar que existia uma palavra chamada esperança. No momento em que pôs os olhos no templo, um raio de esperança entrou em seu coração. Com grande dificuldade, subiu os degraus de pedra, congelados pela neve. Acima dela, os degraus de pedra eram como uma escadaria de nuvem em direção ao céu. Contou-os, um por um. De repente não conseguiu mais lembrar do degrau em que estava, tudo diante dela subitamente banhado por uma magnífica luz dourada. O templo parecia transformado em uma peça bordada de brilho faiscante, sem peso e de valor inestimável, a ponto de se diluir em uma folha de ouro puro — esta foi a última impressão de Yu antes de perder a consciência.

Só anos depois Yu soube que Ruomu havia comido um bocado de olhos de peixe de uma certa espécie venenosa quando estava grávida dela. Sem saber que o peixe era venenoso, Ruomu adorava seu sabor, especialmente o dos olhos. Ruomu comeu o peixe muitas vezes, sem nenhuma consequência ruim. Mas um dia, por acaso, leu no jornal que era venenoso. Ela imediatamente vomitou o peixe que comera naquele dia. Vomitou tanto que desmaiou e nunca mais comeu aquela espécie novamente.

Yu nasceu antes de Ruomu ler aquela reportagem no jornal.

Talvez, suas excentricidades viessem dos olhos do peixe venenoso. Eles podiam ter se plantado atrás dos próprios olhos dela, dando-lhe a habilidade de ver profundamente dentro das coisas. Talvez tal habilidade permitisse a ela compreender os sentimentos confusos das pessoas em torno dela. Talvez fosse por isso que Yu ansiava por um amor celestial.

No pôr do sol daquele dia, um falcão que passava pelos céus encontrou uma cobra enrolada no chão coberto de neve. A cobra estava congelada, mas dava para ver que tinha sido bonita. As mãos disformes de jade da neve que subia cobriam a serpente. Podia-se ver que ela nunca mais deslizaria, nunca mais representaria sua espécie — uma faixa congelada deixada para sofrer o amargo frio do vento e da neve.

Talvez essa fosse a sua redenção. Talvez buscasse uma transformação. De qualquer forma, naquele vasto mundo de neve branca, ela era insignificante e totalmente impotente.

# Capítulo 4 | YUANGUANG

## 1

Quando acordou, Yu estava deitada no templo. À medida que seus olhos se acostumaram com a escuridão, viu um monge velho sentado perto dela, com as pernas cruzadas. Tinha uma barba branca limpa e cuidadosamente aparada, mas Yu não podia ver sua expressão à luz fraca. "Por que está aqui?", ele perguntou. "Procuro pelo mestre Fa Yan", ela respondeu. A barba do velho monge se movimentou levemente. "Quem mandou você procurar por ele?" Yu não disse nada. Sentia o calor do aposento e, gradativamente, seu sangue congelado voltou a circular. Como um peixe que tivesse acabado de escapar de uma corrente gelada, Yu abriu a boca, mas estava tão contente por sentir-se aquecida que nenhuma palavra saiu dela. Talvez o monge se divertisse com sua aparência ou algo a seu respeito; não disse mais nada. Quando se levantou para sair, Yu notou seu roupão tecido à mão, da cor de gafanhoto do mel, as mangas largas tão pesadas que nem o vento as faria flutuar.

Yu se mexeu um pouco e notou que estava deitada em um tapete velho e sujo, feito de pedaços de pano colorido. Ninguém saberia dizer quantas pessoas haviam sentado naquele tapete, mas Yu sentiu-se fortemente atraída por ele. Chegou a acariciá-lo. Mas, com apenas um toque suave, um pedacinho do tecido se esfrangalhou.

Yu imediatamente recolheu as mãos. Sentada, com os braços corretamente entrelaçados em torno dos joelhos, olhava fixamente para os estandartes coloridos do templo, pendurados diante de seus olhos, imaginando se aqueles pendões de aparência esplêndida, cobertos de pó, se desfariam em frangalhos a um simples toque.

Um homem jovem, um monge jovem, para ser específico, entrou. Sua expressão permaneceu impassível enquanto colocava tigelas de comida diante dela — arroz, sopa e vegetais fritos. Pedaços de tofu, aipo e pedacinhos de camarão boiavam na sopa; quando levou a tigela aos lábios, a face de Yu foi tomada por um vapor delicioso.

Quando um raio oblíquo do sol do fim da tarde brilhava abaixo dos telhados, o jovem monge Yuanguang, entrando em um salão adjacente, viu a silhueta borrada de uma garota esguia. O corpo dela, reminiscente da neve e da névoa, parecia movimentar-se entre os raios de luz do crepúsculo. Quando levou a tigela de sopa aos lábios, o que parecia neve derretida e gelo escorreu lentamente de sua testa.

Yuanguang testemunhou e participou do processo completo de tatuar a jovem. Foi a primeira vez que participou da cerimônia sagrada conduzida por mestre Fa Yan. Para Yuanguang não era nada mais que isso — uma cerimônia.

Aquela noite de inverno foi extremamente incomum. Por causa da nevasca, o céu assumiu um esplendor etéreo, insuperável, como uma coroa de gelo lançando seu brilho único em tudo que pulsava abaixo dela, fosse límpido ou turvo. Naquela noite de inverno, o corpo da jovem, conhecida como Yushe, ganhou uma translucidez que indicava a clareza límpida de seu sangue. Como uma névoa com veias, ela quase se evaporou por completo. De pé, reto e alto como uma figura de conto de fadas, seu corpo sensual foi envolvido pelo luar prateado. Uma figura inegavelmente bonita, mas que, quando vista diante do esplendor dos céus, era reduzida a uma imagem de morte.

Essa imagem fantasmagórica estava condenada a morrer antes mesmo de ter nascido.

## 2

O Grande Mestre budista Fa Yan pegou seu conjunto completo de agulhas de tatuagem, que não usava havia cinquenta anos. Em suas mãos, transformavam-se em seres vivos. Hesitantemente, elas tocaram aquele corpo totalmente irreal, névoa branca como a neve, que, à semelhança de alguma criatura marinha, algum plâncton, carecendo de quaisquer traços femininos, abria lentamente seu caminho pelo éter.

Aos olhos do Grande Mestre Fa Yan não havia distinção sexual entre homens e mulheres. Em uma mesa pequena, em um canto de seu quarto, ele tinha uma estátua de bronze de Shiva, a deusa hindu da destruição e da regeneração. Essa grande deusa dançante do bramanismo tinha uma face única — metade homem, metade mulher. Mas com os sexos assim unidos, era a imagem perfeita da harmonia.

Uma vasta região selvagem se descortinava ante os olhos de Yu. A brisa gentil que soprava acima do amarelo-claro da terra, do verde vivo do capim selvagem e do azul brilhante do lago permitia finalmente que se distinguisse, em meio ao odor das salamandras, uma figura feminina abrigada no nevoeiro espesso, no ar úmido e rarefeito, com um cacho de lindas uvas rolando por sua face e lâminas de malacacheta e folhas caídas movendo-se ao acaso abaixo da superfície da água. Depois de percorrer uma longa distância, uma agulha afiada feito navalha espetou sua pele. A primeira gota de sangue, por causa de sua opulenta densidade, era negra.

A superfície do lago tinha sido estilhaçada em fragmentos de diamante. Poças estagnadas emitiam fluidos virgens e pálidos vapores brancos. Yu sentiu que os fluidos do seu corpo, viscosos e aquosos, estavam a ponto de espirrar para fora. Suspeitou que fossem as lágrimas que engolira, que mudaram de cor porque ficaram confinadas tempo demais e agora estavam cheias de sangue.

Talvez sangue e lágrimas fossem inseparáveis desde sempre.

Yu não fez nenhum barulho durante o doloroso processo. Yuanguang se perguntava se aquele corpo era real. Sua tolerância era comovente, e ele ficou tentado a testar tal estoicismo com uma agulha mais afiada. Mas Fa Yan notou um leve traço de sangue no lábio da jovem; ela mordia para conter a dor. Olhou para Yuanguang, que sabia o que passava na mente do mestre e por isso evitou os olhos do velho.

— Jovem, você está sofrendo muito — disse Fa Yan com firmeza, mas ternamente — sua pele está tão tensa que não posso continuar. Deixe esse jovem ajudá-la, é a única forma de fazê-la relaxar. Depois poderei fazer uma bela tatuagem.

Uma vez mais o olhar de Fa Yan caiu sobre Yuanguang; dessa vez como uma ordem. O jovem monge tremeu. Homem de vontade forte (você descobrirá o quão forte no desenrolar da nossa história), estava assustado. Sim, tremeu de medo, pois sabia que não podia desobedecer a Fa Yan, mas o pensamento do que viria a seguir o amedrontava.

Gentilmente, fez Yu rolar sob seu torso musculoso. Sentiu que ela era leve como pluma. Sua obediência e tolerância quase o levaram às lágrimas. Esperava que ela oferecesse alguma resistência para sentir-se estimulado. Mas agora estava plácido, enquanto seu coração se enchia de amor por ela.

Quando Fa Yan olhou para ele pela terceira vez, Yuanguang sabia que deveria começar. Ocultando sua ternura, ele a acariciou com a maior gentileza de que era capaz, para reduzir sua dor. Seus olhos mantiveram o foco para além do corpo quase invisível, em uma terra longínqua. Fazia apenas o que seu mestre ordenara, mecanicamente. Quando ele entrou em seu corpo, ela se sacudiu violentamente, atraindo sua atenção. Viu sangue fresco escorrendo da boca da jovem quando ela mordeu a própria língua, e uma poça de sangue formou-se sob seu corpo. Ele não esperava ver tanto sangue, porque pensava ter sido extremamente delicado.

O olhar intenso de Fa Yan, enquanto isso, detectou uma mudança na pele de Yu; a tensão tinha partido, cada poro se abria enquanto os dois corpos se erguiam e abaixavam suavemente, como ondas no oceano. Dirigido pelos olhos de Fa Yan, Yuanguang tentou posições diferentes, ainda segurando o corpo da garota contra o peito, acabando de pé, com ela virada contra a coluna central do grande salão. As costas de Yu ficaram totalmente expostas a Fa Yan, que, finalmente, olhou para Yuanguang satisfeito.

O processo continuou por duas horas, as duas horas mais insuportáveis da vida de Yuanguang. Seu suor juntou-se ao sangue dela enquanto ele chorava no silêncio do seu coração. Nada disso escapou a Yu. Desde o início tinha percebido a empatia em seus olhos indiferentes. Ela também percebeu que ele era muito bonito, mais bonito até que Michael, o garoto dos Estados Unidos. Diferente do que tinha acontecido com Michael, ela sentiu atração pela beleza do jovem monge. Não era só uma imagem de cinema, era cheio de vida, de variações e vinha de uma rica formação. Yu sentiu essa diferença desde o início e, então, o aceitou.

Yuanguang ficou entusiasmado ao ver a tatuagem pronta nas costas de Yu. Querendo fazer algo de sua própria autoria, pegou os instrumentos, mas não sabia por onde começar. Yu voltou-se para ele em silêncio e apontou para os próprios seios. "Venha e deixe uma lembrança." O luar escorreu para dentro do templo, dando àqueles seios um brilho de porcelana fria. Totalmente concentrado, em trinta minutos Yuanguang acrescentou uma pequena flor de ameixa a cada um dos seios. Mais uma vez, seu suor misturou-se ao sangue dela. O jovem forte caiu ao chão quando acabou. Ao contemplar seu trabalho, suspirou: "Nunca serei tão bom quanto o mestre."

Fa Yan fechou os olhos em meditação e, depois de algum tempo, disse, suavemente:

— Esta é a tatuagem mais bonita que já fiz. Não poderia fazê-la novamente. Jovem, você derramou muito sangue, o suficiente para redimir-se de seu pecado. Pode ir agora, quanto mais longe melhor, nunca mais quero vê-la de novo.

## 3

Uma vez, muito tempo antes, Xuanming havia contado a Yushe a história do mestre Fa Yan.

Já sabemos que Xuanming era a 17ª filha de uma grande família. Ela guardava a preciosa foto antiga de sua tia Zhenfei. Não tão bonita como os boatos sugeriam — gorducha, olhos sem brilho, Zhenfei era ainda assim uma celebridade, conhecida por todos os chineses. Teria isso a ver com as circunstâncias de sua morte? As pessoas sempre mostram amor e cuidado pelos mortos em vez de oferecê-los aos vivos. Se os mortos tivessem alma para saber disso, poderiam lamentar ter de deixar o mundo. Mas mesmo quando podem voltar, eles caem de novo na armadilha de uma vida difícil.

Mas Xuanming era mesmo uma beldade. As histórias que contava sobre a imperatriz viúva Cixi eram todas verdadeiras, apesar de um pouco exageradas. Existe apenas uma história que ela não contava: a origem do misterioso candelabro.

Além de tia Zhenfei, Xuanming tinha muitos outros parentes. Em um dia de outono, apareceu outra tia, Yuxin, irmã mais velha da senhora Yang. Xuanming ainda era jovem, mas por crescer em uma família tão grande havia conhecido muitas pessoas. Nenhuma era tão atraente quanto Yuxin. Mesmo aos 50 anos, possuía uma beleza transcendental. Linda pele, as maçãs do rosto e a boca elegantes e bem formadas, olhos que iluminavam um aposento, apesar de estarem quase sempre solenes. Tinha uma pequena pinta vermelha entre as sobrancelhas. Sua mãe sempre dizia que Yuxin nascera para ser uma boa mãe, mas ela nunca se casou. Sua habilidade com as agulhas era espantosa: cada peça de bordado tinha qualidade suficiente para ser apresentada no palácio imperial. Mas ela nunca se separaria de nenhuma de suas criações, preferindo tratá-las como um investimento que beneficiaria a família de Xuanming. Uma vez disse para a Senhora Yang:

— Nunca poderei pagar o que fez por mim. Isso poderá servir como um pequeno dote para a sua filha mais jovem.

Yuxin passeava muito pelo jardim da família, acompanhada de Xuanming. Com o orvalho da manhã ainda fresco, elas colhiam buquês de uma grande variedade de flores assim que se abriam. Bálsamo, jasmim e rosas chinesas estavam entre as favoritas. Algumas eram separadas e moídas até virarem pó, utilizado em combinações variadas para fazer ruge. As outras mulheres da família adoravam cosméticos e os usavam regularmente.

## 4

Dois anos depois de chegar, tia Yuxin caiu doente. A senhora Yang preveniu a filha de que Yuxin poderia não se recuperar. A notícia foi devastadora: Xuanming faria qualquer coisa por aqueles que verdadeiramente amava.

Ela virou presença constante ao lado de Yuxin, ajudando-a em pequenas coisas, fazendo o melhor possível para levar alegria ao quarto da doente. Sempre uma personalidade dominadora, que gostava de ostentar uma atitude de jovem dona de casa, sua devoção à tia era completa. Para Xuanming, Yuxin não era apenas a presença feminina idealizada, mas também uma fonte de mistério. Por que nunca se casara? Por que estava sempre perdida em pensamentos, às vezes até melancólica?

Uma tarde, Xuanming preparou canapés deliciosos para a tia, mas encontrou fechadas as cortinas vermelhas que davam para o quarto. Depois de se certificar que a garota estava sozinha, Yuxin lhe deixou entrar. Xuanming ficou espantada ao encontrá-la completamente vestida, com a roupa branca de funeral. Estava ocupada montando um candelabro violeta.

— Sente-se — disse tranquilamente.

— Está quente lá fora?

Yuxin mandou sua empregada Ying'er buscar chá. Xuanming não tinha muitos *hobbies*, mas o chá — seu modo de preparo e o jeito de servi-lo — era um deles. Yuxin pediu a Ying'er para pegar um conjunto especial de chá, cujas peças eram cor de maçã verde, a cor do jade precioso, com pires brancos em contraste. Mas, na ocasião, Xuanming não deu atenção para o serviço de chá. Foi o belo candelabro que capturou seu interesse.

Aos olhos da menina de 9 anos, aquele candelabro não era deste mundo. Era um luxuoso presente dos céus. Aqueles cristais maravilhosos tinham sido criados por um poder mágico e misteriosamente formados para uso exclusivo dos deuses. Quando espalhados, eram como pingos de chuva em forma de flor depositados pela brisa do outono. Ela estava hipnotizada.

Xuanming ficou ainda mais espantada quando continuou a ouvir Yuxin. Lentamente, suavemente, ela disse:

— Filha mais nova, meus males há muito estão comigo. Posso não ter muito tempo de sobra e tenho sido um peso para a sua família. Mas eu me preocupo com você. Quem você acha que sou? Agora eu queria poder escrever um livro da minha história. Mas estou no crepúsculo da vida, exausta e sem esperança. Hoje vou contar-lhe algumas histórias da minha vida. Se elas lhe desagradarem, não se preocupe, trate-as como rajadas de vento apenas. Se gostar de alguma, aceite-a como um conto divertido.

Então, Yuxin tomou a mão de Xuanming e perguntou:

— Já ouviu a história de Changmao, o Cabelos Compridos?

Xuanming olhou fixamente para ela e balançou afirmativamente a cabeça. Lembrou que sua mãe mencionara a história para assustar suas irmãs e fazer com que obedecessem. Ela sabia que era outro nome para o famoso exército rebelde de Taiping, cujos homens tinham cabelos compridos e lutavam contra as forças imperiais do governo Qing. E isso era tudo.

— Você acha que é um candelabro aceitável? — Yuxin sorriu, apontando para o candelabro.

— A tia é muito modesta. Pode ser um crime dizer isso, mas estive no palácio algumas vezes e tenho certeza de que o candelabro sagrado de lá não se compara a esse.

Yuxin sorriu.

— Ele é do palácio dos Cabelos Compridos. Passei três anos lá. Esta é a minha única lembrança daqueles dias. Leve-o para o mestre Fa Yan, no templo Jinque, na montanha Xitan. Faça o que sua tia deseja e, do mundo inferior, ela a protegerá de toda má sorte e do desastre.

Os anos se passaram, mas Xuanming não cumpriu a promessa; ficou com o candelabro. Ninguém sabe se ela tentou achar mestre Fa Yan e não conseguiu, ou se nunca fez esse esforço. Mas ela iniciou um ritual diário: todos os dias, ao cair da noite, montava as pétalas da flor de cristal. O sistema de montagem exigia muitas ações em sequência, ensinadas por sua amada tia. Mas toda a sua vida foi cheia de turbulência e tragédia, incluindo a perda do único filho durante a guerra. O sofrimento foi consequência do fracasso em cumprir a promessa? Com a chegada da idade, percebeu que devia contar sua história a Yu, sua neta, na esperança de aliviar a culpa.

## 5

Em meados do século XIX, um homem chamado Hong Xiuquan estabeleceu uma capital chamada de Reino Celestial de Grande Paz, no que hoje é a cidade de Nanquim, e chamou a si mesmo de Rei Celestial. Apontou quatro comandantes, os chamando de Reis do Oriente, do Ocidente, do Norte e do Sul. Cada rei tinha seu próprio palácio, com portais grandes, de decoração elaborada, consistindo em bem-guardados portões e portas internas e externas. Pinturas de tigres e dragões decoravam essas estruturas e dezenas de gongos estavam disponíveis para enviar mensagens a várias partes de cada um dos palácios. Nenhum criado homem tinha permissão para entrar, apenas mulheres. A própria residência do Rei Celestial — o Palácio Celestial — ficava na parte norte da cidade. Um bulevar cerimonial levava a um grande arco esculpido com dragões dourados, e depois ao portão externo, pomposamente chamado de "Portão Glorioso", e ao interno, o "Portão Sagrado Celestial". Dizia-se que todos esses nomes e prédios tinham inspiração divina. O palácio, claro, era cercado de muralhas vigiadas; aqui e ali havia torres e pavilhões, decorados com telhas de vidro. O palácio interior era extremamente grande. Vigas horizontais com mais esculturas de dragões eram decoradas com folhas de ouro. Dragões, leões e tigres vividamente pintados adornavam as paredes internas. Ao leste havia um jardim murado, com um imenso lago. No centro do lago havia um gigantesco navio de pedra-lipes. O Rei Celestial levava suas concubinas até lá com frequência.

A residência do Rei do Oriente era igualmente esplêndida, mas terminou destruída pelo fogo em um conflito entre ele e o Rei do Norte. Depois, o palácio foi reconstruído e chamado de Salão dos Nove Céus. Havia jardins nos fundos e pavilhões na frente, com duas espinhentas árvores de sâmaras chinesas de cada lado. Ao norte havia montes de pedras, por onde corriam fontes naturais; em todos os cantos havia jardins e mais jardins; quiosques e torres se ocultavam ao longo de caminhos em espiral. O luxo era incomparável.

Havia milhares de mulheres dentro do Palácio Celestial, a maior parte escolhida pela beleza, pelo talento ou por habilidades especiais necessárias em um enclave fechado. O posto mais alto era de rainha; abaixo dela, altos cargos eram dados a apenas uma ou duas mulheres, com títulos como *pin niang*, dama da corte; *ai niang*, dama cortesã; *xi niang*, dama engraçada; *chong niang*, dama estimada; e *yu niang*, dama alegre. Abaixo desses, títulos eram dados a meninas, como *hao nu*, menina excelente; *miao nu*, menina agradável; *jiao nu*, menina refinada; *yan nu*, menina bonita; *juan nu*, menina charmosa; *mei nu*, menina atraente; e *cha nu*, menina delicada.

As virgens eram selecionadas aos 13 anos, embora nenhuma conservasse a inocência por muito tempo. A comunidade era dominada por conspirações, inveja, intrigas e toda a corrupção familiar aos seres humanos. Uma figura se destacava entre os que competiam pelo poder: Meng De'en, que bajulava e fazia maquinações para cair nas graças do Rei Celestial e de sua irmã, Hong Huanjiao, conhecida como Irmã Celestial. Ninguém escapava das armadilhas de Meng De'en.

Entre os muito poucos que mantinham a integridade estava Yang Bicheng, conhecida como a "Deusa da Agulha", no Salão dos Bordados. Levada para lá aos 13 anos, ao chegar, não comeu nem falou por três dias. O Rei do Oriente tinha uma funcionária de confiança chamada Fu Shanxiang, encarregada do Salão das Meninas. Fu estava entre as poucas funcionárias de confiança no palácio, era delicada, protegia as meninas e apreciava seus talentos. Sob seus cuidados pacientes, Bicheng começou a comer. Ela era jovem, inteligente, delicada e bonita. Logo, Fu passou a gostar muito dela. As duas costumavam trocar poemas, e viraram correspondentes. A Irmã Celestial ouviu falar em Bicheng e a convocou. Depois de conhecer a talentosa jovem, a Irmã Celestial não quis deixá-la ir, e propôs adotá-la. Bicheng tinha ouvido falar da libertinagem e perversão da vida na corte e não queria fazer parte dela, então criou desculpas e conseguiu adiar a cerimônia de adoção, não só uma, mas várias vezes. Isso ofendeu a orgulhosa e arrogante Irmã Celestial; se ela nunca havia gostado de Fu Shanxiang, agora a culpava pelos adiamentos, e também começou a encontrar defeitos em Bicheng. Mas a garota permaneceu honesta, leal e pura. E seus bordados eram de primeira classe. A Irmã Celestial deixou a questão de lado por um tempo.

No aniversário do Rei Celestial, Meng De'en, o mestre da intriga, chegou ao Salão dos Bordados para requisitar Bicheng, a Deusa da Agulha, para que fizesse um roupão com um bordado elaborado de dragão. Era costume presentear o Rei Celestial em seu aniversário com um roupão dourado de cetim com um dragão bordado; desprevenida, Bicheng concordou de imediato. Mas aquela não era a intenção real dele; ela foi levada, em vez disso, a uma câmara secreta da Irmã Celestial.

## 6

Nessa altura da história, Xuanming já tinha adivinhado que Bicheng era, na realidade, sua querida tia, Yang Yuxin — graciosa e elegante, clara como gelo, pura como jade. E que, de alguma forma, escapara do Palácio dos Cabelos Compridos. Com seu limitado conhecimento do mundo, Xuanming não conseguiu evitar tremer de medo depois desse pensamento.

Depois de três anos no palácio, Bicheng fez 16 anos. A essa altura, tinha se enamorado de um jovem comandante chamado Si Chen, que servia ao Rei do Oriente, Yang Xiuqing. Eram feitos um para o outro. Um dia, Fu Shanxiang foi ao Salão dos Bordados e disse a Bicheng para confeccionar um roupão para o jovem comandante do Rei do Oriente, Si Chen. Si ganhara um posto importante e vencera muitas batalhas contra o exército de Qing. Agora completava 26 anos, e o Rei do Oriente havia preparado uma grande festa. Queria um roupão com bordados de leões e tigres. Bicheng trabalhou nele até tarde da noite, quando caiu no sono e teve um sonho. Um jovem comandante, usando roupão branco, esguio e bonito, sorriu para ela de cima de seu cavalo. Os leões e tigres em seu roupão vieram à vida, rugindo excitadamente. Ela foi acordada pela voz de uma criada que vinha do palácio do Rei do Oriente. Suas irmãs no salão a ajudaram a se limpar e se aprontar para uma viagem na carruagem negra, dizendo: "É certo que será recompensada, irmã! É a primeira vez que mandam uma carruagem só para isso."

Bicheng não costumava usar maquiagem. Quando usava, e sem precisar de muita, ficava espantosamente linda. O Rei do Oriente a olhou uma vez e ficou enfeitiçado. Vendo isso, Shanxiang ficou aborrecida. Forçando um sorriso, disse:

— Vossa Senhoria mandou buscar Bicheng para ser recompensada. O senhor esqueceu?

Nesse momento, o Rei do Oriente endireitou-se na cadeira, recuperando a compostura:

— O bordado de Bicheng é tão superior que ela precisa ser recompensada e receber o devido reconhecimento. De agora em diante, ela fará os roupões deste rei e de seus comandantes!

Então veio a recompensa. Era uma bolsinha bordada cheia de imensas pérolas e peças de jade. Ela ficou surpresa e estava prestes a recusá-la quando Shanxiang se levantou e caminhou silenciosamente até ela:

— Bicheng, por favor, aceite o presente. As joias são para comer. Siga o método do Rei Celestial: duas pérolas e um pedaço de jade no café da manhã. Isso melhora a pele e prolonga a vida! Antes, as pérolas devem ser fervidas em um pedaço de tofu por várias horas. Isso as fará aumentar duas ou três vezes de tamanho, e elas vão se dissolver em sua língua. O jade deve ser cozido lentamente junto com raízes de olmo por um dia e uma noite, bem tampado. Ficará, então, suave e delicioso, bastando acrescentar uma pequena pedra de açúcar.

Bicheng replicou suavemente:

— Por favor, agradeça ao Rei do Oriente por seu gentil favor, mas esta humilde serva não pode aceitar. O Rei do Oriente e a irmã Shanxiang deveriam ficar com as pedras.

Então, afastou-se para o lado, tentando não ver o descontentamento dos monarcas.

Naquele momento delicado, Bicheng notou um homem de pé atrás do rei. Era magro e bonito; na verdade, era o homem que havia aparecido em seu sonho. Usava um roupão branco e olhava para ela! Seu olhar expressava admiração, aprovação e boas intenções. Ela enrubesceu, envergonhada por ter sua reação a esse olhar observada.

Se fosse um dia comum, o Rei do Oriente teria se irritado com a garota esguia que mostrava tão pouco interesse pelo magnífico presente que ele lhe oferecia. Mas estava de bom humor. Era um dia feliz para seu comandante favorito. Ele se controlou e apenas condenou a garota sem usar palavras: uma criada, talentosa e de rosto bonito — tudo isso para nada, já que era teimosa como a raiz do olmo.

Naquele momento, Shanxiang levou Bicheng a um salão adjacente para apanhar a prata que era parte da recompensa.

— Minha garotinha — disse —, você me deu um susto. Não conhece o temperamento dele. Ele ficou ofendido. Em qualquer outro dia, teria mandado executá-la. Vou dar um conselho que daria a uma irmã menor. Você deve lembrar-se dele: "Reta como a corda do arco, a morte espera; curva como um gancho, títulos nobiliárquicos serão a recompensa." Você deve aproveitar ao máximo sua situação aqui, estar consciente de como sua conduta afetará seu futuro. Ser forte demais, independente demais, acabará mal.

Bicheng apenas sorriu.

— Acho que eles acabarão mal. Comer pérolas e jade, que extravagância e desperdício!

Shanxiang ficou imóvel por um instante, continuou, séria:

— Eu sei disso, acredite, mas quando o céu está caindo, quem pode segurá-lo? Cuido de documentos todos os dias para o Rei do Oriente. Todos os reis estão construindo extravagantemente e vivendo suntuosamente. O dinheiro está acabando! Agora a princesa mais velha quer reconstruir seu palácio, pois acha que o atual não lhe serve. Da última vez que toquei nesse assunto, o rei ficou tão furioso que mandou me prender por um mês! Foi então que adquiri o mau hábito de fumar. Boa irmã, ouça! Quando estiver pensando em uma mudança, até mesmo se estiver sozinha, você não pode mostrar o menor sinal disso em seu rosto. Senão pode arruinar toda a sua vida.

Bicheng era uma menina inteligente que entendeu o peso do conselho de Shanxiang. Mas as coisas aconteciam tão rápido...

## 7

No dia em que Meng De'en levou Bicheng para o quarto secreto da Irmã Celestial, todo o Palácio Celestial anunciava uma celebração que duraria vários dias. Uma grande vitória seria comemorada. Loufei, um funcionário esperto e confiável do Rei Celestial, foi encarregado de organizá-la. Duas cidades do sul, Suzhou e Hangzhou, tinham sido conquistadas. O comandante Li Xiucheng liderara o exército vitorioso. Ele era um favorito do palácio, conhecido como o Leal Príncipe Li. Para a cerimônia de abertura, a rainha e toda a sua corte se vestiram com roupas de festa e foram ao grande salão para cantar, dançar e ver os fogos de artifício, e o mesmo acontecia em vários palácios. Loufei disse a Fu Shanxiang para alertar as meninas no Salão dos Bordados. Elas deviam trabalhar muito para arrumar tudo para aquela noite.

O desejo de Meng De'en por Bicheng começou quando ela chegou à corte pela primeira vez. De todas as mulheres do palácio, jovens e velhas, era a única que não o bajulava e isso, de certa forma, aumentava sua atração. Sua beleza era incomparável — fresca e clara como o gelo, pura como jade. Tal beleza era ampliada, de alguma forma, pela força de seu caráter. Meng De'en estava cansado de mulheres simplesmente sedutoras. Agora estava tentado por um novo rosto e um corpo que haviam comprovado imunidade ao seu poder e às suas lisonjas. Então, agarrou a oportunidade para atraí-la para longe da proteção de Fu

Shanxiang. Se a Irmã Celestial era uma conspiradora, Bicheng nunca saberia.

Meng nunca imaginou que Bicheng seria tão resistente ao seu ataque. Durante a luta, ela se mexeu de um lado para o outro, agarrou os genitais dele e, enquanto os apertava, puxou-os e torceu-os com toda a força que conseguiu reunir. Meng caiu imediatamente, gemendo em agonia e observando, cheio de ódio, que a linda jovem escapava.

Bicheng caminhou com fúria entre a multidão no auge da celebração. As concubinas imediatamente notaram seu temperamento e se prepararam para o pior. Felizmente, o Rei Celestial tinha toda a sua atenção voltada para um dos luxuosos presentes que recebera, uma cadeira cravejada de pérolas, ágatas, jades, jaspes e corais, completada com um dossel. De longe, parecia uma nuvem colorida por raios celestiais, ofuscando olhares; de perto, dava para sentir o cheiro do âmbar cinza e dos arranjos florais verdadeiros e falsos que decoravam a cena, tão surreal que dava a impressão de se ter viajado por uma floresta de tesouros especiais e chegado em casa, em uma terra de fadas. Todos teciam elogios ao Rei Celestial, todos exceto Bicheng, que, sem dizer uma palavra e com frieza no olhar, suspirava e sacudia a cabeça.

Meticulosamente maquiada e com um vestido brilhante, Fu Shanxiang acompanhava o Rei do Oriente. Ao ver Bicheng, se aproximou e sussurrou:

— Garota tola, hoje é um dia especial para o Rei Celestial. Não o estrague!

Bicheng então contou a Shanxiang o que acabara de acontecer. Trincando os dentes, disse:

— Meng é pior que um cachorro! Um asqueroso do Reino Celestial.

Shanxiang ficou em silêncio por um momento, totalmente imersa em seus pensamentos. Então, disse lentamente:

— Isso é terrível. Volte ao Salão dos Bordados imediatamente, traga algumas roupas, depois vá para o Salão das Boas-Vindas e se esconda atrás do biombo. Direi a Shun'er para ajudá-la.

Vendo a cena, o Rei do Oriente disse:

— Por que está de conversa aí? Tome cuidado, o Rei Celestial pode bater em você com seu cetro de prata.

Bicheng abriu caminho na multidão, tentando não se fazer notar; as lágrimas se acumulavam, lágrimas transparentes como neve derretida. Shanxiang também estava a ponto de chorar. Chamou Shun'er e lhe disse o que fazer:

— Sua irmã Bicheng é uma das melhores pessoas deste reino. Se algo acontecer a ela, culparei você.

Shanxiang nunca falara com tanta severidade com uma criada; a maioria ficaria amedrontada se ouvisse. Mas Shun'er era tão corajosa quanto digna de confiança. Entendeu a urgência e saiu rapidamente. Praticante de artes marciais, era também ágil e capaz de movimentar-se com rapidez, mesmo no escuro. A escolha perfeita para o que tinha de ser feito agora.

Tarde da noite, quando os sons dos vigias noturnos ecoavam no céu, o Rei Celestial voltou ao palco real após percorrer o palácio. A multidão ficou de quatro, levantando-se depois que o Rei Celestial voltou a ocupar sua posição no trono. Subitamente, ele gargalhou, dizendo para as concubinas:

— Vocês são tão leais, exatamente como manda o céu. Este rei as recompensará.

Dizendo isso, ordenou-lhes que bebessem e se alegrassem.

Vestida cuidadosamente para a festa, a Irmã Celestial chegou em sua carruagem decorada como uma fênix. Ordenou às concubinas que apresentassem poemas glorificando o reino e gritou: "Onde está Meng? É hora de apresentar o roupão de dragão de cetim dourado para o Rei Celestial, chamem Meng De'en!"

Após ouvir o nome de Meng, Shanxiang começou a tremer de medo, como se um martelo a golpeasse. Ela se perguntou se tudo teria sido planejado de antemão e, se fosse o caso, por que a Irmã Celestial teria escolhido aquele dia para o acerto final de contas? Ela e o rei eram próximos; por que ela arruinaria um bom dia para o irmão? Antes que pudesse pensar mais no assunto, Meng De'en entrou correndo, uma coroa de cetim dourado bordada e o roupão de dragão na mão.

## 8

Os historiadores divergem em suas explicações para o desaparecimento súbito de Fu Shanxiang. Mas Xuanming insistia que a razão foi sua ligação com a tia Yuxin — a Deusa da Agulha, Yang Bicheng. Bicheng aparece em todas as histórias não oficiais da rebelião de Taiping. Os registros indicam que foi executada ou por *lingchi* (morte por fatiamento lento, também conhecida como morte por mil cortes), ou *diantiandeng* (queimada enquanto pendurada de cabeça para baixo). Neste último cenário, a vítima era primeiro despida, depois enrolada em panos e encharcada de óleo durante a noite. O fogo era aceso nos pés para prolongar a tortura. De qualquer modo, até os historiadores mais inseguros concordam em que ela foi executada. Alguns historiadores não oficiais descrevem a cena em grande detalhe: quando Meng De'en se ajoelhou diante do Rei Celestial, abrindo a coroa supremamente bordada, manchas de sangue apareceram do lado de dentro! Meng De'en bateu com a cabeça no chão até sair sangue, depois gritou aos prantos:

— Meu último dever é fazer com que Yang Bicheng, esse ousado demônio-fêmea, pague por suas más ações. Ela ousou pingar secreções vaginais imundas no bordado. Isso foi revelado por testemunhas e também por prova material. Por favor, Rei Celestial, dê uma ordem clara.

Shanxiang lembrou do rosto sorridente do Rei Celestial congelando de súbito, ficando cinzento, o que era profundamente aterrorizante. Ele agarrou a coroa, olhou-a com atenção e depois a atirou no chão com toda a força. Todos ficaram paralisados. Algumas concubinas assustadas quase desmaiaram. O Rei Celestial logo se acalmou e virando-se para o Rei do Oriente, disse friamente:

— Esse crime monstruoso não pode ser tolerado. As leis de nosso Reino Celestial decretam que devemos fazer cumprir a pena de morte. Use o *diantiandeng* para uma execução pública.

Olhando duramente para Shanxiang, o Rei do Oriente repetiu o que o Rei Celestial acabara de dizer. O Rei Celestial, então, continuou friamente:

— Bom. Pedimos ao Rei do Oriente que cuide disso. Deve ser realizado um interrogatório antes da execução. A mente por trás desse crime deve ser encontrada!

Passou um tempo antes que Shanxiang pensasse em secar o suor de sua sobrancelha, e só então percebeu que não tinha forças para levantar o braço. Foi quando ouviu a voz suave de Loufei:

— Rei Celestial, por favor não se zangue. Hoje é um bom dia. Não vamos deixar que essa gente acabe com ele. Na minha opinião, esse caso pode ficar para depois.

Em geral, o Rei Celestial se deixava persuadir pelos modos suaves de Loufei. Era bem provável que o mesmo acontecesse então, pois ela havia organizado toda a grande celebração. Ele ficara muito contente com o novo trono. Mas antes que ela terminasse de falar, a expressão do Rei Celestial mudou. Subitamente, jogou seu cetro em Loufei. Ela tentou se desviar, mas foi atingida direto no rosto. O sangue escorreu e ela gritou, antes de desmaiar.

Em um instante, todos se juntaram e se ajoelharam ante o majestoso Rei Celestial.

A majestade dos imperadores costuma ser desconcertante. E se ninguém ajoelhasse? Seria o próprio imperador o último a se ajoelhar? Isso seria improvável, porque entre a "maioria" sempre haverá quem se ajoelhe primeiro, e outros seguirão. Apenas um pequeno número se recusaria a ajoelhar e poderia ser facilmente eliminado.

Aqueles que não desejam se ajoelhar, mas ainda querem proteger suas vidas, terão, sem dúvida, de confiar na sabedoria. Assim, sempre existem mais estrategistas que guerreiros na China. Isso segue a regra de que a excelência vence e os defeitos são filtrados.

Naquela noite, há muito tempo, aquela horrível noite para Bicheng, os guardas do Rei Celestial rapidamente cercaram o Salão dos Bordados e prenderam todas as garotas, mandando-as para a prisão na residência do Rei do Oriente. Ele sabia muito bem que entre todas aquelas garotas trêmulas a única que faltava era Yang Bicheng. Percebeu que Shanxiang estava um passo à sua frente.

Bicheng fugia, vestida de camponesa e com um passe que lhe permitiria viajar centenas de quilômetros. Ela encontrara o Salão das Boas-Vindas naquela noite, onde Shun'er esperava. Atrás do painel havia uma imensa pintura ocidental. Shun'er empurrou a boquinha do anjo da pintura, abrindo uma porta que levava a um caminho secreto. Andando rápido, entregou uma bolsa a Bicheng, dizendo:

— Irmã Shanxiang me mandou entregar isso a você. Leve-a como recordação de uma boa amizade. Ela também gostaria de partir. Pede a você que se cuide bem e se case com alguém de boa família. O passe de viagem está aí dentro. Depois que sair do caminho secreto, poderá viajar para qualquer lugar do território.

Bicheng chorava enquanto ouvia Shun'er, e perguntou:

— Irmã Shun'er, depois que eu for embora, o que você e a Irmã Shanxiang vão fazer?

Shun'er não respondeu. Empurrou Bicheng pela passagem secreta e depois correu para fechar o rosto da pintura. Àquela altura, Shun'er já havia decidido morrer.

Três dias depois, o executor anunciou:

— No caso dos ultrajantes eventos no Salão dos Bordados, a pena é de morte para Yang Bicheng e de açoitamento para as outras criadas. A execução será realizada hoje à noite por *diantiandeng*.

Quando o executor chegou ao Salão dos Bordados, Shanxiang já estava lá, e a prisioneira tinha sido envolvida em panos. O executor queria checar a identidade da prisioneira, mas Shanxiang gritou: "Foi o Rei do Oriente que ordenou que eu supervisasse a execução. Se não confia em mim, então não confia no Rei do Oriente!" O executor recuou com medo.

O *diantiandeng* foi levado adiante no cinamomo em frente ao palácio. A prisioneira, banhada em óleo, foi suspensa pelos pés, e o fogo foi aplicado nesse lugar, de acordo com o costume. Ela queimou lentamente durante a noite. Shanxiang ficou à janela com o rosto inexpressivo, iluminado pelo fogo.

Em sua mente conseguia ver através da cortina de fumaça que Bicheng já estava em alguma aldeia remota, acomodando-se para passar a noite em segurança. Quando Bicheng abrisse a bolsa, ficaria surpresa ao encontrar o candelabro. Os códigos para montá-lo estavam escritos nos panos que o embrulhavam. Shanxiang recebera esse candelabro em um jantar de aniversário alguns anos antes de Bicheng chegar ao palácio. Fora presente de um velho. Dentro da caixa havia um poema sobre o qual Shanxiang nunca falara a ninguém. Dizia:

*O vento destrói o salgueiro do jardim do oriente,*
*Flores vermelhas despedaçadas voam para longe,*
*Melhor não falar das laranjas e ameixas,*
*No fim do outono as florestas estarão vazias.*

O salgueiro é referência a Yang Xiuqing, o Rei do Oriente; as flores vermelhas referem-se a Hong Xiuquan, o Rei Celestial; as laranjas e as ameixas seriam os dois comandantes, Chen e Li; e as florestas o declínio da capital de Hong, Jinling (hoje é a cidade de Nanquim).

O poema parece prever o fogo. Depois disso, Shanxiang desapareceu de repente. Sua ausência era tão completa — não havia qualquer indício de que jamais tivesse existido — que as pessoas se perguntavam se ela já teria aparecido antes.

Outra pessoa também desapareceu: Si Chen, o comandante favorito do Rei do Oriente. Houve boatos de que fora para a montanha Xitan tornar-se monge, adotando o nome de Fa Yan.

## 9

Acho que Shun'er é a verdadeira heroína da história. Podemos deduzir que, ao retornar à residência do Rei do Oriente, encontrou o caos. As imagens e os sons ecoaram até nós por todo um século e são muito bem conhecidos até hoje: os gritos, o bater dos pés, os berros e soluços, os esforços das mulheres para se esconder e o emprego de quaisquer meios disponíveis para não chamar atenção, tentando lembrar papéis dobrados escondidos em uma gaveta, nuvens que se desfazem, pássaros que voam para longe ou uma gota d'água que evapora.

Apenas uma mulher foi excepcional. Naquela noite, Shun'er caminhou até a residência do Rei do Oriente sem olhar para trás. Caminhou para a própria morte.

Devemos presumir que Shanxiang e Shun'er tiveram uma discussão e, pela primeira vez, a jovem e corajosa criada desobedeceu às suas ordens, escolhendo a morte porque sabia que esse era o único meio de assegurar que Bicheng teria uma boa chance de escapar. Sem ser bonita e nunca tendo experimentado o amor romântico, saindo de sua aldeia ainda muito nova e impressionável, acreditando no que pensava ser uma causa nobre, depois de um breve período, no qual se desiludira com o Rei Celestial e todos os outros déspotas depravados e seus corruptos subordinados, ainda mostrara sua vontade de morrer, se necessário, pelo que acreditava ser uma grande causa; agora morreria porque nada mais que pudesse fazer equivaleria aos grandes pecados de seus mestres e ao seu próprio erro, que havia sido acreditar neles.

Aconteceu assim. Embora não fosse amiga íntima de Bicheng, a admirava e valorizava as pequenas amostras de bordado que ganhara dela, nas quais havia um par de patos mandarins, o símbolo do casamento. Ela pegou o bordado — um par de palmilhas — do fundo de seu baú e colocou-o em seus sapatos. Depois, enrolou o pescoço em um pedaço de cetim puro branco e usou-o como um nó corrediço para se enforcar.

Quando encontrou o corpo, Shanxiang chorou amargamente. Sabia que a jovem escolhera esse método de morrer para que seu corpo pudesse ser usado como substituto ao de Bicheng. Com a ajuda de duas garotas da sua confiança, enrolou cadáver da cabeça aos pés em cetim branco em preparação para a execução ritualizada. Depois, todas as garotas se ajoelharam diante do corpo para rezar.

E um coro desceu dos céus. O vento era a melodia, e, no vento, as irmãs sentiram, sem enxergá-lo, um olho fixado firmemente na toca da lua, um olho claro, tranquilo e cheio de saudade.

## 10

Qual é a diferença entre passado e presente? De muitas formas, o presente é simplesmente uma nova versão de uma velha história. Apenas uma nova tecnologia representa uma verdadeira mudança: a clonagem. Mas não importa a superioridade das novas tecnologias: nada pode substituir o sentimento humano. Um poeta certa vez escreveu:

*Humilhação é a senha do servil.*
*Nobreza, o epitáfio do nobre.*

A dificuldade dos seres humanos é resistir à atração da vida. Até o poeta se foi, seu epitáfio deixado para trás. Entre a senha e o epitáfio, existiria outra forma de viver? Para os jovens, perder a pureza é perder a beleza. Para os velhos, a beleza é algo entre macho e fêmea. Uma pessoa pode usar uma máscara de falsidade a vida inteira, mas provavelmente pelo menos uma vez terá de mostrar sua senha — ou identidade.

Se não, os humanos se tornarão formigas e vermes, produtos clonados de uma era eletrônica.

## 11

Agora voltamos ao início da história. Vamos relembrar aquele lugar isolado e seu lago mítico. Na infância, Yushe costumava ver um imenso mexilhão espiando daquelas águas rasas, sua abertura selada por uma pluma negra. Às vezes, a concha se abria, revelando estar vazia por dentro. Cinco anos antes, Yu havia deixado aquele lugar. Agora retornava. É hora do crepúsculo, e as árvores em volta do lago estão mais altas e bonitas. Balançam com a brisa e tocam uma sinfonia. Na penumbra, Yu vê laranjas vermelhas espalhadas entre os verdes mais escuros da floresta. Deve haver um velho túmulo, onde uma concubina foi enterrada. Hoje a grama cresce sobre o seu local de descanso.

Mas quando Yu se deita à beira do lago como fazia na infância, ela não enxerga mais o mexilhão. Tatuada, senta-se chorando à beira do lago. Uma a uma, suas lágrimas caem no chão. A tatuagem era, segundo mestre Fa Yan a mais bonita que ele já havia criado, e o sangue redimira seus pecados. Ela voltara à casa de Jinwu com a confiança renovada, mas encontrou uma carta na mesa, uma carta escrita por Jinwu.

Jinwu havia sido o seu futuro, sua fantasia mais bonita. Para redimir seu pecado, suportara a dor agonizante. Pensou que Jinwu gostaria da tatuagem e a elogiaria e, assim, o passado seria enterrado. Com essa esperança, tinha apertado os dentes e suportado a dor. Mas agora que Jinwu tinha partido, toda a dor de Yu subitamente voltou. Sentia sua alma e seu corpo sendo despedaçados. Toda ela se reduziu a lágrimas que se solidificavam enquanto caíam, fazendo ruídos altos ao bater no chão.

Como na infância, Yu mergulhou a cabeça no lago, seu cabelo se espalhando como uma água-viva. Só que, dessa vez, não ouviu os gritos da mãe ou da avó.

# Capítulo 5 | JUVENTUDE

## 1

蛇 Yushe foi exilada pelo mundo para um lugar mais remoto e estéril depois de descobrir que Jinwu partira.

Talvez fosse um exílio autoimposto.

Nem bem chegou, adoeceu. Mas seu novo lar ficava em um lugar tão frio que não era possível ficar confortavelmente na cama para se recuperar de uma doença. À noite, as pessoas se aconchegavam juntas para se aquecer. De vez em quando, um pingente de gelo caía do teto, batendo nas pessoas adormecidas, mas elas sentiam frio e cansaço demais para se importar. Yu era diferente. Ficava acordada noite após noite, como se esperasse algo cair. Sua tosse e seu vômito reverberavam nas primeiras horas da manhã, quando todos dormiam. Nessas ocasiões, uma garota cuja cama ficava muito longe aparecia ao seu lado com a mão cheia de comprimidos.

Yu via um par de olhos brilhantes no escuro ao lado de sua cama e sabia que a garota seria muito bonita à luz do dia. Seu nome era Xiaotao, e ela parecia gostar muito de Yu. Sua pele era tão translúcida que, de perto, dava para ver suas veias. Tinha maçãs do rosto altas e um queixo bem-feito. Mas eram aqueles olhos que mais atraíam Yu. Pareciam faiscar e cintilar como se estrelas tivessem caído ali, um efeito que, de certa forma, era acentuado por cílios tão longos que lançavam pequenas sombras. Para Yu, ela parecia uma boneca importada.

Xiaotao se sentia atraída por Yu porque, no curto período desde sua chegada, ela permaneceu misteriosamente quieta; devia ter tentado fugir de tudo, mas falhou. É comum nos perguntarmos por que os que são barulhentos não são ouvidos, enquanto aqueles que foram reduzidos a sombras podem ter uma presença tão grande. Xiaotao achava que Yu seria bonita se engordasse um pouco.

Um dia, Yu desmaiou depois de trabalhar por longas horas na água gelada. Seu trabalho era juntar talos de cânhamo à beira do rio. Seu corpo estava azul e sem vida quando Xiaotao a carregou até o trator que a levaria ao hospital da região. Ficou inconsciente por um dia e meio e, enquanto Xiaotao cuidava dela, os outros diziam que se preparasse para um funeral. Quando Yu finalmente reviveu, ao pôr do sol, uma grande tempestade de neve tinha acabado de começar, cobrindo os muros sujos do hospital de um branco incandescente.

A primeira coisa que ela disse foi:

— Está nevando?

— Muito, mas como foi que soube? — perguntou Xiaotao, agarrando as mãos da garota enquanto falava, com medo de que desmaiasse novamente.

— Tudo está tão branco. É tão brilhante que me sinto mal — disse Yu.

Xiaotao ficou intrigada.

— Estou com fome. Quero carne.

— O que mais?

— Bolinhos, enchovas marinadas em muito óleo, abacaxi, amoras silvestres... Mas sei que não existe nenhuma dessas coisas aqui.

Xiaotao sorriu, mostrando um par de profundas covinhas. E, antes que Yu pudesse dizer qualquer coisa, pulou para fora do quarto como uma grande bola de borracha.

## 2

Ao cair da noite, a porta da minha enfermaria se abriu e uma rajada de ar gelado entrou, junto com alguns flocos de neve que caíam do cabelo e do casaco de Xiaotao. O interruptor fez barulho, e o quarto foi inundado de luz. Vi uma grande bolsa cheia e Xiaotao logo atrás.

Era como a bolsa de Ali Babá: as maravilhas simplesmente iam aparecendo. Fiquei espantada ao ver aquelas latas magníficas. Em um época de monotonia extrema, as latas eram, de fato, magníficas. Aquele enorme porco branco sorria de sua casa na etiqueta da lata de carne pronta. Só vê-lo já me fez salivar! Lembrei de uma festa de ano-novo em que meu pai guardou dois pedaços de carne do almoço só para mim. Eu os pus entre fatias de um grande pão doce de passas cozido a vapor e aproveitei o sabor intenso de cada pedacinho. Agora, a simples visão daquele porco bobo, mais as enchovas, o abacaxi e as amoras, era irresistível.

Com um sorriso satisfeito, Xiaotao disse:

— Só estão faltando os bolinhos. Mas eu trouxe isto para você.

Puxou um grande pacote de sonhos macios que não existiam em nenhum outro lugar. Cobertos de camadas de creme de ovos de pata e polvilhados com sementes de gergelim, eram maravilhosamente crocantes e cheirosos.

Nós duas tivemos um banquete fantástico no pequeno quarto do hospital, com o vento uivando e a neve rodopiando lá fora. Por algum tempo ficamos alheias a tudo, mas o mundo não tinha esquecido de nós. Subitamente, os céus se abriram para nos dar um enorme sorriso. Uma grande lufada de vento abriu a janela e flocos de neve dançaram para dentro, como se tivessem vida própria. Eles se misturaram em uma fusão de luz brilhante e turva, selvagem, mas harmoniosa, como as variadas nuances de um jardim de primavera, ou os vitrais de uma catedral rococó quando o sol explode contra eles. Tais momentos esplêndidos são sempre ilusórios.

Para mim, Xiaotao parecia um anjo mandado dos céus para me salvar. Uma garota tão adorável, pensei, deve ter muitos pretendentes.

— Você tem namorado?

Piscando e bebendo a última gota do suco de abacaxi, respondeu:

— Claro, ele está do outro lado da lagoa de lótus, criando veados. Você quer alguns chifres de veado? Quando a primavera chegar, pedirei que corte alguns para você. E você? Você deve ter um namorado.

Minha cabeça balançou em concordância, como se fosse controlada por um fantasma.

— O meu é alto, bonito e sabe andar a cavalo — ela disse. — Do que o seu gosta?

Pude sentir meu rosto enrubescendo ao responder:

— Bem, sim, ele é muito bonito também, muito mais bonito que eu, e cheio de energia. Um velho abade do templo gosta muito dele.

— Ah, não, você deve lhe dizer para não ficar muito perto de monges. Se ele virar monge, não poderá se casar.

Senti meu coração afundar no peito. Por que descrevi meu namorado imaginário usando Yuanguang como modelo? Tão bonito, mas ele já é um monge! Tinha sido uma revelação para mim mesma, uma experiência dolorosa. Uma dor tão fresca na memória como o sentimento ao constatar a primeira menstruação, tão viva quanto aquele dia em que duas flores de ameixa foram tatuadas em meus seios. Naquele dia meu coração e minha alma estavam tão focados em outra pessoa que consegui me proteger da realidade dolorosa da minha primeira experiência sexual e da atração por um homem jovem e bonito.

Pareço estar sempre um passo atrás da realidade, desisto de tudo cedo demais. Ao longo da vida, desisti repetidas vezes. Muitos anos mais tarde, descobri a identidade real de Yuanguang. Naquele dia, ao me mostrar seu documento de identidade, ele desapareceu. Mais tempo se passou antes de sermos novamente reunidos pelo acaso, mas aquele belo jovem já havia desaparecido para sempre.

O dia em que inventei um namorado com tanta facilidade foi a primeira vez que me diverti mentindo. Senti uma felicidade sem precedentes, que durou ainda bastante tempo. Tendo reaparecido, o rosto dele — por tanto tempo negligenciado na memória — estava agora tão claro como se fosse visto por uma lente de aumento. Eu entendi o dilema dele e relembrei os detalhes vividamente. Seus olhos traíam sua gentileza. Ficou comovido até as lágrimas por meu sofrimento e, embora eu fosse uma estranha usando-o como mero instrumento para uma tatuagem, ele fez tudo que pôde para diminuir minha dor. Como pude ter sido tão cruel? Como pude aceitar um momento tão íntimo de um estranho?

Agora, mais uma vez, o vento fazia de nós o que queria, deixando flocos de neve por todos os lugares quando a janela se abriu com força. Era uma cena ao mesmo tempo bonita e terrível, que de alguma forma diminuía a minha dor.

## 3

Xiaotao me disse certa vez:

— Invejo mulheres grávidas. Quando eu era pequena, escrevi um poema de uma linha que era assim: "A gravidez é o momento mais bonito da vida." Minha mãe ficou chocada e me deu um tapa!

— Ela batia em você com frequência? — perguntou Yu imediatamente.

Xiaotao sacudiu a cabeça negativamente.

— Ela não podia suportar a ideia de me ferir. Perdemos meu pai quando eu era pequena e acho que por isso ela me mimava.

Yu suspirou:

— Então, na pior das hipóteses, você teve sua mãe para protegê-la.

Xiaotao arregalou os olhos.

— Sua mãe não fazia isso?

Yu não sabia como responder, mas Xiaotao estava alheia à reação dela e continuou:

— Minha mãe é a melhor mãe do mundo inteiro! Mesmo nos anos em que a comida era escassa, ainda mais nas cidades, eu ainda tinha tudo que queria. Embora eu seja apenas uma camponesa, é como dizem os livros: vivendo onde o grão é abundante, ninguém passa fome.

Olhando para a face terna de Xiaotao, Yu ficou sem palavras. Não conseguia imaginar como uma camponesa podia ter tudo que quisesse.

Logo teve a resposta. Um dia, após o trabalho, as duas fizeram uma viagem ao centro e foram direto para a única loja. Embrulhada em um casaco de algodão folgado, Xiaotao andava para cá e para lá. Parando por um momento perto de Yu, sussurrou: "Vou lhe mostrar." Yu observou fascinada a outra entrar dançando no corredor das comidas enlatadas. Seus olhos também dançavam de lata para lata, examinando os rótulos e tudo em volta, até que, finalmente, fixou o olhar na pintura de uma paisagem que pendia de uma parede. Enquanto Xiaotao parecia absorta nos detalhes da pintura, latas de comida pareciam voar das prateleiras como pedaços de metal atraídos por um ímã.

Yu levou um susto, mas Xiaotao continuou calma. Mais tarde, quando as garotas estavam sentadas no canto de um restaurante, ela tirou as latas de comida, uma a uma, dos bolsos do casaco. Parecia tão emocionada, como se tocasse uma música maravilhosa em um concerto. Aquela era sua obra de arte.

Sim, uma verdadeira apresentação artística, pensou Yu.

## 4

Já contamos a história de Meihua. Foi a criada de Ruomu forçada a casar com o Velho Zhang. Depois disso, ela desapareceu da residência Qin, mas não da face da Terra, como poderíamos imaginar. Meihua era bonita e inteligente. Todas as mulheres assim têm grande vitalidade. Podem ser esmagadas pelo destino, mas conseguem reviver e renascer. Nesse sentido, são como algumas plantas — duras e capazes de se regenerar, mesmo que pareçam frágeis.

Após o casamento com o Velho Zhang, Meihua o seguiu de volta à aldeia natal dele. Ele era o mais velho de sua família. Ao chegar, ela estava cansada, mas ainda parecia uma flor. Uma flor ressecada é às vezes mais cheirosa que a fresca. Um tio-avô suspirou ao vê-la, decidindo que seu rosto revelava uma maldição, maldição que levaria o marido à morte súbita. Chegou a pensar que era tão forte que poderia se estender a todos os homens em sua vida, mas guardou seus pensamentos para si mesmo.

Logo depois, a tal previsão se realizou. Havia bandidos na área e, tarde da noite, Meihua acordou e viu um rosto na janela. Parecia verde-acinzentado à luz da lua, um rosto como uma máscara de borracha. Ela gritou de terror, acordando toda a família. Antes que pudesse se vestir, os bandidos entraram, cercando a cama. Mais tarde, as pessoas lembrariam que ela quase não opôs resistência, que provavelmente desmaiara ou ficara paralisada de medo.

Enquanto isso, o Velho Zhang jazia deitado no próprio sangue. Havia cinco cortes em sua garganta, com a aparência de cinco luas crescentes. O tio-avô tentou deter a hemorragia com uma poção de ervas, mas não adiantou.

## 5

Meihua acordou em um esconderijo, onde lhe ofereceram o lugar de honra à mesa. Um homem chamado An Qiang estava no comando. Jovem, bonito, de pele clara e poderia se passar por intelectual, não sendo muito mais forte que Tiancheng, mas, de forma alguma, o rufião que ela esperava. Ele gostava de carregar um livro chamado *Diálogo da montanha Qingping* e seus movimentos eram ágeis e graciosos. Meihua chegou a pensar que, como ela, ele pudesse ter sido raptado e trancafiado nas montanhas. Ele devia ser o jovem amo de uma boa família que passava tempos difíceis.

Ao contrário do tímido Tiancheng e do ansioso e enérgico Velho Zhang, An Qiang mostrou pouca emoção ao ver Meihua. Tranquilamente pediu a um dos criados para levá-la ao banheiro para se trocar e depois voltar para jantar.

O banheiro era imenso, com uma banheira escavada na pedra. Alguém lhe trouxe uma grande folha para que usasse como sabão. Meihua olhou para a folha sem acreditar, mas quando a esfregou suavemente, ela se tornou esponjosa, como o interior de uma abóbora nova. Gotas de bolhas refrescantes e verdes formaram-se em suas mãos e ela se sentiu, por alguma razão, renovada. Mas, depois de algum tempo, ficou enjoada e vomitou. Seu estômago não estava realmente mal; ela melhorou rapidamente, e se sentiu estranhamente renovada, como se tivesse sido desintoxicada. Quando saiu do banheiro, sentia-se como um recém-nascido.

Então recebeu uma tigela de sopa de galinha, cozida em leite de raiz de ervilhaca, nada oleosa, com alguns pedaços de cebolinha-verde boiando na superfície. Como havia trabalhado para uma família rica, viu que o lugar tinha algo de acomodado, serenamente sofisticado como um lar há muito habituado à riqueza e ao conforto. Essas pessoas não pareciam bandidos enriquecidos do dia para a noite e que agora viviam na extravagância. Antes do jantar, ela recebeu uma túnica com plumas vermelhas e botões de prata. Meihua lançou um olhar para as duas mulheres à mesa com ela; não agiam nem como criadas, nem como patroas. Permaneciam em silêncio, sem sequer levantar a cabeça. Ambas usavam roupas informais, uma em verde brilhante, a outra em amarelo-escuro, sem outras joias decorativas além das grandes pulseiras de prata, como as usadas por damas estrangeiras. Meihua as tinha visto antes nas garrafas de rapé colecionadas pelo velho amo da família Qin.

Depois da refeição, a empregada trouxe uma camisola, dizendo serem ordens do Sr. An. Todas as empregadas chamavam An Qiang de "Sr. An". Não o chamavam de velho amo ou jovem amo, ou os nomes habituais usados entre bandidos. Meihua achou isso muito estranho.

A roupa entregue a ela não era uma camisola comum; parecia mais do tipo que as mulheres ocidentais usavam como roupa de casamento — costurada com camadas de flores brancas, recobertas de pérolas brilhantes. Quando se olhou em um grande espelho, mal se reconheceu, sentindo-se desligada da própria imagem. Não era mais uma adolescente de olhos brilhantes e pele suave. Ficou espantada com a própria beleza, mas sentiu não ser mais a mesma pessoa. De pé por um longo tempo, se acostumou à nova imagem. Ou, poderia-se dizer, a mulher no espelho foi finalmente reconhecida por Meihua.

Ela ficou ainda mais desnorteada ao andar pelo corredor de pedra e entrar no quarto de An Qiang. Ele a observou com calma, depois abriu o cadeado de uma pequena caixa de joias e tirou dela um colar de pérolas. Cerimoniosamente, colocou-o no pescoço dela, olhando de um ângulo e outro até parecer satisfeito com o que via. Depois disse: "Boa-noite."

## 6

Quando eu não conseguia dormir à noite, ficava lembrando a história que Xiaotao me contou. Sua mãe se chamava Meihua. Eu me lembrava vagamente de minha mãe e minha avó mencionando uma criada com aquele nome; ela teria sido a mais bonita e mais capaz das criadas que tiveram. Quando mamãe estava zangada comigo, às vezes dizia que até uma criada teimosa que tiveram uma vez — uma mulher muito hábil — acabou casada. Como se dizia, uma mulher casada é água parada, só serve para ser jogada fora; quando casada com uma galinha, ela fica com a galinha; quando casada com um cachorro, fica com o cachorro. Essas expressões sempre me deixavam profundamente triste.

Daquela época em diante, passei a dividir as mulheres em duas categorias: em uma, as mães típicas; na outra, as filhas típicas. Mesmo naquele lugar frio, distante, eu não escapava do controle materno. Tipos de mãe estão em toda parte. Um deles, cujo nome era Chen Ling, dormia ali perto.

Chen Ling era poucos anos mais velha que eu, mas era implacavelmente controladora. Quando seus olhos amendoados se moviam para os lados, uma ruga se formava em sua testa, deixando-a com um ar perspicaz. Tinha nascido líder e facilmente mantinha todas nós, trinta garotas, firmemente na linha. Ninguém escapava daqueles olhares de soslaio.

Quando estávamos no campo, cada uma tinha de trabalhar em sua própria carreira, e todas as filas colocadas juntas se estendiam por mais de 1 quilômetro de comprimento. Um dia tive diarreia e volta e meia precisava correr para o lado do campo. Quando voltava, ficava atrás das outras, que estavam ocupadas plantando, cada uma em sua própria carreira. Chen Ling gritava da ponta inicial: "Você deverá plantar uma carreira completa até o fim do dia. Pode chorar se quiser, mas não dou a mínima!"

Sua voz era ameaçadora. Eu me esforçava ao máximo, apesar de me sentir fraca e exausta por causa da doença. Estava tão atrasada na hora do almoço que estava longe demais do carro de boi para pegar minha ração. Tudo que via à frente era terra preta, nada a não ser a terra preta, que parecia estender-se até o céu.

Quando finalmente cheguei ao fim da minha carreira, estava escuro como breu e vi pessoas sentadas em círculo. Chen me criticava: "Yu é uma patroazinha de uma família que faz parte da classe exploradora." Sua voz aguda encheu o céu escuro e ecoou em meus ouvidos por um longo tempo.

## 7

Somente após muitas noites An Qiang e Meihua compartilharam a cama. Nessa ocasião, enquanto acariciava o fio de pérolas que enfeitava o pescoço de Meihua, ele disse:

— Você sabia que chamam isso de colar de lágrimas? É uma peça de joalheria de valor realmente inestimável. O imperador Xuanzong da dinastia Tang teve uma consorte chamada Mei, sua favorita. Mas com a chegada de Yang Yuhuan — que se tornaria a última princesa consorte favorita Yang Guifei —, Mei perdeu sua posição. Com a intenção de consolá-la, Xuanzong mandou enviar um fio de pérolas para Mei, mas ela as recusou e as mandou de volta junto com um poema:

*Minhas sobrancelhas em forma de cipreste estão há muito sem cuidado,*
*Minhas roupas de seda vermelha manchadas de maquiagem e lágrimas;*
*Meu velho lar vazio da alegria dos cosméticos e vestidos,*
*Ah, não há como pérolas aliviarem essa aflição.*

"Mais tarde, uma música conhecida recebeu seu nome em homenagem à oferta rejeitada: 'Um fio de pérolas'. Ouvi dizer que o presente de Xuanzong foram justamente essas pérolas. Que coincidência que seu nome também inclua a palavra Mei."

Ao ouvir isso, Meihua sorriu.

— Comparar-me à consorte Mei faz com que eu me sinta envergonhada. Além disso, não é bom presságio.

— É só uma história. Não leve tão a sério — disse An Qiang, com um sorriso.

Meihua não disse mais nenhuma palavra. Novamente pensou, como em inúmeras ocasiões desde sua chegada a esse lugar estranho, em como esse rei bandido era espantosamente equilibrado e cortês.

Meihua logo descobriu como as pérolas haviam acabado no esconderijo. Começava a entender An Qiang. Aconteceu em uma noite escura, tempestuosa. Desde a sua captura, era a primeira vez que An Qiang levava Meihua a algum lugar. Eles rodaram durante umas três horas em uma carruagem puxada por cavalos, parando finalmente em uma esquina. Mesmo na escuridão de breu, Meihua soube que haviam parado perto de uma joalheria — era a loja mais conhecida da área e pertencia à família de sua antiga patroa, Xuanming.

O trabalho de Meihua era servir de vigia, disfarçada de jovem ama de família rica. A loja era protegida por uma grade de ferro fundido, com pilares dourados e fechadura dupla. Ela vigiou enquanto An Qiang, com toda a calma, usou seu isqueiro para derreter a solda usada para unir duas partes da cerca; An Qiang havia planejado aquilo há muito tempo. Suas ações espantaram e estimularam Meihua. Nem Tiancheng nem o Velho Zhang haviam alvoroçado tais sentimentos nela.

Nos dias que se seguiram, Meihua serviu de vigia muitas vezes, enquanto An Qiang habilmente abria fechaduras, portas, portões e cofres com segredo para aumentar seu estoque de joias e outros bens. Ele lembrava a história de cada objeto que tomava; quando falava sobre eles era como se falasse sobre um tesouro de família. Lembrava Meihua de sua velha patroa, Xuanming. Ela também tinha histórias sobre cada objeto seu, mas enquanto as histórias dela eram abstratas, as dele eram dinâmicas, perigosas; e ele podia estender a mão e encostar em cada objeto enquanto falava sobre ele. Coisas que podem ser tocadas são mais atraentes.

A vida seguiu assim por uns dois anos. Então, em uma noite de inverno sem vento ou neve, apenas mortalmente fria, enquanto vigiava mais uma vez, ela soprou ar quente em suas mãos geladas, bateu os pés e desejou que o serviço acabasse. E, então, um novo pensamento se intrometeu: por que ficar ali de pé e congelar até a morte? Por que não ir experimentar a sensação de roubar joias? Mas o pensamento se foi tão rápido quando veio. Maldição! Como posso sequer pensar em algo assim? Ela se censurou, como se aquela ideia passageira já fosse do conhecimento de Buda. Justo então ouviu os tiros.

Primeiro pensou que fossem fogos de artifício; talvez uma família próxima celebrasse um grande acontecimento. Mas então veio outra série de ruídos que não deixou dúvida quanto ao que eram. Tudo aconteceu de repente, antes que tivesse sequer a oportunidade de ter medo. Ao luar, viu An Qiang, andando muito rápido, as costas abaixadas. Atrás dele vinha Kuizi, seu guarda-costas, carregando um saco pesado; obviamente tinham conseguido as coisas. Começaram a correr até Meihua, deixando o tiroteio para trás. Ela subiu na carruagem, olhando para os dois homens que corriam o mais rápido que podiam. Sua fuga parecia certa, até que avistou um jipe antigo vindo para cima deles em alta velocidade, tão rápido que bateu nos dois homens, passando por cima de um e mandando o outro pelo ar como um papagaio de papel, até aterrissar com um som abafado, de coisa quebrada, um som horrível, do qual Meihua sempre se lembraria.

Foi a primeira vez que Meihua viu sangue vivo. Parecia negro à luz da lua, pegajoso, como se um barril de betume tivesse sido derramado na estrada. Tanto sangue no chão seco, gelado, encheu as rachaduras como se servisse de alimento a uma terra torturada.

## 8

Xiaotao recebeu um telegrama de casa quando a terceira colheita começava. Ela o mostrou a Yu: "Mamãe gravemente doente. Venha rápido para casa." Os olhos de Xiaotao se encheram de lágrimas.

— Não consegui a folga! A chefe disse que é tempo de colheita, ninguém pode ter folga.

— O que fazer, então? — perguntou Yu.

— O que fazer? Fugir — disse Xiaotao.

Yu ficou em silêncio.

As duas garotas lembraram o discurso motivacional de Chen Ling dois dias antes. "É um período trabalhoso. Ninguém pode pedir folga. Quem sair sem permissão será punido como desertor. Aqueles que souberem dos planos dos desertores, mas não os informarem, serão advertidos por escrito. Aqueles que ajudarem os desertores também serão punidos."

Xiaotao insistiu em sair. Eram mais de 20 quilômetros até a estação de trem mais próxima. As duas garotas discutiram o assunto em detalhes e decidiram levantar às 3 da manhã, antes de qualquer outra pessoa. Isso lhes daria tempo para caminhar aquela distância, se não tivessem sorte e não conseguissem uma carona. Xiaotao caiu em um sono pesado logo depois de chegarem a uma decisão, mas Yu ficou acordada. Naquela estação não havia pingentes de gelo caindo do teto, mas incontáveis insetos, incluindo enxames de mosquitos. De vez em quando, um inseto caía na boca aberta de alguém adormecido.

Muito depois da meia-noite, Yu adormeceu em um sono agitado e teve um sonho ruim: ela e Xiaotao estavam carregando a bagagem e chegavam à estação de trem. Cansada demais para mexer as pernas, ela chamou uma mulher que estava de pé na plataforma: "Mamãe, mamãe!" Yu não sabia por que tinha voltado à forma familiar, e isso a entristeceu. Então, a mulher se virou, mostrando o rosto pela primeira vez, uma face pálida sem feições que assustou tanto Yu que ela acordou. Xiaotao continuava profundamente adormecida. Yu começou a soluçar diante do pensamento de se aninhar no colo da mãe, ser amada exatamente como as outras garotas. Yu imaginou como a mãe de Xiaotao cobriria a filha de amor quando ela chegasse.

Quando viu no relógio que eram 3 horas, Yu acordou a amiga. Sem se lavar, elas saíram silenciosamente do quarto, cada uma carregando uma bolsa pequena. Não houve problemas para sair da aldeia, embora estivesse escuro, e a estrada fosse ruim. As duas garotas andavam com dificuldade. Não havia com quem pegar carona. A única coisa que ouviam eram os lobos uivando a distância.

## 9

Nos anos seguintes a 1947, Meihua continuou ao lado de An Qiang, cujo tornozelo havia sido esmagado pelo jipe. Ele fez o possível para evitar o veículo, mas sua perna quase foi arrancada pelo tornozelo. Ossos brancos ficaram à mostra, e o sangue espirrava a cada batida do seu coração. Meihua segurou o pé dele no colo, embrulhando-o apertado em pedaços de roupa. O corpo de Kuizi estava quieto, seus olhos abertos e sem vida, sangue jorrando de seus ouvidos. Era tarde demais para ajudá-lo.

Embora permanentemente aleijado, An Qiang não parecia ter sofrido grandes danos emocionais. Continuou planejando novas explorações, todas inteligentemente calculadas. Um dia, ao acordar de uma soneca, An Qiang disse a Meihua: "Você está comigo há algum tempo, vamos ver o quanto aprendeu."

Então, colocou três caixas de joias idênticas sobre a mesa, com as etiquetas "diamante", "rubi" e "opala", dizendo:

— O conteúdo não corresponde à etiqueta. Eis o problema: quantas caixas você precisa abrir para determinar onde estão todas as joias? É muito difícil? Se for, podemos começar com um mais fácil.

Meihua estava acostumava a esse tipo de jogo. Sem hesitar, disse:

— Abrir uma caixa é suficiente.

— Por quê? — An Qiang ficou surpreso e levantou as sobrancelhas.

Meihua sorriu e abriu a caixa etiquetada "diamante" para descobrir que continha a opala.

— Você acabou de dizer que as etiquetas não combinam com o conteúdo; se o diamante não está aqui, deve estar na caixa "rubi", porque se estiver na "opala", então o rubi estará na caixa com a etiqueta "rubi". Mas essa não foi a sua pergunta. Então, a resposta é: a caixa etiquetada "diamante" contém a opala, a caixa etiquetada "rubi" contém o diamante, e a caixa com a etiqueta "opala" contém o rubi. Correto? Vamos abrir todas e ver.

An Qiang segurou as mãos de Meihua e sorriu. Era a primeira vez que Meihua o via tão relaxado e feliz.

— Não é necessário — replicou. — Sua resposta deve estar certa. Meihua, você é tão brilhante quanto o gelo ou a neve. O céu é seu limite!

O que An Qiang disse continha uma implicação profunda. Quando as mulheres perdem o amor, sempre se tornam mais ousadas, impulsionadas pelo desejo de fazer algo extraordinário; o que pode ser tão excitante quanto a paixão? Inteligente e bonita, Meihua está destinada a ter uma vida cheia de emoções. Ou será que deve ter de escolher essa vida?

Desde aquela época, na região da montanha Xitan, existe uma lenda sobre uma bandida a que se referiam como tia Mei. A história foi passada adiante por mais de quarenta anos, assim como o conto sobre mestre Fa Yan. Esses são os legados da montanha Xitan.

An Qiang viveu até 1953, quinze dias após o nascimento de Xiaotao, sua filha. Morreu sem dor. O nascimento da filha trouxe muita alegria. Calmo, flexível e muito inteligente, ele viveu uma vida livre de preocupações, apesar de sua ocupação arriscada. Meihua descobriu aos poucos que ele não se importava realmente com as joias e os tesouros; amava o processo mais que os resultados. Era como uma criança em um jogo, concentrando todas as energias no esforço para vencer, ou, ao menos, resolver o quebra-cabeça. Quando terminava, empurrava o quebra-cabeça e pegava outro jogo. Em cada um investia toda a sua energia.

Ele parecia saber desde o começo que Meihua não o amava, mas não se preocupava com isso. Logo aceitou os fatos, exatamente como aceitara a cruel realidade de se tornar permanentemente aleijado. Vivia como se fosse de uma família rica, mas nunca deu pistas de sua vida anterior. Para Meihua, ele permaneceu um enigma. Muito tempo após sua morte, ela veio a amá-lo.

## 10

Inicialmente, Yu queria ir com Xiaotao, mas depois de juntarem seu dinheiro, só havia o suficiente para uma passagem. Com o que sobrava,

6,20 iuanes, poderiam fazer uma boa refeição. Enquanto esperavam o trem, foram a um restaurante perto da estação e pediram amendoim salgado cozido, porco refogado, camarões bem fritos e berinjelas e batatas cozidas. Devoraram um prato atrás do outro, levando o proprietário do restaurante a olhá-las espantado. Aquelas duas moças delicadas talvez pudessem engolir um veado inteiro sem muito esforço. Ele não poderia saber o quanto elas sentiam falta de comida de verdade. Em um dia comum, ele chegava a ganhar apenas 20 ou 30 iuanes; poucas pessoas podiam gastar mais que 1 ou 2 iuanes em uma refeição. Ninguém jamais gastara mais de 6 iuanes. Deliciado com a presença delas, tentou conversar.

— As garotas não são daqui, são?

Com lábios engordurados, Xiaotao ergueu os olhos, dizendo:

— Não. Somos de muito longe. Fomos expulsas da escola.

O proprietário piscou os olhos em um gesto de simpatia e depois se sentou em um banco vazio.

— Não diga. Os estudantes expulsos que vêm das cidades grandes realmente sofrem neste nosso lugarzinho! Não há nada para fazer, nenhuma vaga, e as pessoas daqui são grosseiras. Sabiam que isto aqui era um campo de prisioneiros?

Imitando o sotaque local, Xiaotao continuou:

— Como não?! Enfrentaremos qualquer desconforto para construir e proteger a fronteira. Você deve conhecer os tigres em uma montanha. Vamos para as montanhas com boas intenções. Você certamente sabe disso.

— Sim, sim. Claro. Para onde as garotas estão indo?

— Para casa — disse Xiaotao, alarmada com a pergunta.

— Para casa? Vocês estão brincando! O trem partiu para Bei'an uma hora atrás. Este não é o único modo de chegar à cidade?

Ambas levantaram a cabeça, alarmadas. Xiaotao perguntou:

— Não há um trem direto?

— Ah, não, minha pobrezinha! Isso foi há muito tempo. Olhe bem a passagem. Onde vocês deveriam pegar o trem? Esta estação daqui não é usada há muito tempo. É só de vez em quando que um trem de carga dá uma parada rápida por aqui. As autoridades decidiram isso para lidar com gente como vocês, a juventude expulsa, porque muitos fugiam de trem. Agora só existe um ônibus daqui para Bei'an. Voltem amanhã!

Xiaotao estava quase chorando.

— Tio, por favor, ajude-nos!

O proprietário pegou a passagem, lendo com atenção a frente e o verso. Disse que havia um trem de carga levando grãos para Bei'an. Mas nada de viajar de graça! Pelo menos duas ou três latas de carne para o maquinista.

Xiaotao bateu os pés.

— Se soubéssemos disso não teríamos esbanjado com esta comida!

O tempo todo, Yu parecia alheia. Colocou um pouco de água quente na tigela vazia e começou a bebê-la devagar. Finalmente, em uma pausa da conversa, disse:

— Eu poderia trabalhar para você por um dia, isso seria suficiente para comprar três latas de carne?

Mais tarde, Xiaotao subiu ao trem de carga enquanto Yu passava o dia inteiro lavando pratos, limpando o chão e jogando o lixo fora. No fim do dia, fez uma pausa... e começou a vomitar. Toda aquela deliciosa comida foi embora.

Quando Yu voltou à aldeia eram mais de 22 horas. O ar estava fresco, e as estrelas visíveis. À medida que se aproximava, ouviu uma onda crescente de ruídos, como um toca-discos quebrado. Finalmente, percebeu que o pátio estava cheio de cabeças que se moviam. Ficou intrigada. Os olhos da multidão estavam sobre ela; era como andar entre dois espelhos. Depois ouviu uma voz que parecia vir do céu, uma voz que soava como um trovão.

— Olhem, ela voltou! Ela ousou voltar. Tragam-na para o tablado, para que todos a vejam!

Yu reconheceu a voz de Chen Ling.

— Confesse! Confesse! — Chen Ling se animou com a oportunidade de humilhar uma infame. — Como você se uniu a An Xiaotao, lhe deu cobertura, ajudou-a a escapar? Você não a entregou e conspirou com ela. Não sabia que esse é um duplo crime?

Um coro de vozes sussurradas interveio. Essas ondas de som rolando de repente assustaram Yu. Eram como os sussurros que costumava ouvir na infância. Quando os ouvia, sabia que um desastre estava prestes a acontecer.

Yu foi empurrada para o tablado por muitas mãos. Sentiu-se próxima do céu, como se a qualquer momento pudesse ouvir vozes divinas. O céu era tão imenso, as estrelas tão brilhantes, bonitas, frias e indiferentes aos jogos sangrentos que aconteciam no chão. Mas o chão não toleraria a indiferença delas. Subitamente começou a arder em chamas.

Um incêndio irrompeu no complexo. Muitos anos depois, continuava registrado na história da juventude expulsa. Sua causa permanece desconhecida. Começou em uma pilha de caules de feijão e se espalhou para os armazéns. A multidão avançou para o fogo, tentando apagá-lo, mas não tinha instrumentos para isso. Era uma fantástica exibição de coragem; cada pessoa tentando superar a outra. Aqueles eram tempos excepcionais. Todos possuíam uma vitalidade incrível. Era um tempo de triunfos e desastres, infundidos com alegria e tristeza. Muitos pareciam ter esquecido que o fogo podia comê-los vivos; estavam cheios de fervor e pensavam que a hora de serem heroicos havia finalmente chegado.

Yu nunca mais foi vista. Ninguém podia distinguir um corpo queimado do outro. Trinta e um túmulos foram preparados, segundo os registros do campo, mas Yu foi excluída porque Chen Ling insistiu que ela não era um membro da classe trabalhadora. Não podia ser parte de uma equipe revolucionária, morta ou viva. Mas os aldeões viram uma coisa espantosa naquela noite. Viram uma jovem vestida de vermelho dos pés à cabeça, montada em uma estrela, cavalgando, cavalgando, até desaparecer.

No entanto, Yu não morreu. Ou, pelo menos, renasceu após a morte. Possuía essa habilidade. Posto de maneira simples, ela não desapareceu. Nossa história é sobre sua morte e renascimento. Um gato tem nove vidas, e Yu teve nove mortes. Precisamente, ela morreu oito vezes. A nona foi descrita no começo de nossa história, quando sua mãe requisitou a lobotomia. Essa última foi sua morte real. Logo, ainda estava viva antes do fim de nossa história.

Como seria de esperar, Yu voltou à cidade onde Jinwu vivia. Um dia, por acaso, passou pela lanchonete de uma famosa loja de departamentos. Olhando pelas janelas, que iam até o chão, viu Xiaotao sentada lá dentro. Embora nenhuma de suas roupas fosse a mesma, Yu a reconheceu imediatamente. Junto dela estava um homem, e eles comiam bolo de manteiga frita, um lanche famoso daquela loja, e mingau de ervilha. Uma pequena colher viajava para dentro e para fora da boca pintada de vermelho de Xiaotao. Ela usava uma blusa da moda, com bordados na gola. De vez em quando olhava para o companheiro, um olhar ao mesmo tempo aborrecido e malicioso; o homem retribuía esse olhar com aprovação. Era o início dos anos 1970; era um luxo comer bolo de manteiga frita e mingau de ervilha na famosa loja de departamentos.

De pé do lado de fora, Yu observou o rosto e os olhos de Xiaotao, uma visão tão familiar, tão bonita. Ela não entrou. Só ficou ali um tempo antes de lentamente ir embora. Xiaotao nunca escreveu para Yu depois que se separaram. Só depois Yu soube a verdadeira razão pela qual ela partira: a mãe de Xiaotao encontrara um emprego na cidade. O telegrama era uma armadilha. Meihua não estava doente, vivia bem.

## Capítulo 6 | CANTO VAZIO

### 1

A cidade parecia vazia na ausência de Jinwu. Nunca pensei que voltaria. Andando ao acaso pela casa empoeirada, tentei em vão encontrar ou relembrar alguma coisa — qualquer coisa. Eu tivera várias vidas, mas não conseguia me lembrar de nenhuma delas, e isso era bom. Um pijama de seda estava sobre a cama. Seu azul intenso me levou de volta à cor celeste do lago da minha infância. Lembrei do tempo em que pulava nas suas águas claras. Uma vez, vi um imenso mexilhão e, de seu interior negro, enquanto ele se abria, um braço feminino se estendia e gentilmente me puxava. Quente, apesar de transparente, o braço me envolvia. Depois que a escuridão inicial passava, abria lentamente os olhos e me via sentada em um barco fechado, velejando sozinha em águas infinitas. Mas não exatamente sozinha: um homem conduzia o barco, de costas para mim. Havia muitas cabines. Andei de uma em uma até chegar à maior, onde havia uma cama imensa, nupcial, com as cortinas abertas. Na cama estava sentada uma múmia feminina de frente para o espelho. Estava morta há muito tempo, várias joias se espalhavam pela cabine, junto com pedaços e peças de metal enferrujado. Teias de aranha cobriam toda a cena. Lá fora acontecia um tiroteio e balas choviam sobre o barco.

Recordar o lago trouxe ondas de dor. O sonho abriu a cortina que fechava minha memória, cortina que permaneceu fechada por muitos anos, mas eu não tinha forças para encarar o passado. Depois de vestir o pijama azul, deitei na cama, onde parecia flutuar na superfície do lago azul, observando o sol e a lua e o dia e a noite perseguindo uns aos outros diante dos meus olhos. Eu me esqueci do tempo, mas o tempo continuou a passar. Durante sete dias fiquei na cama até que, na manhã do sétimo dia, alguém bateu à porta. Quando ela se abriu, alguém entrou em silêncio e senti uma corrente de ar quente se aproximar. É Jinwu — deve ser ela! Como um espírito, o pensamento adentrou o escuro do meu coração. Abri os olhos. Não era Jinwu, e sim um homem, frágil e velho. Era meu pai, Lu Cheng.

Sentando, percebi o quanto eu havia enfraquecido. Meu pai estava sentado ao meu lado e lágrimas subiram aos meus olhos quando ele acariciou lentamente o meu cabelo. Fiquei sufocada de emoção e evitei seu olhar. Esses sentimentos fortes eram estranhos para mim e lutei para me controlar. A mão dele parecia queimar meu couro cabeludo, agitando vontades profundamente enterradas. Eu realmente queria afastar aquela mão.

— Está muito melhor... — As lágrimas do pai escorriam. — Volte para casa. Mamãe e vovó sentem sua falta.

Sacudi a cabeça, mas não disse nada; se abrisse a boca, aquela coisa quente que bloqueava minha garganta iria jorrar.

— Sua irmã mais velha casou e veio para casa com seu sobrinho. Todos querem vê-la. Todos estão em casa, menos você. Eles também mandaram uma foto.

Com mãos trêmulas, papai pegou a foto e me entregou. Era a imagem típica de um casamento daquele tempo. Minha irmã estava sentada com um homem estranho, suas cabeças e ombros encostados, ambos em uniforme militar. No verso havia um recado para mim: "Para a irmã mais jovem Yu, da irmã Lu Ling e do cunhado Wang Zong." Seu rosto era tão comum quanto seu nome. Então, minha irmã mais velha está casada. Isso significa que o casamento não parece tão distante para o resto de nós, suas irmãs. Uma corrente subterrânea negra parecia se mexer sob a superfície da foto, aproximando-se de mim, vinda de longe.

— Yu, você não falou comigo.

Com dificuldade, as lágrimas escorrendo, respondi com uma palavra:

— Pai...

Mas senti um peso levantar-se, e minhas lágrimas eram de alívio.

## 2

Ling cresceu sob o cuidado direto de nossa avó, que a tratava como uma pérola de grande valor, a ser tocada apenas pela palma da mão. Como Ruomu não queria amamentar, Xuanming encontrou uma ama de leite, Xiangqin. Era a filha da Sra. Peng, velha criada da família. Xuanming achava que as relações antigas assegurariam que a jovem fosse confiável e honesta. Mas uma mãe honesta não garantia uma filha honesta. A jovem era, em todos os aspectos, uma moça típica de aldeia, atraente, mas o que mais agradava Xuanming a seu respeito eram aqueles seios grandes, pendulares. Não havia necessidade de apertar, apenas um leve toque fazia aflorar leite abundante. Xuanming esvaziou o maior quarto da casa para Xiangqin e Ling; logo o bebê pequenino ficou rechonchudo e Xuanming irradiava alegria. Cozinhava sopas fortes para Xiangqin, que foi ficando redonda também.

Nessa época, Ruomu dera à luz Xiao, e Shu'er foi trazida de volta para cuidar dela. Ruomu começou a chamar Shu'er de irmã Tian, porque não era mais uma empregada jovem. Mais tarde, irmã Shu'er — que continuou solteira — virou tia Tian, nome dado por Ling. Empregadas leais não eram fáceis de encontrar. Shu'er fez uma cama improvisada no corredor e levou Xiao consigo, para que Ruomu pudesse dormir à noite. Depois de trocar a fralda do bebê e alimentá-lo, Shu'er caminhava cantando *O pardal e a criança*, de uma ópera de 1930. Tia Tian se lembra claramente da canção:

*Pequeno pardal, pequeno pardal,*
*Aonde foi sua mamãe?*
*Mamãe voou para longe para trazer comida,*
*Mamãe não voltou,*
*Minha barriguinha está vazia.*

*Você é meu bom amigo,*
*Eu sou seu com amigo.*
*Em minha casa, em minha casa,*
*Tenho muitas ervilhas verdes,*
*Tenho muitas minhocas.*

*Se você quer comer,*
*Se você quer beber,*
*É só me seguir,*
*É só me seguir.*

*Meu pequeno pardal,*
*Meu bom amigo,*
*Vamos voar para longe, para longe, vamos!*

Xiangqin era uma pessoa diferente — ela nunca se levantaria à noite para olhar o bebê. Fazer isso, justificava, afetaria sua produção de leite. Xuanming tinha que vir ela mesma, para que sua neta fosse perturbada o mínimo possível. Xuanming estava constantemente cumprindo tarefas: de pé em seus pequeninos pés, trocava fraldas à noite e cozinhava de dia, correndo de um lado para o outro, os dois jades em forma de diamante dos sapatos brilhando como faróis. As refeições eram elaboradas: massa folhada de carne cozida para a neta, sopa para Ruomu e Xiangqin. E que sopas! Carpa europeia com nabos para Xiangqin, para assegurar uma produção de leite saudável. Sopa de lótus com conserva de pato ou sopa de tutano de galinha com leite de raiz de ervilhaca para Ruomu, para revitalizar seu fluxo de energia e a circulação do sangue. Xuanming fazia tudo com grande alegria.

A vida de Xiangqin foi, assim, muito simplificada — comer, amamentar o bebê, comer novamente e, depois, mais uma coisa, algo que nem Xuanming notou: homens. Mas o tempo passava e isso não podia mais ser escondido da criança.

Embora tivesse nascido de um trabalho de parto difícil, a cabeça danificada pelo fórceps, Ling mostrou sinais de grande inteligência desde cedo. Era curiosa sobre o mundo e sobre si mesma. Usando um espelho, costumava se examinar cuidadosamente durante o banho, cada parte do corpo. Não deixava passar nada. Em seus sonhos, uma mulher delicada e bonita, com uma pele linda, aparecia sempre, os lábios pintados de vermelho escarlate, usando um vestido de seda bege — sua mãe. A partir da experiência infantil, acreditava que as mulheres podiam levar uma vida despreocupada até a meia-idade. Dali em diante, a existência se tornava enfadonha. Essa crença era reforçada quando espionava Xiangqin, que nunca sonharia com a menina de 5 anos subindo ao alto do grande guarda-roupa enquanto sua ama de leite tomava banho e de lá espiando seus momentos privados.

O corpo nu de Xiangqin já era familiar, mas Ling o achava ainda mais espantoso quando examinado em segredo. Quando Xiangqin punha os braços para trás para desabotoar o sutiã, Ling sentia uma onda de excitação, antevendo a aparição daqueles dois enormes seios, com suas aréolas redondas e seus mamilos túmidos. A visão deixava Ling tonta. Ela se perguntava se todas as mulheres seriam assim, ou se Xiangqin era especial.

Uma noite, espiando através do vapor de seu poleiro precário, Ling viu outra pessoa — um homem! Seu rosto estava oculto pelos longos cabelos de Xiangqin, mas, como ramos secos de árvore, suas mãos se estenderam, vindas de trás do torso nu da mulher para agarrar seus seios, espremendo-os com força, trazendo cor a superfícies que em geral tinham um branco cremoso. Ling observou enquanto as mãos agarravam e espremiam ritmicamente, as grandes esferas ficando mais vermelhas, e o corpo de Xiangqin estremecendo, seu rosto registrando agonia. Os seios estavam a ponto de estourar, como frutas imensas, macias; algum suco tirado apertado pelos dedos vigorosos do homem estava a ponto de espirrar polpa sangrenta em todas as direções. O choque desse desfecho imaginado privou Ling do controle de seus sentidos. Ela gritou e caiu de costas na cama, e enquanto caía teve uma clara visão do rosto do homem: estranho, lembrava os vilões mais assustadores dos filmes.

O grito foi afogado pelo barulho da água no chuveiro. Depois de um momento de torpor, ficou de pé em um pulo e trancou a porta, depois rapidamente vestiu uma túnica que tinha sido usada por Ruomu quando jovem. Era de cetim suave e lã, enfeitada com um fio de prata na bainha, o tecido verde-escuro coberto de grandes flores cor-de-rosa, cada uma delas contornada com prata. Enfiando dois lenços dobrados no alto, segundo a moda da época, se viu no espelho como a mulher madura de seus sonhos. Se dermos um tempo para pensar nisso, faremos uma surpreendente descoberta: nas fantasias de uma garota jovem, existe com frequência uma mulher bonita, imaginária ou real, que é a imagem primitiva de sua própria mãe e a origem de todos os seus desejos. Embora para nós isso seja difícil de aceitar, os primeiros desejos das meninas são muitas vezes despertados por membros de seu próprio sexo.

Alguns anos depois, a sexualidade infantil de Ling deu outro salto. Foi logo depois que o filho da própria Xuangqin nasceu, muito tempo depois que ela deixara a família Lu. Ling tinha 14 anos e passava as férias com a antiga ama de leite. Durante um dia quente de verão, Ling foi despertada de uma soneca por gemidos de dor de Xiangqin. Encontrou a mulher na cama, nua e de barriga para cima; o bebê recém-nascido, magro como um ratinho, se aninhava perto dela e Xiangqin massageava os seios, aparentemente sentindo dor. Com os olhos ainda fechados, acenou para que Ling se aproximasse, pedindo que ela fosse uma boa menina e ajudasse a tia apertando um pouco, pois ela sentia muita dor. Ling se inclinou excitadamente e pôs as mãos suadas nos seios da mulher, aqueles órgãos imensos e atraentes, tão familiares, mas agora indisponíveis. Quando tocou os mamilos, espremendo-os com força, em algum lugar profundo de seu corpo houve uma reação trêmula. Com o aperto repentino e forte, Xiangqin arregalou os olhos de dor e, naquele momento, os dois pares de olhos ficaram presos um ao outro momentaneamente. Mas Xiangqin logo desviou o olhar, amedrontada, porque tinha visto maldade e crueldade nos olhos da garota.

Com a pressão repentina, os mamilos de Xiangqin ficaram parecidos com tubos em miniatura, disparando finos esguichos de leite amarelo, espesso e pegajoso, que foi aos poucos ficando ralo e claro. Só então Xiangqin sentiu menos dor. Mais tarde, quando o marido de Xiangqin chegou à casa, ela contou que, graças à garota, sua mastite fora aliviada. Enquanto dizia isso, se alarmou com a aparência dos olhos de Ling, estranhamente cruéis e luminosos à luz difusa, a inocência perdida, revelando por um instante o olhar devasso de um adulto.

Ling era uma excelente aluna, líder ativa dos Jovens Pioneiros, gostando muito de dar ordens sob a sua bandeira. Apenas à noite desejos indecentes se apossavam de sua imaginação, algumas vezes trazendo uma ansiedade intensa e desejos vagos e ardentes, e uma espécie de coceira que rastejava entre seus ossos. Isso continuou até ela se casar e, de sua noite de núpcias em diante, por cerca de seis meses, ficou livre das sensações; depois elas voltaram, e permaneceram até ela ir para a cama com um novo amante. Aquele se tornou um padrão em sua vida, seus estados de ânimo mudando, subindo e descendo, seguindo os altos e baixos de suas aventuras sexuais. Só depois de chegar à meia-idade e da promoção de seu marido da época, de 50 anos, esse problema finalmente desapareceu.

Em seguida ao episódio à beira da cama de Xiangqin, os desejos sexuais de Ling se tornaram altamente específicos. Era louca pelo cheiro do corpo da criada, provocado pelo suor e pelo leite azedo, e ela lembrou do olhar no rosto da mulher quando colocou as mãos naqueles seios magnificamente intumescidos — um olhar de dor e obsessão, um olhar que alimentou seu desejo dominador. Ling se surpreendeu com a força do próprio desejo, uma mistura de lascívia, avidez e vontade de vencer.

Xiangqin sempre foi boa para Ling, ainda mais depois da cena íntima no quarto. Costurava para Ling e lhe deu um bonito prendedor de cabelo em forma de borboleta, intricadamente esculpido em bambu. Anos depois, Ling soube que o prendedor tinha sido um presente da vovó Xuanming para a mãe de Xiangqin, a Sra. Peng.

## 3

Anos depois, Yu ouviu sua segunda irmã, Xiao, contar a Yadan, uma vizinha, que, se esta pudesse transcrever em detalhes a vida de Ling, ganharia o Prêmio Nobel de Literatura. Yadan é escritora. Você vai ler sobre ela daqui a pouco.

Ling era mesmo estranha, cheia de ideias esquisitas desde pequena. Perspicaz, sempre conseguiu navegar em segurança por águas agitadas. Lu Chen costumava suspirar: "Se Ling usasse o cérebro para as coisas certas." Das três filhas, Ling era a única sucessora de tudo que dizia respeito à mãe, exceto sua delicadeza e afetação aristocrática.

Como todas as garotas da família, Ling tinha olhos grandes e bonitos, com sobrancelhas bem desenhadas, mas, lamentavelmente, um pouco tortas. Colegas de classe observadores notavam uma semelhança peculiar entre a forma dessas sobrancelhas e os ponteiros de um relógio, o das horas aparentemente apontando para 8 horas, o dos minutos apontando para o 4 — a posição de vinte minutos. Assim, o apelido oito-e-vinte foi cunhado. Depois suas sobrancelhas viraram mesmo únicas, mais parecidas com codornas de rabo cortado. Como seus dentes eram feios, desenvolveu o hábito de sorrir de boca fechada. Baixa, ao longo da vida ouviu o comentário: "Ah, você não aparenta a idade que tem, parece tão jovem!" Para justificar isso, usou rabo de cavalo até os 40 anos e vestiu roupas de boneca até os 50. Xiao sempre se sentiu envergonhada pela irmã, especialmente quando ela teimava em usar estranhas combinações de cor. Quando as duas irmãs mais velhas brigavam, Yu ficava do lado de Xiao, que nunca implicava com ela. Ling, ao contrário, parecia ter grande satisfação em inventar surpresas elaboradas e desagradáveis para a irmã mais jovem. Com o cabelo puxado para o rosto e a língua de fora, Ling subitamente saía de trás de uma porta e pulava em cima da garota. Enquanto isso, Xiao ficava sentada silenciosamente em um banco, quebrando amendoins e oferecendo-os a Yu um a um.

As meninas Lu passavam muito tempo brincando juntas. Cada garota tinha uma cesta de vime onde guardava pequenos tesouros: ilustrações ocidentais, bolas de gude, rochas coloridas, insetos secos de asas bonitas, botões, espelhos, pentes e coisas parecidas. Algumas vezes tiravam tudo das cestas e espalhavam pelo chão, um jogo chamado "apresentação de tesouro". Às vezes, Ruomu deixava que experimentassem suas roupas. Ela também mostrava como fazer desenhos no chão de concreto usando pedras macias. Um dia a brincadeira levou a uma grande briga de família. Ling, uma artista talentosa, criou um desenho lascivo — uma mulher nua, sua figura curvada sedutoramente, com algumas partes do corpo expostas de forma exagerada e excessivamente detalhada. Era inspirada na ilustração de um livro, *Mil e uma noites*, que o pai havia trazido para elas. Na história chamada "O conto da segunda mulher de Bagdá", havia a representação de uma mulher cujas roupas tinham sido arrancadas pelo marido, que, depois, a espancou selvagemente. Apenas sombria na forma impressa, a pintura reproduzida por Ling ia além dos limites da decência familiar.

Yu lembrou o dia em que tudo virou um inferno. Papai deu um tapa em Ling, vovó deu um tapa em papai, a pequena Yu avançou em vovó. Ruomu gritou de longe, com um lenço cobrindo o nariz: "Que tipo de família somos? Tão violentos! As pessoas estão rindo!" Lu Chen arquejou: "Você não tem vergonha?" Xuanming, avançando com seus pés pequenos, disse: "Lu Chen, vamos deixar as coisas claras. Quem era mais respeitável? Quando minha filha casou com você, você não tinha sequer roupas decentes. Tive de comprar tudo! Não importa o quanto Ling esteja errada, ela ainda é semente sua! Ficou para mim a tarefa de criar todas as suas filhas. Quando se trata da sua educação, enquanto eu estiver viva, você não terá chance!"

Os gritos zangados de Xuanming podiam ser ouvidos por toda a universidade Jiaotong. Uma fileira de cabecinhas se alinhou nas janelas. Sob o olhar coletivo, Lu Chen perdeu toda a disposição para continuar a briga. Seu rosto ficou cinza e, quando o seguiu até o quarto, Yu teve medo de que simplesmente morresse.

# 4

Quando Yu viu seu cunhado, Wang Zhong, soube que o casamento de Ling devia ser resultado de seu comportamento impulsivo. Tal comportamento, junto com sua fascinação por atividade sexuais ilícitas, inclusive práticas que beiravam o sadismo, tinham sido sua marca registrada desde garotinha. O tapa que levou do pai após a descoberta da arte lúbrica na pedra não serviu para limitar seu apetite pela estranha excitação do comportamento fora dos padrões — só a fez ficar ainda mais fechada. Yu via sua irmã fazendo desenhos obscenos em pedaços de papel; ela gostava especialmente de desenhar mulheres nuas, amarradas e desamparadas, com feridas abertas nas barrigas, os rostos revelando dor e êxtase simultâneos.

Qualquer pessoa por quem Ling se enamorasse era, na opinião de Yu, pervertida. Na escola elementar, ela se apaixonou pelo professor de educação física — o primeiro homem a se tornar objeto de seu desejo. Ele usava o cabelo lustroso penteado para trás, revelando feições rústicas, um homem de baixa cultura. Cedendo à vontade dele, um dia, quando estavam sozinhos, ela, voluntariamente, removeu uma peça de roupa após a outra, ficando nua de pé diante dele. Suas mãos grandes apertaram o pequeno corpo de Ling como se esfregasse um peixe delgado. Excitado e respirando pesadamente, ele se conteve antes de chegar ao clímax. Ainda tinha um pouco de senso, sabia que as consequências políticas seriam muito mais pesadas para ele que para a jovem estudante.

Mais tarde, Ling se apaixonou pelo secretário do Partido Comunista de uma comunidade, durante uma viagem de trabalho no verão; depois por um ator da Ópera de Shangai. Nessa altura, suas aventuras tinham chamado a atenção dos pais, criando raiva, vergonha e ressentimento. Cada novo homem em sua vida parecia pior que o anterior. Ruomu a amaldiçoava enquanto limpava as orelhas — "Puta!" —, como se não fosse filha sua e sim uma criada que tivesse cometido um erro. Mas Ruomu não era de atacar diretamente. Sempre dava voltas e cedia o papel de pais para Xuanming e Lu Chen. Nesse ponto, era uma estrategista talentosa: depois de plantar um comentário negativo, se retirava da ação, preservando a opção de ser a conciliadora amorosa depois de observar a batalha a distância. Muitas vezes, Xuanming e Lu Chen lamentavam ser usados dessa maneira, mas sempre caíam na armadilha.

Quando Yu voltou para casa depois de uma ausência de dez anos, ficou surpresa ao descobrir que tudo ficara menor, incluindo sua mãe e sua avó. Ling e Xiao estavam ambas mais bonitas, principalmente Ling. Ela usava uma túnica que estava na moda na época, feita de linho brilhante verde-escuro, que acentuava a brancura de sua pele. Seus olhos, com as sobrancelhas ainda posicionadas às oito-e-vinte, brilhavam deliciados. Foi a primeira a se adiantar e abraçar calorosamente a irmã mais jovem; e, enquanto o fazia, apontou para o jovem alto ao seu lado, dizendo: "Esse é o irmão mais velho!"

Vendo o homem da foto pela primeira vez, Yu fez o que lhe era dito. Ele vestia um uniforme desbotado por repetidas lavagens, também moda na época.

Segurando a mão de Yu, Ling disse seriamente: "O uniforme militar de seu irmão é de verdade. Ele é um soldado de verdade. É o comandante da companhia enviada para a minha antiga escola durante a tempestade política, para ajudar os esquerdistas. Ele vem de três gerações de camponeses pobres, uma origem melhor que a nossa!" Enquanto Ling explicava tudo isso, os lábios de Lu Cheng se torceram de desprezo, e Xuanming fez o mesmo. Ao menos daquela vez os dois ficaram de acordo.

Até aquele ponto, Yu dava toda a sua atenção para Ling e o novo marido; então se voltou para a mãe, vendo que ela mudara pouco: o rosto quase o mesmo, sem rugas, a pele muito branca. Mas alguma coisa em sua expressão era assustadora, e Yu ficou alarmada. Reunindo todas as forças, disse: "Mamãe." Mas a palavra parecia estranhamente vazia de sentido e insincera.

A resposta de Ruomu foi ininteligível. Sua ira flamejante não se abatera com a passagem dos anos. À visão de sua filha mais nova, lembrou-se do filho que uma vez fora seu, cuja vida havia sido extinta por essa menina estranha e magra diante dela. Sua vida fora reescrita em definitivo.

Lu Cheng apressou-se a quebrar o gelo.

— No dia em que você desapareceu, sua mãe e eu ficamos terrivelmente preocupados. Ninguém achava que você pudesse ir tão longe, várias centenas de quilômetros. Você tinha só 6 ou 7 anos. Como encontrou o lugar?

Yu olhou para o pai, mas não respondeu. Ela não se lembrava de como encontrara Jinwu. Para ela, aquilo tinha acontecido há duas vidas.

Lu Cheng perguntou:

— Onde está Jinwu? Por que nunca a vi? O dinheiro da escola e das despesas comuns; devemos tanto a ela. Ficamos muito gratos. Ela era só uma das minhas alunas; não podemos deixá-la gastar tanto dinheiro.

Ruomu escolheu esse momento para disparar sua primeira salva. Virando-se para Ling, o tom de voz mais frio que raivoso, disse:

— Não admira que seu pai não nos diga nada. Ele guardou todas as suas palavras para a pessoa favorita dele!

Yu já estava achando difícil manter uma expressão feliz; naquele momento o passado virou como uma faca para ela, a ferida, funda demais. Nunca havia sido capaz de disfarçar sua vulnerabilidade. Nunca tinha sido uma garota agradável, e em um momento como esse suas defesas sempre ruíam; ela se tornava ainda mais desajeitada.

Ruomu olhou para Yu novamente e disse em tom dramático:

— É bom que você tenha voltado. Se aquela mulher ordinária não tivesse partido, você não teria voltado, certo? Tenha piedade de nós, que, por todos esses anos, temos nos preocupado quase à morte. Você é tão cruel. Como pôde fazer isso? Há três gerações minha família só tem budistas vegetarianos. O que eu fiz em uma vida anterior para merecer uma coisa como você?

Veio outro disparo, mas não foi mais que um gemido. Para Yu, era como um sabre afiado, conhecido, perfurando seus nervos — nervos há tanto tempo dormentes, novamente expostos. Sabia que o pai iria levantar, e a briga aumentaria. Yu inclinou-se na velha mesa instável e sentiu que um lado de seu rosto, o lado virado para os pais, começava a se contorcer; estava pronta para fugir.

O pai apenas suspirou pesadamente. Estava ficando velho. As rugas de ambos os lados de sua boca estavam mais fundas. Eram linhas de amargura, refletindo anos de raiva reprimida e afrontas. Seus olhos eram normalmente enevoados, como se as lágrimas estivessem logo abaixo da superfície, prontas para irromper. Yu prestou tanta atenção no tom de sua voz quanto em suas palavras, tom que refletia o esforço para acalmar a família e passar por essa última crise.

— Esqueça o passado. A criança acabou de voltar...

Nesse ponto, as palavras do pai foram sobrepujadas pelos gritos histéricos da mãe. E agora Ruomu usava sua maior arma — a autoflagelação. Em fúria selvagem começou a bater com as mãos no próprio rosto, berrando enquanto fazia isso:

— Eu devo morrer! Eu realmente devo morrer! Como poderei esquecer que ela é sua filha favorita! O que sou eu senão uma mãe de família sem meios de se sustentar? Estou velha. Não como sua filha, que está na idade da flor e do jade, tão desejável.

E agora Lu Chen tremia.

— Como pode dizer essas coisas? Como pôde ser uma mãe com tanto ódio? Yu também não é sua filha?

Ruomu ergueu as mãos brancas e ossudas.

— Olhem todos vocês. Vejam como seu pai me trata! Lu Chen, bati em meu rosto e agora ele está inchado! O que mais você quer de mim? Devo me ajoelhar e me prostrar diante de sua terceira princesa?

Yu agarrou sua bolsa e correu para a porta. Mas o mesmo fez Ruomu, que, aos 50 anos, ainda era ágil, e chegou primeiro. Prostrando-se, começou a bater com a cabeça no concreto duro.

— Minha terceira princesa, você não pode partir! Se fizer isso, seu pai não me dará minha porção de comida!

Yu viu o pai cair em uma cadeira. Sentiu-se partida ao meio, rasgada em pedacinhos, reduzida a uma massa trêmula mal capaz de se mexer. E, então, pareceu que tudo vinha em sua direção, todos gritando ao mesmo tempo, um ruído enorme fazendo uma pressão tão grande que ela não conseguia respirar. Todo aquele barulho se tornou um sussurro amplificado e ela, de repente, lembrou da cena de anos antes, e essa memória completou a destruição de suas defesas.

Lutou para se livrar dos empurrões, das mãos que a agarravam e correu para a rua. Não havia mais um lago azul-celeste. Aquela era uma cidade suja e abandonada. Mas era, afinal, a cidade para a qual queria voltar daquele lugar remoto, estéril.

## 5

Yu foi resgatada por Yadan, a vizinha poucos anos mais velha que ela. Gorda, mas com algum encanto, Yadan parecia ter conservado a forma de quando era bebê. Todos os dias, quando voltava do trabalho em uma refinaria de grãos, ela se sentava à mesa e escrevia com fúria. Ninguém podia ver o que.

Yadan encontrou Yu escondida como um filhote assustado, andando de quatro dentro de um cano de esgoto de concreto. Agarrou uma das pernas de Yu e a puxou vigorosamente. A garota estava suja de lodo e lama. Tornara-se uma intocável.

Exausta, Yu não tinha forças para resistir. Tudo estava escuro na casa de Lu, mas ainda havia luz no quarto da tia Tian. Ela estava com mais de 50 anos, mas ainda tinha agilidade; suspirou ao sair para resolver o problema. Seu comportamento era habitualmente solene, o que poderia ser indício de sofisticação, mas um exame mais próximo revelava apenas amargura. Uma pinta no canto de sua boca se mexia quando sorria. Mas tia Tian raramente sorria.

Prosaicamente, depositou uma grande bacia de água aos pés de Yu. "Terceira filha, lave-se. Sua mãe acabou de se deitar. Não a perturbe novamente."

Yu pareceu não ouvir. Estava sentada no chão, os braços em volta dos joelhos, imóvel. Tia Tian suspirou novamente:

— Por que se comporta assim? Uma menina deve ser obediente, ler, bordar, se limpar, ser doce e agradável. E daí se seu pai e sua mãe a repreenderam? Você devia fazer uma careta e deixar passar. Por que tem que ser tão cabeça-dura e deixar seus pais zangados? Algum dia será mãe também, descobrirá que não é fácil carregar um bebê durante nove meses...

Yu não dizia nada. Pensava, por que se incomodar de me trazer a este mundo se não existe amor? Então, levantou os olhos e fez uma pergunta que deixou tia Tian pensando muito, naquele momento e depois:

— Diga, eu nasci mesmo da minha mãe?

Tia Tian tremia visivelmente enquanto olhava com atenção para aqueles olhos ardentes. Essa garota é tão obstinada, tão impetuosa! Não admira que a mãe e a avó desgostassem tanto dela! Refletindo, respondeu:

— Terceira filha, você realmente magoa sua mãe dizendo uma coisa dessas. Abra seus olhos: entre essas três meninas, quem mais se parece com a mãe? Quando estava grávida de você, sua mãe gostava de comer um peixe delicioso, mas depois soube que era venenoso para o bebê. Isso foi incrivelmente assustador para ela. Quando sua mãe entrou em trabalho de parto, fiquei com ela porque a velha ama estava doente. Mesmo sendo sua terceira vez, ela ainda sentiu medo. Segurou meu pulso com tanta força que deixou marcas. De todas as três, você foi a única que sua mãe amamentou, e fez isso até os 3 anos. Você nunca comeu sem ajuda antes dos 5 anos. Quer falar de mimos? Você foi mimada até não poder mais. Tudo do melhor, como se fosse um menino! E ela finalmente teve um menino depois de rezar para todos os deuses, mas então você... Ah, o que posso dizer? Está bem, venha se lavar. Você está imunda!

Yu subitamente afastou as mãos de tia Tian e enlaçou os joelhos, sem uma palavra.

Naquela noite, tia Tian só dormiu depois das 4 da manhã. Ela e a jovem continuaram em um impasse, e tia Tian pela primeira vez na vida falou o que não devia.

— Nenhum homem vai querer se casar com uma garota como você! Mesmo que um o fizesse, logo a largaria!

Isso foi tão além do autocontrole habitual de tia Tian que ela devia estar realmente zangada.

Yu virou-se e a encarou em silêncio, dizendo por fim:

— E você? Você é tão amável, mas mesmo assim ninguém quis você Por quê?

Ela levantou as mãos como se fosse bater na menina, mas se controlou. Com as pernas trêmulas, andou de volta para o quarto, dizendo com raiva:

— Todo o veneno do peixe que sua mãe comeu ficou em você. De agora em diante, não direi mais uma palavra, mesmo que sua mãe e seu pai a espanquem até a morte.

Yu permaneceu imóvel. Sob a luz turva, um sorriso frio surgiu no seu rosto. Um sorriso assim em um rosto tão jovem é assustador.

Sentada em um canto vazio, Yu olhou em volta, para a mobília tão familiar desde a sua infância, já gasta e puída, parecendo fora de lugar, seu tempo de vida quase esgotado. De repente percebeu que ela, a casa, a mobília e a própria família eram todos transitórios; tudo poderia desmoronar. O ronco familiar da avó podia ser ouvido. Nada tinha mudado, mas tudo envelhecera.

Do quarto de Ling vinha um som desconhecido, um gemido estranho. Yu não entendia como a irmã mais velha podia prender-se ao abraço de um completo estranho.

Antes do nascer do dia, Yu sentiu uma coisa pegajosa dentro e abaixo de sua virilha — sangue, viscoso como piche, e era aterrorizador. Queria gritar por socorro, e lamentou ter afugentado tia Tian.

Uma vez mais, ouviu a irmã gemer, estranhamente mais alto desta vez.

Pela manhã, o médico foi chamado. Receitou vários medicamentos dizendo que ela sofria de um distúrbio interno. Muitos anos depois, Jinwu lhe diria que o único remédio de que precisava era amor.

## 6

A face iluminada de Ling se acinzentou depois de um mês. Wang Zhong usara suas folgas e precisava voltar à sua unidade de trabalho. Mas Xuanming sorria, alegre. Depois de ser dispensado, ele foi trabalhar no distante noroeste, escolhendo ir para lá porque Ling, parte do primeiro grupo de juventude suspensa, foi selecionada para trabalhar em uma fábrica naquela região. Por amor, Wang Zhong sacrificaria tudo. Xiao juntou-se a eles lá, trabalhando na mesma fábrica. Tudo ia de acordo com a preferência de Ling; qualquer coisa que quisesse, geralmente conseguia.

Quando Ling começou a vomitar, uma senhora apareceu de um lugar distante. Era alta, com marcas de varíola no rosto e um sotaque pesado das planícies centrais de Shaanxi. Era a mãe de Wang Zhong. Três mulheres são capazes de muitas coisas, e temos três senhoras excepcionais nisso. Mamãe Wang Zhong era diligente e assumiu a maior parte do trabalho, inclusive a cozinha. Seu estilo de cozinhar era diferente, não tão refinado. Isso lembrou a Ruomu o tempo em que ela era uma jovem dama e contrataram um cozinheiro que havia trabalhado para a família imperial. Imponente e capaz de preparar muitos tipos diferentes de comida, o homem tinha um sotaque mandarim perfeito. Conhecia as velhas iguarias de Pequim. Por exemplo, asas de galinha guisadas e molho marrom do restaurante Flor da Primavera; ninho de passarinho cozido em molho leve do Colheita do Monte Tai; moelas de pato em fritura leve do Cem Cenários; barbatanas de tubarão ensopadas do Casa de Buda; doce de lótus da Casa de Lótus; panquecas fritas com óleo de galinha do Pavilhão dos Homens Ricos; bolinhos de cogumelo do Loja de Brincos — de aperitivos a sobremesas, acepipes raros do oceano para as montanhas.

Depois de sobreviver à guerra, Ruomu se tornou mais flexível, e não tinha mais queixas quanto aos gigantescos pães doces de passas da Mamãe Wang Zhong. Não era tão ruim ser servida com comida simples, desde que não tivesse que levantar um dedo.

Mas Xuanming não era tão generosa. Não podia evitar, era perfeccionista, e tudo deveria ser irrepreensível. Quando viu os pães gigantescos — um deles ocupava um prato inteiro —, torceu os lábios em desaprovação. Aquela expressão era como uma lâmina cega e enferrujada no queijo sensível de Lu Chen, mas imperceptível para a implacável mamãe Wang.

Como Xuanming, mamãe Zhong tivera os pés atados quando menina, mas o resultado foi muito menos delicado. Alta e de ossos grandes, suas passadas retumbantes anunciavam de longe sua chegada. Sempre que ouvia o som daqueles passos, Xuanming torcia os lábios e anunciava: "O peso-pesado está chegando."

Mamãe Wang Zhong era alheia a qualquer refinamento. Quando conversava com Xuanming, perguntou: "Quantos você botou para fora?"

A princípio Xuanming não entendeu a pergunta; mais tarde, queixou-se com Ling:

— Por que, em nome de Deus, você trouxe uma pessoa como esta para a nossa casa? Desde quando dizemos que dar à luz uma criança é "botar para fora"? Não somos animais! Ah, que praga! O que você fez para merecer esta sogra?

A reação de Ling foi dolorosa.

— Mamãe Wang é filha de uma família de trabalhadores, três gerações de sua família são de camponeses pobres. Não podemos competir com isso.

Ling sempre se dirigia a mamãe Wang como "mãe", o que deixava sua própria mãe confusa. Uma vez, quando a família estava reunida para o jantar e Xuanming fizera um delicioso prato de tartaruga, Ling pegou um dos melhores pedaços e disse:

— Mamãe, para você.

Ruomu estendeu o prato sem pensar. Mas Ling, com seus lindos olhos e suas sobrancelhas oito-e-vinte, cruelmente negligenciou a própria mãe.

— Não estou falando com você e sim com minha mãe.

O resignado Lu Chen, sem esperar que Ling terminasse, pôs sua tigela sobre a mesa com grande ruído, levantou-se e foi para o quarto.

Pela primeira vez na vida, Xuanming ficou furiosa com a neta favorita e gritou:

— Você acha que ela não é sua mãe? Quem você acha que te deu à luz?

Sempre que perdia terreno, Ling usava as lágrimas como primeira linha de defesa. Sua boca se abriu, exibindo uma multidão de dentes apodrecidos, e ela começou a chorar, esperando com isso ganhar o perdão de vovó. Mas não daquela vez. Xuanming deu um tapa na mesa e continuou a gritar, até mamãe Wang Zhong abanar um leque e dizer em tom neutro:

— Velha vozinha, não se exalte tanto em um dia quente. Ela é uma criança, do que ela sabe?

Xuanming não respondeu. Seu temperamento explosivo era como a ejaculação precoce de um homem. Uma vez descarregado, logo se acalmava.

Mas Ruomu tinha mais estômago para a briga. Ficando calma enquanto os outros se enfureciam, teve tempo de continuar saboreando o delicioso prato; depois de encontrar e comer os melhores pedaços, largou os pauzinhos sobre a mesa. Com olhos vermelhos, assoou o nariz no lenço e declamou:

— Tenho um destino infeliz! Sofri em trabalho de parto três dias e três noites, meu pai pagou um médico belga que feriu a cabeça dela com o fórceps, o que me preocupou durante anos. Mas, graças a Deus, ela já lia *Mulherzinhas* aos 6 anos. Só quando todos concordaram que era inteligente, é que deixei de me preocupar. Sempre soube que criar uma filha é fazer um favor a outra pessoa, mas como podia saber que essa pessoa viria à minha porta para roubar seu coração! Graças a Deus, estou na minha própria casa comendo a comida do meu marido!

Ela alimentava a sua própria raiva. Foi quando viu Yu no espelho. Ela parecia ter um sorrisinho no rosto, e esse foi o estopim do drama que se seguiu. Empurrando a mesa, Ruomu jogou uma colher no rosto de Yu com toda a sua força, rápido demais para ela se abaixar. A colher cortou a testa dela quando passou voando. A voz de Ruomu subiu uma oitava enquanto atacava. "Maldita! Está rindo do quê? Fica feliz quando sua própria mãe é intimidada?"

Ruomu fazia outra vez seu jogo favorito: matava uma galinha para assustar um macaco. Mamãe Wang Zhong ainda era parente, mesmo que irritante; a gravidez de Ling ia avançada, então Yu era o alvo perfeito.

Mas Yu não captou essas nuances. Tinha apenas 17 anos, as mágoas de tudo que acontecera antes ainda estavam frescas, e o jogo emocional perverso da mãe encontrou o alvo. Perdendo completamente o controle, ela se lançou pela sala em defesa de sua dignidade. Várias mãos se estenderam para detê-la, vozes graves a repreenderam em tons altos e baixos e, depois de impedida, foi obrigada a aguentar os lugares-comuns de piedade filial:

— Não importa, ela é sua mãe... ela pode agredi-la e amaldiçoá-la e você tem que ouvir... você nunca deve encostar a mão na própria mãe.

Quando isso acabou, Yu finalmente pôs para fora o que estava guardado:

— Você não devia ter-me dado à luz se não me ama!

— Céus, essa garota ainda vai matar alguém algum dia!

Ruomu arregalou os olhos cheios de lágrimas; estava perplexa, assim como as outras duas velhas. Ling já tinha voltado ao seu quarto, querendo escapar do fogo que havia iniciado. Mas todas as três mães mais velhas traziam a mesma expressão ultrajada. Foi mamãe Zhong que liderou o ataque. Pegando a bengala de Xuanming, balançou-a com violência, atingindo Yu nas costas; silenciosamente, a garota foi ao chão.

Do quarto, os gemidos de Lu Chen eram ouvidos. "Briguem, briguem, briguem! Briguem até eu morrer!"

E do quarto de Ling, soluços altos — se não começasse a chorar, seu pai poderia redirecionar a raiva para ela. Xuanming e mamãe Wang Zhong chamaram por ela, implorando que ficasse calma, não machucasse o bebê. Começaram a fazer sopa para a grávida; os dois pares de pés pequeninos, de status claramente diferentes, se movimentavam depressa.

Enquanto isso, Ruomu sentou-se sozinha à janela, limpando os ouvidos com a colher de ouro. Em tom exageradamente dramático, dirigiu-se a tia Tian:

— Leve a terceira filha ao médico. Talvez esteja ferida; talvez precise de algum remédio. Ela não me aceita como mãe e tem sangue quente, mas ainda me preocupo com ela. — Para si mesma, pensava em mamãe Wang Zhong com raiva: "É problema de família, quem pediu a ela para se meter. Até porcos e cachorros querem ser nossos parentes."

## 7

O dia passou, ficando excepcionalmente quente. Ao meio-dia, duas meninas da família Lu deram entrada no hospital ao mesmo tempo.

Ling foi para o setor das mulheres, acompanhada de Xuanming e mamãe Wang Zhong. Quando seu marido entrou no quarto, ela gritou:

"Olhe o que você fez. Tenho que aguentar tudo isso! Olhe para mim, tão feia." As duas velhas juntaram-se a ela, chorando, pensando em seus dias como jovens mães. O médico chegou, fez o exame e descobriu que a dilatação chegara a oito polegadas. Ela logo foi levada de maca para a sala de parto.

Do lado de fora, três pessoas esperavam ansiosamente. Uma vida estava para começar. Ela tem mil possibilidades; pode ser tão simples como uma pequenina semente crescendo no escuro. Naquele dia, uma grande tempestade seguiu-se ao calor brutal. Do lado de fora se via uma cena de incrível beleza. Fachos de luz intensificavam as cores do jardim que cercava um lago onde folhas de lótus guardavam alguns pingos de chuva. Pássaros levantavam voo, subindo bem alto no céu, deixando uma ou duas penas brancas caírem.

Mas lá dentro, gritos aterrorizantes eram proferidos, enquanto uma vida abria passagem. A voz de Ling era penetrante, mais alta que qualquer outra. Todas as três pessoas ansiosas estavam fora de si de tanto medo. Mas os gritos continuaram, ficando um pouco mais fracos no fim da tarde, quando a voz da gestante começou a falhar. A cabeça de uma enfermeira apareceu, dizendo que o parto estava sendo muito difícil, haviam tentado tudo, mas estavam prontos para começar uma cesariana; o pai assinaria a permissão, por favor? Suado, com a mão tremendo, Wang Zhong assinou o papel justamente no instante em que uma maca era puxada para fora da sala de parto. Estava completamente coberta com um lençol branco; só o cabelo empapado de suor de Ling aparecia; Wang Zhong irrompeu em lágrimas, assim como Xuanming. Entre soluços, ela gritou: "Depressa, onde está o chocolate que você trouxe? Corra e lhe dê um pedaço, ela precisa de energia."

Mas foi mamãe Wang Zhong que, calma, soube exatamente o que fazer. Correndo ao lado da maca, levantou o lençol, depois gritou a plenos pulmões: "Parem! Parem agora mesmo! Estou vendo a cabeça do bebê! Esqueçam as facas, vocês podem puxar o bebê para fora aqui mesmo!"

Muitos anos depois, Wang Zhong, ainda orgulhoso da presença de espírito da mãe naquele momento crítico, disse para a esposa:

— Se não fosse por minha mãe você teria passado pela faca. Puta ingrata!

Naturalmente, isso tem que ser descrito depois; acrescentar uma só palavra agora seria fora de hora. Como é imprevisível essa vida que levamos.

Naquele dia, a enfermeira levantou a criança contundida pelos pés, dando-lhe tapinhas leves, mas não houve choro em resposta. A enfermeira anunciou uma menina, e depois a colocou em uma incubadora. O médico escreveu na ficha: "Feto teve convulsões dentro do útero. Cinco minutos antes da respiração começar."

Ruomu estava sentada à janela, limpando os ouvidos, quando a notícia chegou. Ela chamou tia Tian:

— Avise que tenho um nome. Uma palavra, Yun.

Com os olhos baixos, tia Tian perguntou:

— Você tem um significado especial para esse nome?

Ruomu respondeu com impaciência.

— O que há para dizer? Cruzou minha mente, só isso.

Depois, murmurou:

— É só uma menina. O que há para dizer? Mas você me lembrou. Esta é a primeira filha da terceira geração da família Lu. Ela deve usar nosso nome de família. Mais tarde, você vai falar com aquela velha. Se ela quiser, a criança pode usar o nome Yun'er e ficar aqui, e não precisarão levá-la para aquele lugar horrível na montanha. Mas se não quiser, não forçaremos nada. Diga à família dela para pegar o bebê e partir. Não fiquem por aqui, andando por aí, me aborrecendo.

Tia Tian assentiu e perguntou:

— Então, o que será de sua filha Ling?

Ruomu olhou-a fixamente.

— Por que está tão confusa? Está ficando velha e perdendo a memória? Ela já não anunciou que pertence à família Wang? É problema deles agora.

Tia Tian parou e ficou pensativa. Que estranho, tantos anos após a liberação, sua jovem ama mudou tanto. Na frente dos outros, educada e respeitosa, até humilde; mas o oposto quando as duas estavam sozinhas. Fechando os olhos, podia invocar a memória: um quarto branco como a neve, a jovem ama em um balanço sob a treliça do jardim, acompanhada de Meihua. As duas eram tão bonitas. Pareciam iluminar o ambiente. Mais tarde, a jovem ama tinha escolhido a ela, Shu'er, e por isso ela foi grata a Ruomu pelo resto da vida.

À noite, toda a família se reuniu pacificamente, conscientes dos grandes eventos do dia, como se tivessem passado por uma situação de vida ou morte. Tia Tian carregava a princesinha recém-nascida, apresentando-a a todos. Lu Chen voltou para casa tarde e triste. Espiou o rosto da pequenina neta, sentou-se à mesa e comeu um pouco de arroz, reclinando-se enquanto mastigava silenciosamente. Não se sentia bem, e disse isso.

Tia Tian correu para encontrar uma garrafa de água quente.

— O Sr. Lu nunca se queixa de nada, agora diz que seu estômago dói. Deve estar doendo muito, talvez deva ir ao médico.

Ruomu acabara de jantar e tomar banho. Parecendo descansada e complacente, adiantou-se para mostrar preocupação pelo marido. Lu Chen a encarou fixamente.

— Onde está a filha?

— No quarto, deitada. O parto durou o dia inteiro, ela precisa descansar. Ainda assim, nem se compara ao que eu passei no parto dela.

— Quis dizer Yu — respondeu Lu Chen.

Ruomu mudou o tom.

— Ora essa! Onde está a terceira filha? A irmã deu à luz e ela nem sequer mostrou a cara.

Tia Tian disse apressadamente:

— Você esqueceu. A terceira filha teve dor nas costas, e Yadan a levou ao hospital.

Lu Chen deixou cair a garrafa de água quente e se levantou. Naquele momento, a porta se abriu e Yadan entrou. Respirava pesadamente.

— Tio Lu, deixe Yu ficar em minha casa esta noite. Vim aqui dizer ao senhor para não se preocupar.

Mas foi Ruomu quem respondeu.

— Como poderíamos causar esse incômodo? Você deve trazê-la. O que exatamente há de errado?

Yadan manteve os olhos fixos em Lu Chen.

— Um disco de sua espinha saiu do lugar. O médico disse que foi um choque externo. Ela deve ficar de cama por um mês pelo menos. Vejo que estão bastante ocupados aqui e ninguém pode cuidar dela com atenção. Deixe-a ficar comigo. Meus pais estão fora e ela pode me fazer companhia.

Lu Chen estava a ponto de falar, mas foi cortado por Ruomu.

— Isso seria trabalho demais para você. — Então, virando-se para Xuanming: — Yadan é uma criança tão boa. Desde pequena é educada. Ela consegue até se dar bem com alguém tão estranho como a nossa Yu. — E de volta para Yadan: — Não pode ser causa externa. Ela teve espasmos musculares nas costas quando voltou para casa. Tome conta dela. Ela é muito estranha, você terá de ser tolerante.

Só então Lu Chen teve chance de falar.

— Yadan, você tem que sair para trabalhar todos os dias. É melhor deixar que ela volte para cá, tia Tian pode cuidar dela.

O olhar de Yadan permaneceu fixo em Lu Chen, como se ele fosse a única pessoa cuja opinião importasse.

— Yu disse que não quer voltar — disse. — Prefere ficar comigo. Quanto ao meu trabalho, posso deixar uma chave com vocês para tia Tian poder entrar e sair quando precisar. — Entregando a chave a Lu Chen, ela se encaminhou para a porta.

— Ande devagar, está escuro aí fora — disse Ruomu, pondo a cabeça para fora da porta quando a garota saiu. — Não vá torcer o tornozelo.

Lu Chen olhou para a chave de metal em sua mão. Seu rosto era uma máscara, mas algo se mexia dolorosamente naquele espaço de seu peito onde, por muitos anos, tantas ofensas permaneceram sem tratamento e sem cura.

# Capítulo 7 | UM JOGO

## 1

Em um dia de outono há muitos anos, quando as folhas que caíam eram levadas pela brisa que passava, uma mulher entrou no pátio da família Lu e bateu delicadamente na porta. Xuanming cozinhava, Ruomu estava em seu quarto se vestindo, Lu Chen tinha saído para dar aulas aos seus estudantes soviéticos, e Ling e Xiao estavam na escola. Só Yu ouviu a batida. Espiou pela janela e viu a mulher, bem-vestida em uma túnica verde-claro de lã macia e com um belo lenço vermelho em volta do pescoço. Estava penteada segundo a última moda — cabelo longo, ondulado, caindo nos ombros. Usava até uma leve maquiagem. Naqueles anos sem colorido, ela foi uma beleza instantânea aos olhos de Yu. Ela ficou imóvel, observando fixamente antes de abrir a porta. Em volta da casa, os arbustos que atraíam os beija-flores estavam nus; apenas as rosas próximas às janelas ainda lutavam para oferecer seu último vermelho pálido que compensasse o cinza insípido e o marrom-claro da estação.

Logo Yu viu um defeito na sua beleza quase perfeita, quando a mulher entrou, seguida de uma garota magrinha, ainda mais magra que Ling.

Dirigindo-se a Yu, a mulher sorriu e disse que ela devia ser filha da irmã Ruomu, com quem se parecia muito. Yu corou. Não gostava de ouvir que se parecia com sua mãe. Anunciou em voz alta: "Temos visita."

Xuanming e Ruomu emergiram de seus quartos quase ao mesmo tempo; seus rostos logo se azedaram. Inclinando-se primeiro para Xuanming, depois para Ruomu, a mulher disse:

— Mamãe, irmã Ruomu, vim trazer a criança para uma visita.

Xuanming virou-se em seus calcanhares e fugiu para a cozinha. Ruomu pôs no rosto um sorriso elaborado e disse a Yu para chamar a mulher de tia Mengjing, antes de sair para fazer chá. A mulher ignorou a recepção fria. Sorriu e pediu a Yu que não a chamasse de tia, mas de *jiu ma*, mulher do tio. Embora sua voz fosse suave, havia algo de pesado, como um trovão ouvido a distância. Yu viu as mãos de sua mãe tremerem enquanto ela servia o chá, derramando algumas gotas.

— Mamãe, irmã Ruomu — disse a mulher — Tiancheng e eu fomos um casal, embora não tenhamos tido tempo para casar. Não me importo com formalidades. Esta criança é carne e sangue de Tiancheng. E eu sei que mamãe é muito gentil...

O dia se passou assim: Xuanming serviu o almoço — peixe refogado, bolinhos ao vapor recheados de legumes e sopa de repolho. As refeições da família Lu na época, embora muito melhores que as dos vizinhos, não podiam se comparar aos repastos dos dias de outrora. Depois de pôr a comida na mesa, Xuanming disse abruptamente:

— Comam e vão embora. Não há lugar para vocês aqui.

A menininha comeu seis pães, um atrás do outro, deixando apenas dois, que estavam partidos para Ling e Xiao quando voltassem da escola.

Mengjing pareceu não ouvir; continuou olhando fixamente para os pãezinhos. Yu ouviu Ruomu murmurar entre dentes: "Casca-grossa!" Mengjing ignorou isso e, sem pausa, tomou a sopa e devorou os pãezinhos remanescentes. Depois, pôs um pedaço de peixe no prato da filha. Com desdém, Xuanming observou Mengjing comer e não conseguiu deixar de olhar para a menininha. Sentindo isso, a garota pôs de lado seus pauzinhos e, inclinando a cabeça e as sobrancelhas franzidas, olhou em volta. Com voz grossa, chamou por "vovó", o que surpreendeu todos que estavam à mesa.

Mengjing imediatamente a corrigiu.

— Você deveria chamá-la de *jia po*.

Era a palavra para "vovó" na terra natal de Xuanming, que ficou visivelmente satisfeita e disse com um sorriso que "vovó" estava muito bom, e que, não importava como criancinhas se dirigissem a ela, estava muito bom. As palavras de Xuanming, gentis e calorosas, iluminaram o rosto sujo da menininha.

Chegando à mesa, Ling viu que Xuanming estava se interessando pelos visitantes. Empurrou a garota, depois se sentou na cadeira, dizendo:

— Esta cadeira é minha, não se atreva a tomar a minha cadeira.

Ling era leve, mas forte, e a garota caiu em cheio, batendo com a cabeça no fogão, ficando com um fio de sangue na testa. O sangue escorria lentamente, cor púrpura e escuro, como as rosas velhas do lado de fora da janela, desbotadas pelos ventos do outono.

Yu ficou chocada e foi ajudar; mas a garota se levantou sozinha, ainda segurando um pedaço de pão em uma das mãos. O pão estava coberto de cinzas, mas a garota o engoliu de uma vez só, como se alguém pudesse pegá-lo. Ela parecia nem notar sangue. Só então Mengjing deixou de lado a tigela de sopa e trouxe água quente para limpar a criança. Xuanming deu um tapinha na cabeça da menina e lhe entregou seu próprio pão meio comido.

Assim, as visitantes conseguiram estada.

Na época, a posição de Lu Chen na universidade Jiaotong trazia para a família o privilégio de ter uma fileira de casas de um andar que tinham sido construídas por especialistas soviéticos no início da década de 1950. Eram quadradas e malfeitas, feias mas fortes, lembrando as caixas quadradas de açúcar feitas também pelos soviéticos.

Na manhã seguinte, ainda sob a colcha, Yu sentiu um cheiro delicioso. Ao mesmo tempo, ouviu a queixa da mãe:

— Que audácia! Ela usou até o óleo de amendoim para fritar panquecas!

Na época, o óleo de amendoim era racionado: cem gramas por pessoa por mês. Para cozinhar, Xuanming usava apenas óleo vegetal, mais caro.

Yu percebeu que Xuanming não estava na cozinha; penteava devagar o cabelo de Ling, usando óleo de castor para dar brilho. Depois, fez duas tranças grandes, amarradas com fitas coloridas. Vovó fazia isso todos os dias para Ling e Xiao, usando fitas de cores diferentes para criar efeitos coloridos: vermelho e laranja brilhantes, ou verde-escuro. Todos os dias, ao fazê-lo, suspirava: "Que cabelo bonito! Tão brilhante e macio!"

Naquele dia, enquanto vovó penteava o cabelo das netas, Mengjing levou panquecas fritas douradas para a mesa.

— Mamãe, coma — disse —, comam todos.

Xuanming piscou e disse aos outros para irem primeiro. Ruomu e Lu Chen fizeram o mesmo. Só Ling pulou em cima da comida, como um gato, agarrando uma panqueca com a mão e empurrando-a para dentro, enquanto a criança, com um curativo na cabeça, estendia os pauzinhos. Mais tarde, a gula teve um preço: como comera demais, Ling passou mal. Mas Mengjing parecia ter um buraco no estômago, e sua filha não ficava atrás. As duas continuaram a comer com todo entusiasmo. A comida racionada da família Lu, poupada nos meses anteriores, foi logo esgotada pelas duas hóspedes, como nuvens espalhadas para longe por uma lufada de vento.

Mãe e filha conseguiram ficar por três anos, enquanto a fome assolava o país. Ao fim dos três anos, Lu Chen foi banido para uma fronteira remota, e Mengjing conseguiu se casar com o recém-indicado reitor da universidade.

A garotinha era, é claro, Yadan. Mais tarde ela disse que sempre iria lembrar que foi Yu quem a ajudou quando ela caiu.

## 2

Xuanming foi a primeira a descobrir a tatuagem nas costas de Yushe.

Yu ficou louca de alegria ao se mudar para a casa de Yadan. Quando a outra saía para trabalhar, Yu ficava sozinha. Então, certo dia, os raios de sol atravessaram obliquamente as cortinas e, como uma pincelada mágica, iluminaram as paredes com borrifos de luz solar filtrada, e isso fez o quarto parecer tão novo e tão delicioso quanto uma xícara transbordando de água clara como cristal. Nuvens que viajavam pelos céus disparavam suas sombras flutuantes para dentro do quarto, mudando de cor constantemente. Exatamente como na infância, sempre que um momento desses acontecia, Yu sentia que algo especial estava prestes a se realizar.

E assim foi. Era o sussurro que Yu não ouvia há muito tempo. Ele voltou. Suave. Era seu anjo da guarda. Seu anjo não a havia abandonado. Foi tomada pela alegria.

A voz ainda era calma e pacífica:

— Aquilo que você esperou tanto está para chegar.

— O que é? Uma pessoa, um acontecimento? — Yu perguntou apressadamente. Nenhuma resposta.

Ela começou a pensar no que esperava, e sempre soube que havia alguma coisa vivendo dentro dela, sentindo o mundo exterior distante e estranho. Essa era a fonte de seu comportamento, o que a tornava distraída e desajeitada e levava as pessoas mais próximas a ela, inclusive a família, a rir e não confiar nela. Seu desprezo era palpável, e ela começou a acreditar que estavam certos — ela era inútil. Sua existência não fazia o menor sentido. Tendo acreditado em si mesma uma vez, agora estava desconcertada e foi tomada pela autocomiseração.

Aquele sussurro vinha como uma ordem divina. Mais uma vez viu o raiar do dia. Ela se viu tornar uma nova pessoa, vestida com uma blusa branca e uma saia azul, caminhando feliz em um bulevar cheio de árvores. Aproximava-se cada vez mais, mas não conseguia ver o próprio rosto. Percebeu que aquele rosto podia ser de qualquer um. Esqueceu de como era. Agora via o *close* de um filme. Quando chegou bem perto, avistou seu próprio corpo nu, com as duas flores de ameixeira nos seios, ficar azul. Gritou e acordou. Era um sonho. Vovó estava sentada ao seu lado, como fazia quando Yu era muito jovem e doente e vovó era gentil com ela.

Xuanming tinha levantado a camisa da neta e examinava atentamente suas costas. Não parecia satisfeita com o que via.

— Você se tatuou?

Yu não respondeu.

— Sabe o que é?

Yu sacudiu negativamente a cabeça. Realmente não sabia. Uma vez tentou dar uma boa olhada, usando dois espelhos. Achou a tatuagem bonita, mas só conseguiu ver parte dela.

— É uma serpente, uma serpente emplumada.

Sem saber, Yu estremeceu e seu rosto ficou pálido.

— A tatuagem é bonita. Por que a fez?

— Para... me redimir.

— Quem fez?

— Mestre Fa Yan.

— O quê?!

— Mestre Fa, na Montanha Xitan. Você me falou sobre ele.

— Mas mestre Fa morreu há sessenta anos...

Todo o corpo de Xuanming tremia, as rugas moviam-se descontroladas por seu rosto. Não sabia se devia rir ou chorar.

Yu manteve o olhar sobre a avó, sentindo-se entorpecida. Procurou em sua memória, tentando reconstruir aquele dia gelado de inverno. Nem por um momento havia esquecido seu pecado. No dia em que soube que Michael dos Estados Unidos levara Jinwu para longe, recebeu uma ordem de Deus, com uma importante mensagem, falando com ela sobre o templo Jinque, na montanha Xitan. Ela queria se redimir e esperava que, pelo sofrimento — a dor da tatuagem —, pudesse ter Jinwu de volta. Mas Jinwu havia partido — para um lugar onde não seria encontrada. Yu mergulhou no lago perto da cabana de madeira de sua infância, mas, como no passado, não morreu. Sobreviveu sem saber quem salvou sua vida.

Sua memória de todos esses detalhes era muito clara, mas decidiu não tentar explicar tudo para a avó. Do mesmo jeito que, quando menina, não sentia vontade de falar. Todos os adultos eram tolos. Para eles, compreender alguma coisa era complicado demais.

Mas a referência de Yu a Fa Yan era mesmo perturbadora para Xuanming, que acreditava que a garota tinha, de fato, falado com um fantasma. Ela queimou alguns palitos da sorte de âmbar-gris e silenciosamente entoou o *Encantamento para o passado*. Quando Xuanming rezou pela alma de Fa Yan, o passado reapareceu claramente diante de seus olhos.

## 3

Xuanming imediatamente lembrou das últimas palavras de tia Yuxin. Sete dias depois de receber o candelabro, tia Yuxin morreu. Xuanming logo descobriu onde ficava a montanha Xitan, e pensava em como poderia mandar o candelabro para lá. Mas então aconteceu algo que adiaria seus planos para sempre.

O acontecimento foi a origem da história "A Imperatriz Viúva Cixi abraçando Xuanming no 25º aniversário do reinado de Guangxu". Logo após a morte de Yuxin, uma consorte favorita da família imperial visitou a família de Xuanming. Por acaso, viu lá os bordados incrivelmente refinados de Yuxin. A consorte ficou perplexa; nunca havia visto nada sequer parecido. Levou um bordado consigo para mostrar à imperatriz. A velha Cixi gostou e imediatamente convidou a mãe de Xuanming, a senhora Yang, para ir ao palácio e, para mostrar sua amizade, pediu que levasse consigo sua filha mais nova.

A senhora Yang tremeu diante da ideia de visitar a imperatriz. Um parente distante, Yang Tui, se envolvera na Reforma dos Cem Dias em 1898 e acabara preso. A família da senhora Yang, no entanto, não foi investigada. Se aquilo foi uma omissão ou um perdão internacional, o que importa é que a família ficou livre. No passado, tinham se apoiado em suas poderosas ligações com a consorte Zhenfei e sua irmã consorte Jinfei para entrar no palácio. Depois da Reforma dos Cem Dias, Zhenfei foi aprisionada pela velha Cixi e, desde então, não se ouviu falar mais nela. A senhora Yang frequentara o palácio durante muito tempo e conhecia os truques da velha Cixi. Era particularmente preocupante para ela que a velha quisesse ver Xuanming. Seu marido não estava em casa, o que deixou a senhora Yang confusa.

A consorte se divertiu com os medos da senhora Yang. "A velha imperatriz anda alegre ultimamente, não estrague seu estado de espírito. Só escolha logo um ou dois dos melhores bordados e traga-os. Você não tem nada a temer." A senhora Yang juntou todos os bordados que tinha e foi com a filha e a consorte.

Xuanming lembrava claramente aquele dia. Naturalmente, estava vestida com suas melhores roupas. Viu uma senhora de cetim dourado sentada, ereta, em seu trono, uma cadeira de dragão. Seu vestido era bordado com grandes peônias e a coroa generosamente decorada com joias, uma fênix de jade, e flores verdadeiras. Usava um estonteante roupão por cima do vestido, feito com 3.500 pérolas enormes perfeitamente iguais, cada uma presa a um pedaço de jade, tudo reunido em um padrão de rede. Xuanming pensou consigo que era uma pena que, dentro daquela joia tão bonita, estivesse uma mulher tão velha e ressequida.

Xuanming lembrou da mãe emudecendo ao ver a velha. Ela se ajoelhou três vezes e se prostrou nove vezes, entoando algo que Xuanming não conseguiu entender. Depois de completar os gestos de obediência, ordenou à filha que fizesse o mesmo. Mas então, de maneira muito incomum, a velha senhora estendeu as mãos para a menina e tomou Xuanming em seus braços de longas mangas.

— Ela não precisa fazer a cortesia formal — disse. — Quantos anos tem? É muito inteligente com as palavras. Por que não a deixa comigo no palácio? Ela seria uma boa companhia.

A Sra. Yang prostrou-se uma vez mais.

— O Velho Buda é muito gentil. A garota é mimada, falta-lhe treinamento e às vezes é má. Ela vai perturbá-la.

A velha Cixi jogou a cabeça para trás e deu uma gargalhada alegre.

— Estou só brincando. Sei que é a menina de seus olhos. Eu nem sonharia em tirá-la de você!

Pontuava cada frase com as mãos, às vezes apontando diretamente para o peito da Sra. Yang com as capas douradas em cada uma das longas unhas de seus dedos. Xuanming se espantou ao ver a velha, a quem as pessoas se referiam como Velho Buda, comportando-se com tanta intimidade. Ela era tão humana! Nada assustadora, ao contrário dos boatos. Mas a mãe de Xuanming continuava aterrorizada, incapaz de relaxar as feições ou baixar a guarda nem sequer por um momento. Ansiosa para mudar de assunto, apressou-se a abrir a bolsa em que trazia os bordados, dizendo:

— Olhe, eles foram todos feitos por uma parenta minha. O bordado não está ruim. Se Sua Alteza gostar de qualquer um deles, por favor, fique com eles e trate-os como pequenos presentes.

A imperatriz começou a examiná-los cuidadosamente, de olhos arregalados. Xuanming notou que a mãe ainda tremia visivelmente. A cena provocou uma impressão fugidia: que incrível a sensação de ser uma mulher acima de todos e que os mantém aterrorizados. Quão patético ser como sua mãe, que tinha de se comportar de acordo com a cor do rosto de outras pessoas e, assim, ser controlada por elas. Xuanming resolveu que, quando crescesse, seria superior a tudo isso.

Então, a voz alquebrada veio novamente:

— Sou tão ignorante? Ou meus olhos não estão focalizando bem? — Chamando seu eunuco-chefe e sua irmã, que estavam a um canto, ela disse: — Pequeno Li e Menina Grande, venham dar uma olhada! Eu não tinha ideia de que um trabalho como esse era possível! Devemos queimar todas as outras coisas desse tipo trazidas a esta corte como presentes!

Pequeno Lianying e Menina Grande Li adiantaram-se e ajoelharam-se.

— Velho Buda, os olhos de Sua Senhoria não enganam — disse Li. — Esse bordado é único. Nós que somos seus humildes escravos temos sorte em ver tais tesouros!

Menina Grande também suspirava de espanto. A imperatriz ergueu os olhos e sorriu, dizendo:

— Levantem-se! Tudo isso é excepcional. Se ficasse com todos, poderia ser acusada de mau uso do poder. Vocês não têm ideia de como os boatos voam aqui. Gostaria que sua filha escolhesse um par de objetos do palácio para que pudéssemos fazer uma troca de presentes mais ou menos igual.

A Sra. Yang não pôde conter seu espírito bajulador. Uma vez mais prostrou-se, encostando a cabeça no chão polido, como se amassasse um dente de alho com a testa.

— Sua Alteza, por favor! Esta humilde escrava está perplexa! Minha preocupação era que a senhora não gostasse dos bordados. Não mencione essas peças. Minha família deve a vida à senhora! Nossa recompensa é a senhora gostar de alguns.

Cixi fez um gesto afirmativo com a cabeça.

— Você é atenciosa. Mesmo assim, devemos fazer uma troca.

De repente, Xuanming falou, em sua voz clara, infantil:

— Sua Alteza, tenho um pedido a fazer.

A Sra. Yang imediatamente fez um gesto para a menina ficar em silêncio, mas a imperatriz a deteve.

— Deixe a menina falar. Uma menina tão pequena, as palavras das crianças são inocentes!

A recompensa pedida por Xuanming espantou tanto os céus quanto a terra. Pediu para encontrar-se com sua tia, a consorte Zhenfei, e tirar um retrato com ela.

## 4

Yu ficara obcecada com a ideia de ver a tatuagem das costas. O único jeito de fazer isso, pensou, seria tirando uma foto, mas precisaria de ajuda de uma pessoa confiável. Por algum motivo, relutou em pedir a Yadan, mas sua avó era velha demais, suas mãos tremeriam muito, e a foto ficaria fora de foco.

Yu podia ver as duas flores de ameixa em seus seios, logo acima dos mamilos. Elas sempre a lembravam daquele jovem monge, Yuanguang. O tempo havia deixado seu rosto jovem mais bonito. Naquela noite, ela sonhou com uma janela se abrindo silenciosamente em uma noite muda. Uma grande sombra iluminada pelo luar se movimentou pela parede. Então, viu um enorme pássaro voando lentamente até ela. Estranhamente, a aparição não lhe causou medo, talvez porque o pássaro fosse calmo e seus olhos pacíficos. Mas sua visão foi interrompida quando o pássaro se deitou ao seu lado. Depois de olhar para o outro lado por um momento, ela pôde ver que o que havia entrado em seu quarto e estava exposto ao seu lado não era nenhum pássaro, mas uma *kasaya*, a vestimenta de retalhos de um monge budista.

Aquela era uma vestimenta conhecida, não só na voz, mas também pelo cheiro. Quando ela acordou, a vestimenta se fora, mas seu cheiro permanecia, um cheiro que, de algum modo, a impeliu a fazer algo incomum. Sondou os escritos de Yadan. Pegou um maço de papéis intitulado *Perguntas & respostas atrás das grades*.

*Ela passeia ao longo de um caminho margeado de árvores, os últimos raios do sol lançando uma sombra solitária. Tem cerca de 20 anos. O destino a condenou à solidão. Na aparência, é muito diferente das garotas desta cidade, essas garotas elegantes, satisfeitas, sentimentais. Seus olhos são profundos e claros e ela projeta um olhar que chama a atenção: ao mesmo tempo curioso, autêntico e resoluto. Busca o conhecimento, e só isso já a destaca de outros de sua geração. Três anos de existência caótica não diminuíram sua visão.*

*O que ela quer fazer?*

*Quer procurar a verdade.*

*Há vários anos, quando ainda era uma estudante, começou sua busca pelas verdades eternas, lendo tudo que pudesse esclarecer alguma coisa. Cruzou com verdades entre aspas ditas por figuras históricas, citações como: "A vida de uma pessoa é valiosa, mas a verdade de uma geração inteira é mais valiosa. Se a morte assegura que a verdade prevaleça, essa morte vale a pena." Profundamente enterrado em seu coração, esse se tornou seu lema. Sim. Morrer em defesa da verdade; como seria glorioso! Está cheia de fantasias românticas sobre derramar seu "coração puro" por seu país.*

*Então, há três anos, naquela manhã inesquecível, o destino a jogou para fora daquela casca rosa e doce de amêndoa, e ela teve sua primeira prova do gosto da vida real.*

*Os melhores anos de sua vida estavam no passado, se foram como em um um pesadelo. O trabalho duro destruiu sua saúde e arruinou sua beleza; a primeira flor de sabedoria e emoção foi esmagada. Mas ela não desistiu.*

*Sua busca por conhecimento continuou. Finalmente, concluiu que a verdade na sociedade é casada com o poder, e que os líderes foram dotados de um poder divino para determinar que o seus pronunciamentos são a essência da verdade. Um cavalo é chamado de veado um dia, mas no dia seguinte volta a ser um cavalo novamente. Eles nunca podem dar uma explicação convincente, mas exigem que todos "obedeçam rigorosamente". No rebanho de seguidores obedientes, não se pode evitar ser apontado como bode expiatório para ser morto. A verdade é brutalmente exterminada e castrada. Ela chora, exige que sua verdadeira identidade lhe seja devolvida. Mas, nesta sociedade, as pessoas inteligentes não brincam com a própria vida. A verdade se torna barata, sem sentido e sem gosto, como um casamento sem amor.*

*A vida está em uma encruzilhada.*

*Uma estrada é lisa, enfeitada de ramos de oliveira, com tapete vermelho, e leva à fama, ao dinheiro, ao status social, ao favoritismo, à conveniência e a uma família feliz e aconchegante. Em resumo, podem-se ter todos os ganhos pessoais. Outra estrada é um caminho sinuoso, esburacado, cheio de moitas; com tigres, leões e lobos à espreita, escondendo-se pelo caminho. Essa estrada leva a uma vida perigosa, dores físicas intermináveis, tortura mental, listas negras desconhecidas, ataques maliciosos, prisão e desastre para as famílias e seus descendentes. Nessa estrada, não há conforto, não há felicidade pessoal à vista.*

*Mas anos depois, dez ou mil anos depois, a história — o honorável juiz — trará o julgamento merecido. Existem sempre dois modos de viver a vida: um é curto, o outro, eterno, como o sol e a lua.*

*Que caminho seguir? É hora de escolher.*

*— A estrada é vasta e longa, devo buscar em todos os cantos — ela murmurou, como o poema de Qu Yuan, passeando no crepúsculo cinzento.*

*Subitamente, ouviu uma onda de cantos misturada com a brisa.*

> *"Sentir a dor de não ter liberdade*
> *Você perdeu vida gloriosa.*
> *Em nossas duras lutas,*
> *Corajosamente você sacrificou a cabeça..."*

*Era uma voz masculina, deprimida, baixa e cheia de emoção. No meio da brisa leve, a canção era muito tocante.*

*O que era aquilo? Cantando essa canção naquela hora e naquele lugar? Seria uma ilusão? Ela parou e escutou atentamente.*

*"Corajosamente, você sacrifica a cabeça corajosamente..."*

*A canção ficou mais baixa, como se o cantor estivesse intoxicado pela própria voz. Ela nunca ouvira som tão tocante e triste. Ficou de pé, seu sangue quente tremendo de fraqueza. Não sentia tanta emoção havia muito tempo.*

*"Sacrifício Glorioso." Ela conhecia a canção. Ficou famosa durante a luta dos soviéticos contra os fascistas. Agora ela era movida por uma forte curiosidade, alheia à escuridão que descia e ao ar frio da noite infiltrando-se em sua carne. Ela queria saber quem, nesse deserto campo de tiro ao alvo, cantava a "canção proibida" sem medo.*

*Saltando por cima de arbustos selvagens e até um fosso, chegou a uma casa lúgubre. Estava fria e dilapidada, mas silenciosa e escura. Desde que o campo fora fechado, ninguém ia até lá, muito menos uma garota querendo ficar sozinha no escuro. Para ir àquele lugar ela precisaria ser corajosa.*

*A canção parou de súbito. Um silêncio mortal se fez em volta; árvores altas e negras como animais selvagens balançavam-se ao ar frio, criando um suave som de esguicho. Na sombra misteriosa, parecia haver uma pirâmide de olhos, e uma sensação de medo a envolveu.*

*Prendeu a respiração e olhou pela cerca de ferro. Sob a pálida luz da lua, atrás das grades, havia uma figura alta e jovem. Assustada, de repente lembrou dos boatos sobre um importante criminoso preso ali.*

## 5

— Yadan, quero ver o mundo fora deste quarto.

— O mundo lá fora é horrível. É melhor que você não o veja.

— Mas é igualmente horrível dentro do quarto, se ficar nele o dia todo.

— Comparado ao mundo exterior, aqui é mais seguro.

— Não quero segurança.

— O que quer, então?

— Eu... eu quero procurar, quero descobrir...

— Você vai descobrir que não encontrará nada.

— Mas tenho procurado. O que quero encontrar pode não ser visível, podem não ser coisas que têm forma.

— Mas, depois que sair do quarto, poderá não ser mais capaz de entrar de volta.

— Por quê?

— Nem todo mundo tem essa sorte: ser capaz de ir e vir livremente. A porta deste quarto é um começo para você.

— Então que tipo de pessoa recebe essa boa sorte, de poder entrar e sair a qualquer momento que quiser?

— Alguém que praticou a disciplina religiosa.

— Alguém como você?

— Não; sou totalmente inadequada.

— Então preciso me submeter a essa disciplina religiosa.

— Terá que pensar nisso com cuidado. Nem todo mundo pode fazê-lo com sucesso. O rei Macaco, Sun Wukong, foi o único que conseguiu usar as pílulas do forno da imortalidade de Laozi para chegar ao Nirvana.

— Você quer dizer que, se eu não conseguir terminar a disciplina com sucesso, acabarei como um monte de pó?

— Sim. Você não lamentaria isso?

— Não, eu não lamentaria.

## 6

Aos olhos de Yu, Yadan tinha mudado. Não era mais uma garota comum, magra da cintura para cima, um pouco mais cheia depois dos quadris, como um cântaro de madeira cheio de nervuras, daqueles usados pelos camponeses no norte da China, e com um rosto comum. Do nada, a garota que escrevia *Perguntas & respostas atrás das grades* tinha se tornado um enigma.

Foi Yadan que levou Yu para o mundo exterior. Era uma noite de primavera, época em que tantas coisas começam. Ambas respiravam a estação no ar. Yadan tirou a blusa, levando-a ao nariz e inalando-a.

— Tem cheiro de primavera; consegue sentir?

Então, de mãos dadas, elas caminharam para dentro da escuridão. As costas de Yu estavam curadas. Yadan sentiu como se a pessoa que puxava pela mão não tivesse peso, flutuando irregularmente como um espírito ao vento. Só os seus olhos tinham substância, iluminando este ou aquele caminho, brilhantes e capazes de refletir luz no escuro.

Entraram juntas em um *hutong*, uma viela na parte ocidental da cidade. Bem adiante, entraram em um pátio, diante do qual havia uma sala com janelas iluminadas, onde Yu podia ver muitas pessoas, algumas sentadas, algumas de pé. Yu estava um pouco assustada e ficou logo atrás de Yadan, olhando atentamente para os estranhos na sala. Um rosto muito bonito e familiar surgiu de repente. Ele devia ter sido careca, mas agora o cabelo preto crescera ordenado. Ficou perplexa e seu coração começou a bater rapidamente. Quem aparecia diante dela era um ser de uma vida anterior, visível na claridade. Estava despreparada para aquele momento. Lembrou-se do sussurro indeciso: "Aquilo que você esperou tanto está para chegar. Era esse homem o que esperava?

Era Yuanguang.

## 7

— Conheço você. Você é Yuanguang — ela disse.

— Não me chamo Yuanguang. Sou Zhulong — ele respondeu, ligeiramente espantado.

Sorrindo por dentro, Yu pensou, qual é a diferença? Seja Yuanguang ou Zhulong, ainda é ele; não pode ser ninguém mais. É o monge do templo Jinque, na montanha Xitan, o homem que fundiu seu corpo com o dela e depois gravou duas flores de ameixeira, que tinham ficado azuis, acima de seus mamilos. Ela pensou ter encontrado a pessoa que poderia tirar a foto da sua tatuagem.

Então, Yu ficou espantada ao ver Yadan, aquela Yadan sem graça, abrir-se como uma flor, chamativa como o crisântemo, ou alguma planta de muitas cores e folhas grandes. Ela também resplandecia, tão quente que se podia sentir seu calor de longe.

Ela e Zhulong pararam no meio da sala e iniciaram um diálogo que Yu não conseguiu entender:

Yadan (a voz excitada, trêmula): Diga-me, quem é você? Por que está aqui?

Zhulong: Sou um homem condenado à morte. Eles me puseram aqui para ficar longe do mundo.

Yadan (mais agitada ainda, os olhos inflamados): Por que... Por que foi sentenciado à morte?

Zhulong: Não pergunte. Você é jovem demais para saber.

Yadan (insistindo, em lágrimas): Não, eu quero saber. E não sou tão jovem. Entendo tudo.

Zhulong: Baixe sua voz. Há guardas por perto.

Yadan olhou em volta; Yu instintivamente também se virou e olhou. Do lado de fora havia apenas as sombras negras das árvores balançando-se ao vento.

Zhulong: Pensei que a jornada da minha vida acabaria aqui sem que ninguém soubesse. Não me ocorreu que Deus me daria uma oportunidade de me expressar pela última vez. Você deve estar assustada por me ver assim. Isso é porque os jovens estão acostumados a ver coisas bonitas e ouvir propaganda positiva. Não querem ouvir, ver, ou acreditar no que é mau, feio e sombrio.

Yadan: Não! Eu não sou assim!

Zhulong: Está bem, contarei minha história a você...

Então, Yu ouviu um homem barbudo próximo a ela gritar:

— Pare! Esta parte terminou. Agora comece novamente de "Dê-me um ponto de apoio". Comece de novo!

Então Yadan e Zhulong trocaram de lugar. O rosto de Yadan estava tão vermelho que ela parecia sangrar.

Zhulong: Lembre, Arquimedes disse: "Dê-me um ponto de apoio e eu moverei o mundo". Acredito que, na política, a liberdade de expressão é apenas a base para a alavanca. Embora não seja tudo, é a mais visível, essencial e fundamental das liberdades, a liberdade da qual dependem todas as outras. Aqueles que se opõem a esse discurso têm medo de que a livre expressão solape os fundamentos da ordem estabelecida; eles, na verdade, acreditam que pensamentos errados são mais poderosos que os certos.

Yu achava essas ideias difíceis de entender; também ficava intrigada com a transformação de Yuanguang em Zhulong, embora ele conservasse elementos de sua existência prévia: seu rosto, mãos, e até seu cheiro e a expressão entediada.

Zhulong: Vou parar por aqui, já disse muito... Vai chover, corra para casa. (Como se para comprovar a predição, do fundo veio um ruído de trovão de tímpanos e o choque de címbalos. Yadan assustou-se e caiu nos braços dele.) Depressa! Vá!

Yadan: Por quanto tempo terá de ficar aqui?

Zhulong: Não muito. Estará tudo acabado às 4 da manhã.

Yadan (subitamente em pânico, arquejando rapidamente): O quê?!

Zhulong: Você... O quê?

Yadan: Estou pensando... Devíamos morrer juntos! Ao menos uma vez em nossas vidas devíamos ser verdadeiros conosco mesmos, fiéis à nossa identidade! Esta é a hora!

Naquele momento, os tímpanos e címbalos soaram muito alto, e a batida era muito mais rápida. No fundo, um coro começou a cantar, mas não em uníssono.

*Primeiro homem:*

*O fedor do sangue e da morte está em toda parte,*
*Golpes são desferidos, mas não encontram alvo.*

*Primeira mulher:*

*A noite se alastra sem parar,*
*A tempestade assume o controle.*
*Mas o vento não pode mais uivar.*

*Segundo homem:*

*A lua, tão velha, muito velha,*
*Que eu também possa ser tão velho.*

*Segunda mulher:*

*Você é um ferimento gracioso,*
*Seu coração flutua ao luar de meados do outono,*

*Nem um fiapo de nuvem vermelha.*

Então, subitamente, Yu ouviu uma voz clara:

*Humilhação é a senha do humilde,*
*Nobreza, o epitáfio dos nobres.*

As luzes se apagam, a cortina desce. É uma cortina muito pesada, impenetrável à luz e ao som, uma barreira que separa Yu da peça.

## 8

Muitos anos mais tarde, nos Estados Unidos, vi uma peça chamada *Viúva negra*, apresentada em um famoso teatro. Lá vi também uma escultura de prata pura, junto à qual ficava um mexilhão imenso de metal. Era, na verdade, uma armação de metal, e plumas negras estavam coladas nela na forma de um mexilhão. Dentro dele havia uma mulher nua; o mexilhão abria e fechava lentamente, seu movimento imperceptível, exceto por um leve tremor.

Quando se abriu novamente, a mulher ficou visível. Discreta e silenciosamente, ela se escondia sob uma segunda pele protetora — a pluma negra, que se tornou sua prisão. Era uma espécie de solidão, porém mais uma autoproteção.

A mulher nua se apresentava como uma virgem, e talvez fosse. Uma virgem pode parecer uma mulher da vida, e uma mulher da vida pode muito bem ser virgem. Talvez uma virgem devesse parecer virgem, e uma mulher da vida não devesse tentar parecer outra coisa. Mas dois negativos, um somado ao outro, podem às vezes render um positivo.

Como teria aquele enorme mexilhão que pertencia à minha infância acabado nos Estados Unidos? Vi muitas peças na vida, mas só duas deixaram uma impressão profunda: *Perguntas & respostas atrás das grades* e *Viúva negra*.

## 9

Desde muito pequena, Yadan havia sonhado em se tornar um cavaleiro; sim, um cavaleiro mulher. Quando tinha apenas 8 ou 9 anos já podia recitar poemas escritos por uma mulher do século XIX, Qiu Jin.

*É por nossa culpa que nosso país esteja em tumulto,*
*Que eu tenha de vagar sem teto por toda parte,*
*Meu sangue fervendo, com medo de olhar em volta,*
*Meu intestino frio como flores de primavera congeladas.*
*Eu daria tudo por uma boa espada,*
*E trocaria minhas lindas roupas por vinho;*
*Meu sangue fervente rugindo em fúria,*
*Ameaçando tornar-se uma abrangente onda azul.*

Aquela expressão forte, "sangue fervente", aparece frequentemente nos poemas de Qiu Jin, e Yadan descobriu que ressoava como seus próprios sentimentos. Mais tarde, foi o "sangue fervente" que a arruinou.

Quando tinha 14 anos, em meio a brincadeiras brutas com alguns meninos, um súbito jorro de sangue fervente saiu dela. Surpresa e envergonhada, se apoiou em um muro, com mãos nas costas, anunciando: "Não estou brincando mais."

Mas os garotos não desistem de seus jogos tão facilmente, e a empurraram e puxaram de volta. Enquanto escorregava até o chão, começou a chorar, mas, mesmo assim, eles persistiram, arrastando-a e amedrontando-a, e aquilo continuou até ser quase noite. Só então ela se afastou do muro, sabendo que o "sangue fervente" havia ensopado suas roupas.

Dali em diante, Yadan viveu com seu segredo, lidando sozinha com uma situação para a qual sua mãe não a havia preparado. Não existiam livros sobre o assunto na época. Às vezes, quando o sangue devia vir, mas não aparecia, ou nos dias em que devia parar, mas não parava, ela experimentava uma ansiedade terrível, e dores.

Não conseguia manter seus "pensamentos puros enquanto estava sozinha", como Confúcio aconselhara. Quando sozinha, sentia um irresistível desejo de explorar e acariciar o próprio corpo, que mudava silenciosamente. Em certa noite de lua cheia, tirou a roupa e abriu a cortina, deixando um brilhante raio de luz iluminar seus seios, que cresciam rápido — como porcelana, ela pensou, só que flexíveis. Massageando os dois, sentiu um aumento repentino de corrente, como eletricidade, e uma excitação intensa se apossou dos mais profundos recessos do seu corpo, mas centralizada exatamente lá! Quando tocou naquele ponto, a corrente elétrica aumentou de novo, e de novo, e uma súbita chama de excitação expulsou todas as outras sensações até que ela começou a estremecer, se contorcer, tremer da cabeça aos pés. Passaram-se dez minutos inteiros antes que ela recuperasse o equilíbrio, e, então, desejou nunca ter cedido ao jogo. De fato, tão imensa foi a vergonha, que resolveu nunca mais ceder novamente a um ato tão terrível. Mas o desejo era tão grande que não pôde resistir à sua atração. Quando a menstruação seguinte veio e as vontades voltaram, ela repetiu a massagem, com o mesmo resultado.

Só dez anos depois Yadan aprendeu que esse fenômeno tinha nome — orgasmo feminino. Era um sentimento de prazer e satisfação como nenhum outro; mas muitas mulheres, ela soube, nunca o experimentariam. Não eram necessárias duas pessoas, nenhuma necessidade de procurar até o fim do mundo a outra metade criada por Deus; nenhuma necessidade de seguir os procedimentos criados pela sociedade civilizada. A coisa toda era tão simples! Pode ser a alegria e a dor de uma só pessoa, a diversão e o sacrifício de uma só pessoa — só dela. Anos mais tarde, Yadan percebeu o profundo amor dado a ela por Deus; embora muitas pessoas não achem a chave para a porta secreta durante a maior parte da vida, Deus lhe concedera a habilidade de achá-la ainda muito jovem.

Infelizmente, a diversão tem um preço. Vários anos depois, Yadan percebeu que parecia envelhecer mais rápido que outras mulheres; isso seria resultado de suas atividades secretas? Poderia afetar a pele de seu rosto e fazer seus seios ficarem caídos e chatos? Ela acreditava que sim, mas não conseguia controlar seu desejo. Achava que a única forma de administrar o problema seria encontrar um homem para amá-la, alguém que pudesse lhe dar amor, não apenas sexo. Alguém que também amasse. Amor e sexo são duas coisas diferentes. Sexo nascido do amor é diferente de sexo pelo sexo. O homem que pudesse amá-la iria, sem dúvida, resgatá-la.

Mas, por muitos anos, o homem que poderia amá-la não apareceu. Ela achava que parecia muito mais velha que sua idade. E, então, aos 25 anos, conheceu Zhulong, o homem por quem esperava.

## 10

As pessoas da peça, inclusive Yushe e Yadan, viajaram a uma cidade nos subúrbios, a mais de cem quilômetros de distância. Estavam todos montados em bicicletas gastas, cantando e rindo enquanto pedalavam pelas estradas. Eram jovens e saudáveis, e seus hormônios — mesmo que naqueles dias nunca tivessem ouvido falar em tal substância — aumentavam sua vitalidade.

No caminho se depararam com um lago enorme. Bosques de frutas cítricas se amontoavam às margens. Cercando grande parte do lago havia um muro desabado, com videiras subindo pelos lados e rachaduras. Peixes escondiam-se sob as grandes folhas que tocavam a água. Acima dela, tordos se ocultavam à sombra das árvores; tudo estava em paz e silencioso. Yu viu Yadan trocando-se e vestindo a roupa de banho, que a deixou parecendo uma magnólia, o corpo cheio, branco e bonito. Os seios firmes e redondos mostravam-se claramente através do tecido e eram visíveis em todos os contornos. Ela nadava logo atrás de Zhulong e os dois se afastaram. Yu escorregou para dentro da água.

Embora não soubesse nadar, Yu achava a água relaxante; era como circular aquele outro lago que estava cheio de histórias da sua infância. Ali a água batia acima de seus ombros, como um cetim frio e macio tocando levemente sua pele. Ela se sentiu contente, capaz de se movimentar graciosamente e sem dificuldades em qualquer direção. Movendo os braços, sentiu como se voasse pelo céu, depois parasse para descansar sobre as nuvens, que, de alguma forma, haviam mudado de branco para azul, levantando-se e caindo. Pela água ao redor e acima dela, podia ver que o sol mergulhava aos poucos e parecia fazer isso no mesmo ritmo em que a água subia e descia.

Ela girou os dedos dos pés no fundo arenoso, flexionou as pernas para cima e para baixo, e novamente sentiu o cetim da água acariciar todo o seu corpo; era um momento de beleza tranquila sem precedentes. O calor circulava dentro de seu corpo e seu sangue estava sendo purificado; seus órgãos estavam sendo lavados, e também os meridianos da acupuntura, aqueles canais por onde flui a energia vital. Na quietude, ouvia centenas e milhares de vozes, como se viessem de uma orquestra sinfônica; ouvia a fuga da alma universal.

Aquela música e Yu pareciam já se conhecer antes desse momento. Portanto, ela esqueceu o tempo, esqueceu sua própria existência e não percebeu que o crepúsculo chegara ao lago. Mas um homem de pé na margem a observava além da água tão clara que até mesmo à luz das estrelas conseguia-se enxergar o fundo. O homem viu uma sombra pura e branca, silenciosa como a lua. Quando uma estrela caiu próxima a ela, o homem pôde ver seu corpo inteiro, com todos os vasos sanguíneos e órgãos, translúcido como uma água-viva.

Mas nada disso o espantou. O que atraía seu olhar era a tatuagem das costas nuas, um trabalho de rara perfeição, e as duas flores de ameixas nos seios. Sua memória foi estimulada por elas; lembrou que, em um sonho, há muito tempo ele havia conhecido uma garota. Ficou encantado com o seu comportamento suave, combinado com seu autoconhecimento, clareza e confiança, e com seus olhos expressivos. Ela parecia incapaz de viver neste mundo, a garota que o fazia chorar em seus sonhos. Como pôde ser jogada neste mundo tão duro e brutal?

O homem estava de pé em silêncio, aquele homem chamado Yuanguang ou Zhulong, afastado do mundo, perdido em pensamentos.

## 11

Tarde da noite, a garota chamada Yushe saiu do lago, seu cabelo espesso pesado com a água, que escorria por suas costas e coxas. Sua cintura era tão fina que parecia o gargalo de um vaso. Seus seios eram pequenos, cones perfeitos, e a parte de baixo de seu corpo emergia em uma curva longa e suave. Quando andava, duas linhas sinuosas pareciam cintilar e lançar faíscas quando a luz das estrelas refletia nas bolhas de água. A cerca de vinte passos de Zhulong, ela parou.

Embora a garota estivesse totalmente nua e exposta, Zhulong não foi tocado pelo desejo; esse fantasma aquoso não poderia despertar paixão humana. Se o luar pudesse durar um ano e, assim, abrir um lírio d'água, o resultado seria parecido: frágil, orgulhoso, intocável. As flores de ameixa nos seios, banhadas pelo luar, irradiavam sabedoria, como as palavras de Buda:

*Os olhos dela são como faróis de um amor transcendente,*
*Seus braços, bonitos como romãs douradas,*
*Os lábios suplicam silenciosamente à luz coral;*
*Finalmente, ela sai por aquela porta,*
*Logo entra no rio em que lavou a alma,*
*E brilha novamente como uma pedra branca na chuva.*
*Sem olhar para trás,*
*Ela nada para o vazio, para a morte.*

*Somente os peixes podem experimentar a liberdade completa,*
*De seu silêncio criamos vaidade,*

*O sucesso desta era nos traz a um beco sem saída.*
*Sabedoria não é acaso, embora as árvores o possam ser,*
*Aqueles que estão surpresos não são imperadores,*
*Mas dinossauros.*

— Qual é o seu nome?

— Yu.

— Por que Yu? Penas destacadas de asas não voam, apenas flutuam ao sabor da brisa, porque o vento controla a mão do destino.

— E você? Por que se chama Zhulong?

— Zhulong é Zhurong, o antigo deus do fogo. Minha missão é trazer luz para a escuridão. Yu, nos conhecemos de algum outro tempo?

— Sim, já o vi antes.

— Dia e lugar? Você lembra?

— Certamente. Templo Jinque, montanha Xitan... depois de uma grande tempestade de neve. Mestre Fa Yan. Você deve se lembrar dele. Ou da minha tatuagem, certamente lembra dela?!

Quase zangada, Yu virou-se, mostrando as costas para Zhulong.

O homem chamado Zhulong olhou atentamente à luz da lua. Uma serpente emplumada se enrolava na coluna vertebral dela. Ele sentiu uma dor súbita, mas não disse nada. Não queria dizer nada.

Vendo a expressão dele, Yu sentiu seu coração quebrar pedaço por pedaço. Ela e esse homem tinham sido tão próximos, tão íntimos, que os contornos dele se fundiram aos dela e seus corpos se tornaram um. A expressão dele, seu cheiro, o suor de seu rosto se misturara ao dela. Foi ele quem tirou dela aquelas gotas de sangue virgem; os dois juntos poderiam ter criado vapor em meio à neve cristalina. Mas agora a neve cedera caminho ao luar, e o que era frio continuou assim. Ela devia reconhecer essa realidade: ele não a reconhecia.

— Gostaria de pedir a você que tirasse uma foto minha.

— Por quê?

— Quero ver a tatuagem.

— Está bem. Sua tatuagem é muito bonita.

Neste momento, Yadan surgiu das sombras. Poucas palavras destruíram a ilha de âmbar.

— Yu, vista-se rápido! Quer que a patrulha de segurança prenda você?

Yadan emergiu inteiramente das sombras; como um caçador irado, lançou-se contra a cerca que confinava a presa.

# Capítulo 8 | A PRAÇA

## 1

Ruomu tinha 26 anos ao entrar para a universidade. Segundo ela própria, seu bem-relacionado pai oferecera dinheiro à instituição. Décadas depois, Ruomu insistia em dizer que conseguira a vaga passando nos exames. Shu'er, a criada pessoal, defendia a patroa, dizendo que as críticas eram fruto da inveja. Shu'er, que nunca se casou, foi sempre completamente leal à patroa. Na família, era chamada irmã Tian depois dos 30 anos, e tia Tian depois dos 40.

Talvez Ruomu tenha mesmo passado nos exames, porque durante todo aquele verão, depois que Meihua foi forçada a se casar com o criado, ela se fechou em seu quarto de vestir, branco como a neve, e não passou da treliça de parreiras do lado de fora. As únicas que podiam entrar eram a mãe e Shu'er. Por muitas semanas, Shu'er queimou incenso de âmbar-gris após limpar o quarto de Ruomu para disfarçar seu mau cheiro. Ela não sabia que era o cheiro da própria Ruomu, causado pela drenagem de um cisto infeccionado na axila, que ela coçou até que se abrisse. Todos os dias, Ruomu usava um pó que lhe fora dado como desodorante pelo amigo e médico belga do pai.

No primeiro dia de aula, Xuanming seguiu a filha até a classe. Ruomu sentou-se na fileira da frente, a mãe plantou-se na última e, tirando o bordado, começou a trabalhar nele despreocupadamente enquanto ouvia a aula. Estudantes que tinham ouvido falar no que acontecera a Tiancheng se viraram espantados, pensando que ela sofria de um de seus episódios mentais. Mas Jing, o professor, era conhecido como um homem franco na Universidade Jiaotong. Vendo a mulher do diretor de departamento em sua aula, aproximou-se dela. Apesar de esforçar-se para conter a raiva, explodiu:

— Senhora, vá para casa!

A agulha dela movimentava-se primorosamente e, sem levantar os olhos, disse apenas:

— Por quê? Eu o incomodo?

— Não, minha senhora, mas esta classe não está aberta para qualquer um!

O professor Ma lamentou essas palavras assim que escaparam de sua boca. A mulher do diretor tinha um temperamento tempestuoso; podia ser uma grande inimiga.

Ao menos daquela vez, Xuanming se controlou. Deu um grande sorriso malicioso, dizendo:

— Sr. Ma, eu só tive tutores particulares. Nunca pus os pés numa sala de aula e estou achando muito interessante.

Ela pediu ao estimado professor que fosse generoso com ela e ofereceu-se até para pagar as aulas.

Ma Jing ficou sem palavras. Daquele dia em diante, a Classe Dois do Departamento de Administração da Universidade Jiaotong tinha um aluno extra — uma velha senhora, estudante temporária. Ela estava sempre escrupulosamente limpa, mesmo na época em que sofria colapsos mentais. Quando ficava doente, alguém telefonava para Heshou. Embora não escrevesse ou ligasse, ele mandava dinheiro suficiente para pagar o tratamento e uma comida melhor para Xuanming e a filha. Elas viviam com uma dieta de brotos de feijão, a única coisa disponível. Pela primeira vez em muito tempo, Xuanming sentiu a importância de ter um homem em sua vida, mas não iria render-se a ele por isso. Poupou seus brilhantes dólares de prata e usou o dinheiro para abrir uma lojinha, vendendo gêneros alimentícios e uma curiosa variedade de outros itens, incluindo fronhas bordadas e as túnicas que ela e a filha não usavam mais. O negócio prosperou.

Quando era jovem, Xuanming adquiriu um gosto por roupas em simples tons de terra que lhe davam um ar clássico, mas nunca extravagante. No verão, usava com frequência uma túnica de cetim preto ou uma blusa de linho branco com calças. Mas sua filha conseguia ser moderadamente exuberante, chegando às vezes a usar uma túnica de cetim com plumas cor de pera dourada, bordado em baixo-relevo, exibindo um rabo de pavão enfeitado com fios verde-escuro e prata de tom claro. Outra das suas túnicas acetinadas era vermelho-claro, com um broche de cristal em forma de coração no colarinho. Às vezes Xuanming vestia a filha com uma blusa de seda bege e calças combinando, mais um xale de seda escuro estampado com desenhos florais. Mas a variedade e o bom gosto pessoal de Xuanming não pareciam ajudar a filha. Das quatro mulheres na turma de trinta só Ruomu não tinha namorado.

As outras mulheres eram Guan Xiangyi, Mengjing e Shao Fanni. Guan Xiangyi, rica e cosmopolita, era mais velha e havia ficado noiva de um professor Wang da universidade antes de se inscrever nas aulas. Estudante mediana, era gorda, mas bonita, delicada e articulada. Nada a aborrecia e qualquer roupa lhe caía bem. Logo se tornou a convidada preferida de Xuanming; qualquer coisa que a estivesse aborrecendo logo desaparecia na presença alegre da moça. Xuanming criou o hábito de preparar pratos deliciosos para Xiangyi em troca das grandes histórias da garota. Ruomu não se comovia com as histórias, mas todos os outros estudantes tinham uma agradável inveja do assento de Xiangyi à mesa de Xuanming.

Mengjing era a mais bonita das quatro. Filha única de um relojoeiro, um viúvo que a adorava e a estimulou a frequentar a universidade para ter uma vida melhor. Mimada na juventude, era um pouco conservadora. Às vezes, perturbava-se com coisas pequenas. Outros ignoravam isso, mas Ruomu lhe dava respostas cáusticas mantendo um doce sorriso, para que Menhjing não pudesse justificar uma explosão de raiva. Além disso, Mengjing tinha sido profundamente apaixonada pelo irmão mais novo de Ruomu, Tiancheng, o que lhe dava outro motivo para não brigar com ela. Mas sua petulância e irritabilidade estavam ali para todos verem, enquanto Ruomu era calculista e complexa, cada camada protegendo a seguinte, isolando seu eu verdadeiro.

Para Ruomu, Shao Fenni era a mais difícil das três. Era também a mais inteligente e talentosa — sempre à frente no trabalho escolar e pianista habilidosa. Era capaz de ir além da superfície e saber exatamente o que você estava pensando, ou o que ia dizer. Tinha lindos olhos, nariz delicado, bonitos lábios e um inviolável ar aristocrático, mas não poderia ser descrita como bonita. Seu rosto tinha uma coloração amarelada que a fazia parecer perpetuamente doente. Durante as aulas, puxava um lenço e tossia nele suavemente. Fenni fazia Ruomu se lembrar de Lin Daiyu, a personagem feminina principal — e trágica — do romance chinês clássico *O sonho do quarto vermelho*.

E, assim, Fenni era o foco das atenções dos estudantes masculinos na aula de administração de Ma Jing. Xiangyi era articulada, bem organizada e segura de seu status de noiva do professor Wang. Como resultado, era profundamente respeitada por todos. Mengjing, jovem e bonita, era geralmente tolerada, apesar de seus ocasionais ataques de raiva. Mas Ruomu, pobre Ruomu, parecia fracassar em todos os cálculos, o que instilava nela um sentimento de inferioridade. Às vezes, queria tomar a iniciativa de se socializar com os estudantes homens, mas não encontrava confiança, a única coisa necessária ao empreendimento. Talvez tudo isso fosse um resquício de seu "primeiro amor decaído".

Mas não era o caso de Xuanming, uma personalidade forte durante toda a vida, que nunca batia em retirada sem uma boa briga. Sua presença constante na vida dos estudantes mudou a equação. Durante quatro anos, ela se sentou à mesma mesa, os pés bonitos e pequeninos sob ela, aparentemente concentrada no bordado e na aula, mas nada nem ninguém escapava dos seus olhos perspicazes e observadores. Aqueles olhos estavam bem escondidos, como um periscópio sob o mar. Sua sala de estar escrupulosamente limpa tornou-se o salão informal da classe, onde, nos feriados e durante os festivais, ela recebia outras pessoas da universidade, assim como os colegas mais próximos da filha. Cozinhar nunca era difícil; podia fazer pratos da primeira classe de Hunan, precisando da ajuda de Shu'er apenas nos detalhes. Era por isso que, embora tivesse quase 30 anos, Ruomu não sabia fazer sequer uma simples tigela de sopa de macarrão.

Àquela altura, a Universidade Jiaotong havia sido transferida para Qiao Jia'ao, na remota província de Guizhou, para fugir da guerra contra o Japão, no norte da China. De algum jeito por quatro anos Xuanming fez pratos extraordinários para todas aquelas pessoas em um pequeno fogão a lenha. Estudantes a ajudavam a preparar o combustível. Durante o período de quase fome, quando brotos de feijão eram virtualmente o único ingrediente disponível em quantidade, Xuanming descobriu meios de combiná-los com pimentas e pedaços pequenos de outras comidas para preparar refeições saborosas, que eram elogiadas por todos os sortudos convidados à sua casa.

Um dia, Xuanming cozinhou um pato inteiro, fervendo-o lentamente o dia todo e combinando-o com gojis, coentro verde, cogumelos negros e raiz de angélica amarela para fazer uma sopa, com gotas de óleo flutuando em cima. A carne de pato estava tão macia que um palito podia cortá-la. Os convidados eram Xiangyi e seu futuro marido, professor Wang Jiewen, chefe do corpo de estudantes da faculdade conhecido como Associação de Companheiros de Hunan, formado por nativos da província de Hunan.

Enquanto desfrutavam a suculenta comida, Xiangyi disse:

— Tia, fiz uma pesquisa sobre o assunto que você pediu.

— E o que descobriu? — perguntou a velha, enquanto punha um aquecedor de mãos, uma pequena garrafa de água quente, nas mãos de Xiangyi.

— Lu Chen tem namorada. Adivinha quem? É Shao Fenni.

— Shao Fenni? Aquele fantasma doente!

Xuanming ficou curiosa com as notícias, mas não surpresa. Shao Fenni tinha o melhor histórico acadêmico entre as estudantes mulheres da classe, era atraente e inteligente, e Xuanming temia que Ruomu não pudesse competir pelo interesse romântico de um homem destacado como Lu Chen. Mas Fenni não estava bem; podia-se ouvi-la tossir em todas as aulas, e Xuanming às vezes punha de lado o bordado, tão perturbadora era essa prova de saúde frágil. Lu Chen parecia não notar e, como líder intelectual dos estudantes, estava naturalmente inclinado a favorecer o destaque entre as mulheres. Mas para Xuanming, o "amor" incipiente entre pessoas jovens não era mais que um jogo de criança, sujeito às marés das emoções imaturas.

O professor Wang arrotou do fundo do abdome, sinal certo de ter comido um pouco mais que o necessário. Depois pegou seus pauzinhos para mais um pedaço e ficou profundamente concentrado no início da sua deliciosa jornada desse pedaço pelo seu sistema digestivo.

— Neste domingo, a Associação de Companheiros de Hunan vai dar seu grande baile, certo?— perguntou Xuanming. — Vamos fazer dessa uma ocasião para pôr Lu Chen e minha filha juntos!

As palavras de Xuanming teriam um efeito decisivo no futuro da família.

Lu Chen era unanimemente visto como o melhor estudante de toda a Universidade de Jiaotong. Isso foi descoberto por Xuanming após uma semana como aluna-ouvinte. Logo, fez perguntas sobre a família e o passado dele e, depois, o observou cuidadosamente durante três anos.

Satisfazer Xuanming não era fácil.

## 2

O tempo esfriava e, como se os céus conhecessem os planos de Xuanming, a doença de Fenni piorou. Um dia, ela foi ao médico sem avisar Lu Chen e se encontrou com Xiangyi. Xiangyi olhou para ela com preocupação amorosa, dizendo:

— Você se parece cada vez mais com a doente Xi Shi, nosso antigo modelo de bela mulher. Por que Lu Chen não está com você?

Fenni cobriu a boca com o lenço e tossiu duas vezes.

— Não posso pedir que me acompanhe — disse. — Na verdade, eu queria evitá-lo. Minha doença não é uma coisa de um dia ou dois. Por que perturbá-lo com meu problema? Além disso, ele está ocupado ensaiando para o espetáculo.

— Você pensa mesmo só nos outros — Xiangyi sorriu. — A maioria das mulheres se agarraria ao namorado, sem se importar com mais nada.

Fenni ficou profundamente impressionada com o comentário. Forçando um sorriso, disse:

— Irmã Xiangyi, você esteve comigo o tempo todo, por favor, diga a verdade: se isso acontecesse com você, o que faria?

O rosto de Xiangyi ficou mais carinhoso:

— Não penso nas coisas de uma forma tão complexa. Sou inclinada a simplificar meus problemas e depois agir de um jeito ou de outro. Se fosse você, tiraria uma licença de um ano, voltaria para Hong Kong para me recuperar completamente, depois retomaria os estudos. Qual é a pressa? Se Lu Chen não pode passar no teste da separação, então talvez o amor dele não seja tão grande como deveria ser para que passem suas vidas juntos. Concorda?

Os olhos de Fenni encheram-se de lágrimas.

— Acho que sim.

Xiangyi segurou a mão de Fenni e ficou surpresa ao perceber o quanto era lisa, fria e firme, quase metálica. Em comparação, suas próprias mãos pareciam mais massa de farinha — brancas, macias e quentes. Desde que entrou para a universidade, Xiangyi entendeu que passaria a vida trabalhando para a estrada de ferro, que aquela seria sua tigela de arroz, sua fonte de sustento. O pai de Ruomu, Qin Heshou, trabalhara durante várias décadas no sistema de ferrovias; sua rede de contatos era como as linhas férreas, estendia-se por todo o país, de forma abundante e complicada. Xiangyi não conhecia um só estudante de sua classe que pudesse escapar dela. Então devia ficar do lado certo, com Xuanming e Ruomu.

Xiangyi acenou com a cabeça ante a decisão sensata de Fenni.

— Sempre soube que você faria a coisa certa para si mesma e os outros quando pensasse a respeito. Vamos visitar tia Xuanming para pedir que cozinhe alguma coisa deliciosa para você.

Fenni ergueu a cabeça, revelando lágrimas brilhantes. Não era fraca, mas a doença podia drenar a força de qualquer pessoa.

— Não, irmã Xiangyi. Minha doença não é bem-vinda na casa dos outros. Por que chatear tia Xuanming?

Mas Fenni não pôde resistir à persuasão de Xiangyi. Assim que entraram na casa de Ruomu, uma lufada de ar acariciou seu olfato. Xuanming passava em uma fritura rápida o recheio dos bolos de lua. O festival do meio do outono estava perto e ela já cuidava dos preparativos. Fazia 12 tipos de bolo de lua, recheados com muitos ingredientes diferentes: flores de louro e açúcar, longanas secas, massa de feijão vermelho, massa de semente de lótus, presunto, toucinho defumado, taro, massa de tâmara, cinco nozes diferentes, coco esfiapado e gemas salgadas de ovos de pato. Fez os bolos no formato dos 12 animais do zodíaco e os colocou em um instrumento simples de fritura, numa folha de metal suspensa sobre o pequeno fogão a carvão. O resultado seriam bolos de lua com gosto totalmente diferente dos comprados em loja. O recheio frito daqueles bolos se tornou o assunto da Universidade Jiaotong; sua fragrância tomou todo o caminho até a pequena loja de Xuanming, perto do seu apartamento, e ficou lá por dias. Qualquer pessoa que chegasse podia sentir o cheiro e depois dizer: "A Sra. Qin está fazendo o recheio frito dos bolos de lua. O festival de meados de outono está chegando."

Fenni não ficava feliz na época do festival. Preocupava-se com a mudança de estação, especialmente com o clima à frente. Desde o fim do verão sofria de uma leve febre. Ultimamente, tinha começado a ver sangue em sua saliva, sem contar a ninguém. Seus pais lhe pediram que voltasse para casa durante o festival, mas ela hesitava. Agora tudo parecia claro.

Fenni escolheu um bolo de lua recheado com gemas salgadas de ovos de pato e, depois de uma mordida, não parou de elogiá-lo. Xuanming colocou rapidamente em seu prato mais dois bolos recém-saídos do fogão quente e pediu às garotas que ficassem para comer. Depois de vários protestos, Fenni concordou em comer só mais um, recheado com flor de louro e açúcar. Deu uma mordida, mas não conseguiu terminar.

— Não está bom? — perguntou Xuanming.

— Muito bom — disse Fenni. — Acho que não posso comer porque não me sinto bem.

— Sei que sua saúde é fraca — disse Xuanming. — Usei apenas óleo vegetal, que é mais fácil de digerir. Ruomu só consegue comer dois pedaços em uma refeição, e ela não é tão saudável quanto você. Hoje, você deve comer este pedaço sem se importar com mais nada.

Fenni, então, teve de terminar o bolo de lua e tomar um pouco de chá.

— Você é uma garota muito boa — disse Xuanming.

— Onde está Ruomu? — perguntou Xiangyi.

Xuanming apontou em direção ao quarto de dormir. Xiangyi e Fenni riram ao entrar. Ruomu era uma figura cômica, toda cotovelos e quadris, metade na cama, metade fora, folheando uma edição velha de Manon Lescault, um ar alheio no rosto. O sol poente mandava raios fracos pela cortina, levando alguma cor ao seu rosto pálido como cera.

Xiangyi cobriu o livro com a mão e sorriu.

— Ei, sua traça, veja quem está aqui!

Ruomu ergueu os olhos languidamente.

— É Fenni? Por favor, sente-se.

Ruomu estava fingindo. Havia seguido cada detalhe da conversa com Xuanming, e só quando entraram no quarto agarrou o livro de Manon Lescault para usá-lo como biombo e ocultar o próprio rosto. Sua performance havia sido convincente e, agora, mascarada por um olhar estonteado de tédio, examinava Fenni em busca de pistas úteis; nesse jogo, Fenni estava perdendo.

Naquele dia, as encenações da mãe e da filha alcançaram o clímax com a chegada do médico belga. Começou quando Ruomu casualmente comentou:

— Mãe, aquele médico belga que tratou você da última vez... ele ainda está na China? Por que Fenni não tenta com ele?

O Dr. Hoffman se especializara em neurologia, medicina interna e torácica e até ginecologia. Com exceção de pediatria e urologia, era competente para lidar com praticamente tudo. A sugestão de Ruomu imediatamente ganhou a aprovação de Xuanming. E, sem mais uma palavra, Xuanming dirigiu-se ao velho telefone. Fenni observava nervosa enquanto o dial rodava com seus cliques e zumbidos em *staccato*. A jovem usava um velho casaco de lã rosa pálido, a face, normalmente amarelada, mostrando um pouco de rubor. Seu cabelo longo, com permanente, estava enfiado no casaco. Sua aparência lembrava um glamour tardio, senão apagado, como o das flores que se fecham e abrem sem florescer completamente.

Se Fenni fosse mais observadora, teria notado que o médico belga chegou um pouco rápido demais. Mas estava imersa em sua própria gratidão a essas amigas tão prestativas. O médico belga foi cortês e respeitoso e tinha um ar de competência profissional que inspirava confiança. Fenni sentiu-se inteiramente à vontade enquanto ele a inspecionava da cabeça aos pés, empregando todos os instrumentos comuns, levando três horas para testar todos os orifícios habituais. Quando Xuanming trouxe a sopa e o chá, o médico assumiu um ar de extrema gravidade ao anunciar que Fenni sofria de tuberculose e asma bronquial crônica. Ele a aconselhou a parar imediatamente de ir às aulas, e a buscar tratamento. Disse que, se ela não seguisse seu conselho, as consequências poderiam ser sérias.

O rosto de Fenni mudou de amarelo para branco. Ela pegou a tigela de sopa de Xuanming, mexendo-a lentamente com uma colher de porcelana e um olhar de concentração intensa...

Com medo de erguer os olhos, Xuanming e Xiangyi mantinham a cabeça baixa enquanto comiam. Mas Ruomu não conseguiu mais se conter enquanto observava o rosto torturado de Fenni. Tinha medo de que seus lábios torcidos traíssem sua vontade de rir.

Depois que os convidados partiram, Ruomu escondeu-se em seu quarto e se permitiu o primeiro acesso de riso histérico em toda a vida. O som era tão cortante e sinistro que teria sido realmente assustador para qualquer um que passasse por ali. Enquanto isso, Xuanming estava de pé, batendo forte na porta do quarto da filha, como um tambor estranhamente sincronizado com os guinchos vindos lá de dentro, as duas gerando uma cacofonia rara em Qiao Jia'ao.

## 3

Fenni deixou o continente numa noite de ventania, sem lua. Naquela noite, toda a universidade — professores, estudantes e suas famílias e os vários outros empregados dali — reuniram-se no auditório para ver uma ópera de Pequim, *Shi Kong Zhan*, ópera tradicional em três atos encenada na era dos Três Reinados (222-277 a.C.) da história chinesa, interpretada por estudantes. Lu Chen desempenhava o papel principal como o grande estrategista Zhuge Liang. Andando pelo palco, usando um *bagua fu*, o casaco comprido estampado com os oito trigramas do *yin-yang*, e abanando um leque de plumas, ele cantava os versos clássicos, "*Enquanto eu via o cenário da montanha do muro da cidade, ouvi ruídos caóticos...*" Enquanto cantava, seus olhos percorriam a audiência, em busca do conhecido casaco cor-de-rosa.

Poucos dias antes, os pais de Fenni tinham chegado de Hong Kong. A princípio Lu pensou que devia esperar um convite para um encontro social. Depois, percebeu que estava sendo um pouco egoísta. Mas Fenni parecia esconder alguma coisa dele. Ele se preocupou com isso, mas guardou silêncio, pois os ensaios estavam tomando muito tempo. Ele decidiu que, depois da apresentação, teria uma boa conversa com ela. Usou o dinheiro remanescente da bolsa escolar para viajar mais de 50 quilômetros até a melhor loja de doces da cidade de Guiyang, onde comprou uma caixa de biscoitos para os pais de Fenni. Na caixa estava impresso, com letras douradas: "Honorável Casa de Hóspedes". Achou que aquilo não poderia competir com o que havia disponível em Hong Kong, mas ao menos mostrava suas boas intenções.

O auditório do campus em Qiao Jia'ao, no sul, tinha sido desenhado por algum arquiteto famoso. O interior era luxuosamente decorado.

Pendendo do imenso domo havia um lustre de cristal e uma grande bandeira — com o logo da ferrovia nacional e uma estrela vermelha incorporada ao desenho. Suntuosas cortinas de veludo cinza-escuro fechavam o palco. Era uma instalação luxuosa, que acomodava 3 mil pessoas para a apresentação de uma ópera de Pequim, enquanto uma guerra devastava o norte do país.

A roupa de Lu Chen era impressionante — um leque de plumas, lenço de seda preto e símbolos vermelho e dourado do *bagua*, todos lindamente desenhados e confeccionados. Lu Chen não era um artista treinado, mas apreciar a ópera de Pequim era uma forte tradição familiar, e ele era verdadeiro entusiasta da grande ópera. Seu pai era muito ligado ao papel de homem mais velho dignificado, o *lao sheng*, desempenhado pelo famoso ator Tan Xinpei. Naturalmente, isso levou Lu Chen a ser fortemente influenciado pelo estilo de Tan. Ele não poderia ser comparado a profissionais, mas estava mais que qualificado para uma produção universitária. Além disso, era muito popular na escola, e a audiência o aplaudia a cada intervalo musical. Professores rígidos e de aparência sisuda em outros dias e estudantes mulheres, sempre modelos de decoro, agora gritavam "bravo!" com as mãos tocando o meio do corpo, num gesto budista de reverência, e olhos baixos. Um evento glorioso: gritos retumbantes de aprovação misturavam-se às vozes que reverberavam nas superfícies de mármore do grande salão abobadado, e os ecos da voz vigorosa de Lu Chen pareceram continuar por muitos dias.

*Quando os soldados de Sima chegaram,*
*Os céus flamejaram com suas bandeiras de pluma.*
*Mas nossas ruas e fortalezas estavam perdidas*
*Porque não tínhamos estratégia nem habilidade,*
*E nossos comandantes estavam em discórdia...*

Enquanto cantava esses versos, Lu Chen tentava se animar, mas, no íntimo, estava desesperado. O casaco rosa pálido que devia fazer parte da ocasião não estava em lugar algum. Aquele casaco usado se tornara uma flor eterna aos seus olhos, uma flor colorida e triste cuja beleza podia levar ao perigo.

Foi uma noite que Lu Chen nunca esqueceu. O auditório parecia um templo sagrado, enfeitado suntuosamente com luzes, mas incrivelmente digno, quando Lu Chen ficou de pé sobre a grama nova e olhou para trás. Os locais nunca haviam visto uma estrutura como aquela e falavam animadamente nisso quando voltavam da feira e fitavam a imponente fachada. O puro brilho das luzes os fazia pensar que algo podia acontecer. Para pessoas que viviam na escuridão, aquela luz era o pagamento de uma dívida atrasada.

Naquela noite, algumas pessoas viram uma jovem vestida com um casaco rosa pálido e um chapéu cuja aba combinava com o casaco subindo em uma carruagem puxada por cavalos. Sentada entre duas pessoas mais velhas e bem-vestidas, que pareciam seus pais, a aba não foi suficiente para ocultar sua expressão melancólica, apesar da preocupação que eles demonstravam com seu conforto. A partida daquela jovem triste, vestida com um casaco rosa pálido, foi silenciosa e lenta, um flutuar para longe no ruído das rodas girando de uma realidade brilhante para vapores escuros.

Lu Chen caiu doente por algum tempo. Quando seus olhos vagavam para aquele *bagua fu* que usara em seu papel de Zhuge Liang, sentia um princípio de náusea. A garota a quem amava tão profundamente havia partido sem deixar nenhum aviso para ele, a não ser o que disse Xiangyi, e era misterioso: "Voltando para Hong Kong. Posso não retornar. Descanse bem. Não precisa entrar em contato."

Quando Lu Chen começou a se recuperar, Xiangyi lhe mandou uma tigela da sopa de pato de Xuanming. Lu Chen sentiu voltar a velha ligação entre estômago e estado de ânimo. Quando pediu mais, Xiangyi lhe disse com um grande sorriso: "Bom, vamos até a casa de tia Qin. Você perdeu peso, precisa comer bem."

Lu Chen, afinal de contas, era um homem de necessidades comuns, não um monge ou santo. Num baile poucos dias depois na Associação de Companheiros de Hunan, o professor Wang arrastou-o até Ruomu, incentivando-o a tirá-la para dançar. Eles não dançaram, mas o interesse dele renasceu. Lu Chen era homem de uma mulher só. Quando estava com Fenni, não prestava atenção nas outras garotas. Depois de quatro anos, pela primeira vez, olhava com interesse romântico para outra mulher. Aqui estava uma figura pálida, mas flexível, com olhos que pareciam, estranhamente, sem vida. A parte branca deles projetava um azul glacial. Aquela, de fato, era sua verdadeira cor: azul gélido. Depois do calor dos tons róseos que saltavam da personalidade de Fenni, esta era uma grande mudança, mas, depois de uma certa hesitação, Lu Chen aceitou esse novo esquema de cores. Embora a paixão não tivesse sido reacendida, pensou que esse novo objeto de desejo fosse limpo, jovem e aceitável.

Os eventos seguintes aconteceram sem solavancos: Lu Cheng era visto com frequência à mesa de Xuanming, empanturrando-se de sopa de pato e outras iguarias deliciosas; Xiangyi estava feliz de ser a casamenteira, o professor Wang de ser o anfitrião do casamento. A Sra. Qin pagou para fazer a aliança. O casal foi a um estúdio para tirar fotos. Oito mesas de banquete foram arrumadas. Não era exatamente o que a Sra. Qin tinha em mente, mas, para tempos de guerra, não estava nada mal. Lu Chen soube na noite de núpcias que sua noiva era cinco anos mais velha que ele.

## 4

Lu Chen não me suportava mais. Franzia a testa até ao ouvir o som dos meus passos. Desde que contraiu uma úlcera duodenal, comia cada vez menos. O médico aconselhou-o a evitar comida oleosa, ou muito temperada, mas era só o que tínhamos. Como dizia o velho ditado, "nem mesmo uma esposa capaz consegue cozinhar sem arroz". Mamãe fazia o melhor que podia com o que encontrava no mercado. A carne estava racionada — só era permitida meia libra por pessoa a cada mês. Não havia frutos do mar. Para tornar a comida mais convidativa, mamãe punha óleos e temperos, mas o óleo também estava racionado. Então, ela dissolvia pedaços de gordura de porco e comprava um pouco daquele óleo de sementes vegetais caro; assim íamos vivendo, mas era um desastre para qualquer estômago.

À medida que envelheço, não me contento mais em ficar sentada sozinha numa cadeira de vime, remexendo nos ouvidos com a colher de ouro. Preciso dar uma volta por aí. Entrei no quarto de Yu outro dia e fiquei desesperada com o que encontrei — o lugar parece uma gaiola de pombo. Coisas empilhadas, coisas que detesto até olhar. Os estranhos tesouros de Yu: aranhas, centopeias e morcegos com asas estendidas, tudo feito com pedaços de arame que vai enferrujando. Sua mesa estava coberta de desenhos coloridos e comecei a olhá-los. Um deles mostrava uma múmia reclinada, vestida com uma capa de cobre verde. Um fio de sangue vermelho corria da capa. Duas jovens que pareciam gêmeas estavam ao seu lado, uma no alto e outra embaixo, olhando fixamente para a múmia.

Outra ilustração mostrava o que pareciam ser as mesmas garotas, mas crescidas, seus corpos nus caprichosamente enfeitados com bonitas joias árabes. Elas pareciam olhar hipnoticamente para um grande aquário cheio, em que uma criatura deformada era transfixada pelo olhar das mulheres, como se estivesse sob um feitiço. Dando mais mistério à cena, a criatura não tinha tronco, só os quatro membros.

No centro do terceiro desenho havia uma menina olhando para a frente. Tinha flamejantes cabelos vermelhos — um contraste bizarro com a face fria, pálida. Seu corpo inteiro parecia irreal, como porcelana branca morta. Exatamente à sua frente havia taças de vinho coloridas. Atrás dela, uma porta aberta, lindamente delineada em dourado e verde. À porta havia uma mulher misteriosa, de pele prateada. Sua aparência era de quem acabava de chegar de uma festa de aniversário, mas ela ignorava a garota. A expressão da jovem transmitia indiferença a todos e a tudo — até à morte, que de alguma forma, derramava sobre a cena uma imobilidade que poderia durar mil anos. O desenho expressava um medo desconhecido.

A pintura seguinte não estava terminada. Uma menina pastora era mostrada, vestindo uma roupa da Grécia antiga, e parecia estar sobre nuvens, ou na água. Em volta dela havia ovelhas, também sobre nuvens ou na água, e as patas dos animais brilhavam como as pétalas das flores de cerejeira. A garota protegia com as mãos um facho de luz ambíguo. Acima dela havia um sol pálido, cujo vermelho-escarlate parecia ter sido sugado. Em cima do sol, Yu desenhou um homem sem cabeça. O espaço vazio reservado para a cabeça havia sido cortado e tinha caído nas mãos da garota. Embaixo do desenho estava escrito: "Apolo morreu."

Olhando para as ilustrações, fiquei perplexa. Elas eram amedrontadoras, o trabalho de um louco. Pensei comigo mesma: "Antes, eu só a achava um pouco estranha, mas ela é mesmo mentalmente doente." Isso foi chocante. O tratamento custaria caro. Esses foram os meus pensamentos nos 16 anos seguintes, até ser feita a lobotomia.

Se os desenhos tivessem sido a única prova da estranheza de Yu, já teria sido ruim. Mas não pude resistir à vontade de olhar mais. Ao longo de toda a vida, sempre tive uma tendência a bisbilhotar. Talvez isso tenha origem no incidente sob a treliça de parreiras, quarenta anos atrás. Ah, aquela treliça cheirosa — foi ali que tive meu Waterloo. Ele abriu para mim uma pequena parte da cortina da vida, dando-me um estonteante vislumbre do desejo. Mas, então, a cortina se fechou novamente. O desejo oculto sob o tecido colorido: impenetrável, para sempre desconhecido — foi aquilo que vi tão brevemente. Romper o embrulho levaria uma vida inteira. Eu fizera tal esforço, mas não queria admitir. Sempre que ouço as pessoas falarem de suas vidas, de seus desejos, tapo os ouvidos; nesse assunto, estou perdida.

Por anos venho sendo atormentada pela esperança, alternada com o desespero. Quando me sinto desesperançada, olho em volta, e, se os outros também estão assim, sinto-me reconfortada. Ler as cartas e os diários de outras pessoas me dá uma alegria ilimitada. Mas o diário de Yu não era interessante: estava cheio de palavras que eu não entendia. Até as que eu entendia pareciam sem sentido — palavras como verdade, significado, cela de prisão, decadência, absoluto, algodão preto, gongo de bronze, nobreza, indecência. Elas não significam nada para mim, são apenas mais indicadores de que a terceira filha está mentalmente doente. Quando folheei mais páginas, algumas linhas novas saltaram aos olhos:

*Apolo está morto,*
*Apolo está morto?*
*Deixe os mortos morrerem,*
*Os seres vivos*
*Já cantam à primeira luz da manhã?*

Estudei poesia clássica e prosa, mas essas palavras não são poéticas ou líricas de forma alguma. Foram assinadas por alguém chamado Yuanguang. E me deram uma sensação desconfortável.

Tive uma boa educação formal e, nos velhos tempos, ouvia rádio e lia jornais, embora eles não fossem importantes para mim. (Às vezes me faziam dormir.) Hoje, os jovens não entendem aquela época; o governo tinha um método incomum de se comunicar conosco, o tempo todo, através de alto-falantes colocados nos muros, e em toda parte — lojas, escritórios, lares, restaurantes, praças públicas. A maior parte do que diziam era propaganda e, como a tortura com água, não parava nunca. Era causa de alguns estranhos milagres; por exemplo, era muito comum que pessoas mentalmente retardadas ou mudas saíssem cantando frases como "longa vida" e "longevidade ilimitada". A mídia era um instrumento importante para manipular mentes, especialmente em uma sociedade em que só havia uma voz pública para toda a nação, e quase nenhuma outra crença ou valores além dos pregados pela mídia. Mesmo que eu tenha sido indiferente a essa mídia, ainda assim podia dizer que a mensagem nesses versos era errada, e poderia ser vista como reacionária. Afinal, eu não estava fora de contato com o mundo.

Esses eram pensamentos estimulantes. Eu não estava fadada a ser dona de casa, e era injusto que o destino tivesse disposto as coisas para que eu ficasse assim. Agora as coisas estavam mudando — Mamãe Wang Zhong já se fora havia muito, e minhas duas filhas mais velhas tinham saído de casa. Yu se mudara para a casa de Yadan. Xuanming não pensava em mais nada a não ser na bisneta, Yun'er. Ela nem se dava ao trabalho de falar comigo. O mesmo com tia Tian. E Lu Chen estava ocupado, escrevendo autocríticas ou dando informações sobre outras pessoas. Não tinha tempo sequer de ir ao médico para perguntar sobre o sangue que agora saía em suas fezes. Todos haviam se afastado de mim, ninguém se importava com meus pensamentos ou sentimentos, e isso era injusto. Tão injusto!...

Naquela noite, chamei Lu Chen para minha cama. Tentei conversar com ele e fiquei tão alterada que comecei a chorar. Ele apenas suspirou diversas vezes. Essa cena se repetira muito nos quase trinta anos do nosso casamento. Então, lhe mostrei os versos que encontrara no quarto de Yu. Ele ficou espantado, depois gritou: "Traga Yu para cá! Traga-a para casa!"

Como um eco dos gritos de Lu Chen, Yun'er começou a chorar no quarto ao lado. O choro ficou mais alto. Mamãe e tia Tian correram para o berço ao mesmo tempo. Tia Tian tomou amorosamente nos braços o pequenino bebê. Enquanto fitava carinhosamente a criança, que não tinha a beleza da mãe ou da avó, tia Tian começou a cantar a canção de anos passados:

*Pardalzinho, pardalzinho,*
*Onde foi sua mamãe?*

## 5

A mãe de Yun'er, Ling, estava a quilômetros de distância, em uma cidade distante do nordeste, dormindo com um homem no alojamento de uma fábrica. Aquele homem não era Wang Zhong.

Desde muito pequena, Ling gostava de jogos, e sua avidez nesse setor superava a de sua mãe. O homem, cujo nome era Hu, acabou sendo um professor para Ling e Xiao. Era pequeno, cabeludo e cheio de energia inquieta. Era divorciado, e ficar solteiro pela segunda vez tornava difícil passar o tempo. Entre as mulheres que olhou com interesse, Ling foi a presa mais fácil. O melhor era que o marido dela trabalhava em uma fábrica longe o suficiente.

Ling gostava de sexo bruto, muito sexo bruto. Depois de casar com Wang Zhong, logo perdeu o interesse nele — muito convencional, nenhuma variedade. Mas Hu foi, por algum tempo, tudo o que ela queria, ao menos na cama. Ambos eram insaciáveis e não poupavam esforços para inspirar um ao outro. Um dos jogos favoritos dela era ser amarrada aos quatro cantos da cama e depois arquear o corpo forte e flexível formando um belo arco, exatamente como a mulher de *As mil e uma noites*. Anos depois, quando vídeos pornográficos inundaram a área, Hu teve a sorte de ver novamente aquele arco que Ling fazia para ele.

Hu era espantosamente bom em encontrar a linha tênue entre dor e êxtase e depois seguir esse perigoso limite para prolongar o prazer de Ling. Ele se deitava de barriga para baixo e usava sua língua grossa para explorar cada parte do pequenino torso, às vezes delicadamente, às vezes ferozmente. Ela gemia e gritava e se lançava em paroxismos de agonia e prazer como uma gata no cio com os gatos vizinhos. Ambos desfrutavam da busca constante por variedade e surpresa.

Então, uma noite, depois de horas de delícia carnal, Hu deu um grande suspiro.

— Que pena — disse.

— Que pena o quê? — ela respondeu, esticando o corpo para se sentar, esquecendo que estava amarrada.

— Que pena que você seja tão magra — ele disse, desfazendo os nós.

— Você gosta de garotas gordas?— Ela estava ofendida. — Isso é fácil. Minha irmã é bem gorda. Vá atrás dela, se quer tanto mais carne!— Ela puxou o lençol para cobrir os seios à mostra.

— Não seja infantil. Por que falar de outras mulheres? Você é a melhor. Eu sempre disse que você é a melhor.

Ling, insaciável em seu desejo por elogios, engoliu tudo que Hu disse, pois estava sempre pronta a acreditar no melhor sobre si mesma. Quando cresceu, nunca sentiu muita competição das irmãs pela atenção de homens e rapazes. Desdenhava a irmã mais jovem, Xiao. Tudo nela era modesto, e seus modos eram desajeitados. Xiao não tinha os olhos coquetes e o corpo sedutor da irmã. Esses são atributos de nascença; não podem ser ensinados. Como dizia sua avó: "Uma mãe pode educar nove filhos diferentes." A personalidade de Ling criou-se a partir de comparações entre ela e Xiao oferecidas por adultos descuidados na infância das meninas: ela é tão bonita, ou inteligente, ou engraçadinha — tudo em referência a Ling, enquanto Xiao ficava de lado, parecendo ainda mais desajeitada e desprezada.

Talvez para demonstrar sua autoconfiança, ela tomou a iniciativa de trazer Xiao ao assunto:

— Hu, meu amor, você devia provar a comida de minha irmã. É mesmo deliciosa.

Como em todas as coisas, quando se preparava para cozinhar, Xiao era muito meticulosa. Limpava completamente o arroz, separava os temperos certos e habilmente acrescentava cada item na hora exata. Nessa ocasião, preparou porco cozido, vagens fritas e um prato típico do norte da China, rolinhos de porco. Enquanto Xiao ainda preparava a sopa, Ling e Hu devoraram a maior parte dos pratos que Xiao servira.

Desde a infância, Ling fora tão mimada pela avó que, sempre que havia comida boa, ela ganhava uma porção extra, separada por Xuanming. Ninguém reclamava, exceto Ruomu. Mas Ruomu só reclamava para Lu Chen, e Lu Chen se zangava e condenava Ling por "sempre comer mais e fazer menos!" Ruomu era uma política nata, sabendo como contrabalançar os problemas e se concentrar nas questões principais. O principal problema da família Lu era, claramente, entre Xuanming e Lu Chen. Tinha começado nos anos 1940, quando Lu Chen descobriu, na noite de núpcias, que a noiva era cinco anos mais velha. Sua conclusão imediata foi que havia sido enganado, e justamente por sua inteligente sogra. A velha senhora sentada na última fileira da classe, parecendo não prestar atenção em nada além do bordado, mas Lu Chen sempre sentia um par de olhos encarando-o por trás. À medida que os anos passavam, Lu Chen e sua sogra discordavam sobre quase tudo, incluindo a educação das crianças. Como era a favorita de Xuanming, Ling perdeu a aprovação do pai. A dinâmica oposta funcionava com Yu. Xiao foi a clássica criança do meio — nem tanto amor, nem tanto maltrato.

Xiao não disse nada ao sentar para tomar sua sopa. Estava ruborizada e comeu em silêncio. Era ainda muito pura, ficava constrangida na presença de homens. Sua timidez estimulou Hu. Tinha prática na sedução e sabia exatamente o que dizer e como esconder sua motivação. Poucos dias depois, quando Xiao foi tomar banho, encontrou-o inesperadamente no pequeno espaço onde ficava o aquecedor. Ele estava calmo e sério e ela, novamente, ficou ruborizada. Usava uma camiseta larga, sem sutiã, pois não esperava encontrar nenhum homem naquele lugar e àquela hora. O balanço livre e a detalhada arquitetura de seus seios se revelavam, e ela sabia disso; instintivamente encolheu os ombros e se virou.

Hu olhou para o lado e não deu sinais de excitação. Sorriu de maneira tranquilizadora e disse: "Obrigado novamente pela grande refeição daquele dia." Depois, tirou um broche do camarada Mao do bolso, um daqueles que brilham no escuro e que ainda era novidade na época. Emitia uma luz esverdeada no mal iluminado quarto do aquecedor e Xiao imediatamente se interessou. Ele deu um passo em sua direção e juntando um pouco de tecido entre os dedos, cuidadosamente o prendeu na camiseta dela, tomando cuidado para não deixar a ponta aguda encostar na pele, mas roçando seu seio esquerdo com as costas da mão — bem de leve. Até esse toque a fez tremer e trouxe mais cor às suas bochechas.

Depois de um mês, todos na fábrica já sabiam que Hu e Xiao se tornaram amantes. À noite, as pessoas a viam sentada à porta do alojamento dos operários, tricotando um par de meias. Uma das mulheres mais velhas saudou-a com simpatia: "Vá com calma, não acabe com seus olhos. Como dizem, quando a noite cai, as galinhas voltam aos ninhos." Xiao mantinha a concentração, sem querer profanar algo tão sério como o seu relacionamento zombando dele com estranhos.

Xiao nunca poderia imaginar que seu caso tivesse sido orquestrado pela própria irmã. Ling era uma pioneira da liberação sexual. Logo após chegar à puberdade, resolvera consigo mesma questões que são objeto de debates infindáveis entre estudiosos renomados — questões sobre a importância relativa do amor, do sexo e da família. Sentiu que essas três coisas deviam ser separadas. Todas são importantes para as mulheres e, idealmente, nenhuma pode ser omitida. O amor é um alvo em movimento — mudando constantemente, requerendo constante renovação e exigindo de seus participantes que seja dado e recebido sem coerção. Sexo é uma coisa de momento. No presente, Hu era o sexo. Ele podia satisfazê-la inteligentemente, sem restrições e permitir que usufruísse de todas as suas fantasias mais secretas.

Quanto a um marido, ninguém poderia ser melhor para Ling que Wang Zhong. Era leal, respeitoso, romântico e a seguia a todos os lugares como um cachorro obediente e bem treinado. Melhor ainda, não estava com ela diariamente; mesmo que quisesse, não poderia controlá-la. Ela usava o cabelo preso atrás em dois rabos, que balançavam de um lado para o outro, e se vestia com roupas que pareciam de boneca. Operários idosos, quando viam as duas garotas juntas, brincavam que, "a irmã mais velha parece jovem, a irmã mais jovem parece velha". Ling adorava ouvir brincadeiras assim. Então, até aquele ponto, com suas bonitas sobrancelhas oito-e-vinte arqueadas, tinha desfrutado de sua carreira como fêmea núbil o máximo possível.

Inteligente como era, Ling esqueceu uma coisa importante: a vida muda constantemente. A atração diminui, e o fim de uma história não pode ser previsto na leitura do primeiro ou do segundo parágrafos.

Hu começou a mudar. Sutilmente, a princípio, depois com mais impulso, sua atração pelas duas mulheres foi se movendo em favor de Xiao. Ling se posicionava ou sorria de um jeito que antes enviava ondas de choque pela sua libido, mas ele começou a ignorar esses sinais. Enquanto isso, Xiao silenciosamente tricotava suéteres e meias, passava as roupas dele e preparava refeições perfeitas. E o mais importante, não fazia exigências. Para homens como Hu, isso era essencial. Ele, gradativamente, começou a inventar desculpas para evitar Ling, e isso, infelizmente, era um estímulo poderoso para ela. Alheia a uma verdade que não poderia aceitar facilmente, ela olhava para ele com intenção voraz, chegando a inventar motivos para o seu comportamento: minha irmã mais nova está procurando Hu, você o viu?

As pessoas na fábrica observavam enquanto prosseguia o dueto cômico das irmãs. Finalmente, uma trabalhadora mulher, que sofria com uma leve paralisia de pólio, deu a Ling a resposta óbvia: "Sua irmã não está com ele? Os dois se esgueiraram para a floresta depois do jantar. Você não reparou?"

A cena na floresta ficou na mente de Xiao até hoje. Ela viu a irmã chegar de bicicleta, pedalando loucamente. A raiva despejava-se dos seus olhos, suficiente para matar qualquer um. Quando chegou a um conjunto de arbustos escondidos, jogou a bicicleta para um lado e avançou para cima de Hu. Hu ficou estranhamente calmo, como se esperasse isso. Antes que Xiao percebesse a gravidade da situação, viu a irmã atingir em cheio o nariz e a boca dele com a mão aberta. Um som alto e abafado seguiu-se, como o de um objeto pesado aterrissando num saco de algodão, o sangue espirrando imediatamente, ensopando a barba. Uma imagem de névoa vermelha cobriu a cena e obscureceu a visão de Xiao. Naquele mesmo instante, uma torrente aguda de xingamentos perfurou a névoa, indo diretamente para os ouvidos de Xiao.

— Seu criminoso desavergonhado, fedido! Seu bastardo feio, peludo! Você não merece nenhuma das irmãs Lu e com certeza não pode ter as duas! Xiao, se você ainda é minha irmã, nunca mais vai falar com esse bandido fedido de novo!

Ling era impaciente demais. Suas emoções obscureciam seu raciocínio. Nesse ponto era igual à avó — quando se descontrolava, a explosão era enorme. Se fosse mais contida, os resultados teriam sido totalmente diferentes.

Xiao ficou confusa, mas não chorou; foi sacudida por um espasmo de náusea. Talvez esse espasmo fosse o que descrevem como o amor. Então, só isso é suficiente para partir um coração. Enquanto o sol se punha, duas manchas de "névoa vermelha" se formaram em suas bochechas como frutos num dia de neve; Xiao parecia tão simples e rústica. O par de sapatos tecidos à mão por sua avó permaneciam imóveis e silenciosos em seus pés.

Seu primeiro amor fora abortado antes de florescer completamente. Fechou bem os olhos, recusando-se a se ver sem ele. Sabia que todo o seu coração e sua alma estavam envolvidos nesse amor que agora se fora, para sempre.

Em seguida, Ling viveu em meio a risadas e ao desdém. Nunca lhe ocorreu que, apesar de seus esforços tão grandes para deslanchar o jogo, ele poderia terminar num desastre completo. Dois meses depois, Wang Zhong veio para levar Ling após receber uma carta anônima. Ele não era mais o cachorrinho que a adorava. "Puta ingrata! Cadela!" Depois de lhe dar uma surra, tabu que, uma vez quebrado, se repetiria, percebeu que nunca mais poderia confiar nela. As sementes do divórcio, que aconteceria dez anos depois, haviam sido plantadas.

## 6

Ruomu sentia-se insegura ao bater à porta de Mengjing. Lembrava vividamente o dia em que Mengjing e Yadan apareceram em sua casa para uma visita rápida alguns anos antes e, depois, ficaram por três anos. Aqueles foram anos de desastre natural e fome. Desde então, a vida da família Lu se tumultuara. Lu Chen fora banido para um lugar remoto. Enquanto isso, Mengjing subira no mundo, se casando com o reitor da Universidade de Jiaotong.

Ruomu nunca se incomodara muito com Mengjing quando estavam na universidade juntas. Ela era uma mulher atraente, mas filha de um relojoeiro, um provinciano pelos padrões da família de Ruomu. Sempre, em qualquer fase de suas vidas, Ruomu tratara Mengjing com desprezo, mas nunca a criticara abertamente.

Mengjing estava inclinada a querer mais carinho do que a família de Ruomu queria dar. Descrevia sua relação com Tiancheng em termos idealizados, enfatizando a profundidade de seu amor e seu respeito mútuo, insistia que os últimos dias dele neste mundo se passaram com ela e que Yadan era o resultado desse amor. Talvez a coisa mais perturbadora de todas era que insistia em chamar Xuanming de "mamãe". Ruomu, sempre alerta para pontos fracos, tinha aprendido a explorar esse. Sempre que Xuanming estava angustiada com alguma coisa, Ruomu sutilmente introduzia o assunto do lugar de Mengjing na família. Como uma fagulha num quarto cheio de gás explosivo, isso acendia a fúria reprimida da velha senhora, e ela dava vazão à ira contra a presunção de Mengjing e a morte prematura de Tiancheng. Não importava o quão cruelmente Xuanming e Ruomu tratassem Mengjing, o casamento dela com o novo reitor da universidade representava seu triunfo final.

A própria Mengjing abriu a porta; cada uma delas se surpreendeu com a presença da outra. Sempre rápida na adaptação, Mengjing se forçou a sorrir, dizendo:

— Irmã Ruomu, entre, por favor. Você é uma visita honorável. Vejo-a tão raramente. Entre, por favor, e prove o excelente chá verde que trouxe comigo. Foi um presente do meu marido, nosso Velho Yang.

Ruomu ocultou seu desagrado ante o abertamente familiar "Velho Yang". Mengjing mencionava constantemente "nosso Velho Yang", exatamente como o sempre útil Tiancheng vinha frequentemente à baila quando ela chegou à casa de Ruomu. Mas, apesar de todos os seus traços desagradáveis, a vitalidade de Mengjing era admirável. Estava constantemente em movimento, fazendo as coisas acontecerem. Quando andava, era sempre com rapidez, criando um pequeno redemoinho de vento. Para Ruomu, nascida para ser senhora de uma mansão e passiva por natureza, o ritmo de Mengjing dava tontura. Ela se aborrecia com a aparência jovem e enérgica de Mengjing, pelo fato de as duas estarem envelhecendo de formas tão diferentes. Depois de passar tanto tempo em repouso, vendo as outras pessoas trabalharem, os passos de Ruomu pareciam os de alguém muito mais velho, e ela se cansava com facilidade.

Ruomu manteve seus sentimentos em relação a Mengjing bem escondidos ao responder ao convite para o chá.

— Ah, você é muito gentil. Mas não posso beber chá. Quando o velho Lu recebia algum chá verde eu sempre bebia uma xícara pequena, era estimulante demais. Não conseguia dormir à noite! Duas latas de chá, da colheita deste ano, ainda estão em casa; se quiser, eu as dou para você.

Mengjing pensou que aquela mulher ainda tinha o ar da jovem ama que havia sido há várias décadas, e ainda gostava de manipular as pessoas. Mas Mengjing conseguiu sorrir e disse:

— Irmã Ruomu deve estar aqui para ver Yu. Ela foi trabalhar com Yadan como temporária. Você não sabia?

Mengjing teve o malicioso prazer de observar o rosto de Ruomu enquanto recebia as notícias. Primeiro empalideceu, depois a cor voltou às suas bochechas enquanto bufava:

— Maldita seja! Ela é sempre do contra! Embora tenhamos condições de alimentá-la, ela tem de ir para um emprego temporário numa fábrica miserável! Desavergonhada!

"Desavergonhada" era uma das palavras favoritas de Ruomu, e isso lembrou Mengjing de sua chegada à cidade, sozinha com Yadan, e de todos os insultos daquele tipo que as duas suportaram de Ruomu, a maioria deles pelas costas. Apesar de serem colegas de classe, e apesar dos laços de Mengjing com seu irmão, Ruomu não oferecera nenhum afeto, nenhum respeito, só calúnias.

— Irmã Ruomu, tente manter a mente aberta. Quando crescem, as crianças precisam levar sua própria vida. Você não pode controlá-las. Veja a nossa Yadan, ela nem sequer falou sobre seu namorado. Yu deve ter mais de 20 anos. Você não pode se preocupar para sempre com tudo que elas fazem.

Embora bem-intencionadas, essas palavras foram como uma tocha para a raiva reprimida de Ruomu. Ela segurava um pedaço de papel, que continha os versos blasfemos que encontrara no quarto bolorento de Yu.

— Olhe para isso — gritou para Mengjing. — Fale sobre controle, você devia controlar a sua filha! Yu é pura e ingênua e não pode ter escrito uma coisa dessas! Olhe esse lixo!

Num acesso de fúria descontrolada, Ruomu atirou o papel em Mengjing e bateu a porta com força enquanto saía. Pela porta fechada, mas alto o bastante para ser ouvida lá de dentro, berrou:

— Por favor, diga a Yu que vá para casa assim que chegar.

Essa cena, tão inesperada quanto inexplicável, deixou Mengjing trêmula. Passaram-se vários minutos antes que pudesse abrir o papel e examinar o conteúdo. As palavras inflamadas, assinadas por Yuanguang, saltaram em seus olhos como facas voadoras. Mas logo ficou claro para ela que Yadan não tinha ligação com elas. A assinatura era de Yuanguang, e o manuscrito de Yu. Mas quem era esse Yuanguang?

## 7

— Eu lhe pergunto, quem é Yuanguang?

— Nunca ouvi falar, por que pergunta?

— Vamos, demoniozinho, diga a verdade! Cedo ou tarde você arruinará seu pai e sua mãe!

— O que aconteceu exatamente?

— Quem disse que aconteceu alguma coisa? Você acha que é mais madura que sua mãe? Deixe-me dizer uma coisa, você ainda é imatura. Você não existiria sem sua mãe. Pense na época em que éramos uma viúva sozinha e uma criança órfã. Quando chegamos tive que ignorar a hostilidade e os insultos não expressados. Acha que foi fácil? Pensa que por estar ganhando um pouco de dinheiro você virou alguém? Deixe-me dizer, sua mãe estará sempre acima de você. Você acha que os olhos podem subir acima das sobrancelhas?

Mengjing começou a chorar.

— Mamãe, sobre o que está falando? Não tenho a menor...

— Menor ideia? Veja isso; isso é uma pista?

— Ah, Yuanguang. Isso foi escrito por Zhulong, meu namorado.

— Não diga isso! Jamais diga isso! Ouça: de agora em diante, se alguém perguntar, você não deve falar nesse Zhu-qualquer coisa. Se alguém perguntar, você não deve mencioná-lo. Você acha que tem idade para namorar? Deixe-me dizer, ficar com um homem é coisa séria! Vários anos podem se passar antes que você compreenda todas as consequências.

— Mamãe! Me dê o papel!

— Não!

— Mamãe, eu digo: se você me entregar para as autoridades, nunca mais, pelo resto da vida, espere me ouvir chamá-la de mamãe!

— O quê?! Você viraria as costas para a sua mãe por um homem? Que vergonha! Sei que uma mulher casada é só água parada. Mas antes mesmo de estar próxima do casamento, você já está pronta para jogar fora sua velha mãe; até as unhas dos seus dedos estão prontas para crescer em outras direções! Pode me chamar como quiser, mas goste ou não, seu corpo saiu de mim! Você pode conseguir um novo namorado, mas nunca uma mãe nova!

— Por que você diz essas coisas más? Estou indo embora e não chore se eu nunca voltar!

Foi então a vez de Yadan chorar.

Lu Chen: Eu lhe pergunto: quem é Yuanguang?

Silêncio.

Lu Chen: Diga, seu pai está perguntando, quem é Yuanguang? Você está ouvindo?

Mais silêncio.

Ruomu: Garota cabeça-dura! Ela está obstinada novamente! Diga alguma coisa! Você quer deixar seu pai louco?

Mais silêncio ainda.

Lu Chen: Yu, diga para mim, quem é esse Yuanguang?

Yu: Um amigo.

Ruomu: Um amigo! Olhe, ela fala isso tão levianamente! Desde pequena você sempre foi difícil. Como pôde copiar uma coisa dessas? Você quer enterrar seus pais! Não admira que mamãe tenha dito que, quando um demônio aparecesse, nossa família declinaria. Você é o demônio da nossa família!

E agora foi a vez de Ruomu chorar.

Lu Chen: Está bem, está bem. Pare de chorar agora. Yu, papai está apreensivo com você, preocupado com seus pensamentos. Você é tão jovem, mas abriga pensamentos negativos. Você é mesmo pior que suas duas irmãs nesse aspecto. Esse é um erro pequeno, mas levará a outros maiores. Papai não quer assustar você, ou acusar você de ser uma pessoa horrível. Entre os meus estudantes de 20 anos, muitos cometeram erros pequenos. Mas é preciso admiti-los.

Ruomu: É terrível dar à luz um fantasma. Você faz mesmo coisas tenebrosas, e nós imploramos que não nos arraste junto! Não foi fácil para nós voltar daquele lugar miserável para a cidade. É um carma tão ruim ter um fantasma na família!

Yu: Que direito você tem de ler o meu diário?

Ruomu: Ah! Que garota selvagem! Tão cheia de razões para sua teimosia! Sou sua mãe, todo o seu ser saiu de mim, como não tenho o direito de ler o seu diário?

Yu: Ler o diário de uma pessoa sem permissão é crime!

Lu Chen: Pare! Você não pode falar com sua mãe assim!

Yu: Podem estar certos de que nunca vou arrastar vocês. Estou partindo, e nunca mais voltarei.

Os dois episódios narrados aconteceram em duas famílias simultaneamente; duas mulheres jovens deixaram seus lares mais ou menos ao mesmo tempo, indo para o mesmo lugar: uma praça vasta, fria e agitada.

## 8

Aquele abril foi ao mesmo tempo gelado e tórrido. Todos os livros de história reservam um espaço para aquele abril, por suas consequências extraordinárias. Durante todo o mês de abril a chuva pareceu cair sem cessar. À noite, os pingos de chuva espirravam das folhas das árvores que cercavam a praça, o som de água escorrendo crescendo cada vez mais, um grito dos céus por este mundo podre e despedaçado. Cada gota de chuva lembrava um diamante, com sua pureza. Na noite da chuva congelante e tórrida, Yu foi engolfada por um mar de gente. Para ela, as pessoas na enorme praça se tornaram pingos de chuva; seus corações eram claros como a água. Um monumento alto, branco-acinzentado, estava no meio delas, assomando dentro e fora da chuva, como uma alma flutuando entre as gotas, a alma da multidão reunida.

*Deixe os mortos morrerem,*
*Os vivos*
*Já cantam à primeira luz da manhã?*

Yu sentia um calor surpreendente à fria chuva de abril. A água caía silenciosamente ao vento que soprava como as lágrimas daqueles que não podiam mais chorar. Aquela vasta praça, nobre, clamorosa e perturbadora, estava agora coberta de grinaldas e coroas de flores. Nunca na vida Yu tinha visto tantas flores num só lugar! E que pena que estas não eram verdadeiras.

Apenas na infância Yu vira tantas flores — o largo campo silvestre da primavera que se espalhava pelos espaços abertos e clareiras nos bosques. Ali, em sua tranquila majestade, encontrava-se aquele lago azul-celeste com seus peixes místicos, tingidos de tons fantasmagóricos de branco e azul-pálido, nadando em cardumes ao longo da margem rochosa. Lá, também, quando colocou as mãos na água, seu azul etéreo pareceu penetrar no tutano de seus ossos.

Para Yu, as flores de papel na praça, vivas sob a chuva, eram tão bonitas quanto qualquer campo de flores silvestres que tivesse visto na infância. A praça assumiu uma variedade de formas: uma vasta folha de papel branco, uma grande expansão de cascos de tartarugas, um bronze antigo ou um túmulo. O que era comum a todos era que podiam conter palavras. As pessoas escreviam. As palavras estavam em toda parte, cada um e todos os caracteres chineses gravados como se pelas mãos de um mestre artesão.

Yu sentiu o impulso de tocar nas inscrições sobre o túmulo, acariciar os pensamentos de mil mentes. Foi irresistível, e com ele veio um momento de lucidez, um instante de maturidade emocional que mudou sua vida. Ela descobriu a raiz de seu sofrimento. Desde a infância ansiava pelo amor — o amor dos pais, e mais tarde, o amor dos amigos. Apenas o amor e a amizade seriam bons remédios; nada mais poderia trazer graça à sua vida. Mas, com uma doença tão demorada, a clareza sobre a causa só pode trazer um pequeno alívio. Como uma haste de grama murcha após uma longa seca, uma gota de orvalho podia prolongar sua vida; mas ninguém lhe daria uma gota de orvalho. As pessoas não eram gentis. Ela estava física e espiritualmente esgotada. A dor foi amortecida, mas não acabou diante do reconhecimento de sua causa.

Yu havia perambulado por muitos lugares e começou a pensar que podia passar toda a vida vagueando. Procurara um lar e não o encontrou. De pé na praça, e olhando o agitado oceano de paixões à mostra, percebeu que cada um dos presentes a essa ocasião histórica estava em busca de um lar; todos, como ela, eram errantes. Todos haviam amado alguma vez, todos haviam sido enganados pelo amor. Uma nação sem amor, sem fé, vaguearia para sempre. Até o ponto em que não houvesse retorno.

Ouviu um sussurro, que vinha de seu coração, se transformar numa voz alta a ecoar pela praça:

*Apolo está morto,*
*Apolo está morto?*
*Deixe os mortos morrerem.*
*Os vivos*
*Já cantam à primeira luz da manhã?*

Ela viu que a pessoa gritando mais alto estava de pé na base do túmulo. Era o homem chamado Yuanguang ou Zhulong. Perto dele estava uma mulher. Era Yadan.

Yadan não havia combinado de se encontrar com Zhulong ali, mas uma vez na praça, no meio da multidão, sabia que o encontraria. Tinha muitas coisas para dizer, mas a chuva apagou seu fogo ardente quando subitamente percebeu que neste mundo havia problemas maiores que o seu. Não conseguiu deter as lágrimas enquanto lutava para dizer: “Não pude ficar em casa nem mais um minuto.” Zhulong tomou sua mão e andou até a base do túmulo. Ela apertou com força, temendo que a felicidade conquistada com tanto esforço escorregasse para longe de repente. Naqueles dias, um simples toque da mão ainda era considerado mais que um indício casual de intimidade; era o entendimento tácito de algo muito mais profundo. Então, quando os dois caminharam, o coração de Yadan foi tomado pela música do casamento.

Ninguém reparou na mulher alta, robusta, tirando fotos de um canto da praça. Um reflexo de uma fonte desconhecida deu ao seu rosto, antes bonito, uma sombra azul melancólica. Criança nascida de uma colaboração internacional de revolução e amor, ela acabava de voltar de uma cidade próxima, onde havia participado do ensaio de um musical. O objetivo da produção era honrar um grande homem da época e homenagear trabalhadores e camponeses. O nome da mulher era Jinwu; ela não conseguia entender o propósito do musical, mas participar dele era uma cura para o tédio.

Ela tinha outras formas de ocupar o tempo e afastar o tédio. Era o tipo de mulher que sabia como enriquecer a vida em qualquer época; a atuação era apenas uma das coisas que achava estimulantes. Tinha o papel principal do musical *Na estrada de liberação do grão*, que requeria que ela se vestisse com as roupas coloridas de uma mulher da etnia Dai, um povo das montanhas da província de Yunan. Na audiência, sabia, haveria homens famintos que olhariam para seus grandes seios, tão reveladoramente contidos numa roupa apertada.

Naqueles dias, todos os musicais seguiam a mesma fórmula — aprenda uma dança e saberá todas elas. As canções eram as mesmas, ou, ao menos, as letras eram mais ou menos as mesmas; aprenda uma e cantará todas. Nesta nação avançada, antes mesmo de o princípio da clonagem ser conhecido, a reprodução de materiais e produtos artísticos era compreendida por todos. Era uma nação inteligente, e aquelas eram as mesmas pessoas que, através dos séculos, conceberam quatro grandes invenções: a bússola magnética, a pólvora, o papel e a impressão.

*Caminhando para o leste ao sol da manhã,*
*Banhadas calidamente pela luz dourada,*
*Garotas Dai carregam cestas de grão,*
*E a boa vontade dos camponeses.*

*Ah, saias floridas dançando na brisa,*
*Ah, eco de risadas ecoando por montanhas e vales.*
*Trazemos muito grão para o país,*
*E felicidade sem limites para encher corações...*

Assim, como se participasse de um jogo, Jinwu liderava os dançarinos seriamente, repetindo os passos no ritmo da música, algo que poderia fazer enquanto dormia, se necessário. Nos ensaios, tinha também prazer em corrigir pequenos erros da orquestra, entoando as notas corretas com sua voz clara, como se ela e não o maestro mandasse.

Mas aqui na praça ela não testemunhava nenhum musical divertido; sabia que "liberação do grão" significava lágrimas e não alegria para os camponeses. Viera à praça para registrar cenas que não estavam no roteiro, consciente de que um acontecimento importante se desenrolava ali, um acontecimento que deveria ser fielmente retratado por gerações futuras. Em seu sistema vascular corriam o soro e a albumina de um povo corajoso. Ela era a filha da revolução e do amor, o resultado mais precoce do que seria intitulado e elogiado mais tarde como "colaboração internacional". Sabia que se destacaria entre a multidão na praça, logo fez o melhor que podia para ocultar-se.

## 9

Naquela noite, histórica, uma elegia se levantava fortemente para os céus. A chuva caía com violência, e o trovão camuflava as sirenes. Mas elas eram ouvidas, e as pessoas fugiam em todas as direções. Lama respingava de pés em pânico e gotas de chuva ressoavam como balas. Yu surpreendeu-se com a própria calma; limpou a chuva do rosto e lambeu a água que escorria por seus lábios, provando sangue e lama. Sentiu-se puxada por uma força invisível enquanto avançava entre as poças de lama. Todos tinham o mesmo plano: desaparecer instantaneamente da praça, como borboletas na brisa da primavera. Algo terrível estava para acontecer. Algo terrível, algo terrível — aquele sussurro voltou para ela.

Yu diminuiu o passo até apenas caminhar quando viu muitas pessoas correndo para a praça, com bastões na mão, enquanto uma voz monótona repetia ordens de um alto-falante. Logo à sua frente, ela viu um bonito casal, Yadan e Zhulong; nunca percebera como ficavam bonitos juntos, lutando para avançar, caindo, mas sem fraquejar, cheios da paixão por sua visão idealizada do futuro. Yu se esqueceu momentaneamente da dor fugaz em seu coração e os observou em silenciosa apreciação.

Um carro de polícia passou com a sirene ligada e quase a atropelou. Ela viu a viatura parar por um instante atrás do casal. Uma parada tão breve, movimentos afobados e eles — eles sumiram! Desapareceram antes que Yu tivesse tempo de gritar.

De repente ela começou a berrar na noite chuvosa: "Yadan... Zhulong..."

Yu ouviu uma voz na escuridão:

— As provas mostram que Apolo está morto, e isso significa que o sol está morto.

Esta era uma observação profundamente contrarrevolucionária.

## 10

Três meses depois a cidade onde vivi havia desaparecido temporariamente. A grande cidade vizinha também foi sacudida violentamente. Não fiquei surpresa, porque foi o que previ. Sabia que a lava fervente da praça não poderia ser extinta por uma simples tempestade. A lava corria sob a terra; eu achava que ela certamente romperia a crosta terrestre e explodiria. Vim para a cidade grande antes do terremoto, lembrando que ainda tinha uma casa aqui. Também esperava que minha jovem amiga Yu — que ficou para trás quando parti — estivesse aqui. Sentia falta dela há muito tempo. Fui embora para procurar minha mãe, mas também porque Yu estava dependente demais. Pensei que seria o melhor para o seu futuro.

Depois da morte dos meus pais adotivos, todas as pistas da identidade da minha mãe sumiram. Quando Michael partiu de volta ao seu país, disse adeus a ele no aeroporto. Prometeu que ajudaria na minha busca.

Se tivesse notícias, ele as mandaria imediatamente, por meio de alguém confiável. Mesmo assim, eu estava ansiosa. Olhando para o interminável corredor verde que levava aos portões de embarque e desembarque, pensei que algum dia seguiria esse caminho quando deixasse o país, para nunca mais voltar.

Acredito firmemente que minha mãe, Shen Mengtang, conhecida por sua energia e paixão, ainda esteja viva. Em uma noite de maio de 1943, ela e Wujin, um soldado, passeavam de mãos dadas às margens do rio Yan. O luar e o perfume das flores entravam por seus poros. Quando estavam juntos, esqueciam-se de todo o resto. Bem-educada e cheia de ideias românticas sobre amor e destino, ela se jogou nos braços desse jovem. Ele se controlou. "Não seja assim", disse, "você deve se lembrar do que aconteceu com Liu Qian e Huang Kegong."

A história trágica de Liu Qian e Huang Kegong servia de advertência a todos os homens e mulheres jovens de Yunan, e os inspirava a permanecer castos; ninguém queria sofrer o destino de Huang. Wujin não era exceção. Sabendo que violações da natureza humana seriam punidas, Wujin tinha sentimentos conflitantes que lhe causavam dor física, minando sua força e atormentando sua mente. Servir na frente, jogar-se no centro da batalha: este, pensou, seria o modo de aliviar seu tormento interior e resolver seus conflitos. Em momentos de calmo distanciamento, temia que tal pensamento fosse uma forma de mentir para si mesmo; naquela época, ainda acreditava que todos os desejos pessoais em tempo de guerra eram sinais de fraqueza, desvios da tarefa a ser cumprida. Quando o inimigo japonês invadiu, todos os jovens aptos deviam lançar-se à luta.

Mas essa jovem argumentava que ele estava confuso, que não havia conflito entre o amor e o dever de defender a nação.

Minha mãe lhe contara muitas histórias sobre revolução e amor, por exemplo, o conto de Insarov, o rebelde búlgaro, e Elena, a garota russa, em *A Véspera*, de Turgeniev. Tanto ele quanto ela choravam com a história. Enquanto ambos choravam, um forte facho de luz atravessou a escuridão. Suas expressões naquele momento eram patéticas — como pequenos insetos presos numa teia de aranha. Qualquer esperança de escapar seria inútil quando o gigantesco inseto abrisse a boca e se preparasse para engolir.

Wujin escreveu muitas linhas de autopunição e conseguiu agradar ao examinador na terceira versão. Minha mãe, com experiência de trabalho comunista clandestino na área controlada pelo KTM antes de vir para Yan'an, escapou ao manipular inteligentemente dois interrogadores.

"Sua mãe nos enganou, mas ainda gostamos dela", disse minha mãe adotiva. Tal era a força de seu charme, e fiquei orgulhosa ao ouvir isso.

Encontrei a casa vazia. Meu bonito pijama de seda azul ainda estava sobre a cama, mas minha amiga se fora. Embora fechado, o quarto estava coberto de pó. A poluição do ar nesta cidade chegou a proporções épicas. Podia senti-la em minha garganta e em meu nariz. Usei o pijama para espanar o pó da cama e depois deitei.

Teria eu sido cruel? Ela era tão pequena, tão frágil, e tinha vindo de tão longe para viver comigo, para refugiar-se de sua mãe hostil. Ela me via como sua única parente confiável, mas eu a deixei sem dizer adeus. Como se comportou após minha súbita partida? Alguma coisa ruim lhe acontecera?

Olhei para o teto, grata pela rara oportunidade de pensar sem interrupção. Enquanto analisava a questão, parei de me culpar pelos problemas de Yu. Ela tinha me dado pouca escolha. Depois que chegou à minha porta, logo descobri que era mais forte do que sua aparência sugeria. Seu amor por mim era possessivo demais. Ela limitava minha liberdade e era hostil e desrespeitosa com meus amigos. Só de ver aqueles olhos torturados, o confiante Michael havia sido enganado; ele poderia ter sido engolido por ela! Aquilo era intolerável. Eu era livre e devia permanecer assim. Sobrevivi pela liberdade; não posso nunca focar meu amor numa só coisa — nem numa paisagem lindamente pintada, nem num ser humano fragilizado, por mais que seja emocionalmente atraente.

Deitada na cama empoeirada, no quarto bolorento, comecei a pensar naquela estranha garota — esquisita, mas ainda assim adorável, irredutível e afetuosa, que despertava tanto a simpatia quanto o aborrecimento. Ela estava tão deslocada no mundo. Não importa o tempo ou o lugar, ela estava condenada a ficar fora de harmonia com a sinfonia do mundo, ou ao menos com a parte dele que almejava paz, amizade e amor da humanidade.

## 11

Depois daquele terremoto destrutivo, os edifícios projetados pelos russos e construídos nos anos 1950 continuaram de pé. O edifício ocupado por Yu e Yadan não sofreu danos. Mesmo assim, seus ocupantes tremeram de medo. Toda a comunidade em torno da universidade se mudou para tendas improvisadas, para ficar a salvo dos abalos sísmicos secundários. Todos, exceto Yu.

Yu não conseguiu dormir na noite do terremoto. Às 3 horas da manhã levantou-se, notando que o céu tinha um vermelho escuro, selvagem. Justo quando começava a se perguntar o porquê, o lustre no alto começou a balançar, o próprio solo onde a casa estava construída ribombou e rugiu, e o prédio se sacudiu violentamente, como se estivesse sendo partido ao meio por uma mão imensa, invisível.

Na noite seguinte ao desastre, os abalos sísmicos continuaram, e as pessoas com faixas vermelhas nos braços foram de casa em casa levando socorro e estimulando os moradores a sair para evitar mais ferimentos causados por estruturas que desabavam. Na verdade, eles não precisavam ser persuadidas; sua vontade de viver era motivação suficiente. As pessoas querem viver, mesmo que no inferno. Naturalmente, refiro-me a pessoas "normais", num sentido geral.

Mas na ocasião, como em tantas outras, a excentricidade de Yu se manifestou mais uma vez. Uma velha do comitê de vizinhança ficou com ela até 2 horas da manhã, repetindo:

— Jovem, saia, prometemos não deixar para trás nenhum irmão ou irmã. Recebemos a avaliação "excelente" por três anos seguidos, você é a única que insiste em ficar dentro de casa. Você não pode arruinar nossa reputação!

Depois de horas, um pedaço de papel foi atirado pela janela. Nele, Yu assumia a responsabilidade por si mesma e declarava a intenção de permanecer lá dentro. A velha acabou desistindo, e se afastou com dificuldade. Mas, antes de ir embora, olhou para trás e disse para todos ouvirem:

— A terceira filha da família Lu deve ser doente!

Esse virou um mantra na vizinhança, repetido por muitos nas adjacências da Universidade Jiaotong. Na época da lobotomia frontal de Yu, nos anos 1990, se tornara geralmente aceito que ela era mentalmente defeituosa, de forma que a cirurgia não surpreendeu.

Quando o céu começou a mostrar os brilhos de um novo dia, poucas das pessoas que dormiam nas barracas improvisadas viram a terceira filha da família Lu sair com uma mochila nas costas. Ela era uma presença irreal, vagando entre os outros fantasmas na escuridão que precede a aurora, chegando logo à tenda da família. Ruomu fingiu que dormia, mas ouviu sussurros da menina para o pai.

— Papai, estou indo embora por um tempo, vou trabalhar.

Ela se afastou antes que Lu Chen tivesse tempo de responder. Mas Ruomu já formara uma opinião.

— Que praga! Estão prevendo mais abalos secundários, mas agora ela decide ir passear! Por quê? Como se já não nos tivesse dado bastante preocupação.

Ruomu teria dito mais, mas foi inibida por estar fora de sua própria casa. Lu Chen fechou os olhos, soltando a uma série de seus suspiros característicos.

No dia em que as pessoas começaram a desmontar as barracas, Ling e Xiao viajaram de seus empregos na fábrica remota para fazer uma visita à família. Elas mandaram telegramas no dia do desastre, que ganhou as manchetes do maior jornal do país. Essa maneira de se expressar revelou aos olhos sensíveis de Lu Chen que elas não estavam em contato próximo uma com a outra.

A sensação de ter sobrevivido a um desastre aproxima as pessoas. Assim, a família Lu, nas primeiras duas horas de sua reunião, ficou feliz e à vontade. Mas então, quando Xunaming pôs a comida na mesa, Xiao perguntou:

— Onde está Yu?

A sala caiu no silêncio.

— Ela nunca está em casa — disse Ling. — Ela tem namorado?

Ruomu deu uma mordida numa pimenta, depois tossiu levemente:

— Os assuntos dela são da conta dela — disse. E, depois, diretamente para Xiao. —Mas estou preocupada com você. Já tem idade. Devia começar a namorar; ou vai virar uma solteirona.

A observação fez as bochechas das duas irmãs ficarem vermelhas. Xiao vomitou um jorro de peixe recém-comido sobre a mesa, depois correu para o banheiro, onde vomitou várias vezes e, em seguida, começou a chorar alto.

Lu Chen atirou ao chão seus pauzinhos.

— Esta família é uma confusão! O dia inteiro a velha chorando, a nova gemendo. Estamos nos preparando para um funeral?

Xuanming atirou seus pauzinhos ao chão com ainda mais força. Olhando para Ruomu e ignorando Lu Chen, disse:

— Olhem só isso! A velha ainda está sentada aqui e ele está rosnando por um funeral! Pergunte, funeral de quem?

Antes que Ruomu pudesse responder, Lu Chen voltou sua ira diretamente para sua nêmesis:

— Mamãe, você não tem motivo para atirar pedras em mim! O que aconteceu a Xiao ninguém sabe melhor que sua neta favorita. Você deveria perguntar a ela!

Aconteceu que Lu Chen já havia recebido uma carta de Xiao em que ela relatava em detalhes o comportamento nojento da irmã mais velha. Em sua resposta, ele fizera o máximo para consolá-la, dizendo que nada era culpa dela, que não devia ficar triste demais, que outras oportunidades surgiriam, e assim por diante. Mas a preocupação perpétua era sua especialidade, e ele perdeu três noites de sono pensando na questão. Nem sequer suspirava alto, por medo de acordar Ruomu. Como sempre, escolheu guardar para si mesmo os escândalos da família. Mas, também tipicamente, explodiu depois, de raiva reprimida, quando o assunto foi revelado.

Ling acaba entrando na briga, usando seu costumeiro método de defesa — com lágrimas calculadas para provocar simpatia, que surtiram efeito. Então foi a vez de Xuanming romper em lágrimas. Tia Tian logo as seguiu, criando uma cacofonia que se encerrou apenas quando Xiao saiu do banheiro, o dedo apontado agressivamente para o nariz de Ling, e começou a declamar em voz alta a história completa do sórdido caso. Isso foi seguido por mais lágrimas de Ling. Uma multidão de espectadores ansiosos juntou-se do lado de fora das janelas para se divertir com a briga.

Vendo isso, Xuanming retornou à sua especialidade emocional de último recurso: esbofetear com força o próprio rosto, gemendo amargamente entre os tapas.

— Que vergonha! Vocês nasceram em uma boa família. — Tapa, tapa. — Se estes fossem os velhos dias, cada uma estaria apropriadamente casada agora, encabeçando o próprio lar. — Tapa, tapa. — Ah! Que escândalo! Esse é um carma tão ruim. Fui tão má em minha vida anterior que meu filho teve de ser levado embora? Se Tiancheng estivesse vivo, eu iria viver sob o teto de outro homem, como um cisco em seu olho ou uma lasca em seu dedo? — Tapa, tapa. Ela ia de um lado para o outro, alegando que sua reputação havia sido manchada e ela estava desmoralizada, lembrando que era uma figura importante na comunidade.

Naquele dia, a única pessoa a manter-se tranquila no calor da grande batalha foi a pequena Yun'er, de 4 anos. Mas ela já sabia como tirar vantagem da confusão. Enquanto toda a família tinha as energias concentradas em outro lugar, ela aproveitou o momento para tomar posse de um objeto tentador, mas proibido: a caixa de botões de Ruomu. Não só se divertiu muito brincando com eles, como descobriu alguns grandes e bonitos para guardar em seu próprio estoque de tesouros. Como bônus, também achou uma irresistível caixa de chocolates, e logo reduziu seu conteúdo à metade. Seu apetite diminuiu nas refeições seguintes e suas fezes ficaram cor de chocolate escuro.

## 12

Yushe escondeu da família a natureza do seu novo trabalho. Ela havia se candidatado para estivadora. Yadan falou com ela sobre a abertura das inscrições, mas pensava que o trabalho fosse pesado demais para alguém tão fraca. Mas Yu ficou intrigada: Yadan subestimava a sua força, já que uma vez havia carregado sacos de trigo de 40 quilos; ela foi feita para esse tipo de trabalho! Yadan a encarou de alto a baixo, com uma expressão de descrença. "Não quero chamar uma ambulância e vê-la presa em uma cama de hospital", disse.

Então Yu foi trabalhar, sem prestar atenção quando as pessoas sacudiam a cabeça ao ver sua constituição frágil. Havia algumas mulheres nas docas, mas eram musculosas e pareciam resistentes. O peso de Yu era cerca de um terço do delas. O pagamento era calculado por peso carregado, logo ninguém podia reclamar que ela não estava fazendo sua parte.

Sua primeira mercadoria foram sacos de ureia, alguns pesando 25 quilos. Ela curvou as costas, esperando, cheia de confiança, mas quando o primeiro saco caiu em suas costas, cambaleou. Firmou-se, e por pura força de vontade conseguiu carregá-lo até o armazém. Olhares de descrença a seguiram. Ela achou assustadora a dor em seu baixo abdome.

Logo entendeu o valor da juventude. Há apenas alguns anos, a juventude havia ajudado a evitar desastres. Mas agora, embora sua aparência não tivesse mudado muito, seus órgãos internos mudavam, todos os dias. Todos os ontens se foram, e cada dia existe apenas uma vez. Como disse um filósofo grego, um homem nunca entra no mesmo rio duas vezes. O corpo humano muda tanto quanto um rio, talvez mais rápido.

Yu trincou os dentes e se concentrou no trabalho. Quando recebeu seu primeiro pagamento mensal, após deduzir apenas 8 iuanes para a comida, entregou os outros 22 para Yadan. Não queria dever nada a ninguém. Yadan não conseguiu vencer sua teimosia, então depositou o dinheiro, pensando que um dia Yu precisaria dele.

Depois do terremoto, houve outro desastre, uma grande tempestade. Um armazém de grãos do lugar começou a inundar, e os estivadores foram chamados para drenar a água e remover os sacos de grãos para impedir que estragassem. Uma substância negra, oleosa, escorria de um armazém do outro lado da rua, aumentando a confusão. Os trabalhadores puseram botas altas de borracha e rapidamente drenaram a água para salvar o que fosse possível do precioso grão.

Cada um dos sacos pesava 50 quilos. Quando Yu tentou carregar um, quase ouviu seus ossos quebrando. Nem mesmo as mulheres maiores e mais fortes conseguiam aguentar. Yu carregou um saco, cambaleando enquanto isso, mas uma das outras mulheres gritou: "Nem tente! Ninguém recompensará você! Ninguém se importará! Você vai romper suas entranhas e nunca poderá ter um filho!"

As lágrimas de Yu corriam junto com a chuva. Ela não prestava atenção; desde aquele dia chuvoso na praça, sentia ter crescido. Não era a única no mundo que sofria. Estava preocupada com o lindo casal levado embora na viatura policial. Desde que desapareceram naquele dia chuvoso, não tivera mais nenhuma notícia deles. Ela os admirava. Como desejava poder viver e morrer com alguém. Mas algumas pessoas nascem para viver sozinhas neste mundo, para serem isoladas das outras. Infelizmente, Yu afundou naquele pântano do isolamento, incapaz de sair. Tantas vezes rezou, esperando que o sussurro trouxesse uma ordem divina para resgatá-la. Mas havia apenas silêncio, silêncio mortal, em seu coração.

Lá estava aquela jovem, pálida e frágil, carregando um imenso saco de grão nas costas, como Jesus carregou sua cruz. Não era possível saber no que pensava. Parecia estar ouvindo. Estava, de fato, ouvindo. Ouvia o som de quebrado dos seus ossos, no lugar do sussurro que esperava. Sentou junto ao muro do armazém, parecendo não escutar mais, e puxou um lenço sujo para cuspir alguma coisa nele. Se estivéssemos um pouco mais próximos, veríamos uma pequena mancha de sangue. Surpreendentemente, a jovem não demonstrou nenhum medo. Ao contrário, pareceu melhorar depois de cuspir sangue.

Yadan foi solta no terceiro dia. Tinha uma aparência terrível.

— Zhulong foi preso na prisão de Banbuqiao — disse a Yu. —Não podemos processá-los por prisão errônea?

— Mas onde entraríamos com o processo?— perguntou Yu.

— Deve existir algum lugar — replicou Yadan. — Devemos ir à pessoa de maior autoridade.

Enquanto conversavam, Yadan olhou atentamente para Yu.

— O que aconteceu com você? Está branca e fraca como macarrão frio.

Yu não respondeu. Depois de um momento, levantou a cabeça.

— Vamos procurar o líder mais alto.

## 13

Yu entrou no imenso salão, mas Yadan parou do lado de fora. É como uma cena de história antiga, pensou Yu. Na dinastia Qin de 221 a.C., Jin Ke, que foi assassinar o imperador, entrou sozinho no salão, mas seu assistente, Qin Wuyang, foi detido à porta. Yu se encheu de orgulho ao pensar que enfrentaria sozinha as autoridades.

Mas a memória de Yu sempre transformava a realidade em ilusão. Em sua memória, no último andar do prédio haveria uma enorme sala de reuniões, com uma mesa vermelha grande e comprida no centro. De cada lado sentavam homens cuidadosamente vestidos, profundamente envolvidos em suas discussões. Que sofisticados! Cobriam os rostos com lindos lenços enquanto falavam em voz baixa. Eram como abelhas em torno da colmeia, pensou, suas vozes aumentando e abaixando, fazendo silêncio por um momento, depois recomeçando o zumbido. A princípio, não a notaram.

Ela não fez barulho, mas os homens viram a sombra projetada na superfície polida da comprida mesa. O sol, entrando pela janela em um ângulo baixo, estava às suas costas, o que obscurecia suas feições. Quando perceberam que uma estranha havia entrado, ficaram alarmados. "O que ela está fazendo aqui? Guardas! Agarrem-na!"

Mas era tarde. Yu saltou agilmente para cima da mesa. Seus pés pequenos e delicados se destacavam. Caminhou calmamente até o outro lado, colado em uma grande janela aberta. Ali, deixou cair um pedaço de papel sobre a mesa, no qual havia escrito, "Zhulong está preso na prisão Banbuqiao. Ele é um bom homem. Por favor, soltem-no."

E, então, fez algo extraordinário. Muitos anos depois, ainda se falaria nisso. Sem parar — não queria que nenhum daqueles répteis a tocasse —, saltou pela janela aberta!

Yu interrompera uma conferência internacional de pessoas muito importantes. Todos os homens — tivessem narizes grandes ou pequenos, cabelos amarelos ou negros — ficaram amedrontados com a aparição. Nenhum se lembrava com precisão da aparência de Yu, e um grande ruído de vozes se seguiu. Todos os guardas foram interrogados, com o chefe da segurança jurando ter impedido duas jovens de entrar. Teria sido um fantasma?

A explicação dada aos visitantes internacionais foi que ela era uma empregada que sofria de transtornos mentais; muito mais tarde, esse episódio seria lembrado como parte da justificativa para a execução da lobotomia frontal. Por enquanto, os narizes grandes e pequenos que se reuniam em torno da mesa expressaram uns para os outros a imensa pena que sentiam de uma pessoa tão bonita — devia ser bonita, pensavam, lembrando-se apenas dos pés delicados — sofrendo um mal tão grande em sua presença.

Naquele dia, e muito tempo depois, os passantes se lembrariam de que viram uma jovem cair levemente à brisa da tarde, como uma folha. Foi uma cena maravilhosa.

Yu não sangrou quando bateu no chão. Em cinco minutos a ambulância chegou e gentilmente removeu o que alguns pensaram ser um cadáver. No hospital, viram que ela tinha diversas fraturas, contusões severas e lesões internas, uma das quais uma ruptura de fígado. Fizeram uma cirurgia, repararam os traumatismos internos e consertaram seus ossos. Depois de se recuperar, ela teve alta. Outro capítulo, uma nova era, havia começado em sua vida notável.

# Capítulo 9 | MOSTRA ARTE DA LUA

## 1

Jinwu sentiu o início de uma nova era que seria realmente dela.

Era uma artista performática. Desempenhara o papel de espiã, mas não estava satisfeita em ser atriz. Quando uma nova era começa, muitas coisas que vêm com ela podem deixar as pessoas nervosas. Mas Jinwu pulou para a nova era sem um momento de hesitação, e começou uma nova carreira, como modelo nu para desenhistas. Com a boa renda e os horários flexíveis do novo trabalho, o dinheiro e a liberdade entraram em seu caminho, trazendo a promessa de mais coisas que desejava. Sua vida havia sofrido uma reviravolta positiva.

Quando, pela primeira vez, a maior escola de arte do país começou a recrutar modelos para nus, estourou uma grande controvérsia. Mas o ascetismo como norma cultural prevalecera por pelo menos, dez anos. Muitos acharam que um gênio havia sido libertado da lâmpada assim como no mito árabe, e nunca poderia ser colocado de volta. Um espírito diabólico fora libertado e rondava a antiga terra do oriente, colidindo com um resíduo de "ismos" desfeitos, dando vida a, ou abortando, um punhado de fetos deformados.

Nem todos eram deformados, no entanto. Havia crianças preferidas também na nova era; e algumas eram requisitadas na escola de arte, o palácio real da cultura. Dez anos de ascetismo tinha sido uma vida desperdiçada. Estavam empolgados com a oportunidade de pintar de novo um modelo nu vivo, algo bastante comum para estudantes de outros países.

Os novos modelos recrutados eram lindos, especialmente se comparados àqueles que haviam trabalhado ali anteriormente, que estavam já encaminhados na meia-idade. Os novos eram menos inibidos, menos sobrecarregados pela culpa ou pela vergonha. Nesse aspecto, Jinwu era comum: posar sem roupas era apenas um trabalho, não diferente moralmente que ser professora ou atriz. Límpida e de coração saudável, livre de culpa e narcisista: assim era Jinwu. Graças aos céus, só existe uma.

Quando Jinwu saiu de trás do biombo naquele dia, estava equilibrada, autoconfiante e cheia de vida. Foi saudada com um suspiro coletivo. Professores e alunos, homens e mulheres — todos se espantaram com aquele corpo escultural diante deles. Ela era esguia e tinha seios grandes, e o cabelo dourado, cacheado, como algum tipo de fibra artificial, sugeria que não era uma chinesa han pura.

Taibai, um dos pintores a óleo, prestou atenção especial à deusa diante dele. Tinha sido um dos primeiros a deixar o cabelo crescer no começo da nova era. Isso, junto com sua expressão mundana e solene, lhe dava um aparência sacerdotal, lembrando uma catedral medieval. Taibai começou a pintar, mas achou difícil concentrar-se no trabalho; seus pensamentos passeavam da paleta e dos pincéis para o modelo. Depois de duas sessões, estava atrasado. Não foi surpresa quando convidou Jinwu a fazer horas extras para ele em seu quarto.

Taibai era casado. Sua mulher trabalhava para uma associação cultural e tinha suas próprias instalações. Seu colega de quarto, Gulu, era um líder estudantil que costumava ficar fora até meia-noite. Assim, Taibai tinha privacidade e espaço. Também tinha talento e orgulho, e uma paixão pela beleza. Sua única missão na vida era descobrir, capturar e possuir a beleza do mundo. E depois ir em busca de novas belezas. Quando viu Jinwu, seu primeiro impulso foi capturá-la e possuí-la!

Era o fim da primavera e havia resquícios de frio no ar. Jinwu enrolou o corpo após despir-se, feliz por ter trazido sua própria toalha; os lençóis e cobertores de seu anfitrião eram típicos de um homem solteiro. Um cheiro estranho saturava o quarto — uma combinação de água de colônia barata, gel de cabelo masculino, roupa embolorada e solvente de pintura. Ela abriu todas as janelas.

— Com calor está? Mesmo?— Taibai gostava de usar as frases invertidas, dando uma entonação de pergunta a tudo que dizia. Começou a misturar tintas em sua paleta, mostrando a intenção de usar muitos azuis para pintar o corpo nu.

— Não se sente o cheiro depois de ficar tempo demais em um quarto cheio de orquídeas. Acho que você não deve sentir o cheiro do seu quarto.

Jinwu gostava de pôr as pessoas com quem conversava na defensiva. Sem nenhuma cerimônia, tirou a toalha que envolvia seu corpo e ajeitou-a para não precisar encostar na cama enquanto posava reclinada.

— É forte, você?— disse Taibai, com um olhar de sabedoria enquanto espalhava um pouco de colônia na cama. — Melhor ficou agora?

— Acho que deve apressar-se, minha hora de trabalho já começou — ela disse.

Taibai não entendeu a observação, um erro que mais tarde lhe custaria caro. Na presença daquele corpo nu, atraente, perdeu a concentração. Seu pincel tremia, estranhas bolhas começaram a aparecer no azul vívido. Bem, pensou consigo mesmo, isso é expressionismo.

As três lâmpadas do quarto estavam viradas para Jinwu. A luz mascarava a pobreza do ambiente, acentuando as curvas de seu corpo, o que ajudava o artista expressionista, mas a luz dava à cena uma sensação irreal; aquele corpo semitransparente com veias vagamente visíveis tornou-se um objeto de arte. Embora a beleza permanecesse, não era mais real.

Ele se aproximou de seu objeto, pondo de lado o pincel e a paleta. Seguindo a luz clara, sua mão baixou cada vez mais, parando momentaneamente nas curvas. O toque, esperava, lançaria alguma luz sobre a arte. Naquele momento, preferia ter uma mulher com alguns defeitos deitada em sua cama do que uma perfeita e impecável obra de arte. A pele dela era quente, suave, lisa e macia, maravilhosamente macia. Depois de registrar uma excitante *impressão* sensorial após a outra, tramou seu próximo passo.

— Você vai fazer arte performática? — perguntou de repente a mulher de seda, em uma voz calidamente macia, como o cetim.

Mais tarde, nem mesmo Jinwu saberia dizer como as palavras "arte performática" atravessaram tempo e espaço e rolaram para fora de sua língua. Yu usara essas palavras muitos anos antes, e agora, de repente, estavam na moda. As palavras golpearam o artista violentamente. Ele ergueu o rosto e buscou pistas nos olhos dela. Ela os apertava levemente, as sobrancelhas arqueadas e os lábios fazendo bico; zombava dele. Senhora da situação, mostrava tolerância pela fraqueza dele. Sua expressão era de alguém que passara por muito, observando um novato no palco do mundo.

Sob a pressão daquele olhar, o artista começou a tremer. Depois sua ira chamejou. Ansioso para provar sua força e potência, esqueceu a pose suave, se não benévola. Quando pressionou seu corpo inteiro na peça de seda e cetim, sentiu um vácuo no coração. Tal sentimento era amedrontador e debilitante. Ele mal se moveu, depois desinflou, súbita e completamente, como um balão furado por uma agulha. Enquanto isso, o rosto de Jinwu permanecia próximo ao seu, cheio de zombaria.

— Acabou agora?— perguntou, olhando para o relógio. — OK? Tudo somado, uma hora e quarenta minutos?

— O quê? — ele gaguejou.

— Modelos não trabalham de graça. E à noite o preço é dobrado. Esqueceu? — Jinwu se vestia enquanto dizia isso, e pôs um pouco de perfume. — Você devia pagar um extra por danos ao meu olfato. — Ela ria enquanto falava. — Como eu disse, o relógio começou a correr quando comecei a posar.

O irado artista não tinha resposta. Esvaziou a carteira, as mãos tremendo. Ela aceitou o dinheiro, sorrindo graciosamente.

— Na verdade, eu só queria saber — ele disse com hesitação. — Você... você não parece chinesa han pura? Parece ter algum sangue ocidental?

— Você levou todo esse tempo para fazer essa pergunta? Ah, tão caro. Só posso dizer que não sei.

— Está bem. — A ira de Taibai crescia novamente e seu punho se fechou involuntariamente. Lutando para recuperar a compostura, tentou esconder o rosto nas sombras enquanto ela abria a porta.

— A propósito, na próxima vez que fizer arte performática, será melhor pôr um pouco deste tipo de perfume. — Sacudiu o pequeno vidro de seu próprio perfume na frente dos olhos dele.

Foi quando ele perdeu de vez o controle e esmagou o punho contra o batente, abrindo um pequeno corte nos dedos.

— Puta.

— O que disse?

— Puta.

Jinwu, com um sorriso falso, deu um passo à frente, dizendo uma palavra de cada vez:

— Ouça, homenzinho... você... é... um... imbecil!

Antes que ele pudesse se esquivar, ela lhe deu um tapa em cheio no rosto com as pontas das notas. Ainda dona da situação, não quis jogar o dinheiro fora para comprovar sua pureza. Não estava em um filme B de Hollywood. O dinheiro é importante em uma sociedade comercial.

## 2

Quando Yushe recebeu alta, Jinwu a levou para a casa mofada onde haviam vivido juntas por tantos anos. Foi em uma época em que todos do seu círculo se preparavam para entrar na universidade. Jinwu queria que Yu fizesse o mesmo. Há muita competição por bons empregos, explicou, você precisa de diploma universitário, sem um você vai perder. Yu perguntou se Jinwu faria isso; Jinwu apenas sorriu, sem responder.

Jinwu preparou tudo para Yu: telas, cavalete, pincéis e mais de cinquenta tubos de tinta, mais do que vira no apartamento de Taibai. Deu uma instrução simples:

— Comece a pintar! Sei que pode fazer isso melhor que esses piolhentos que ficam babando com o meu corpo!

Yu já pintara sete telas quando alguém bateu à porta. Era um estranho, que se apresentou como Gulu, amigo de Taibai. Ele não se importou que ela não conhecesse Taibai, estava ali para ver as pinturas, que o impressionaram assim que pôs os olhos em uma delas.

As cores da pintura de Yu eram horríveis: vermelhos carregados, verdes, azuis e púrpuras, todos se tornavam cores sobrenaturais sob o seu pincel. Os vermelhos-escuros pareciam sangue sólido; os azuis profundos e verdes-escuros davam a impressão de que a pintura tinha sido molhada com água do oceano. Uma pintura à primeira vista parecia uma flor, mas quando examinada mais de perto era um pássaro. Em outra, quando Gulu descobriu uma cabeça de pássaro em uma flor, olhou com mais atenção e foi recompensado por outra descoberta — era também uma cabeça de peixe, e as penas se tornavam escamas. Olhos se escondiam em lugares incomuns e monstruosas bestas com intenções malignas espreitavam nas sombras, preparadas para saltar sobre o observador... Gulu ficou espantado ao ver como era fácil para o mal se ocultar no belo. Algumas imagens revelavam objetos comuns reproduzidos de formas bizarras: uma mulher negra de forma estranha, uma máscara de bronze diabólica, pássaros iguais a nuvens, aranhas coloridas escondidas em flores, uma maçã vermelha perdida em plumas azuis... um jorro de fluido venenoso enchia o ar colorido.

Uma das pinturas finalizadas realmente espantou Gulu. Era bem simples: uma serpente enrolada em uma grande estrutura metálica, com a forma de mexilhão coberto por penas negras. Estranhamente, as penas não o lembravam pássaros voadores, mas uma cortina pesada que escondia a serpente de forma misteriosa. Era desenhada com o detalhismo popular na escola fotorrealista. Gulu achou a imagem assustadora; não conseguia olhar por muito tempo. Parecia um garoto vendo o corpo de uma mulher adulta pela primeira vez, ou vendo um crocodilo pela primeira vez; estava assustado, mas queria olhar de novo. Então, recuou para um lugar seguro e olhou novamente para a pintura, depois outra vez. Era excitante; era repugnante; era irresistível. Teve então a assustadora sensação de que a serpente se enrolara em seu torso. Inspirou o ar profundamente e estremeceu em seu abraço viscoso, forte. Algumas gotas de urina desceram por sua perna.

— O que a inspirou a pintar isso? — perguntou.

Yu olhou atentamente para ele. Não parecia burro. Como, então, fazia uma pergunta tão tola? Ela não respondeu.

Ele andou de um lado para o outro e se aproximou para examinar as pinturas. Quando sua coragem parecia voltar, olhou como se estivesse tentando enfiar a cabeça entre a pintura e a tela. Por fim, perguntou:

— Você sabe que, na história antiga, a serpente que pintou representa o mais alto espírito da humanidade?

Yu atirou o pincel no chão. Estaria brincando? Mas não havia sinal de ironia ou zombaria em sua expressão. Pensou em pedir que tirasse uma foto de suas costas. Mas não pediu. Uma vez pedira a Yuanguang a mesma coisa. A resposta dele foi um compromisso. Se outra pessoa a atirasse, isso seria violar uma confiança sagrada.

Yu nunca soube, mas cerca de um ano depois, uma mostra não oficial, mas muito famosa, exibiu a sua serpente. Ficou no ponto mais visível do primeiro salão, com uma pequena mudança: os nomes dos artistas, Gulu e Taibai.

## 3

A notícia de que Xiao entrara para uma grande universidade no fim dos anos 1970 foi a primeira notícia boa para a família Lu em muito tempo. Ela não era mais a garota tímida com bochechas vermelhas, tricotando meias e suéteres para o namorado enquanto esperava por ele nos degraus da entrada. Embora ainda simples e rústica, mudara muito. Era espirituosa. Autoconfiante. Quando Xiao entrou na casa da família Lu, Xuanming teve de olhar de perto para reconhecer a própria neta.

A família se reuniu para recebê-la. Lu Chen, um destacado estudante em sua época, deu um grande sorriso; sempre desejara que suas filhas frequentassem a universidade. "As crianças estão dez anos atrasadas", dizia sempre.

Ling também estava lá. Xuanming chorou ao segurar suas mãos. Sua adorada neta mais velha não vinha havia muito tempo; agora sua aparência era amarelada, a expressão doentia. Os olhos estavam vermelhos, como se chorasse frequentemente. Wang Zhong não voltou com ela. Embora Xuanming não gostasse dele, ele era, afinal, o marido de sua neta e, sem ele, a família ficava incompleta. Yun'er estava lá. Estava se tornando uma garota bonita. Seria, por consenso, a mais bonita da família, mais bonita que Ruomu na flor da mocidade. Sua boa aparência tocava o coração de Xuanming, talvez porque a lembrasse sua própria infância. A memória daqueles dias estimularia a velha senhora a contar novamente sua própria aventura de contos de fada, quando visitou a imperatriz viúva no 25º ano do reinado Guangxu.

A dinâmica da família: entre seus membros, incluindo Wang Zhong, havia três pares de inimigos. Xuanming e Lu Chen eram um par; Ruomu e Yu, outro; Ling e Xiao, o terceiro. Só porque experimentava o reconhecimento com sua entrada para a universidade, Xiao não podia perdoar Ling. Ao contrário, ganhara clareza sobre muitas coisas. Seus olhos, antes embotados e apáticos, revelavam uma nova e aguda percepção. Para os sagazes, também revelavam um segredo: Xiao tinha um namorado.

Ele era seu colega de classe e se chamava Hua. Xiao soube que era o homem certo na primeira vez em que o viu; de fato, achou que o destino havia funcionado. Em um exercício em classe destinado a tornar a atmosfera mais informal naquele primeiro dia, foi pedido a cada estudante que fizesse uma breve apresentação e depois selecionasse quem seria o próximo. Quando Hua terminou de cantar, arbitrariamente pediu que a próxima pessoa fosse o oitavo estudante à sua direita. Todos se viraram para olhar o oitavo estudante. Era Xiao.

Ela ficou reta, pondo de lado toda a timidez, e cantou uma canção infantil, *No campo bonito*. Hua não esperava uma apresentação tão talentosa. Ele a observou atentamente e, com apenas aquele olhar, teve uma sensação desconhecida em seu coração.

Objetivamente, Xiao não era nenhuma beleza, mas se destacava não por ser vistosa ou brilhante. Era sua simplicidade. Naquele dia, essa passou a ser uma qualidade especial. Sua vitalidade era enfatizada pela roupa simples — jeans azul e camiseta cinza-claro. Simplicidade e vitalidade: exatamente as qualidades que mais atraíam Hua.

A atração mútua logo se tornou aparente para ambos. Começaram a passar tempo juntos. Quando estava com Hua, Xiao sentia que sua meninice inocente fora restaurada. A vida com Ling a privara desses sentimentos; mesmo sendo mais nova, Xiao sempre assumira o papel de irmã mais velha. Alguém tinha de ser responsável. Agora sentia alívio.

Xiao fora até então uma flor no escuro, uma beleza solitária. Agora as estrelas tinham se erguido, trazendo o cheiro novo e frio das flores; seu coração estava aberto para muitas possibilidades e sentimentos de afeto.

Essa universidade estava no norte distante. Na primavera, a grama voltava à vida, e os estudantes começavam a passar tempo ao ar livre, inalando ar puro e absorvendo o sol em seus ossos. Xiao sentia a presença de apenas uma pessoa. Todos os seus sentidos tinham se aberto para ele, e os dele para ela.

Um dia, quando estava sozinha no quarto, ele apareceu à porta e pediu uma conversa particular. Fechando a porta, disse: "Ambos sabemos que existe alguma coisa especial entre nós: você sente isso, e eu também. Somos adultos e não podemos ser tímidos. Mas você deve controlar seus sentimentos, porque nada vai acontecer aqui."

Naquele dia, Hua disse que era casado.

Estranhamente, não foi ouvir que Hua tinha uma esposa que fez ondas oceânicas se quebrarem na alma de Xiao; nessa época essa não era mais uma barreira intransponível para a expressão do amor. Foi ouvir a palavra "controlar" que abriu as comportas, liberando suas emoções. Ela chorou no ombro dele, mas seu próprio choro não a comovia, exatamente como as flores não podem sentir seu próprio suspiro. Era em suas lágrimas que Xiao se afogava. Como aquelas lágrimas foram reprimidas por tanto tempo, agora, como um rio, despencavam. Ele também se afogava em lágrimas. Como raramente chorava, sentiu-se como uma árvore nua, todas as folhas arrancadas.

Xiao foi para casa. Precisava de alguém com quem compartilhar sua dor. Na época, a casa Lu acabara de instalar um telefone, então ela telefonou. "Onde está Yu?", perguntou.

## 4

Yushe foi a última pessoa a entrar na sala para o exame. A professora de meia-idade olhou para ela desaprovadoramente enquanto dizia:

— Vou fazer uma pergunta para testar sua imaginação. Todos vocês conhecem a história que começa "Fragrância seguiu os cascos do cavalo de volta para casa de um jardim de flores". E como sabem, a frase-clímax é "abelhas e borboletas voavam em volta dos cascos". Agora, vou recitar um poema e pedir a vocês que usem sua imaginação da mesma forma, e desenhem uma figura que represente sua resposta ao poema. Desenhem o que quiserem.

E então recitou o poema:

*Um salgueiro a leste,*
*Um salgueiro a oeste,*
*Um salgueiro ao sul,*
*Um salgueiro ao norte.*

Os estudantes se entreolharam, completamente perdidos. Isso deliciou a professora, que continuou:

*Magros salgueiros gêmeos*
*Às centenas e aos milhares*
*Não podem reter a pessoa que parte.*

Agora os estudantes sentiam-se libertados do suspense e da agonia, acreditando começar a entender o que a professora queria. Mas ela continuou:

*A perdiz chorava,*
*O cuco chorava,*
*Irmão, não parta,*
*Melhor voltar, melhor ir,*
*A perdiz chorava.*

Que estranho! Não era prosa nem poesia. Agora os estudantes estavam mais intrigados que nunca. E puseram-se a trabalhar, mas em várias direções: alguns desenharam um par de cucos, outros escolheram os quatro salgueiros, e alguns começaram a pintar um par de amantes.

A professora andava entre eles, olhando a variedade de interpretações, mas gastou a maior parte do tempo examinando o trabalho de Yu. Ela desenhou uma mulher nua, cujos braços se erguiam bem alto, mas em forma de galhos de árvores. Com uma série de traços firmes e usando linhas finas, como os padrões florais vistos em papéis de parede, não deu profundidade alguma à figura, trabalhando apenas em duas dimensões. Nenhuma sombra, nenhum matiz, só a mudança de cores: eram formas de indicar uma mensagem oculta. Canais pontilhados no meio estavam à mostra e visivelmente ligados ao coração, mas não havia sangue nos vasos sanguíneos — nenhum sangue no corpo inteiro. Era uma pintura sem emoções.

— O que é isso?

— Um labirinto.

— Por que um labirinto?

— O ser humano é um labirinto. Alma e corpo, ambos são parte dele. O corpo é a parede do labirinto e a alma é o caminho estreito que liga tudo ao centro. Entrar é viver, sair é morrer.

— Mas você está a mil quilômetros de distância do tema.

— Nada disso. Seu poema é sobre uma mulher, talvez uma prostituta. Uma mulher que quer que o homem fique, mas está condenada ao fracasso. Os salgueiros e os pássaros são parte dela, os símbolos imaginários do corpo e da alma. Esbocei todos os códigos dela nesta pintura. Agora você pode ir adiante e decifrar os códigos.

Com isso, Yu pegou suas coisas e saiu, deixando a professora e a classe estupefatas. Apenas então a professora disse que a estudante não tinha permissão para fazer o exame.

Os outros estudantes juntaram-se em torno do desenho de Yu. Sacudindo a cabeça, um deles disse:

— Se não for louca, essa garota deve ser um gênio.

A professora levou a pintura.

## 5

Yadan publicou seu primeiro conto no início da década de 1980. Isso aconteceu por acaso. Ela havia acabado de entrar para o departamento de literatura de uma grande universidade. Para sua grande surpresa, no primeiro dia viu Zhulong, que acabara de ser solto e se inscrevera no departamento de física.

No centro do campus havia um chafariz, uma bonita fonte para estudantes se encontrarem e se apaixonarem à luz da lua. O luar acariciava suas sutis e sensíveis emoções. Uma noite, Yadan sentou-se no ponto em que a luz da lua mesclava com a luz amarelada da rua, dando ao seu cabelo e ao seu rosto um brilho dourado. Zhulong sentou-se a seu lado; parecia distraído ou em transe, os pensamentos flutuando para outro mundo.

— Por que não publica todos os seus escritos? — perguntou afinal. — Você tem tanto potencial.

— Acha mesmo isso?

— Claro!

Yadan escreveu mais histórias, trabalhando à noite na maior parte do tempo, mas não as mostrava a ninguém. Faltava-lhe confiança.

Um dia, um professor chamado Yuan passou para a turma uma redação. Deveriam escrever uma história intitulada "Encontro". Yuan fora editor de uma grande revista e era um crítico muito exigente. Yadan escreveu milhares de palavras, dentro e fora da aula. Para o trabalho, escreveu uma história sobre uma garota chamada Xiao Fan, que encontrou uma ex-colega chamada Shasha em um ponto de ônibus. Shasha usava tanta maquiagem que Xiao Fan quase não a reconheceu. Xiao Fan passou nos exames e entrou para a universidade. Seu estado de espírito era efervescente, o que contrastava nitidamente com Shasha, cujo comportamento era afetado pelo desemprego. Fazendo uso de diálogos, a história descrevia o otimismo de Xiao Fan e o desespero de Shasha. Quando o ônibus chegou, elas se separaram; Xiao Fan achou que aquele fosse o último encontro delas. No fundo, Yadan achava que ela era Xiao Fan e Yu era Shasha. Sabia que Yu não fora aceita na escola de arte, apesar de todo o estímulo e apoio material de Jinwu. Yadan se decepcionou com a notícia. Tanto talento, e agora o futuro de Yu estava definitivamente em risco.

Yadan não a via há meses. Pular pela janela tinha sido um ato heroico. E, depois, todos aqueles meses no hospital. Ela a amava apaixonadamente, tanto quanto amava Zhulong, e passara três meses cuidando dela no hospital. Copiou um poema de Qiu Jin e pretendia oferecê-lo a Yu.

*É por nossa culpa que nosso país está em tumulto,*
*Que eu tenha de vagar sem teto por toda parte,*
*Meu sangue fervendo, com medo de olhar em volta,*
*Meu intestino frio como flores da primavera congeladas.*

Yadan achava que o poema se aplicava a Yu. Quando recebeu alta do hospital, toda remendada como uma boneca de retalhos, sua recuperação surpreendeu a todos. Muitos achavam que ela nunca teria alta. Velhas conversavam sobre isso: "A terceira filha da família Lu — que história! Seus órgãos foram dilacerados, mas depois eles os juntaram novamente. Ela não é um fantasma?"

Após ser liberada, Yu ficou na casa de Jinwu. Yadan foi visitá-la, mas Yu ficou calada e indiferente a maior parte do tempo. Um dia, Yadan fez uma sopa deliciosa e a levou em uma marmita, manchando seu vestido. Servindo a sopa, disse: "Minha mãe trouxe uma tartaruga viva do mercado, depois cortou sua cabeça para que eu pudesse fazer a sopa com ingredientes frescos." Yu só franziu a testa; era a sopa que a desagradava ou não queria companhia? Depois de um tempo, Yadan perdeu o interesse e raramente a visitava.

Mas Yu permaneceu em seu coração e sempre virava personagem nas histórias de Yadan. Ela tentava ser objetiva a seu respeito, dando algumas de suas qualidades a personagens diferentes, com ideais e motivos diferentes. Às vezes, um personagem levava a outro. Assim, Yadan aos poucos aumentou seu conhecimento sobre a natureza humana. Um dia, comprou um quebra-cabeça para Yu, um cubo de Rubik. Yu o segurou à luz do sol filtrada pelas cortinas e analisou os padrões de cada um dos lados. Aquele momento deixou uma impressão profunda em Yadan: não era verdade que cada pessoa é como um cubo mágico, apresentando uma nova face a cada torção?

A história de Yadan foi usada como modelo por Yuan, seu professor de redação. Ele a circulou entre os demais alunos e perguntou se ela tinha outras histórias. Ela apresentou a de uma garotinha que amava profundamente a mãe, mas nunca conquistava seu amor. Depois de começar a ganhar dinheiro, a garota comprou um bolo de creme de manteiga com o primeiro salário. A mãe disse que não era feito de manteiga verdadeira e, sem saber o quanto a menina queria comer o bolo, fosse de manteiga verdadeira ou não, o deu para o gato. A garota tomou o bolo do animal, enfiando-o na boca e, assim, morreu sufocada. Yuan mostrou essa história para os editores da revista onde costumava trabalhar. Eles não entenderam seu significado, acharam que não se enquadrava em nenhuma das categorias habituais — não era sentimental, nem provocativa, nem sobre a juventude expulsa. O pensamento deles era tão limitado que ninguém quis assumir a edição, nem descartá-la, pois a história era comovente.

Finalmente, o conto foi avaliado pelo editor-chefe, que deu um tapa na perna e disse: "Boa! O que há de errado? Mexe no problema das classes sociais. Até o amor é separado por classe! A mãe e a filha eram da mesma família, mas a mãe era obviamente burguesa, e a filha, uma trabalhadora, proletária. É uma forma simbólica de escrever, tem grande profundidade!"

*Bolo de creme de manteiga* foi a estreia da grande carreira literária de Yadan, publicada como a história principal em uma revista importante, na seção reservada a novos talentos. Tornou-se uma celebridade do dia para a noite no mundo literário e foi entrevistada na tevê e por jornais. Começou a receber cartas de fãs e, ocasionalmente, era reconhecida nas ruas. Toda essa atenção fez maravilhas por sua autoconfiança, transferida a outros domínios de sua vida. Assim, um dia sentiu que era tempo de falar e pediu a Zhulong que a encontrasse na fonte de água.

Naquela noite, o luar se espalhava pela água como pedacinhos de prata. Yadan viu Zhulong caminhar tranquilamente em direção à fonte.

## 6

Minha obsessão por joias começou em meados dos anos 1970, antes que a revolução cultural terminasse. Costumava visitar muito a loja de penhores próxima em busca de artigos valiosos a preços baratos. Que época estranha. O medo fazia parte de tudo. Foi na loja que conheci Xuanming.

Era meio-dia de outono, sob céus cinzentos. Como sempre, eu me demorava na frente do balcão de joias. Uma velha de pés pequeninos entrou. Foram seus pés que chamaram a minha atenção, e seus delicados sapatos pretos. As pontas dos sapatos eram viradas para cima e decoradas com pedaços de jade verde cortados em forma de diamante. Seus sapatos eram superiores a todas as antiguidades nessa loja de penhores chamada Ajuda ao Povo.

Concentrada naqueles pés, quase não reparei na caixa de joias que carregava. Ao primeiro olhar, vi que era feita de pau-rosa, de aparência pesada, com uma placa de cobre de cada lado no formato de flor. A postura da senhora era digna e orgulhosa. Quando abriu a pequena porta da caixa, quatro lindas gavetas apareceram. Ela puxou uma delas; os clientes da loja aproximaram-se para ver que tesouros seriam revelados.

Fiquei estupefata. Ali estava uma das últimas representantes do antigo mundo de riqueza, beleza e privilégio. Ela simbolizava uma classe de pessoas que eu conhecia pouco e da qual queria saber mais. Era uma oportunidade que eu não deixaria passar.

Na primeira gaveta havia um lacre de marfim lindamente esculpido. Amarelado pelo tempo, mostrava um menino tocando flauta e um búfalo com cara de menino. Tinha inscrito o nome de um militar de alta patente da dinastia Qing. O oficial era famoso por sua campanha brutal para esmagar o exército de Taiping; seria essa velha senhora descendente dele?

A segunda gaveta continha uma **pulseira de prata e ágatas.** As pedras eram vermelhas, como as bagas vermelhas encontradas em uma floresta profunda. A prata havia sido usada para criar uma teia de cor e textura contrastantes em volta de cada baga. Jinwu notou que vários fios estavam quebrados, mas haviam sido consertados. O trabalho era hábil, mas os reparos o desvalorizavam.

Na terceira gaveta estava um par de brincos de pérola. As pérolas tinham o formato de lágrimas, brancas como leite e perfeitamente iguais. A velha senhora disse ser um tesouro raro passado de um membro da família para outro; costumava haver um colar que combinava com as pérolas, criando um conjunto de joias único e imensamente valioso. Mas um sobrinho chamado An, um ingrato, se apossara dele e o dera a alguém.

Enquanto a velha senhora se explicava, um pequeno grupo de fregueses se reuniu em volta para ouvir e fazer perguntas. Ela se animou com isso e sua disposição melhorava à medida que apontava os aspectos mais belos de seus tesouros:

— As pérolas em formato de lágrima são raras porque crescem apenas onde duas conchas se juntam, fazendo uma ponta estreita e outra totalmente arredondada. Encontrar duas perfeitamente iguais, tanto em forma quanto em cor, como estas, é extremamente raro. Nos velhos tempos, dizem os boatos, havia outro par como este, que pertenceu a uma das várias famílias imperiais. Pertencia a um homem chamado

Zai Zhuan. Quando a família dele foi expulsa da Cidade Proibida, ele ficou pobre, mas, mesmo precisando desesperadamente de dinheiro, ele jamais o venderia. As pérolas não eram perfeitamente iguais como estas nossas, mas eram grandes e consideradas um tesouro raro. Zai Zhuan podia alugá-las, mas nunca vendê-las. Então, todos vocês... podem imaginar o valor deste par? É um verdadeiro tesouro, e, se eu realmente não precisasse do dinheiro, nunca os venderia.

Imediatamente perguntei:

— Está vendendo em razão de um casamento ou de um funeral?

Aborrecida com a pergunta, a velha disse:

— Para o casamento de minha neta mais velha.

A última gaveta tinha um anel de diamante montado em platina. Sem dizer nada, imaginei que o diamante tivesse 20 quilates. Linhas de pássaros vermelhos estavam esculpidas na platina. Dois caracteres chineses, *gao* e *yao*, estavam gravados de cada lado do anel. Achei aquilo muito curioso e disse:

— *Gao* está escrito com o ideograma para sol em cima do ideograma para árvore. *Yao* está escrito com o sol abaixo de uma árvore. Isso significa alguma coisa? Algo especial?

— Sim. De acordo com o livro *Dentro dos quatro mares*, "além do mar do sul, entre os mares negro e verde, havia um tipo de madeira chamado Ruomu." O que é Ruomu? É o galho dourado do deus da árvore do sol. *Gao* significa em cima da árvore. *Yao* significa o sol poente pela base da árvore. Este anel foi feito para o casamento da minha filha Ruomu.

Aí então eu soube que essa senhora era a avó das três meninas Lu. Era a sogra de Lu Chen. Segurei sua mão e perguntei:

— Sua neta mais velha se chama Ling?

Isso aconteceu há alguns anos. Pensar nisso ainda é interessante. Naquele dia, Jinwu seguiu a velha até a casa Lu. Tinha sido estudante de Lu Chen, especializada em economia de estradas de ferro. Mais tarde, foi escolhida por um estúdio para fazer dois papéis e decidiu virar atriz profissional. Jinwu e Lu Chen não tinham qualquer relacionamento, mas Ruomu a odiava. Acreditava que Jinwu pretendia seduzir seu marido.

Sentindo isso, Jinwu deliberadamente ficou mais amigável, até flertando um pouco, apenas para irritá-la.

Ruomu deu um ultimato:

— Jinwu não pode entrar por aquela porta!

Foi Lu Chen quem sinalizou o fim do pequeno jogo:

— Se você quer que eu viva mais alguns anos, não volte aqui.

Jinwu olhou para aquele rosto magro e amarelado com espanto, se perguntando como um homem de caráter forte e tanta inteligência podia ser dominado com tanta facilidade por uma mulher. Mas segurou a língua por amizade ao professor.

Jinwu ajudou financeiramente a família Lu. Todas as três filhas ficaram com ela sem pagar nada enquanto iam para a escola — as duas mais velhas enquanto os pais adotivos de Jinwu ainda estavam vivos. O casal não tinha filhos próprios e adorava tê-las por perto. Eles deixaram algum dinheiro para Jinwu, que diziam ter vindo da mãe biológica; mas, como o casal morreu prematuramente, a mulher nunca foi identificada. A ligação de Jinwu com sua verdadeira mãe perdeu-se para sempre.

Jinwu cumpriu a palavra com Lu Chen por muito tempo, não retornando à casa dele para evitar perturbar sua ciumenta esposa. Mas, depois do encontro com Xuanming, mudou de ideia. Era uma oportunidade rara, porque só Xuanming estava em casa, e Jinwu queria ver seus tesouros e ouvir mais de suas histórias. Essa mulher tinha uma ligação interessante com o passado.

Jinwu fez o chá da tarde para Xuanming e um prato de feijões apimentados, sabendo que ela era, originalmente, da província de Hunan. Jinwu estivera na casa Lu muitas vezes antes, mas nunca encontrara Xuanming. Por Ling, soube que era a velha senhora que cozinhava quase tudo; ela devia ficar na cozinha o tempo todo. Nessa visita, ao preparar alguma comida para levar, poderia ter Xuanming só para si e mimá-la como a senhora merecia. Xuanming trouxe um pouco de vinho de arroz para acompanhar os feijões apimentados e pediu a Jinwu que bebesse com ela.

Quando soube que havia sido Jinwu que ajudara as garotas enquanto elas frequentavam a escola, a velha senhora a olhou de lado e disse:

— Você é adorável. Quantos anos tem?

— Sou dez anos mais velha que a sua primeira neta e 18 anos mais jovem que sua filha; quantos anos isso dá?

— Mais de 30, mas você não aparenta.

Jinwu deu uma risadinha.

— Sou atriz. Há outra atriz chamada Fang que tem mais de 40 e ainda faz papel de adolescente.

Tomou um grande gole do vinho, do qual gostou muito.

Xuanming disse:

— É um bom vinho. Acabei de fazer uma grande garrafa, pode levá-la.

As duas sentaram e conversaram como velhas amigas. Depois de um tempo, com a cabeça rodando um pouco do vinho, Jinwu disse:

— Vi as joias que você levou à loja. Deve amar muito essas peças. Você não as venderia se não precisasse.

A velha senhora fez um muxoxo de resignação.

— É isso mesmo. Lu Chen tem sido inútil. Meu marido administrava a ferrovia e sustentava toda a família, uma família grande. Vivíamos bem.

— Mas era uma época muito diferente, não pode ser comparada com as condições de vida hoje em dia. A mãe de Yu não tem diploma? Por que não está trabalhando?

Xuanming tomou vinho e mastigou os feijões.

— Bem, foi ideia do pai de Ruomu, ele disse que era dever da mulher ter filhos, ela devia ficar em casa e cozinhar. Se não fosse por mim ela nem teria entrado na universidade.

Jinwu revirou os olhos e disse:

— Para ser sincera, minha mãe me deixou algum dinheiro. Eu gosto daquele anel de diamante. Se quiser, diga seu preço e eu pagarei a longo prazo. Quando estiver um pouco melhor das finanças, poderá comprá-lo de volta. É melhor que deixá-lo com algum estranho.

Ponderando por um momento, Xuanming disse:

— Está bem. Mandei fazer o anel quando Ruomu se casou. Ele me custou novecentos dólares chineses de prata naquela época. Hoje deve valer pelo menos 3 mil iuanes. Mas em uma época como esta, não se fala no preço real.

Jinwu puxou um maço de dinheiro e contou. Pôs trezentos iuanes sobre a mesa.

— Que tal pagar mil iuanes em três vezes?

Xuanming assentiu silenciosamente, embrulhou o anel em um lenço e o entregou a Jinwu. Ao ver a mão idosa de veias salientes, Jinwu sentiu culpa:

— Quando quiser de volta e só me procurar. Eu o trarei de volta imediatamente. Vivo na última parada do ônibus número nove. O lugar se chama Yang Qiao.

— Posso ver que é uma pessoa direita — Xuanming disse, com um sorriso.

Xuanming se perguntava se deveria mostrar o candelabro. Aquele era um tesouro de verdade. Diversas vezes esteve a ponto de mencioná-lo, mas, no final, decidiu por não fazê-lo. Quando Jinwu perguntou de novo se havia algum outro tesouro, Xuanming negou firmemente com a cabeça.

Anos mais tarde, Jinwu viu o candelabro em um grande museu. Ela o observou durante muito tempo e se perguntou por que Xuanming o mantivera escondido. Se a velha senhora tivesse mostrado a lanterna, Jinwu iria querê-la, nem que tivesse de vender sua casa. Mas agora estava fora de seu alcance para sempre.

## 7

Se a neta mais velha não tivesse perguntado pela joia, Xuanming teria esquecido tudo sobre o lugar chamado Yang Qiao. Mas, lá pelos anos 1980, Ling jogara fora todos os seus sentimentos e estava pronta para desfrutar objetos materiais. Aconteceu de forma bem súbita; uma noite pensou estar nutrindo ideias tolas. O que é real? Para uma mulher, o dinheiro é real. O que é liberdade? A liberdade vem do dinheiro. E é como ópio: uma tragada e se está viciado. Ling tinha passado de um extremo a outro e agora acreditava sinceramente que o dinheiro era a chave da liberdade.

Ling sabia tudo sobre o tesouro da avó. Naquele grande baú de pau-rosa e na pequena caixa de joias havia tesouros incontáveis. Começou a pedir joias à vovó. Sabia que devia tornar seus desejos conhecidos antes que as irmãs começassem a pensar pelas mesmas linhas. Vovó nunca dizia não para a neta mais velha. Recentemente, todas as três filhas Lu tinham começado a trabalhar e mandavam dinheiro para casa; as únicas despesas de Ruomu eram as três refeições diárias e um maço de incenso âmbar-gris por mês. Ela tinha poupado algum dinheiro. Como Ling se apaixonara por joias, Xuanming decidiu que era hora de ir a Yang Qiao.

Quando viu Xuanming, Jinwu não pôde deixar de pensar no quanto aquela mulher envelhecera nos dez anos em que a conhecia. Não conseguia imaginar como se pareceria quando ela própria chegasse àquela idade. Viva enquanto pode, beba até ficar bêbada, corra e faça a sua vida acontecer — isso era ainda mais verdadeiro para as mulheres. Pelo menos, era no que Jinwu acreditava.

Quando Xuanming chegou, Jinwu estava ocupada com os preparativos para a primeira mostra de arte de Yu. Molduras se espalhavam por toda a cama e pelo chão. Xuanming não conseguiu nem achar lugar para sentar.

Jinwu estava muito alegre, mas, como sempre, Xuanming começou a reclamar. Em sua vida anterior ela devia ter uma grande dívida com a família Lu; ela os servira por tanto tempo, mas a dívida ainda não estava paga. Jinwu apenas riu, dizendo que a mesma perspectiva se aplicava a ela, Jinwu. Quanto à vovó, não seria suficiente dizer que agia por senso de dever? Xuanming sorriu.

Jinwu levou Xuanming para seu quarto, onde poderiam sentar confortavelmente. Depois, trouxe chá e biscoitos. Xuanming, que se tornara criada da própria família depois de começar como senhora da casa de um homem importante, ficou profundamente agradecida por essa hospitalidade generosa, mas informal. Sentou na cama de pernas cruzadas, pensando que realmente gostava daquela jovem. Talvez pudesse adotá-la. Mas era jovem demais para ser filha, velha demais para ser neta.

— Você tem filhos?— perguntou.

— Não tenho nem marido, onde arranjaria uma criança?— Jinwu retribuiu o sorriso.

Xuanming reagiu espontaneamente.

— Você devia se casar! Não é bom passar dos 40 sem um marido!

Enquanto dizia isso pensava em sua própria tia Yuxin, que permaneceu solteira a vida toda. Talvez fosse verdade que mulheres bonitas eram infelizes. Mas a beleza de Jinwu ainda estava no auge, e não havia sinais de infelicidade. Esse pensamento levou a outro: os tempos haviam mudado. Hoje em dia, muitas mulheres envelhecem melhor que homens.

Jinwu entrava e saía do quarto como uma brisa em redemoinho. Sorrindo largamente, disse:

— Eu teria ido ao mercado se soubesse que você viria. Talvez bolinhos de camarão, lembro que você gostava deles. Você deve ficar para jantar hoje à noite. Yu estará de volta. Vocês não se veem há um bom tempo.

Jinwu fez sopa de bolinho doce. Depois de servir uma tigela para Xuanming, saiu do quarto e voltou com o anel de diamante. Xuanming relutava em tocar no assunto, e ali estava Jinwu, entregando o anel com solicitude, por vontade própria. A velha senhora ficou comovida.

Jinwu sentou-se ao lado de Xuanming e soprou a sopa quente para esfriá-la.

— Honestamente, queria usá-lo quando me casasse. Mas isso não aconteceu, e é um desperdício deixá-lo guardado. Queria devolvê-lo faz tempo, mas estou sempre ocupada, e ele ainda está aqui. Sinto muito que tenha tido o trabalho de vir até aqui. Agora coma a sopa enquanto está quente. Fiz os bolinhos bem macios para ser fácil mastigá-los.

Xuanming acariciou o cabelo de Jinwu.

— Boa criança, você é tão atenciosa. Olhe, ainda tenho bons dentes! Com a idade de 89 anos só perdi dois! Mas sobre o anel: deve valer pelos menos 7 mil iuanes. Pense de novo.

— Claro, eu sei. Mas não é meu e não posso ficar com ele. Naquela época dissemos que era um empréstimo, você não o vendeu. Não voltarei atrás em minha palavra.

Novamente Xuanming se comoveu. À beira das lágrimas, disse:

— Boa criança! Pessoas como você serão protegidas por Buda durante toda a vida. Quando nos conhecemos, eu soube que havia ligações predestinadas. Você sabe como é a vida na família Lu. Sou uma velha que os serviu por tantos anos, mas não tenho mais forças e me sinto terrivelmente solitária em minha própria família. Tive um filho, mas ele morreu na guerra. Se tivesse sobrevivido, a vida teria sido muito melhor para mim. Imagine! Viver com uma filha mimada por todos desde que era pequena e que nunca trabalhou. Ela espera que eu preste contas de cada centavo! Estou ficando velha, e minha cabeça não funciona bem. Às vezes volto do mercado com moedas a menos, e Ruomu reclama durante horas. Lu Chen nem sequer fala comigo. Embora eu tenha muitos defeitos, ainda sou a mais velha da família. Como podem ter tão pouco respeito? Não posso contar com minhas netas. Criei sozinha a mais velha. Para quê? Tudo que ela quer de mim é dinheiro e joias! Eu a mimo, mas sei do que é capaz. Por mais egoísta que seja, ainda é uma criança querida. Como eu queria ter uma neta como você. Mas cometi muitos pecados e não mereço essa felicidade. — Esse discurso foi proferido com muitas fungadas em seu lenço.

Sem hesitar, Jinwu disse:

— Então, me ame como uma neta! Tenha a mim como a filha do filho que perdeu. Não tenho nenhum parente e nem sequer sei quem foi minha mãe. De agora em diante, mostrarei meu respeito filial apenas a você e a mais ninguém. Está bem?

Xuanming foi subjugada por essa demonstração de amor.

— Boa criança, você é muito inteligente! Os velhos precisam ouvir essas palavras maravilhosas de estima. Na verdade, não importa se pode ou não demonstrar respeito filial. Você sabe como nossas garotas são. A mais velha tem gênio ruim, mas eu sou a culpada por isso. A segunda é honesta, mas nada pode fazê-la falar. A mais nova, Yu, é estranha desde pequena. Causou muitos problemas à família. Todos os desconhecidos achavam que a mãe dela e eu a tratávamos mal. Mas quem poderia suportar aquela criança? Ela matou seu próprio irmãozinho! Será que a mãe dela poderia perdoá-la?

Jinwu estendeu a mão para cobrir a boca de Xuanming, dizendo enfaticamente:

— Vovó, nunca mais diga isso. Yu era muito pequena para entender. Estava cheia de dor. Foi a um tatuador por causa disso e suportou muita dor. Você pode falar com a mãe dela e convencê-la a deixar para trás esses velhos ressentimentos? Afinal, Yu é filha dela.

Conversaram até depois do jantar. Yu não voltou e, como ficava tarde para o ônibus, Jinwu mandou Xuanming de táxi para casa — levando o anel, o coração muito mais leve e um sorriso para si mesma.

## 8

Xuanming não dormiu naquela noite. Pensava em Jinwu. Que mulher surpreendente — tão talentosa, franca e direta, receptiva, astuta, mas generosa. Também pensou na própria juventude e em que maldição era o fato de nenhuma de suas netas, nem sua própria filha, nem mesmo a bisneta, ser uma pessoa tão boa.

Xuanming nascera em tempos turbulentos no fim do século XIX. O nome de sua família era Shen. Seu pai era o homem de negócios mais rico das províncias de Hunan e Hubei, dono de muitas lojas de joias, cetins e sedas. Mais tarde, a família uniu-se à corte Manchu em Pequim, assumindo deveres oficiais por lá. O pai de Xuanming era o filho mais velho e tinha vários irmãos. Toda a família era eminente. Mas, inesperadamente, a sorte começou a declinar depois da ida para Pequim. Primeiro foi um parente distante da senhora Yang que se meteu em problemas. Embora isso não tivesse consequências imediatas para sua própria família, a senhora Yang tornou-se temerosa e insegura.

O pai de Xuanming nunca teve concubinas. Naqueles dias, isso era raro. Por causa do exemplo do pai, Xuanming se opunha fortemente a que seu marido tivesse amantes. A senhora Yang dera à luz a todas as 17 filhas da família Shen e administrava a casa. Ela duvidara que ir para Pequim fosse uma boa ideia. Outra fonte de ansiedade era Yuxin. Quando ela morreu e Yang Rui se meteu em problemas, as preocupações da senhora Yang pareceram esmagá-la, e ela ficou gravemente enferma. Ao mesmo tempo, ficou preocupada em encontrar um marido para a filha mais nova, Xuanming.

O terceiro tio de Xuanming tinha um grande amigo, Qin Tianfang; ele era bem conhecido por seu papel na construção da Ferrovia Pequim-Zhangjiakou, junto com o famoso Zhan Tianyou, conhecido como o pai das ferrovias chinesas. Depois que a construção terminou, Qin tornou-se o chefe regional da ferrovia. Seu filho voltara recentemente de estudos no Japão e pediu ao terceiro tio de Xuanming para ajudá-lo a encontrar uma esposa. Foram tais ligações que levaram Qin Heshou a se tornar marido de Xuanming.

Na China, à medida que o século se aproximava e as ideias europeias abriam caminho para o Extremo Oriente, e depois do fracasso da Reforma dos Cem Dias, muitos visionários começaram a deixar o país para estudar fora. Com apenas 10 anos, o segundo filho de Qin Tianfang, Qin Heshou, já era capaz de liderar a tropa de escoteiros, cantando:

*Avante, marchem! Avante, marchem!*
*Garotinhos com cavalinhos,*
*Cheios de espírito militar!*
*No grande drama do século XX,*
*Se não lutarem, como irão sobreviver?*
*Amamos nosso país como amamos nossa família,*
*Amamos nossa tropa como amamos a nós mesmos.*
*Que nossa vida seja longa,*
*Que vivamos para sempre,*
*Que nosso triunfo seja glorioso!*

Quando a viu pela primeira vez, Qin Heshou não se impressionou com Xuanming. Era esclarecido e não usava mais rabo de cavalo, mas ali estava uma mulher que refletia os velhos dias, de pés extremamente delicados, a característica exata que a senhora Yang queria exibir. Mas quando seus olhos percorreram o corpo de Xuanming de cima a baixo, como uma câmera de vídeo, ele encontrou muito para admirar. Era encantadora! Ama bem-educada de família respeitável. Sendo a mais jovem de tantos irmãos, tinha sido mimada e estava acostumada a ter o que queria, mas também tinha capacidade para trabalhar. Como desenvolvera uma aptidão precoce para negócios e finanças, ajudava o pai nas contas e havia convivido com muitas pessoas profissionalmente capazes e socialmente talentosas.

Para Xuanming, avaliar o jovem foi mais simples. Em uma época em que a maioria dos casamentos era arranjada, incluindo os de suas irmãs mais velhas, sua família abriu uma exceção e reuniu os dois jovens. Qin Heshou chegou de calças com pregas e camisa listrada, sobre a qual usava um colete ao estilo ocidental; o cabelo bem penteado untado com óleo, a face ligeiramente oval, os olhos alegres, e a ponte do nariz, reta. Xuanming gostou do que viu, e os dois passaram alguns momentos conversando sobre suas ambições, o que tinham lido e assim por diante.

Assim, o casamento foi arranjado.

Em 1911, o ano da revolução de Xinhai, que acabou com a dinastia Qing, Xuanming casou-se com Qin Heshou, o segundo filho de Qin Tianfang, chefe da ferrovia Pequim–Zhangjiakou. A cerimônia foi um grande evento, e a lista de presentes incluía os seguintes itens:

- seis vasos de jade esculpidos com decoração em verde em baixo-relevo sobre fundo branco;
- dez leques com pérolas em caixas individuais;
- um par de biombos dobráveis decorados com molduras de faisões dourados enfeitados com rubis, e uma grande variedade de cenas da ópera e da literatura chinesa, completados com caixas de laca preta;
- um par de bolsas de juta com pérolas incrustadas, perfeitamente acabadas com um fecho de 23 pérolas do norte;
- um pente de dois lados, com dentes finos e cabo; combinando perfeitamente com safiras;
- 22 copos de vinho esculpidos com motivos florais em chifres de rinoceronte;
- dez conjuntos de caixas de joias;

A lista do dote incluía os seguintes itens:

- duas colchas de algodão bordadas com fios de ouro, cada uma com bainha de pérolas, esmeraldas, safiras rosas e brasões reais com jades verde e brancos;
- um espelho de bronze decorado com dúzias de pérolas raras;
- um ornamento de cabeça de pérola e jade, marchetado com dúzias de pérolas raras;
- um vestido de casamento cuidadosamente bordado, enfeitado com fios de ouro e pérolas;

Antes do amanhecer no dia do casamento, a mãe de Xuanming acordou-a de um sono profundo e trouxe o café da manhã. Duas criadas foram indicadas para ajudá-la com seu cabelo. A senhora Yang apanhou o ruge que Yuxin fazia com pétalas de rosa e as três levaram duas horas transformando a noiva em uma beleza celestial. A senhora Yang pessoalmente colocou sua tiara. Era decorada com pérolas, jade e outras pedras semipreciosas. Preso a ela ficava o véu, como se requeria para uma noiva de boa família, e nele tia Yuxin bordara imagens de fênix. Embora suas joias não fossem tão suntuosas como as vistas em princesas manchus da Cidade Proibida, o bordado era da mais alta qualidade.

Ao meio-dia, todos os cunhados e cunhadas estavam reunidos no salão da frente. Em um clima de alegria festiva, ajudaram a noiva a sentar em sua liteira. Mas depois de ser levantada por quatro criados fortes, ela pulou para o chão, dizendo:

— Mãe, voltarei em três dias e vou preparar uma fornada de doces.

A Senhora Yang, que se contivera até aquele momento, irrompeu em lágrimas.

— Minha filhinha, não se preocupe com essas coisas. Quando se está vivendo com os sogros não se pode fazer sempre tudo o que se quer. Se quiser qualquer coisa, me avise que eu mando para você.

Mestre Shen franziu a testa ante tanta indulgência.

— Nunca ouvi uma coisa dessas, mandar comida para uma filha casada. Você a mima demais. Ela devia fazer como os romanos fazem, viver de acordo com os costumes dos sogros.

Xuanming torceu o rosto em uma expressão de desânimo zombeteiro, dizendo:

— Papai, você não me ama mais?

Mestre Shen segurou a mão dela e suspirou:

— Papai gostaria que a família Qin acabasse de domar minha filha selvagem.

Depois, o dono da casa apressou-a a retornar à liteira, as fanfarras das trombetas soaram, e a procissão do casamento começou.

## 9

Na noite do meu casamento, cheguei à casa Qin, mas não dormi com meu marido. Naquela noite, dois homens — de 20 e tantos anos, usando chapéus de couro — vieram visitar Qin Heshou, que os levou ao seu estúdio. Conversaram durante toda a noite. Duas vezes levei chá para eles e ouvi falarem da "corrupção do governo Qing... poderes estrangeiros dividindo a China... pessoas sofrendo... os três princípios de Sun Wen."

Por curiosidade, perguntei:

— O que são poderes estrangeiros?

Meu marido respondeu:

— Poderes estrangeiros são alguns países grandes, países imperialistas.

— Quem é Sun Wen e quais são seus três princípios?

— Sun Wen é o Dr. Sun Yat-sen, meu professor. Nós nos conhecemos no Japão. Seus três princípios são: "nacionalismo, democracia e bem-estar do povo".

Ele hesitou um momento, depois disse suavemente:

— Não me faça perguntas agora. Temos coisas a discutir hoje à noite. Conversaremos quando tiver mais tempo.

Naquela época, Heshou era bem-humorado e paciente e tentei ser assim também. Ele vinha de uma grande família, tinha um irmão mais velho, quatro irmãos mais jovens e uma irmã mais nova. Como a cunhada mais velha estava adoentada, todos os trabalhos domésticos para toda a família caíram sobre mim. Felizmente, eu tinha experiência com isso na casa dos meus pais, mas ainda era cansativo. Eu esperava que a vida na casa dele fosse ser tranquila, e que eu tivesse tempo para ler e aprender música. Mas todas as famílias dos seis irmãos viviam sob o mesmo teto, e o trabalho doméstico era interminável.

Eu tinha que planejar e supervisionar as refeições, monitorar a limpeza, a jardinagem e a manutenção, além de organizar os festivais e aniversários. O trabalho era constante, e eu, a encarregada de zelar para que fosse feito. No início do verão, toda a roupa de inverno da família tinha de ser tirada das prateleiras e dos armários e ventiladas ao sol, incluindo jaquetas e casacos chineses ocidentais. O mesmo para tudo que fosse feito de lã, cetim e couro; tudo tinha de tomar ar, ao lado das pinturas, dos livros e da arte caligráfica. Todo verão eu organizava a preparação e preservação da comida para o inverno: uma dúzia ou mais de jarras com vegetais marinados; picles de repolho, massa de soja, molho de pimenta e carne e geleia de bagas. Para as festas, eu fazia vinho de arroz, peixe marinado, toucinho e salsichas. Depois vinham as sobremesas e outras delícias, como doce de semente de abacaxi, melão de inverno e doces de pipoca, biscoitos com recheio de laranja e tâmaras secas. Durante o dia, eu lidava com assuntos sociais e à noite administrava os livros de contas, o tricô e os bordados. Embora a residência Qin tivesse muitos criados, pelas velhas regras tudo tinha de ser pessoalmente administrado pela nora. O fracasso em qualquer coisa trazia reclamações, até desprezo. A cunhada mais velha tivera um colapso pela pressão do trabalho; agora sofria de tuberculose. Seu rosto ficava amarelado, cor de cera, e às vezes ela delirava. Eu era jovem e saudável, mas depois de um dia de trabalho, às vezes ficava cansada demais para falar à noite. Tentei o melhor que pude ter um desempenho impecável e logo ganhei o respeito de todos os irmãos e de suas mulheres. Sempre que eu voltava para a casa da minha família, minha mãe ficava preocupada e comentava que eu tinha perdido ainda mais peso. Mas esta é uma situação típica para as mulheres, ela dizia. Depois de ser nora por trinta anos, se sobreviver, você será sogra, e a vida ficará mais fácil.

Heshou era popular. Amigos o visitavam com frequência e eles conversavam até tarde. Isso era um problema para mim, porque, depois de trabalhar o dia inteiro, esperava-se que eu ficasse disponível como anfitriã; muitas vezes, quando lhes servia chá, estava sonolenta demais para manter os olhos abertos. O interesse que eu tinha na vida íntima do casamento logo evaporou. De vez em quando eu reclamava. Tinha apenas alguns anos de educação em casa com tutor e disse ao meu marido: "Pensei que depois de me casar eu poderia ir à escola por alguns anos Em vez disso, me tornei a criada da família."

Heshou sorria e dizia que as coisas iam melhorar; que, se eu apoiasse seus esforços por dois anos, "iremos para o Japão e você terá uma educação civilizada". Isso me deu esperança e, quando ficava cansada demais para me mexer, pensava na promessa. "Ir para o Japão" tornou-se um convite delicioso que enterrei em meus pensamentos. Mas o tempo passava e continuava a passar. O doce ficou velho, depois mofado e podre. Heshou fazia muitas promessas. Nenhuma se tornou realidade.

No outono do primeiro ano do nosso casamento, veio um grande evento, que rompeu nossas insípidas rotinas. Era o terceiro ano do reinado de Xuantong. Puyi, o último imperador da China, foi derrubado, e Sun Wen, conhecido por muitos ocidentais como Sun Yat-sen, fundou a República da China. Isso trouxe grande alegria ao meu marido. "Espere só", ele dizia com frequência, "toda a China terá uma vida melhor." Seu otimismo refletia a atmosfera das ruas. Da noite para o dia, homens rejeitaram o velho penteado e cortaram os rabichos. Mulheres não atavam mais os pés. Liberdade e igualdade estavam no ar.

Os anos se passaram e as boas mudanças prometidas não se materializaram. Eu trabalhava duro como sempre. Aos sete anos da República, dei à luz uma menina que chamei de Ruomu. Era linda, e eu fiquei orgulhosa, mas Heshou não tinha interesse em filhas. Depois de mais alguns anos, dei à luz um menino. Isso trouxe grande felicidade ao meu marido, e ele deu ao menino o nome de Tiancheng, que significa realização celestial. Nesse meio-tempo, Heshou foi promovido; agora era chefe da ferrovia Gansu–Shangai. Nos mudamos para uma casa nossa em Xi'na, um lugar bonito e grande, com um pátio. Contratei quatro criadas, dois cozinheiros e três velhos para trabalhar de meio período. A vida era mais simples, mas os meus sonhos não se tornaram realidade.

Heshou havia sido, por algum tempo, consumidor ocasional de ópio; agora o usava diariamente, e começou a promover festas com jantares elaborados para amigos e coristas. Começamos a brigar por isso e, em retaliação, comecei a ter atividades só minhas. Mahjong me divertia e fiquei obcecada por ele. Se você brinca, vou brincar também, pensei comigo mesma. Heshou não tinha mais o meu respeito e, quando eu me queixava ou discutia, ele tinha acessos de fúria, socava a mesa, destruía mesas e cadeiras. Ele não tinha paciência com crianças; ao menor indício de mau comportamento, ele as fazia ajoelharem-se de castigo. Comecei a me sentir insegura e a guardar dinheiro. Aos poucos, com fundos que poupara do casamento e dinheiro que guardei sendo econômica, acumulei o suficiente para que eu e as crianças pudéssemos sobreviver, caso algo acontecesse.

## 10

A mostra solo de Yu, intitulada *Arte da Lua*, finalmente abriu as portas conforme o programado.

Os esforços de Jinwu foram essenciais. Usando de persuasão e de seus contatos, conseguiu que os artistas locais e o ministro da Cultura fossem à inauguração.

O ministro fez um pequeno discurso:

— Neste tempo de reforma e mudança, queremos estimular a prática e a apreciação da arte...

Depois, enumerou os quatro princípios que deveriam guiar as artes. Ele queria que os artistas apoiassem os esforços de seus líderes para melhorar a vida de todos e realizar os objetivos da revolução. Referiu-se intencionalmente à juventude da artista e concluiu com as platitudes e amabilidades de costume. Depois saiu da galeria apressado, cabeça baixa, sem um olhar para as obras. A multidão ganhou vida depois que ele sumiu de vista e se demorou diante de cada pintura, discutindo a técnica e as intenções da artista.

Havia muito a discutir. Ali, em uma das mais prestigiosas galerias da nação, o excêntrico universo visual de Yu estava em exibição. Incluía pinturas de cabeças de jumento; uma televisão que parecia feita de materiais macios, comestíveis, pendurada em galhos de árvores, atraindo moscas; borboletas secas e partes de corpos humanos; uma mão segurando órgãos genitais inchados; e a boca gigantesca de um dinossauro pintada em estilo foto-realista. Depois de ver esses trabalhos, uma estudante de arte chamada Alvorada Vermelha correu para o banheiro das mulheres e vomitou. Mas voltou para ver o resto da mostra. Quando saía, assinou o livro de convidados, comentando: "Freud espantosamente decodificado! O despertar de Édipo!"

No salão principal havia uma pintura de estilo totalmente diferente. Contrastava fortemente com as visões sombrias dos outros salões. Sobre um fundo azul brilhante, a artista havia pintado flocos de neve aumentados; cada um tinha um tratamento diferente do outro, embora todos participassem da mesma visão: ao mesmo tempo simples, tranquila e misteriosa. Acrescentando-se às qualidades enigmáticas do trabalho havia uma etiqueta dizendo simplesmente: *Sem título*.

Repórteres de uma estação de televisão chegaram com suas câmeras e equipamento de iluminação, procurando Jinwu, cujo brilho e ar de proprietária os fez pensar que seria a artista. Ela olhou em volta, sem ter percebido até aquele momento que Yu não estava à vista. Com as luzes cegando e as câmeras gravando, explicou que não era a artista, apenas uma amiga, e que a artista era muito jovem. Essa observação aguçou o apetite dos repórteres, todos homens, com apetites masculinos por juventude e beleza. Isso lhes daria um argumento para aumentar o interesse dos espectadores.

Quando Jinwu encontrou Yu dormindo sob a mesa do livro de convidados, todo o pessoal de tevê se decepcionou. Quando Yu se levantou e esfregou os olhos sonolentos, as câmeras em frente a ela foram desligadas, e as luzes, apagadas. A artista era jovem, de fato, mas também desarrumada e indiferente. Além disso, tinha tinta no rosto. Que desrespeito! Que tolice! Em um momento de descuido ela havia perdido a oportunidade de conquistar o que tantas pessoas anseiam acima de tudo, até mais que a riqueza: a fama! Ou pelo menos alguns poucos momentos desse precioso bem intangível.

As pessoas da tevê são, acima de tudo, assassinos profissionais. Não importa quanta fama você já tenha, se quebrar uma só de suas regras não escritas, estará em dificuldades. Elas vão apagá-lo, reduzi-lo a cinzas, jogar seu bom nome na lama. Curvar-se de joelhos três vezes e tocar o chão com a testa nove vezes pode não ser suficiente para restaurar você em suas boas graças.

No rarefeito mundo do repórter de tevê, não há espaço para comportamentos inconvenientes, nenhuma apreciação do valor para a sociedade de um pária ou de um misantropo. Yu não fazia ideia do quanto a mídia de massa seria importante para ela. Parecia estar longe daquele salão barulhento, caída em pensamentos profundos, em outro mundo. Podíamos ver que aquela jovem no meio da multidão era pura confusão, seus olhos profundos, mas flutuantes, seu rosto manchado de tinta a óleo. Ela parecia tão solitária na multidão, como um único arbusto sem folhas em uma floresta de árvores altas. Sentia-se envergonhada, sem saber o que fazer.

Uma jornalista atravessou a multidão.

— Desculpe-me, Srta. Lu Yu. Posso lhe fazer algumas perguntas? Pessoalmente, acho que o artista do século XX usa a linguagem visual para exprimir seus medos: da realidade, do mistério, do universo. Eles buscam um abrigo contra esses medos em um espaço tranquilo. Acho que sua arte está cheia de medo e ansiedade em relação ao sexo. Os temas são castração, masturbação, intercurso e impotência. Tudo isso pode ser uma fonte de loucura, ao mesmo tempo que nutre um desejo sem rédeas. Se estou certa, você é uma típica freudiana, certo?

— O que é uma freudiana? Não entendo o que quer dizer.

— O quê?— A repórter quase gritou. —Você não sabe quem é Freud?

A reação não era exagerada. No início dos anos 1980, fosse você burro ou brilhante, aristocrático ou plebeu, culto ou ignorante, conhecer Freud era o primeiro degrau da escada da sofisticação. Ignorá-lo era assinar a própria sentença de morte no tribunal de crimes intelectuais. Um artista que não conhecesse Freud não podia ter nada a dizer aos leitores de críticas de arte.

Mas aquela repórter tinha uma paciência excepcional.

— OK, vamos mudar de assunto. Posso perguntar qual foi o artista que mais a influenciou? Rubens, Van Gogh, Cézanne...?

— Não sei. Não presto muita atenção a outros pintores.

— Meu Deus! Você não conhece Freud, afirma não sofrer influência dos mestres ocidentais. Então, de onde vem o medo na sua arte?

— Eu... eu não sei.

Jinwu estava de pé ao lado de Yu, fazendo o possível para controlar a língua; finalmente, exclamou:

— Naturalmente veio de seus próprios sentimentos, de sua própria experiência de vida.

A repórter estreitou os olhos, pensou por um momento e perguntou:

— Qual pintura entre todas neste salão é a sua favorita?

Yu olhou em volta como uma criança levada pelos pais a um shopping pela primeira vez, e depois apontou para a pintura que mostrava a neve contra um fundo azul.

— Por que é *Sem título*? Se pedissem a você para dar um título, qual seria?

— *Uma tempestade de neve da infância.*

Ela finalmente dera uma resposta. Quando disse isso, notou um jovem que observava de longe. Era o homem chamado Yuanguang ou Zhulong. Eles não se viam há muito tempo. Ele perdera peso e parecia cansado, como se tivesse feito uma grande viagem; continuava muito bonito. Apareceu no exato momento em que a multidão começou a se dispersar. As pessoas partiam apressadamente, da mesma forma que se juntaram em torno dela.

Ele falou com tranquilidade:

— Esta tarde participarei de um debate para minha eleição. Se tiver tempo, venha, por favor.

Seu olhar era sério, mas neutro, como se olhasse para uma das pinturas.

Enquanto conversavam no meio do salão da mostra, as pessoas saíam ruidosamente, muitas esbarrando na artista. Ela ouvia frases de suas conversas enquanto passavam: "Que pintura modernista? Ela nunca ouviu falar em Freud!" "Disse que nunca ouviu falar em Freud. Deve estar mentindo!" Yu sorriu suavemente e viu Zhulong franzir a testa. Ele também ouvira.

## 11

A eleição realizada naquela famosa escola no início dos anos 1980 tornou-se um ponto saliente da paisagem do país.

Yushe, então operária, entrou na escola em uma bicicleta barata. Para assistir à conferência, havia trocado seu turno para o da noite. Muitas bicicletas se reuniram espontaneamente e se aglomeraram em frente a um grande edifício comercial. Dentro, risadas e aplausos eram a trilha sonora de outro mundo para Yu. Um aplauso súbito a tirou do transe. Ouviu uma voz que conhecia bem, embora o timbre fosse mais grosso.

— Para atingir a pureza, deve-se ser ignorante; para estar certo, deve-se ser estulto; para ser firme, deve-se ser desmiolado. Esta fórmula não tem um terreno comum com o verdadeiro marxismo!

— Certo. Sempre há pessoas muito preguiçosas para pensar por si mesmas e que, de boa vontade, entregam o direito de escolher suas crenças pessoais. Na China, essas pessoas alegam acreditar em Mao Tse-tung. Se vivessem na União Soviética, diriam apoiar Brejnev. Se estivessem na Índia, seriam hinduístas devotados. Na Líbia, muçulmanos fanáticos!

Uma sucessão de gargalhadas seguiu esse colóquio. A parede humana que se apertava na entrada para o auditório, agora lotado com duas mil pessoas, moveu-se um pouco, e Yu conseguiu se espremer para o espaço atrás da última fila de cadeiras, onde as pessoas estavam de pé, ombro a ombro. Podia ver que os espectadores se apertavam em todos os espaços concebíveis — sobre o palco, sob o palco, nos corredores, nos peitoris das janelas, até em cima dos aquecedores a vapor. A cena lembrava outra, guardada no fundo da memória de Yu — aquela noite na praça. Em geral avessa a multidões, Yu não tinha medo daquela, mas se perguntou: Zhulong sobreviveria a outro encontro com as autoridades? Porque aquele era o mesmo jovem corajoso que ficara ao pé do monumento branco, exatamente como agora estava de pé sobre o pódio, como se estivesse sobre um altar, totalmente exposto. Parecia destinado a sacrificar-se por uma causa. O perigo se tornara seu hobby. Yu se preocupou: ele escapara uma vez, mas não conseguiria escapar sempre.

— Punir pensamentos é, na realidade, tratar todos os cidadãos como suspeitos. Se um camarada pode ser acusado de crime por ter pensamentos reacionários, então como restringir isso ao que é publicado? Por que não colocar uma escuta em cada casa de família? Por que não abrir correspondências pessoais? Confiscar e reter como prova um diário? Pensamentos podem ser transmitidos no estilo da fala, ou expressados pelo silêncio. Por que não punir "prantos ilegais", "sorrisos implícitos" e "mudez reacionária"? Na verdade, todos esses absurdos têm ocorrido nos últimos dez anos. Eles são extensões lógicas do conceito de punir pensamentos. Imaginem apenas as implicações de uma doutrina que considera que pensar pode ser crime; é como uma libélula. Enquanto tivermos o corpo da libélula, não importa quantas vezes cortemos sua cauda daninha, ela crescerá novamente!

Yu olhou em volta temerosa, como se tivesse feito algo errado. Aqueles cassetetes, que, na praça, pareciam estar escondidos lá mesmo, no meio do público... Seria possível existirem cassetetes aqui, que apareceriam a qualquer momento para atacar pessoas, tirar sangue delas, esmagar seus ossos? Parem! Corram! Se não correrem agora, não escaparão.

— Deixe-me perguntar — uma estudante disse seriamente. — Os ataques verbais não deveriam ser limitados, mantidos sob o controle das autoridades, se necessário? Por favor, observe que eu disse ataque e não crítica!

— Bom, vou responder. O que é um ataque? No sentido legal, uma acusação falsa pode ser definida, uma calúnia pode ser definida, um ataque não pode ser definido! Todos sabemos como, nos últimos dez anos, pessoas usaram esse rótulo de criminalidade para enviar muitas pessoas honestas para a morte. A essência da questão é esta: como dizer qual é a diferença entre um ataque e uma crítica?

A resposta foi recebida com entusiasmo. Então, um dos estudantes fez uma pergunta perigosa, instantaneamente seguida por gritos do pódio:

— Não responda! Não, não, não responda!

Yu viu que Yadan estava entre os que gritavam por precaução; seu rosto estava alarmado, como na noite em que interpretaram *Perguntas & respostas atrás das grades*. Mas alguns outros estudantes gritaram: "Você deve responder! Deve responder!"

Zhulong sorriu calmamente e lembrou aos estudantes eleitores que estava na corrida por uma vaga de representante do povo, não por um posto de chefe de estado. Essa piada simples o tirou da zona perigosa.

Durante todos os discursos animadores, mais de uma dúzia de câmeras de vídeo e centenas de câmeras fotográficas foram usadas. Cada expressão facial foi capturada, cada palavra também, e as vozes do pódio berravam pelos alto-falantes. Papéis com perguntas da audiência se empilhavam na frente de Zhulong como uma pequena montanha, e Yadan o ajudava, dividindo-as por categoria para serem respondidas. Outra vez, um palco, uma peça e os papéis principais desempenhados por Zhulong e Yadan.

Uma voz alta da audiência:

— Posso perguntar se você realmente entende o que o povo quer? A liberdade para falar e pensar é muito bonita, mas o que eles realmente querem é aumento salarial, menos horas de trabalho, melhor habitação! Você faz belos discursinhos, mas o que realmente precisamos é de alguém que possa de fato fazer alguma coisa, não só falar! Você ainda não disse uma palavra sobre as verdadeiras necessidades dos estudantes nesta universidade, então por que deveríamos votar em você?

Zhulong sorriu de novo, dessa vez mostrando sinais de cansaço, mas continuou:

— O tom de sua primeira pergunta sugere que você já decidiu que não entendo o povo. Assim, é mais uma declaração que uma pergunta de fato. Esse tipo de lógica não é inteiramente estranha para nós. Se eu disser que sou do povo, você dirá que existem classes entre o povo; se eu disser que também fui um trabalhador, você dirá que existem trabalhadores que estão na vanguarda e aqueles do retrocesso. Em resumo, você já decidiu que não entendo o povo e, portanto, não posso representá-lo. Sua premissa é que você pode apreender as verdadeiras necessidades do povo, mas eu não — certo? Em sua segunda pergunta, novamente mais uma afirmação, você diz que precisamos de ação, não de conversa fiada. Excelente! Vamos ver o que um representante do povo deveria fazer. Nossos trabalhadores precisam ter perícia, nossos médicos precisam saber como tratar os pacientes, juízes precisam emitir decisões justas. E um representante do povo? Primeiro, ele precisa ser uma entidade legal; segundo, precisa ser capaz de falar para todos. Então, o primeiro dever de um representante é fazer o quê? Falar! (Risadas e aplausos.) Naturalmente, ele ou ela devem falar a verdade e fazer isso com dignidade, ter um treinamento teórico firme, serem capazes de conviver com pontos de vista diferentes, e assim por diante. Por exemplo, Lei Feng era um bom homem, mas se fosse eleito comandante geral, isso indicaria que não estamos tratando a política seriamente, como objeto científico, mas meramente como um estágio para alcançar fama e glória. (Aplauso.) Além disso, quando o Sr. Ma Yinchu propôs o controle populacional no Congresso Nacional do Povo no início dos anos 1950, todos os representantes do povo se opuseram. O resultado? Um homem foi erroneamente criticado e mais 300 milhões de pessoas nasceram. Podemos dizer que todos aqueles que se opuseram eram más pessoas? Ao contrário, eram boas pessoas! O que me preocupa é ter o tipo de congresso representativo do povo que seja composto cem por cento de pessoas sem defeitos que não entendem absolutamente nada de política!

O aplauso foi ensurdecedor. O orador teve de gritar a frase seguinte:

— Penso que o que acabei de dizer deveria representar os mais altos interesses de toda a juventude chinesa e do povo chinês, incluindo todos os nossos estudantes!

Ele não pode escapar. Ele não pode escapar. Como um sussurro, esse refrão ecoou muitas vezes no ouvido de Yu. Céus, que sussurro perturbador! Durante anos não aparecera e agora se sobrepunha aos gritos de aplauso e aclamações dirigidas ao orador. Era como uma explosão no centro do cérebro de Yu. Ela cobriu suas orelhas com as duas mãos como se quisesse abafar a voz interior, uma voz com um medo tão grande que se apossava da sua mente.

A audiência se acalmou depois disso. Agora os estudantes faziam perguntas pessoais. "Quem você admirava quando adolescente?", ou, "Quem são grandes homens para você?"

— Sun Wukong e Jia Baoyu.

Foi uma resposta estranha. Despertou uma reação inesperada nas mulheres no auditório. Sun Wukong era o rei macaco no romance *Viagem para o Ocidente*, e Jia Baoyu era a personagem principal do romance chinês *Sonho do quarto vermelho*. Uma das mulheres se adiantou e perguntou:

— Por quê?

— Sun Wukong, o rei macaco: flexível e corajoso. Jia Baoyu: afetuosa e emotiva. Junte os dois; esta pessoa não seria perfeita?

Mais aplausos e risadas. O som das risadas de Yadan era o mais alto. Yu achou que devia ir embora.

Mas as estudantes mulheres tinham mais perguntas.

— Quais são as suas ideias sobre o amor? Você ama alguém?

Zhulong vinha respondendo tranquilamente, sem paixão, mas essa pergunta claramente o tocou. Sob as luzes brilhantes seus olhos se suavizaram, pensamentos sonhadores se intrometeram; subitamente ele ficou vulnerável. Yu viu que a atitude de Yadan instantaneamente refletiu a dele; parecia a ponto de desmaiar.

— Falando sinceramente, eu gosto de uma garota. Foi ela que salvou minha vida com a sua própria; para me salvar, quase morreu. Mas eu nunca posso me aproximar dela. Não sei por quê. É um grande mistério para mim. Talvez seja também minha verdadeira tristeza.

Yu observou o rosto de Yadan mudar de rosa brilhante do amanhecer para branco como papel. Então, além de todos os que observavam boquiabertos, viu os olhos de Zhulong, penetrando o espaço como um raio laser, vindo diretamente para ela. Ele a encontrara naquele mar de rostos. Involuntariamente, Yu virou-se, com medo de não suportar um olhar tão penetrante. Foi em direção à porta, sentindo outros olhos, das pessoas dos dois lados, olhos que criavam buracos, como balas. E de seus próprios olhos sentiu lágrimas jorrando em profusão.

Ah, Zhulong, Zhulong! Não diga mais nada, é só isso que preciso ouvir. Você deve olhar para Yadan. Sem o seu amor, Yadan morrerá.

Quase imediatamente outro candidato saltou sobre o palco. Ele estava animado e falou com empolgação:

— Decidimos que a data da eleição será 11 de dezembro. É o mesmo dia de um famoso evento: a eleição, em 1848, de um notório mentiroso. Louis-Napoléon Bonaparte, que acabou sendo o primeiro presidente e o último monarca da França. Não podemos permitir que tal tragédia se repita em nosso país socialista!

Já na porta, Yu se virou e viu Zhulong, parecendo esmagado e derrotado, como se ferido por um tiro nas costas. Corra, Zhulong, corra! O mundo oferece mil maneiras para você aplicar sua energia; por que tem que escolher o caminho mais perigoso?

## 12

Era noite quando Zhulong entrou novamente no salão da mostra *Arte da Lua*. Yushe estava sentada lá como uma estátua, a cabeça inclinada e as costas curvas. Um facho nevoento do luar entrava pela janela, inundando o interior com seu resíduo cremoso. A faixa da exposição caíra e agora se espalhava pelo chão, coberta por muitas pegadas. Com apenas um passo para dentro, Zhulong deixou para trás o mundo de pó profano e desejos frustrados. Ali havia a serenidade de um mundo não terreno, um mundo de calma beleza que engolfou seus sentidos. E aqui estava uma garota que usava sua beleza não como um lança e sim como um escudo. Lentamente, seguramente, ela guiou um jovem orgulhoso pela névoa do desejo despertado e direto para uma rede de amor profundo. Ele se lembrou do espantoso vislumbre de um fantasma na água cinzenta, em outra noite de luar, em um lago distante — um vislumbre para sempre gravado na memória.

Esse homem, o homem chamado Yuanguang ou Zhulong, se isolara de todas as tentações externas; acreditava estar destinado a perseguir uma missão e não devia ser distraído por prazeres mundanos. Ele trabalharia incansavelmente perseguindo a missão, não devotaria seu amor a uma só pessoa. Ainda assim, existira aquela noite junto ao chafariz quando caminhou para uma armadilha. Quem disse que as mulheres são água? Elas são fogo. Uma garota apaixonada é um fogo que queima; incendeia todos os combustíveis e nada pode detê-la; queima os outros e depois a si mesma. Queima tudo que a rodeia, até o chão, e das cinzas continua a lançar faíscas e a chiar. As mulheres são possuídas por aquele amor catastrófico, inesquecível, esmagador. Naquela noite junto ao chafariz, a mão delicada de Yadan fervia de tão quente e seus olhos negros resplandeciam enquanto abria sua camisa, botão por botão, e ele foi tragado por um caldeirão de desejo. Em um instante, todas as poéticas abstrações reunidas por Feuerbach, Sócrates, Nietzsche e Sartre foram neutralizadas. Afinal, ele era jovem. Não pôde resistir. Quando viu o sangue virgem compreendeu que agora era responsável por ela.

Pela primeira vez, Zhulong se prendera a uma garota. Não porque estivesse profundamente apaixonado. Não porque ela seria sua esposa ideal, não porque fosse sua amiga íntima. Sua obrigação era diferente da que leva um homem ao compromisso, embora ele não pudesse ver um meio de se libertar daquela obrigação, exceto pelo casamento.

Mas, nas profundezas da noite, quando estava sozinho com seus próprios pensamentos, tinha apenas uma garota em mente. Aquela garota saltara de um edifício, quebrara, torcera e esmagara seu corpo macio, espalhara seu sangue no pavimento sujo a fim de salvá-lo. Aquela garota tinha uma linda tatuagem nas costas. Aquela garota misteriosa. Ele não podia entrar em seu corpo, nem invadir sua mente. Tudo nela dizia: Não!

Lá, ao luar do salão, quando o casal se sentou ombro a ombro, a garota levantou os olhos; mas seu olhar não era inspirado pelo desejo físico; nem foi esta a resposta dele. Em vez disso, eles foram possuídos por algo abstrato, algo semelhante à inspiração religiosa. Suas almas lançavam faíscas pelos olhos. A beleza máscula de Zhulong e a ternura feminina de Yu estavam entrelaçadas como uma serpente enroscada. Estrelas espalhadas vistas pela janela se tornaram sinais misteriosos. Yu parecia dizer:

— Sou a reencarnação de um sonho. Meu amor é real, mas será sempre metafórico.

Zhulong entendeu, dizendo:

— Yu, você se lembra do nosso último encontro? Que uma pluma arrancada não está subindo, mas vagando?

— Porque seu destino está nas mãos do vento — disse Yu.

— Você lembra claramente.

— Lembro de todas as suas palavras claramente.

— Inclusive da minha declaração no debate?

— Sim.

— Mas foi apenas uma declaração política.

— Eu estava do lado de fora da porta, mas ainda escuto você. Você perguntou: "Quem nos deu pele amarela e cabelo preto? Nossa geração está obrigada a afundar ou levantar voo com nosso país."

— Mas lá no fundo não penso mesmo isso. A bondade humana tem limites, mas a maldade humana não. Os últimos dez anos tiraram o gênio da garrafa; o diabo escorregou para fora e não pode ser colocado lá de novo. O país vai crescer, ganhará economicamente e alcançaremos os países avançados; mas e os domínios do espiritual e do metafísico? Eles serão restaurados? Esse é um dilema mais assustador que a pobreza.

— Se isso realmente preocupa você, por que não falar? Por que não dizer a verdade?

— Yu, analise essa parábola. Uma criança pergunta a sua mãe: "Por que ainda comemos repolho? A canção de ontem dizia que nosso amanhã será mais doce que o mel". A mãe responde: "Gansinho tolo, existe um amanhã depois de amanhã. O amanhã da canção está muito longe de nós." Se a mãe dissesse: "O amanhã nunca virá", o que a criança faria?

— Você usa o amanhã para mentir. Mas muitas pessoas se preocupam com o hoje.

— Naturalmente, cada um se preocupa com o tempo em que vive. O que significa para uma pessoa comum discutir as perspectivas para a vida humana em centenas ou milhares de anos? Os homens modernos não têm ideais, nenhuma nação sagrada, nenhuma cidadania preciosa; eles são plumas errantes. "Uma pluma solta não está subindo, está vagando." Não usei o amanhã para mentir. Muitas pessoas precisam ter um amanhã em que acreditar. Quando um professor lhe pede para resolver um problema, você gosta?

— Claro.

— Você gosta de resolver um problema porque sabe que existe um método. Ao se deparar com um problema que acredite ser insolúvel, um problema que tomaria toda a sua vida e a vida de seus descendentes, ainda gostaria de procurar uma solução?

Yu não respondeu. Sua mente fervilhava, seu olhar frio como gelo. Seus cursos de pensamento haviam divergido, como um rio buscando múltiplos canais. Ela sabia desde o momento que Zhulong entrou o que ele queria dizer.

Uma música pairava suavemente na noite, vinda do céu, separando suas almas de seus corpos.

— Há uma igreja perto daqui?

— Sim, do outro lado da estrada.

— Não admira que esteja tão claro...Hoje é véspera de Natal.

*Que amigo temos em Jesus,*
*Todos os nossos pecados e dores para suportar!*
*Que privilégio levar*
*Tudo a Deus em uma oração!*
*Ah, a paz que com frequência perdemos,*
*Ah, que dor desnecessária suportamos,*
*Tudo por não levar*
*Tudo a Deus em uma oração.*

*Temos provações e tentações?*
*Há problema em algum lugar?*

*Nunca deveríamos perder a coragem;*
*Leve a Deus em uma oração.*
*Podemos encontrar amigo tão fiel*
*Que compartilhe toda a nossa dor?*
*Jesus conhece cada fraqueza nossa;*
*Leve a Deus em uma oração.*

Ambos acharam essa música e essas palavras, indizivelmente bonitas. Zhulong disse:

— Igreja, música, coros... Isso seria impensável há cinco anos. Mas agora está aqui conosco. Quem pode prever o futuro da China? Os futurólogos dizem que podem prever o futuro dos Estados Unidos, da África e da Europa; só a China está além da previsão. Você pode imaginar como será daqui a dez anos?

Yu pôs um dedo sobre os lábios, fazendo sinal a Zhulong para não falar. A música pairava sobre ela, banhava sua alma. Seu amado estava sentado a seu lado, muito perto, enquanto ouviam o que parecia ter vindo do paraíso. Ele, a quem amava, a amava. Que felicidade! O que ela ansiara por tantos anos estava acontecendo, ali mesmo, diante de seus olhos, dentro dos seus ouvidos. Sentia a presença de Deus, seu próprio Deus, que a guiara por tantos anos. Ele está perto dela, agora mesmo, na escuridão profunda, e sorria para ela. Yu ficou tão agitada que esteve a ponto de gritar: "O que você sonhou por tantos anos está a ponto de acontecer!" Sim, só então percebeu o que vinha almejando há tanto tempo. Estava prestes a acontecer. Ela prendeu a respiração, quieta e imóvel, com medo de se mexer e deixar aquela imensa felicidade escapar.

— Yu, tenho uma coisa para dizer.

— O que é?

— Vou me casar. Com Yadan.

— Parabéns. Parabéns aos dois.

— Mas o que eu queria dizer não tem nada a ver com isso.

— Então o que é?

— Você deve saber... Eu sempre amei você.

Zhulong estava descobrindo finalmente que, ao menos dessa vez, as palavras não viriam com facilidade.

— Eu a amo e quero que saiba. Mas também sei que não servimos para o casamento. Não podemos entrar no mundo um do outro. Mas terei você em meu coração para sempre. Sou egoísta. Se me casasse com você, você não mais me pertenceria. Mas agora posso tê-la em meu coração e você será minha para sempre. — Ele acariciou suavemente os longos cabelos dela, lágrimas brilhando em seus olhos. — Agora vou contar uma história. Quando era jovem, eu tive um sonho. Você estava nele. Fiz uma tatuagem de duas flores de ameixa em seus seios. Você foi minha primeira mulher e eu seu primeiro homem. Mas, no sonho, você me ignorou e me abandonou. Fiquei muito triste. Quando acordei, podia sentir a dor em meu peito... Foi apenas um sonho, então quando você me perguntou várias vezes, eu não admiti...

— Por que você, como tantas pessoas, separa a realidade do sonho? Eis um segredo: a realidade é um sonho. Porque a alma, como nosso corpo, precisa descansar também. Quando o corpo trabalha, é a realidade. Quando a alma descansa, é um sonho. Pense com cuidado: não é verdade? E quando a minha alma trabalha é o tempo em que a sua alma descansa. Para mim, isso é realidade. Para você, um sonho. Certo?

— Você é única. Nunca conheci ninguém como você. Sou um materialista e não acredito em espiritualidade, alma, céu. Mas não posso contrariá-la, porque minhas razões não são satisfatórias. Você acredita que tem o poder de reencarnar? Eu realmente quero saber.

— Eu não sei. Se eu realmente tivesse tal poder, o daria a você. Zhulong, fuja! Fuja enquanto ainda tem tempo!

— Fugir? Por quê? Se uma barricada bloqueia o nosso caminho, devemos contorná-la? Ela pode continuar lá depois que morrermos. Mas se eu investir contra ela, talvez consiga derrubá-la, mesmo perdendo a vida. Yu, eu entendo, estou preparado para tudo.

— Mas existem destinos piores que a morte.

— Eu sei.

— Se um dia você se olhar no espelho, talvez sinta que a pessoa no espelho não é mais você. Pode não se reconhecer e esquecer como era antes... Se isso acontecesse, o que faria?

— Mas não acontecerá. — Zhulong se levantou. — Não acontecerá.

A voz de um sacerdote podia ser ouvida da igreja:

— Deus ama a todos, inclusive aqueles que não acreditam nele. Deus salva os bêbados, os criminosos e aqueles que o ferem. E até aqueles que o pregaram na cruz! Jesus usou sua vida para trazer a ressurreição para os outros, para trazer perdão e alegria. O amor espiritual verdadeiro, o amor puro, não acaba, porque Deus é amor! Deus é eterno!

*E nós, fracos e sobrecarregados,*
*Embaraçados por um fardo de precaução?*
*Precioso Salvador, nosso refúgio:*
*Leve a Deus em uma oração.*
*Seus amigos o desprezam, o renegam?*
*Leve a Deus em uma oração!*
*Em seus braços ele o tomará e protegerá;*
*Você encontrará consolo ali.*

Podemos ver o jovem caminhar lentamente pela porta. Não é possível ver sua expressão. Podemos ver a garota sentada ali, levantando a cabeça depois de muito tempo. Seu rosto está marcado de lágrimas, sua expressão é pungente. Ela lembra de alguma coisa, mas é tarde demais, e a memória traz arrependimento: "Esqueci de pedir para ele tirar uma foto das minhas costas." Talvez ela nunca veja sua tatuagem.

# Capítulo 10 | FLORESTA DE TÚMULOS

## 1

Muitos anos mais tarde encontrei florestas de túmulos verdadeiras na Europa. Os cemitérios lá são tão bonitos quanto as igrejas, embora cada um seja uma entidade única. Em Viena, são lindos. Cada escultura é uma obra de arte. Os portões normalmente ficam escancarados, e encontram-se espalhadas pelo cemitério oferendas de toda espécie, coroas, velas votivas, vasos de flores, armaduras, aljavas, máscaras de prata e coisas do tipo. Estátuas de anjos guardiões se erguem bem alto, ao lado de estátuas de grandes músicos, como Bach, Brahms, Beethoven e Mozart, todos muito naturais, prontos para tocar ou mergulhados em pensamentos. Entre todos esses grandes mestres mortos, talvez a mais espantosa encarnação seja a de Mozart. Abaixo de um céu vienense azul, esse deus dourado em pedestal de mármore evoca vibratos e cordas, complexidades contrapontísticas e fervor voluptuoso, peças inteiras gravadas na memória. Pétalas caídas, espalhadas pelo vento, aumentam a sensação de tranquilidade.

Mas aquela floresta de túmulos não foi a que guardei na memória.

Em outro cemitério, localizado no sul da Sérvia, descobri túmulos muito mais velhos, alguns datando dos tempos medievais. Ali estavam túmulos rachados e gastos pelo tempo, alguns inclinados e caídos, adornados apenas por figuras geométricas e alguns nomes incomuns; nada de melodias para relembrar, nada de sons harmônicos, apenas o estrépito clangor de antigas batalhas, e ele aumentou meu senso de realidade e tristeza.

Mas esta também não foi a floresta de túmulos que guardei na mente.

## 2

Zhulong não casou com Yadan. Anos depois, quem conhecia os dois dizia que deveriam ter-se casado, cada um teria sido uma pessoa diferente, e o curso de seu destino teria sido alterado.

O que mudou o destino de Zhulong foi uma simples refeição noturna.

Ele tinha intenção de comer no refeitório da faculdade, mas estava fechado. Por sorte, aquele era o dia em que recebia o pagamento de sua bolsa. Na época, certo número de estudantes recebia compensação financeira enquanto frequentava a universidade. Com o pagamento no bolso, entrou em um pequeno restaurante perto do campus e pediu bolinhos fritos em pouca gordura, repolho cozido e uma garrafinha de uísque de sorgo. Enquanto esperava, uma garota sentada a uma mesa próxima atraiu seu olhar. Sua aparência rara e os olhos luminosos, como uma cor brilhante em uma paleta cinza, eram vivazes e límpidos, como Zhulong não via há muito tempo em uma cidade grande. E isso não era tudo. Em frente à garota havia uma mesa cheia de comida: camarões grandes grelhados, carne de porco em tiras com sal e pimenta, galinha frita, pernas de rã cozidas. Eram os itens mais caros do cardápio, não a refeição comum para clientes frugais como Zhulong, que sustentavam o lugar. A jovem enfrentou aquela farta variedade com maneiras refinadas, cultivadas em uma boa família, servindo-se dos pratos elegantemente, como uma princesa — sem nenhum sinal de pressa.

Zhulong ficou intrigado.

Passemos a observar essa jovem pelos olhos de Zhulong. Tinha cabelos pretos, uma delicada aparência rosada, olhos escuros iluminados como se um par de estrelas tivesse caído dentro deles, cílios tão longos que, à luz brilhante, lançavam pequenas sombras, maçãs do rosto altas e um queixo bem delineado, criando a aparência de uma bela boneca estrangeira. Parece que conhecemos essa garota antes. Ela não mudou muito desde então. De cabelo um pouco mais curto, ela é An Xiaotao, e conhecemos sua história no Capítulo 5.

Lembramos que é a filha de An Qiang e da criada Meihua. Mas nunca adivinhávamos que An Qiang era filho de Xuanzhen, a quarta irmã de Xuanming, e que seu pai era um dos quatro famosos chefes de polícia *yamen* na velha Pequim. Quando menino, An Qiang parecia ter herdado muito do pai. Gostava de armas e espadas e era hábil nas artes marciais. Era vigoroso, mas refinado, ágil e dinâmico. Para surpresa de muitos, na noite de seu casamento, aos 22 anos, An Qiang desapareceu. A mãe teve uma grande decepção, e culpou a si mesma. Mais tarde, disse a Xuanming, a irmã mais nova: "nunca force seus filhos e filhas a se casar. An Qiang deve ter ficado tão infeliz com o casamento arranjado que foi embora. Assim do nada. Se eu soubesse que estava infeliz, nunca teria arranjado o casamento!" A simples menção levava lágrimas aos olhos de Xuanzhen.

À essa altura, já sabemos que Xuanming não aprendeu nada com a experiência da irmã. Ela se revelou uma mãe calculista e controladora. Suas manipulações duras e inflexíveis engendraram comportamentos reticentes e desonestos tanto no filho quanto na filha. Ela tramou e trabalhou para unir Ruomu e Lu Chen, o que não foi bom para ninguém, especialmente para ela.

Quanto a Meihua, aquela criada bonita e inteligente, seu degenerado sequestro e o casamento com An Qiang foram as melhores coisas que lhe aconteceram. Nos seus anos com An Qiang, a vida de Meihua passou por uma transformação e um renascimento. Foi aquela nova Meihua, não mais ingênua e afetuosa, e sim madura e cheia de experiência, cheia de ânimo, que criou Xiaotao. Desde o momento em que nasceu e até aonde iam suas lembranças, Xiaotao via a mãe sempre indo e vindo como um cavaleiro solitário. E todas as vezes, sem falhar, ela voltava com seu prêmio. Ela ocupava um lugar supremo no coração de Xiaotao e permaneceu um mistério desde o tempo em que, criança, ouvira a legendária história de "Tia Mei na montanha Xitan". Meihua não era mulher de muitas palavras, nunca fazia sermões para a filha sobre regras de comportamento. Criada com mimos, a menina se transformou em uma jovem livre e sem limites, embora fosse capaz de se cuidar muito bem. Xiaotao havia sido abençoada com o espírito livre do pai e seu senso de cavalheirismo, mais a sabedoria e a serenidade espiritual da mãe. O conceito de obedecer a regras nunca entrou em sua cabeça. Quando a mãe morreu, foi para Pequim. Uma vez lá, como um peixe na água, sua vida virou uma inevitável aventura. Xiaotao não se deixou intimidar pelos corruptos e sofisticados habitantes da cidade. Depois de se sair bem com alguns truques, Xiaotao ficou mais ousada.

Quando o jovem estudante entrou no restaurante e pediu bolinhos fritos e repolho cozido, Xiaotao imediatamente o notou. Seus olhos eram como sabres, agudos e claros, e seu olhar atraía atenção instantânea. Ele emanava uma força de personalidade e um vigor de caráter que iam bem além do comum. Xiaotao estava na cidade há dois anos e tinha visto muita coisa, mas o carisma daquele jovem era imediatamente atraente. Como nunca refreava seus impulsos, ela o convidou para sentar. Ele recusou com um sorriso. Mas é claro, ela pensou, e enquanto pensava em outra abordagem, ele baixou os olhos e continuou a comer.

Vendo que o jovem estava a ponto de acabar sua refeição, Xiaotao pediu a conta e, quando esta chegou gritou:

— Veja o que havia na sopa! Vejam todos, um palito! Como pôde deixar que isso acontecesse? Felizmente eu o notei; minha vida estaria em perigo se o engolisse. Chame o gerente!

Todos os olhos se voltaram para Xiaotao. Zhulong observava espantado enquanto ela continuava a fraude: a prova apresentada, os fundamentos estabelecidos, uma ameaça implícita; depois, uma rápida sessão de "argumentação" com o gerente. O pobre homem foi sobrepujado pela força dos ataques dela e, imediatamente, propôs que a refeição saísse de graça se ela não apresentasse queixa. "Não queremos perder nossa licença", disse, perdendo o jogo. Os ataques ferozes de Xiaotao deram lugar ao deleite, e ela lançou um olhar brincalhão, satisfeito e sedutor para Zhulong enquanto saracoteava porta afora.

Um velho sentado ali perto apertou os dentes enquanto essa cena se desenrolou.

— Isso é o que chamo de verme de arroz! Uma bomba-relógio! Que vergonha. Uma garota tão bonita. Tantas surpresas nos dias de hoje.

— Eu sabia o que estava acontecendo — disse o gerente — mas sem provas de que ela mesma havia deixado cair o palito, tive de deixar passar.

Zhulong pagou a conta e saiu. Ao virar a esquina, alcançou Xiaotao.

— Eu tinha certeza que você me seguiria — ela disse, com um sorriso caloroso.

— Eu queria saber sobre o palito — disse Zhulong.

A seriedade dele e o seu tom de voz fizeram Xiaotao dar uma risadinha.

— Isso é tão engraçado. Quero saber onde trabalha. Não posso acreditar que o mundo tenha feito um homem tão adorável quanto você.

Zhulong enrubesceu. Ele nunca perdia a confiança com garotas e se achava superior a elas. Mas agora, do nada, surgia uma que o tratava como igual. Foi tão repentino, tão surpreendente. E estimulante.

— Não acha que é muito vulgar fazer uma coisa dessas?

— Bom Deus, o que há de vulgar nisso? Você deve ser um grande estudioso. Não sou nada além de uma menina do interior, nunca terminei o colegial. Mas acabei de comer um banquete que não custou um tostão, e você, um grande intelectual, comeu repolho e teve de pagar por ele. Então, quem é o vencedor aqui?

A despeito de sua fúria, Zhulong ficou intrigado; queria estudar essa garota.

Em três semanas, estavam morando juntos. Outras três semanas se passaram até que Zhulong se formou e foi enviado para um emprego na periferia. Logo se casaram, o que espantou todos os amigos dele. Entre as três garotas que o amavam, ele escolhera Xiaotao. Sentiu-se culpado por Yadan e Yu, mas quais seriam as opções? Quando se é amado por três mulheres, um homem é compelido a fazer duas delas infelizes; ele esperava que, com o tempo, elas o esquecessem.

Nunca ocorreu a Zhulong que ele não entendesse as mulheres. Era visto pelos amigos como um revolucionário profissional altamente apto, bastante capaz de compreender e explicar as complexidades da economia, política, filosofia e muito mais. Mas não compreendia de forma alguma a mulher que escolhera como objeto de seu "estudo". Aquele que estava sendo estudado não era outro senão ele mesmo.

## 3

Yuche não pôde ir ao casamento de Zhulong. Ela dera entrada no hospital outra vez. Quando ouviu falar no casamento, ficou tão perturbada que as feridas de sua queda se abriram, e ela teve de ser costurada cirurgicamente. Não podia chorar histericamente como Yadan, nem dar vazão às lamúrias falando sem cessar, como Xiao. Não tendo tais saídas, só podia extravasar as frustrações e tristezas em seu próprio corpo.

Era hora do jantar quando ela deu entrada no hospital. O Dr. Danzhu era o médico encarregado da ala cirúrgica e imediatamente interrompeu o jantar para fazer um exame completo. Jinwu levou a comida favorita de Yu: mingau de arroz, picles de vegetais e enchovas.

Impassível por natureza, o Dr. Danzhu não disse nada ao ver as duas flores de ameixa nos seios de Yu, mas ficou surpreso. Era o início dos anos 1980, e tatuagens e outros ornamentos corporais ainda eram incomuns. Para o Dr. Danzhu, todos os corpos, femininos ou masculinos, eram iguais. Mas os dois brotos de flor eram únicos, e seus olhos se demoraram nos seios de Yu. Das centenas de mulheres que havia examinado, os seios dessa jovem eram sem dúvida os mais bonitos que já vira: pequenos, graciosos, elegantes. As flores de ameixa, logo acima dos mamilos, lhe davam um ar exótico. Ele se perguntou de onde viria ela, qual seria a sua história. Sua expressão lânguida não dava pista alguma.

O Dr. Danzhu vinha de uma longa linhagem de médicos, e seu pai, alto funcionário do Ministério da Saúde, lutara com o Exército Vermelho na Longa Marcha, nos anos 1930. Seu filho, no entanto, não tinha interesse em assuntos revolucionários. Era pragmático, devotado à ciência e à prática da medicina. Um homem amável, mas que, como a maioria dos médicos, evitava envolvimento pessoal com os pacientes. Sua mulher também trabalhava na área médica, como técnica de laboratório. Tudo na vida era rotina. Quando chegou a hora de casar, sua mãe o apresentou a uma pretendente adequada. Ela não pareceu diferente de outras mulheres — nem melhor, nem pior. Sua ideia de corte foi semelhante. Por que desperdiçar tanto tempo? Sua noiva também queria ir adiante, e eles noivaram um mês depois. Assim que o casamento foi resolvido, ele mergulhou na medicina. Conquistou a reputação de cirurgião excepcional e logo foi elevado ao cargo de cirurgião-chefe, o médico mais jovem a ocupá-lo no hospital. Antes do encontro com Yu, o Sr. Danzhu achava sua vida muito satisfatória — nada faltava, nada a lamentar.

Pensando assim, muitas vezes negligenciamos o significado real de encontros importantes. Esses encontros, que marcam os dois envolvidos, não são comuns assim! Algumas pessoas só têm um encontro desses — de passar a conhecer o outro profundamente — uma vez na vida, e esse único encontro é inesquecível. Outros vivem juntos toda a vida sem alcançar esse nível uma vez sequer. Danzhu e sua mulher estavam casados há cinco anos sem nunca perguntar nada sobre coisa alguma. Eram um casal modelo aos olhos de amigos e parentes, mas Danzhu estava plenamente consciente de que o encontro deles não havia sido mutuamente iluminador. Para ele, casais que discutiam indicavam que havia algo com que os dois se importavam, que os envolvera profundamente. Para Danzhu, a discussão era uma forma possível para um encontro assim.

Como sempre, Danzhu fez a ronda antes de deixar o hospital no fim do plantão. Notou que a comida na mesa de Yu não havia sido tocada.

— Por que não come? — perguntou suavemente.

Yu estava em transe, como se sonhasse acordada. Foi surpreendida pela pergunta e sacudiu a cabeça.

— Você deve comer, ou não resistirá à cirurgia de amanhã — o médico disse, gravemente.

Yu disse que não conseguia levantar o braço para pegar a comida. Então, Danzhu sentou e começou a alimentá-la com o mingau de arroz em uma colher. Ela ficou constrangida com a atenção, mas não disse nada. Agora via seu rosto. As pupilas não eram pretas, mas de um cinza azulado, enevoado. Era alto e pesado, bonito, mas fleumático. Nenhum sinal de emoção passava por seu rosto enquanto falava. Existia uma sugestão de sarcasmo em sua voz? Yu ficou triste quando tentou se ver pelos olhos dele; para ele, pensou, sou pouco mais importante que um pequeno animal.

Yu, criança psicologicamente sensível, tivera um desenvolvimento físico tardio. Na época de seu encontro com o Dr. Danzhu, acabava de chegar ao ápice da puberdade. Mentalmente deprimida e fisicamente esgotada, mesmo assim sentiu uma energia pouco familiar e excitante percorrer seu corpo. O anseio pelo amor havia feito parte de sua constituição durante muitos anos e agora incluía a fome pela expressão adulta do sentimento. Até mesmo uma pequena faísca podia acender um fogo devastador em seu coração. Exatamente agora, o médico sentado ao seu lado, um homem que nunca vira antes, com o simples ato de alimentá-la, uma colherada por vez, a excitara a ponto de seus sentimentos serem quase dolorosos.

Jinwu dissera ser prima de Yu quando a hospitalizaram. Danzhu certamente reconheceu a mulher mais velha como a estrela de cinema que recentemente começara a trabalhar como modelo para desenhistas; jornais e revistas traziam reportagens e fotos coloridas dela. Até a mídia estrangeira começou a tomar conhecimento do caso. Mas seu rosto de beleza clássica não despertou o interesse dele; sentiu até uma leve hostilidade natural, porque ela representava o glamour, tal como popularmente definido. Era como a sua aversão pela geração de velhos revolucionários do pai. Ele mostrava seu desagrado fazendo comentários como: "Eles eram um bando de agitadores de bandeiras vermelhas contra outro bando de agitadores de bandeiras vermelhas."

Jinwu disse para ele:

— Estou muito ocupada. Espero que não se incomode de tomar contar de minha jovem prima.

O Dr. Danzhu fez um aceno positivo, mas se irritou com os modos informais e o tom condescendente de Jinwu. Com o dia se encerrando e os visitantes voltando para casa, a maioria dos pacientes tinha saído para um passeio, e os médicos se preparavam para ir embora. A enfermaria começou a ficar silenciosa, e o Dr. Danzhu teve tempo de ordenar seus pensamentos. Olhando para a jovem perdida em devaneios, que parecia não pertencer a nenhuma classificação normal para jovens mulheres, foi atingido por uma emoção profunda e há muito esquecida. Ele quis falar com ela.

— Ninguém da sua família virá amanhã?

— Jinwu virá.

— Ela tem uma apresentação amanhã. Ela me disse quando estava saindo.

— O resto da minha família não sabe que estou no hospital, e eu não quero que saibam.

— Mas precisamos de uma assinatura autorizando a operação.

— Eu mesma assino.

— Está bem. Amanhã de manhã pedirei às enfermeiras que preparem sua pele.

— O que quer dizer com preparar minha pele?

— Com todas as cicatrizes das operações que fez, ainda não sabe o que é preparar a pele?

— Todas as outras foram feitas enquanto eu estava inconsciente. Ou desmaiei pouco antes, ou me deram anestesia geral.

Danzhu ficou surpreso ao ouvir isso e sentiu pena da jovem paciente. Disse suavemente:

— Tudo que acontece é que a enfermeira vai raspar todos os seus pelos. Não dói, mas será mais fácil se estiver preparada.

Depois de alimentá-la com o resto do mingau de arroz, Danzhu ia saindo, mas, então, ouviu a voz fraca de Yu. Virando-se, viu uma expressão estranha no rosto dela.

— O que há? — perguntou.

— Nada, estou um pouco assustada...

Ele voltou para o lado dela e acendeu a luz que havia perto da cama; o resto da enfermaria estava escuro. À luz difusa, o rosto dela pareceu pálido. Sua expressão era triste e vulnerável. Ele sentou, sem coragem de ir embora.

— Acabei de ter um sonho, mas pareceu muito real. Sonhei que ficava muito leve e subia para o teto. Fiquei assustada e disse: "Por favor, me deixe descer, me deixe descer". Então, acordei com medo, até suava um pouco. Mas então, justo quando pensava ter acordado, comecei a subir de novo. Sem mais nem menos. Aconteceu três vezes. Ficar sem peso foi tão assustador. O que o sonho tentava me dizer? Doutor, o senhor sabe interpretar sonhos?

Danzhu riu. Ele raramente ria.

— Como é que nunca tive um sonho na minha vida inteira?

Esse foi o encontro da sonhadora Yu e de Danzhu, que não sonhava. O destino fez com que acontecesse. Embora cidadãos do mesmo país, que falavam a mesma língua, pertenciam a mundos diferentes. Esses mundos estavam muito afastados, e as chances de se encontrarem eram pequenas. Mas um encontro que acontece contra tantas probabilidades é capaz de fazer história.

No dia seguinte, Yu viu os olhos dele acima da máscara cirúrgica. Foi a primeira vez que entrou na sala de cirurgia completamente desperta. A sala parecia enorme, e sua esterilidade branca lhe deu arrepios. Por muito tempo, teve medo da brancura. A grande tempestade da neve de sua infância e as ameixas de inverno na neve da adolescência lhe causavam o mesmo sentimento, um arrepio que emanava do tutano dos ossos. Deitada na mesa de operações, tremia tanto que via o lençol que a cobria tremer. Então, ouviu a voz do Dr. Danzhu dizer simplesmente: "Comecem."

Aquela palavra a fez lembrar da peça *Perguntas & respostas atrás das grades*, vários anos antes. O diretor barbudo dissera a Zhulong e Yadan: "Comecem." Era uma sala grande, com muitas pessoas, e eles apresentavam um espetáculo. Havia muitas pessoas lá, mas Yu se via completamente sozinha, encarando o palco assustador, cruel e vazio. Podia ouvir as tesouras e sentiu-se fraca e amedrontada. Lágrimas lhe subiram aos olhos e começaram a escorrer pela face. Aos poucos, e apesar de seus esforços, começou a soluçar incontrolavelmente.

— O que há? — perguntou o médico.

Ela viu gotas de suor na testa dele. Fez o máximo de esforço para parar, mas as lágrimas continuaram.

— Por que está se descontrolando? — ele perguntou. — Você tomou anestesia suficiente para uma operação pequena como esta. Não vai doer nada.

— Uma adulta chorando assim — censurou a enfermeira-chefe. — Se você incomodar o médico e a operação der errado, a responsabilidade será sua!

Mas aquele pequeno discurso piorou as coisas, e deixou Yu histérica. O médico parou.

— Qual é o problema? — a voz do médico, em marcante contraste com a da enfermeira, era um sussurro. Uma gota do suor dele caiu na boca de Yu. Estava gelado, não como o quente suor de Zhulong, mas ela gostou do cheiro. Diferente do de muitos homens, o suor cheirava a azeite de oliva puro e novo.

Os olhos da paciente e do médico se encontraram e, naquele instante, Danzhu compreendeu as lágrimas. Falou o mais suavemente que pôde.

— Calma, fique calma, está quase acabando. Quase. Sua amiga está esperando lá fora. Como vou explicar seus olhos vermelhos? Você suportou operações muito maiores, por que chorar nesta, tão pequena? Vamos, vamos, darei um cuidado extra à sua pele mais tarde, está bem?

A enfermeira olhou para o Dr. Danzhu surpresa. Nos seis anos que trabalharam juntos, ele nunca tentara comunicar-se com um paciente de forma tão direta. De fato, nunca falara tanto com ninguém. Todos os dias ele via sangue, com frequência a morte, e costumava enfrentar as emoções dos pacientes e suas famílias. Sempre parecera estoico, até impassível. Então, qual era a sua ligação com essa moça? Talvez fossem parentes? Controlando a frustração, ela fez o melhor possível para confortar Yu até ela cair em sono profundo.

Yu acordou à meia-noite e não viu amigos por perto. Era a única paciente em um pequeno quarto particular de uma outra enfermaria, com um homem sentado em sua cama, de costas para ela.

— Está acordada? — Danzhu voltou-se, observando-a detidamente.

Ela via que ele estava extremamente cansado. Encolheu o corpo e, depois, sentou. Um curativo espesso circundava a parte superior do torso. Ele pôs uma camisa sobre Yu, embora ela não se preocupasse por estar nua. Olhos abertos, alerta, ela o observava.

— Por que chora tanto? — ele perguntou. Falava sem variações de tom, mas ela via um brilho de calor em seu rosto. Aquele pequeno sinal de emoção levou lágrimas aos seus olhos.

— Fico muito feia quando choro, não é?

Ele não respondeu.

— Mas não quero que pense que sou chorona... Eu... só quero...

— Você deve aprender a usar uma máscara. Não digo que deva mentir. É uma forma de se proteger da interferência alheia. Para viver em sociedade, você não pode revelar tanto sobre si mesma.

Ela ficou confusa, mas ouviu cuidadosamente.

— São questões de senso comum, que você deveria ter aprendido com sua família. Desculpe, não queria ser tão pessoal.

— Então, quando se deve tirar a máscara?

— Só na presença daqueles em quem confia.

Ela baixou os olhos, a expressão pensativa.

— E agora? Posso tirar a minha máscara?

O Dr. Danzhu gentil e vagarosamente pôs um braço em torno de Yu e a segurou junto ao peito. Ela era suave e complacente, como uma serpente hibernando.

## 4

Yadan ficou muito pouco atraente. Anos depois, quando seus amigos viam fotos tiradas dela quando jovem, diziam: "Ah, você era tão bonita naquela época."

A mudança de aparência se deveu principalmente à insônia de um mês. Com círculos negros sob os olhos, eles pareciam os de um urso panda. Perdeu o sono porque descobriu estar grávida. A concepção teria sido quando perdeu a virgindade, naquela noite ao lado do chafariz. Era uma dessas mulheres tão férteis que com um simples toque de um homem ja são capazes de gerar uma nova vida. Se não fosse a política de um filho por casal, poderia ter sido uma mãe heroica, no melhor sentido da palavra.

Os primeiros estágios da gravidez não foram fáceis. Além da fadiga, Yadan não conseguia manter a comida no estômago.

— Quem é o pai? Quem? — Empalidecendo, Mengjing exigia uma resposta, mas em vão. — Deve ser aquele Yuanguang! — A intuição feminina é certeira.

Ao ouvir o nome Yuanguang, Yadan sorriu levemente, mas ainda assim não respondeu, porque mordeu a língua. Mas aquele pequeno sorriso enfureceu Mengjing, e ela mostrou seu amor pela filha com um **forte tapa no rosto.** Yadan caiu com a força do golpe. Mengjing entrara na menopausa, o que reduzia sua tolerância a notícias ruins. Começou a estapear o próprio rosto, chorando, mas controlando os gritos, depois puxou o cabelo e atirou-se contra a parede; por volta da meia-noite, perdeu as forças e adormeceu nos braços de seu marido gentil e mais velho.

Na manhã seguinte, foi ao mercado e ficou na fila para comprar uma tartaruga. Mais tarde, emergiu da cozinha com manchas de sangue nas mãos e uma expressão malévola no olhar que assustou a filha. Depois o olhar mudou, refletindo uma pequena nota de triunfo, o resultado de ouvir sobre a má sorte de seus vizinhos, a família Lu.

— As notícias na outra porta também não são boas. Yu está no hospital de novo, e Ruomu e Lu Cheng estão brigando outra vez.

A má sorte na família Lu sempre havia estimulado Mengjing, mas a hospitalização de Yu era desastrosa para Yadan, que não podia visitá-la. Yadan não queria revelar sua condição, nem mesmo para os melhores amigos. "Grávida" — esse rótulo estigmatizador, que, em sua vida, fora uma ideia tão distante, passou a pertencer a ela. Recém-formada, fora chamada para trabalhar em um escritório do governo, mas não tinha escolha a não ser mentir.

Quatro meses depois, mentir não era mais possível. Toda a universidade de Jiaotong sabia que a filha de Mengjing estava grávida, embora solteira. Quando Xuanming estava na fila para comprar mantimentos, ouviu os comentários.

— Olhe a filha de Mengjing. Seu corpo mudou de forma, mas não sabem quem é o pai. Ela está enlouquecendo a mãe!

— As moças são uma grande preocupação quando chegam a uma determinada idade. Sua família tem muita sorte de ter apenas homens.

— Veja! Ela aparece em público. Quanta coragem!

— Ela já está com seios grandes. Mas só têm carne. Não terá leite suficiente para alimentar a criança!

Yadan veio andando, parou junto a Xuanming e chamou-a de vovó. Xuanming disse que compraria o que Yadan precisasse. Yadan jogou uma nota de 10 iuanes na mão de Xuanming e disse que queria carne magra de porco picada. Quando saiu, ouviu as velhas fofocando.

— Os quadris dela estão bem grandes, parece que vai ser menina!

— Ah, os quadris estão muito menores que a barriga. Deve ser menino!

Ao chegar em casa, Yadan caiu na cama e enterrou o rosto no travesseiro, chorando com soluços longos, sufocantes. Ela fora reduzida a nada. Uma colega veio visitá-la e lhe informou que as autoridades pretendiam oferecer-lhe o cargo de secretária de um ministro, mas a proposta caíra por terra. Depois disso, Yadan buscou refúgio em casa, recusando qualquer apoio. Seu rosto ficou de um amarelo doentio. Mengjing, depois de procurar muito, encontrou um ginecologista que concordou em induzir o trabalho de parto. Ela estava com cinco meses, logo um aborto direto estava fora de questão. Desde o início, Yadan se opusera ao aborto, e em uma das piores brigas com a mãe, segurou uma faquinha junto ao próprio pulso, dizendo:

— Preciso ter essa criança!

Depois de dar esse ultimato, desmaiou.

Ao ver Yadan à beira de um colapso que poderia tirar-lhe a vida, Mengjing entrou no modo conciliatório. Esqueceu a preocupação de salvar as aparências, essa possibilidade ficara para trás. Concentrou sua energia em preparar comidas tentadoras e bebidas, mas, mesmo assim, Yadan não comia.

O ultrassom no quinto mês revelou que o bebê era homem. Finalmente, uma pouco de cor vermelha voltou ao rosto pálido de Mengjing. Quando chegaram em casa, Mengjing soube que alguém chamado Zhulong viera visitar Yadan. "É um nome estranho", disse o padrasto. Mas Mengjing notou que Yadan tremeu ao ouvi-lo, seus olhos se acenderam, mas logo se apagaram, como um meteorito. Durante meses, o rosto de Yadan mostrara resignação, na melhor das hipóteses. Naquele momento, passou por uma série de expressões contorcidas, terminando em gritos e soluços. Finalmente, pensou Mengjing, sabemos quem é o pai — aquele filho da puta chamado Zhulong, que merecia sofrer mil cortes.

Yadan trancou-se no quarto, dominada novamente pelo pesar. Do lado de fora, a mãe implorava para que se controlasse, pois podia prejudicar o bebê. Mas como Yadan poderia digerir o que a mãe dizia se seus pensamentos estavam inteiramente com Zhulong? Naquele momento, ela o amava mais do que nunca, mas decidiu não vê-lo, porque estava feia de verdade agora. Poderia morrer dando à luz e, então, ele poderia visitá-la na morte, sabendo que se sacrificara para dar a vida ao filho dele. Seu coração ficaria partido, exatamente como o dela por todos esses meses.

Imaginando que as tristezas futuras de Zhulong lhe traziam alívio, no jantar tomou uma tigela cheia de caldo de caules de lírio que sua mãe fizera especialmente para ela, depois pediu para repetir. Daquele dia em diante, seu apetite se restaurou. Dia após dia, ela se banqueteava com as refeições saborosas de Mengjing e engordava. Seis refeições por dia, depois chocolates e outros doces após o jantar, com as pernas levantadas enquanto via televisão. Mais um lanche à meia-noite.

A uma semana do parto, exatamente ao engolir seu lanchinho da tarde, Yadan olhou pela janela e viu um homem caminhando em direção à sua casa. Corpo esguio, pernas compridas, ombros largos que balançavam levemente de um lado para outro enquanto caminhava: ela reconheceu aquele corpo antes de ver o rosto e cobiçou sua força e virilidade. Uma onda de felicidade subiu-lhe à garganta, mas, então, a sufocou, como se entrasse em conflito com sua tristeza reprimida, trazendo-a uma vez mais à beira de um choque emocional. Inclinou-se sobre o peitoril da janela e observou-o com olhos famintos. Ele, apressado como sempre, olhava para a frente. Justo então, a nova vida que se agitava dentro dela deu um forte chute, depois outro; seria esse um sinal de reconhecimento do pai?

Mengjing estava sentada no sofá, tricotando um suéter. Deu um pulo e tocou no cotovelo de Yadan. "É ele?" Sem esperar resposta, correu para a porta, mas Yadan bloqueou seu caminho.

— Mãe, diga a ele que não estou.

— Por quê? Que estranho! Você não tem pensado nele todos os dias? Eu queria perguntar a esse desgraçado se ele sabe que vai ser pai!

Yadan ficou mortalmente séria.

— Diga uma palavra e não seremos mais mãe e filha!

Isso foi reminiscência de uma cena ocorrida sete anos antes, quando o assunto era um homem chamado Yuanguang. Naquela ocasião, a filha dera o mesmo ultimato. Pelo amor de Deus, era o mesmo homem. Talvez ele tivesse mudado de nome. Uma vez mais, prova da intuição feminina. Quem quer que fosse, Mengjing sabia que o odiava, que ele, sem piedade, a privara de uma filha saudável, feliz. Que criança boa tinha sido Yadan. Agora estava arruinada, pobre criança. Por que sua filha era tão teimosa? O que dera nela?

Mengjing raramente era emocional. Mas passara a chorar toda noite sob os lençóis. Que preço a pagar, pensava. Todos esses anos havia sido Tiancheng o dono do seu corpo, do seu coração, da sua alma. Mas ele era um homem bom, honesto, gentil. Esse sujeito Zhulong, ou Yuanguang, ou qualquer coisa, era um total ignorante!

A compostura de Yadan voltou. Sabia que, no fim, a mãe recuaria. Sua barriga estava assustadoramente grande e projetada para cima. Não seria exagero afirmar que, um copo de suco de laranja poderia se manter em cima dela sem cair. Aquela era a linha divisória entre mãe e filha, e a mãe não podia passar.

Da história de Mengjing e Yadan, podemos concluir que a experiência de lidar com as coisas comuns da vida é única para cada um. Não pode ser passada confiavelmente de uma pessoa para outra, nem de uma geração para a próxima. Infelizmente, a experiência é como uma fronteira de mão única: depois de cruzada, não há volta. Que paradoxo! Se ao menos a experiência pudesse ser cumulativa, a vida seria mais simples, menos dolorosa. Mengjing poderia facilmente dizer a Yadan que o amor não correspondido é inútil. Se ele flui em uma única direção, seu aumento não mudará nada. Nessa situação, a pessoa que recebe o amor pode ser tocada e fazer pequenos esforços para corresponder, mas isso não é amor, e levará à mágoa para ambos.Se os esforços forem maiores, a mágoa será maior. A alquimia do amor está além da análise racional e, pelo que sabemos, a capacidade de amar pode ser predeterminada pelos mistérios da vida no útero.

Como era de esperar, foi Mengjing quem cedeu. Abriu a porta e, em um tom de voz monótono, disse:

— Desculpe, Yadan não está em casa. Ela anda muito ocupada. Você não precisa voltar.

Yadan ouvia, fora de vista, e sentiu novamente a garganta apertar.

Yadan começou a sentir contrações, talvez por conta da excitação e do tumulto emocional. Na sala reservada para mulheres em trabalho de parto havia quatro outras pacientes, todas gemendo de dor enquanto os médicos checavam seu progresso. Um deles não estava sendo muito simpático. Ele chegou a gritar com uma mulher sentada ao lado de Yadan.

— Baixe a voz! Veja aquilo — ele apontou para Yadan —, as contrações dela estão muito mais fortes e ela não pediu remédio para dor.

Mas como o médico poderia saber que a dor de Yadan era muito maior que simples contrações físicas? Ela acreditava mesmo que ia morrer e nunca mais veria Zhulong de novo.

Na mesa de parto, sentiu que não era melhor que um animal. Médicos e enfermeiras removeram habilidosamente suas roupas e a cobriram com um lençol amarelo estéril. E ela ficou lá, totalmente nua, enquanto todo o seu pelo púbico era raspado e ela era puxada de um lado para o outro por mãos anônimas, inteiramente sujeita à vontade alheia. Seus pés foram colocados em estribos, bem abertos para dar a qualquer pessoa completo acesso a partes de seu corpo que ela mesma nunca tinha visto. Ouviu um médico gritando "Empurre!" e "Empurre mais! Você está aberta e pronta para dar à luz."

Então começou a empurrar com toda a força, mas era inútil — suas contrações continuaram e era hora de os médicos trocarem de turno. Yadan foi deixada lá, as pernas bem abertas, com pessoas andando de um lado para o outro, olhando audaciosamente para suas partes baixas, alguns pondo uma mão enluvada aqui ou ali casualmente, quase distraidamente. Ela ardia de vergonha. Era muito jovem, só fizera sexo uma vez, mas estava transformada em um pedaço de carne, uma máquina de dar à luz. Ela não tinha preparo mental para o papel que desempenhava. Na verdade, sentia-se a menina que ainda era na véspera. Apenas então experimentou a cruel realidade — aos olhos dos outros, aos olhos dos médicos — de ser meramente uma mulher dando à luz. E naquele momento sua semelhança com, éguas, cadelas e vacas ficou completamente aparente. Esses pensamentos permaneceram com ela e, sempre que vinham à superfície, sentia uma estranha contração no peito e na garganta.

Yadan passou a maior parte dos três dias seguintes na mesa de parto. O médico responsável era uma autoridade em obstetrícia, e Yadan estava no centro de um intenso debate entre ele e outra autoridade sobre o parto normal e a cesariana. O médico de Yadan insistia no parto natural e repetia a Yadan para aguentar o tranco, agarrar a bala com os dentes, cooperar. Sucção, incisão, fórceps — qualquer uma dessas técnicas podia ser usada, de fato elas eram usadas, todas, para evitar a intervenção cirúrgica. Mas nada funcionou com Yadan. Ao fim do terceiro dia, a médica responsável começou a perguntar se o caso de Yadan não seria a exceção que comprovava a regra. No entanto, vendo suas bochechas afundadas, decidiu virar o bebê outra vez, o que não funcionara até então. Ela logo empurrou a mão enluvada pelo canal de nascimento, ao mesmo tempo em que pressionava com grande força a barriga de Yadan pelo lado de fora, e virou o feto, apontando sua cabeça para baixo.

Este súbito e inesperado realinhamento de sua anatomia precipitou um grito rouco de Yadan, que vinha mantendo os dentes apertados há dias. Mengjin tirava uma soneca no corredor. Ao ouvir o grito, entrou correndo na sala de parto, berrando: "Assassina! Você matou minha filha!"

Parentes de outros pacientes correram para a porta. A assistente e a enfermeira-chefe tentaram bloquear a multidão. No caos, as palavras "Ele saiu!" foram ouvidas, mas não se ouvia o choro do bebê.

Mengjing quase desmaiou: "Meu neto! Agora ele está morto também!"

O neto não estava morto. Era gordo e vigoroso e chorava alto, só tinha perdido um pouco o fôlego nos primeiros momentos.

No dia seguinte, quando Yadan acordou, uma enfermeira entrou com um bebê no quarto e o colocou em seu seio, comentando que o neném era forte e durinho. Yadan examinou suas feições, achando que era a cara de Zhulong. Nariz, olhos, lábios, bochechas, mãos — era tudo perfeito. Ela sorriu e disse para a criança: "Como vai?" Os hormônios maternos estavam assumindo o comando.

## 5

Nesses dias de tumulto para Yadan, as preocupações de Xiao eram exatamente opostas. Se dissermos que Yadan era terra fértil, Xiao deveria ser um deserto. O sofrimento de Yadan seria uma felicidade indescritível para Xiao. Xiao desceria ao inferno para ter um filho.

Mas nunca teve.

Hoje, Xiao se aproxima dos 50 anos e vive em uma cidade de médio porte na Europa. É uma bonita cidade, salpicada de jardins, pombos, estátuas de bronze e igrejas nos estilos gótico, rococó, barroco e bizantino. Ela tem dois diplomas universitários, mas não encontrou valor prático para eles. Abriu uma pequena empresa de impressão — cartões de visita, etiquetas, folhetos de propaganda e assim por diante. Não era uma grande vida, mas era tranquila e segura. Durante muito tempo viveu com um escritor tcheco. Ao ler os romances de Milan Kundera descobrira uma afinidade com os tchecos. Aquele com quem vivia tinha cerca de 60 anos e rugas profundas gravadas na face. Seu apetite era enorme, especialmente para comida chinesa. Podia sentar-se em um restaurante chinês no centro da cidade e devorar um prato inteiro de guisado de porco. Mas, por mais que comesse, seus ombros ossudos estavam sempre visíveis sob sua capa de chuva grande e larga, dando-lhe a aparência de um personagem cômico de desenho animado. Aquela capa de chuva grande era sua roupa característica. Usava-a sempre que ele e Xiao se aventuravam até a praça central da cidade para ver o relógio bater as 12 badaladas do meio-dia. Quando o gigantesco relógio punha os dois ponteiros juntos no número 12, uma porta se abria, 12 personagens excêntricos saíam um a um, seguidos de um velhinho magrinho, que levantava um martelo de madeira e batia no sino do relógio com toda a força. Nesse momento, com frequência a praça estava cheia de pessoas que esperavam o grande evento, os rostos voltados para o céu, todos olhando em uma só direção, para esse espetáculo — único entre todos no mundo. Nesse momento, o escritor colocava seus braços em torno de sua amante chinesa e juntos observavam o que acontecia, como se vissem pela primeira vez. Na estação dos ventos, a grande capa de chuva dele subia e cobria Xiao completamente. Nessas ocasiões, ela tinha uma sensação desolada — o sentimento sombrio de ser uma estrangeira em uma terra estranha.

O caso de amor de Xiao com Hua terminou em meados dos anos 1980. O romance a transformou em uma menininha egocêntrica. Uma vez, tarde da noite, Xiao pediu à sua colega de quarto que lhe trouxesse Hua e exigiu que ele a acompanhasse à "esquina inglesa". Ela ficava longe do alojamento de Xiao, e era aonde os estudantes iam praticar conversação em inglês. A escola era conhecida por formar estudantes fluentes em inglês. Naquele longo caminho, Xiao e Hua passearam e conversaram; sob a proteção da noite, puderam até demonstrar um pouco de afeto. Xiao tinha um caminho próprio até o amor, mas levar Hua por aquele caminho nem sempre era fácil. Naquela noite em particular, Hua não queria ir com ela, dizendo que estava muito tarde e não era apropriado. Isso teve o efeito de uma desculpa, e Xiao começou a chorar, sentindo-se desprezada. Hua fez o melhor que pôde para consolá-la, mas foi inútil. Pareceu a ela que ele tomava o controle de todos os aspectos do seu romance — se o passo deles seria rápido ou lento, o clima intenso ou rarefeito, os sentimentos profundos ou rasos. Ele era uma fortaleza inexpugnável. Quando não queria abrir as portas, mesmo que tivesse mil cavalos fortes e capazes e um exército pronto a ajudar, ela não conseguiria vencer a indômita vontade de Hua. Ele segurava firmemente nas mãos o poder de iniciar o amor. Xiao nunca tinha se sentido tão vulnerável, tão tola, tão infeliz. Assim, Xiao e Hua recomeçaram a velha história de Anna e Vronsky em *Anna Karenina*, de Tolstói.

Já naquela época, o fim trágico de seu caso amoroso se revelou para Xiao.

Mas ela se recusou a aceitar um não como resposta. Estava perdendo a cabeça; reanimou-se, comprou roupas caras e maquiagem importada; mudou a voz do tom revolucionário para o charme suave e doce; praticou um sorriso de menina em frente ao espelho; sentou-se em diversos lugares dentro da sala de aula; não conseguia comer nem dormir; começou a esquecer coisas e cometeu muitos erros; ficou nervosa demais para rir; pintou os lábios de um tom vermelho totalmente impróprio para sua idade e aparência.

Mas todos os seus esforços foram tão inúteis quanto um rio correndo para o leste. Eles tiveram efeito oposto ao que esperava.

Xiao transformou-se na jovem viúva Xianglin, personagem da história de Lu Xun, *O sacrifício do ano-novo*. Assim como a Sra. Xianglin, Xiao falava sem parar sobre seu amor perdido para sua única espectadora, Yu. Nos fins de semana, quando a família se reunia na frente da tevê, Xiao se esgueirava para o quarto de Yu, fechava a porta levemente e se deitava ao lado da irmã, depois dava uns tapinhas na cama. A cabeça de Yu imediatamente se levantava para a posição de ouvinte, paciente como sempre. Ouvir a irmã falar interminavelmente era como ir ao inferno, mas quem mais iria se não fosse Yu? Ela é minha irmã, pensava.

O companheiro apaixonado de Xiao fugiu, inevitavelmente. Ela tinha a forte impressão de que ele seria o único amor verdadeiro de sua vida. Investira pesado em fazer seu relacionamento com Hua funcionar, para que as duas partes ficassem satisfeitas. Agora estava cansada. Derramar seu coração era a única coisa que podia fazer, sua única válvula de escape. Isso poderia aliviar meses, até anos do que trazia no fundo do coração.

"Derramar" o coração é uma imagem feliz para algumas pessoas, especialmente para algumas mulheres. Pode ser algo bonito: limpar a alma, iluminar os olhos, expandir a perspectiva. Mas para isso, é preciso ter um ouvinte. Sem isso, é como sexo oral — impossível de executar com uma pessoa imaginária. O problema passa a ser do ouvinte. Ele deve ter muita resistência e um grande coração. Também deve ter vontade forte, para impor um limite e gritar: "Pare!", quando o interlocutor ingressar em território insensato. Se não, será como um fumante passivo, inalando um veneno indesejado, o veneno e a sujeira exalados por outra pessoa.

Quando a pessoa que derrama o coração é escritora, então não é só um transtorno, é um desastre. Ela pode jogar toda a sua linguagem suja e seus pensamentos perversos para o leitor. Poderia ser assim: o escritor ou seu personagem fala sem parar sobre acordar de manhã e sair para comprar sapatos. Os sapatos podem servir bem quando ele está na loja, mas ficam apertados quando ele chega em casa. Os sapatos devem ou não ser trocados por um número maior? Depois de ponderar, o escritor pode trocar as meias, por outras mais finas, e experimentar os sapatos novamente. Enquanto troca as meias, pode notar um calo no dedo. Para tirar o calo, o escritor pode falar sem parar sobre procurar tesouras, depois uma faca, ou talvez um cortador de unha.

Ao encontrar tais disparates, o leitor deve ter força de caráter e gritar: "Pare!" quando o derrame começa.

Graças a Deus, Yadan não era uma escritora assim.

No fim da primavera e início do verão de 1985, Xiao e Yadan encontraram namorados novos pelo computador, em um site de relacionamentos.

Uma cidade tornou-se a líder de toda uma geração na nova tendência; foi a primeira a ter cupidos por computador. Pessoas jovens, acima "da idade de casar" iam para o computador, colocando lá suas informações e esperando retorno. Essa entrada e saída, exatamente como os negócios de exportação e importação da China, começou e se popularizar naquela época, e nos anos seguintes se espalhou por todo o país. A partir de nome, idade, sexo e cidade natal, mais altura, peso com ou sem roupa, o *hardware* e *software* completos de uma pessoa eram inseridos no computador como um código para virar informação que ajudaria outra pessoa a fazer uma escolha. Tão bonito, rápido e moderno. A modernização da China e sua entrada no ciberespaço começaram com o casamento por computador.

Os computadores deixam todos iguais. O nome Yadan naquela época era bem conhecido nos círculos literários, mas no computador não era diferente de nomes esquisitos como *dumbbunny* ou *bubbleboy*. Todos os nomes eram digeridos, comparados e selecionados de mil formas diferentes naquela vasta estrutura binária. Homens e mulheres jovens devotados que haviam passado da idade habitual para casar entravam na fila, rezando silenciosamente para que a sorte caísse do céu. Xiao escreveu em sua lista de desejos que seu parceiro devia vir de uma família intelectual, ser um homem decente e íntegro, formado na universidade e com muitos hobbies, mais de 1,80 m de altura, boa saúde, e com menos de 40 anos. No espaço sobre si mesma, escreveu que era formada e vinha de uma família altamente educada; tinha boa aparência, era carinhosa e delicada; 1,72 m de altura, leitora ávida e boa cozinheira.

Yadan só pôs uma linha em sua lista de desejos: espero que o homem seja bom com crianças. Sua descrição também foi muito simples: 33 anos, saudável, 1,70 m, de uma família profissional e amante da literatura.

Xiao e Yadan resolveram seus problemas de casamento mais ou menos na mesma época, e de acordo com seus desejos. Xiao encontrou um homem de 1,80 m, de família intelectual e da mesma idade que ela. Melhor, ele tinha muitos hobbies, tantos que Xiao não podia acompanhá-lo. O destaque era a fotografia. O marido de Xiao, Ning, podia fazer uma gota de orvalho em uma folha de lótus parecer viva. Pelo poder de suas lentes, cada gota se tornava uma pérola, cintilando com sugestões sutis de ouro e prata. Xiao estava deliciada. Amava Ning como a uma criança, protegendo-o sob suas asas, alimentando-o e mantendo-o aquecido em um lar aconchegante da manhã à noite. Sentia-se realizada. Ning retribuía seu amor intensamente e confiava completamente nela. Entregava-lhe todos os seus ganhos, até o último centavo, e deixava que administrasse as finanças. Era sempre gentil e respeitoso na presença de amigos. Também tirou muitas fotografias lindas de Xiao, que a deixaram muito feliz. Xiao, na meia-idade, virava uma beleza estonteante nas suas fotos. Seguindo seu conselho, deixou o cabelo crescer, prendendo-o com um grande grampo. Para tirar uma foto, Ning verificava pessoalmente a maquiagem e transformava Xiao em uma beleza melancólica. Depois, a vestia com um casaco antigo, no estilo ocidental, calças compridas apertadas, e a fazia posar na sacada, ao lado de uma grade, com um leque de sândalo na mão. Essa foto acabou na capa de um calendário de 1986. As técnicas de Ning acrescentavam um efeito desbotado que fazia Xiao parecer a jovem dama de uma mansão estrangeira dos anos 1930 em Xangai. A nostalgia era aceita por muitos, tanto jovens quanto velhos, que sentiam prazer em saborear os estilos e as imagens dos velhos tempos da capital. De repente, a metrópole viu surgirem mulheres de meia-idade vestidas com casacos no estilo ocidental que cobriam tudo que vestiam por baixo. Quando visitavam amigos, nunca deixavam sua casa sem um leque de sândalo. A fragrância do perfume ou pó enchia silenciosamente o ar quando o leque era agitado para a frente e para trás.

O computador casamenteiro de Yadan lhe trouxe uma experiência diferente. Seu marido, Ah Quan, era um homem baixo, mas, para grande alegria dela, amava seu filho, cujo pai biológico era Zhulong. Embora a casa de Quan ficasse na periferia da cidade, ela aceitou a proposta dele. Todo o seu coração estava devotado ao filho. Teimosamente se agarrou ao pensamento de que ele tinha o sangue de Zhulong e de que, algum dia, ficariam juntos. Como no final feliz de um filme brega, Zhulong seria, então, tão sentimental e romântico quanto ela. Sempre que pensava nisso, se parabenizava. Criar o menino sem seu pai era certamente uma tarefa nobre. Começou até a sentir pena de Ah Quan. Sentia que o arranjo era injusto para ele e; portanto, estava determinada a compensá-lo de todos os modos.

Yadan descobriu logo após o casamento que ninguém, a não ser ela mesma, precisaria de compensação. Ah Quan era impotente, desde o nascimento. Algo que não era fácil resolver.

## 6

Ao contar as histórias das mulheres dessa família, não devemos esquecer Yun'er. Enquanto cuidávamos dos outros personagens, ela desabrochou aos 16 anos. Mais cedo, mencionamos que era uma menina muito bonita. Aos 12 ou 13 anos, sua beleza ultrapassou a da mãe, das tias e da avó; ela até chegou perto de superar a bisavô Xuanming. Yun'er acabou muito mais bonita que a jovem Xuanming jamais havia sido. Sua beleza é um tipo raro, como um bom vinho tinto, com uma qualidade superior, que se pode provar, mas que é difícil descrever. E, de perto, sua rica fragrância é inebriante.

As mulheres adultas da família se preocupavam com seus próprios problemas, estavam sempre deprimidas ou apressadas, então perderam o crescimento da menina. Aos seus olhos, ela parecia ter amadurecido em uma noite, e ficado mais alta que elas. Não podiam tocar suas vidas adiante sem reparar nela. Ela era, em uma palavra, espantosa. Até Ruomu, que nunca prestava atenção em crianças, observava em silencioso espanto enquanto Yun'er penteava o cabelo, se perguntando se a criança teria saído de uma pintura.

Vendo a avó olhá-la fixamente, Yun'er chamou muito docemente, "Vovó...". Desconfiada como sempre, Ruomu não seria enganada por aquela voz doce. Continuou a olhar até descobrir que Yun'er usava secretamente um brilho vermelho-escuro nos lábios. Ruomu perguntou:

— Por que está usando maquiagem sendo tão jovem? Não tem medo de arruinar a pele?

Yun'er sorriu docemente:

— Não se preocupe, vovó. Só um pouquinho de brilho nos lábios. Nada no resto do rosto.

Ruomu continuou olhando:

— Não é seguro lá fora. Quando sair, tenha cuidado. Uma garota não deve ser atraente demais.

Yun'er apenas sorriu e se apressou em seu caminho.

Yun'er trocou sua roupa por um vestido de seda feito do xale da mãe, vermelho com orquídeas cinzentas, fazendo um bonito contraste com sua pele branca como neve. Olhou-se ao espelho. Uma busca sem resultados por alguma imperfeição. Depois saiu.

Como desde muito jovem Yun'er não vivia com a mãe, estava acostumada à independência. Era também muito inteligente, mas não como suas tias. A geração mais velha da família Lu sabia o quanto ela era inteligente, mas ninguém imaginou que não entraria no colegial. Com 16 anos, Yun'er virou garçonete de um grande hotel e já tinha ganhado dois salários quando sua família descobriu.

O hotel ficava no setor mais movimentado da cidade, perto da famosa praça. Yun'er via o monumento da recepção. Para ela, aquela grande estátua de mármore era apenas parte de um roteiro turístico, não um símbolo histórico. O carinho que a geração de suas tias tinha pela praça — o sentimento de que aquele era um lugar sagrado, onde eventos revolucionários aconteceram — estava morto para Yun'er. Ela não tinha deus, regras, filosofia, apenas ela mesma. Sabia claramente que podia usar a própria esperteza para mudar as regras. E não tinha medo disso, só alegria com o sucesso, ou tristeza depois do fracasso. Passara 16 anos testemunhando as gargalhadas e prantos da geração mais velha. Não valera a pena! Se estivesse no lugar delas, tudo teria sido muito mais simples. Naturalmente, Yu era a pessoa que mais a intrigava. "Minha tia mais nova é muito séria!" Fizera uma vez esse comentário para Ruomu em tom meio brincalhão. Aos seus olhos, toda a amargura e excentricidade de Yu eram impensáveis. O que Yu considerava mais importante e valioso quase não tinha valor aos olhos de Yun'er. Em apenas dois meses de trabalho no hotel, havia feito muitas ligações. Toda noite, depois do trabalho, Yun'er recebia todos os tipos de homem, dirigindo todo tipo de carro para vir buscá-la, querendo levá-la a lugares excitantes. Sua vida estava cheia. Estava feliz demais aproveitando a vida para ficar cansada. Para ela, os homens não eram mais que escoras. Ou ajudantes. No palco da vida, eles faziam as cortinas subirem e descerem.

Um dos apaixonados por ela era um homem de negócios japonês chamado Yamaguchi. Ele vinha quase todo dia. Era um rico representante de vendas de uma famosa linha de cosméticos japonesa. Era generoso e lhe dava muito dinheiro. No dia dos namorados de 1989, por exemplo, ele chegou de Lexus segurando um grande buquê de rosas. Naqueles dias, presentear com flores frescas ainda não era popular. Uma rosa, talvez, mas ele comprou várias dúzias, de muitas cores. Os gerentes, assim como as outras jovens, ficaram impressionados.

Yamaguchi era bonito. Aos 36 anos, tinha sobrancelhas escuras e um queixo bem desenhado. Gostava de acariciar gentilmente a testa macia de Yun'er com o queixo, como se apreciasse uma flor ou uma peça de jade.

Fez arranjos complicados para o dia dos namorados. Primeiro, foram ao restaurante James Café, onde comeram filé de carne bovina com pimenta preta, salada de fígado de ganso, camarões gigantes com molho de mariscos frescos, churrasco texano de leitão, um prato de churrasco mexicano, sopa de vegetais Veneza e as sobremesas da casa. Era a primeira vez de Yun'er em um clássico restaurante de estilo ocidental. Sob as luzes fracas do candelabro de cristal, garçons bem treinados, de casaca, muito bonitos, apresentavam um serviço impecável. Yun'er decidiu que o prazer que sentia não era só porque tudo estava sendo perfeitamente providenciado; era a alegria intangível do status.

Por trabalhar em um hotel elegante, Yun'er sabia o que era status. Muitas pessoas ricas e famosas visitavam a cidade, mas poucas tinham status. Era a realidade de uma sociedade em transição de um estágio do desenvolvimento para outro. Yun'er estava determinada a ganhar tanto dinheiro quanto status, e estava começando cedo, enquanto ainda era jovem. Desdenhava o tédio convencional da vida na casa da mãe e das tias; aquele não seria seu caminho. Ela queria descobrir novos territórios. Nascer para ser bonita era muito bom. Yun'er havia compreendido o valor da beleza quando ainda era muito pequena. Já sabia como usá-la em vantagem própria. Nunca desistiria. Nunca.

Depois de uma refeição grande demais e que tinha apenas beliscado, foram ao Coffee Garden. Yun'er se empolgou ao ver as joias de diamantes que ganhou de Yamaguchi. Eram um colar e brincos de diamantes Swarogem. Ele disse que a marca era muito popular no Japão. Yun'er se divertiu vendo Yamaguchi beber Madeira enquanto conversavam. Seus modos eram calmos, e ele cantou suavemente a melodia tocada pelo pianista. Yun'er ficou surpresa ao ver como ele conhecia as mulheres.

— Mais tarde vamos sair para dançar. Você vai ter que trocar a maquiagem. Essa não é ruim, nem tem muito dela, mas posso melhorar. Por exemplo, sob as luzes é melhor usar base laranja, delineador verde-escuro, lápis preto nos cílios e batom vermelho vivo, com brilho dourado. Como seu cabelo é curto, você devia usar um pouco de laquê. Sua maquiagem agora é um pouco leve, certo? — Yamaguchi pediu um copo de vinho tinto para Yun'er e disse com um sorriso: — Não se preocupe. Eu a levarei mais tarde ao escritório da minha empresa. Temos jovens encarregadas de criação de imagem. Tenho certeza de que você se divertirá como nunca.

Yun'er tomou um gole de vinho tinto e disse sem pressa:

— Por que você é tão bom para mim?

— Precisa mesmo perguntar? Por que estamos nos encontrando no dia dos namorados? Deve ser porque estamos apaixonados.

Yun'er notou seu jeito de dizer "apaixonados". Ele deixou isso muito claro. Entre goles do suave vinho tinto, Yun'er ouviu claramente a palavra e saboreou seu som. Mas se perguntou: seria realmente amor? Eu amo esse japonês? Yun'er estava intrigada. Baixou a cabeça. Seus olhos faiscavam com o fogo e a vitalidade projetados por uma bela garota virando mulher. Yamaguchi ficou sério. Começou a recitar palavras famosas de gente famosa, uma exibição fascinante de erudição romântica, pensou Yun'er.

— Shakespeare disse que o amor é agridoce. Esopo disse que aqueles conquistados pelo amor perdiam a vergonha. Salomão disse que o amor é mais forte que a morte. Platão disse que o amor é uma forma séria de transtorno mental. Cícero disse que o azul representa a realidade, o amarelo, a inveja, o verde é declínio, o vermelho a impudência, branco é pureza, preto é morte, e que, quando misturadas, essas cores formam a cor do amor. Srta. Yun'er, você sabe que seu amado país tem um poema assim:

*Ao lado de um lago vasto e tranquilo, sob um céu de gelo,*
*Cabelo negro ralo, ela se despede da juventude com um beijo;*
*Encarando a lua sozinha, deseja um amor que dure,*
*Inveja apenas os calorosos amantes, não os espíritos frios das almas.*

— Você quer saber que tipo de homem eu sou? Sou precisamente o que inveja os " calorosos amantes, não os frios espíritos das almas". Ha ha ha!

Rindo com ele, Yun'er perguntou:

— Sr. Yamaguchi, parece que o senhor estudou na China?

— Não. Estudei chinês no Japão durante dois anos. Quer saber por que minha pronúncia é tão boa?

— Por quê?

— Porque sou muito inteligente! Ha ha ha.

As risadas o deixavam mais alegre. Yun'er também estava cada vez mais animada. Foi com ele até os escritórios da companhia japonesa, mas não havia moças lá para reformatar sua imagem. Yamaguchi não pareceu surpreso; apenas sorriu e a levou para o seu escritório particular.

— Ah, como fui esquecer que outras pessoas também precisam ter um dia dos namorados?

Seu tom de voz e suas maneiras eram encantadores. Garotas como Yun'er precisam de alguém para venerarem inconscientemente. Naquela época, não havia deus, nem fé, e a única coisa disponível para venerar era um homem de meia-idade com dinheiro e status. Ele era vinte anos mais velho que ela. Aquela diferença acompanhava uma tendência natural para a deferência; ela não ousava tratá-lo da mesma forma que tratava os garotos de sua idade. Além disso, ele era japonês e tinha status.

Os olhos de Yamaguchi se suavizaram.

— Vamos sentar. Fique à vontade e deixe-me mostrar como melhorar sua aparência. Primeiro, você precisa de um pouco de maquiagem própria para a noite. Precisa de um toque marrom-dourado na pálpebra superior e pó vermelho prateado para levantar os cantos dos olhos e as sobrancelhas. Para os lábios, uma cor glacial, como púrpura-frio. Dourado ou prateado para as unhas... — Ele pegara um estojo completo de maquiagem e aplicava seu conteúdo na face perfeita dela. A mudança foi instantânea. — O segredo é o que você faz entre as sobrancelhas e os lábios. Que tédio uma mulher que tem apenas um rosto. Você sabia que uma estrela de Hollywood pode mudar de cara cem vezes? O famoso maquiador de artistas de Hollywood Kevyn Aucoin era um grande mestre da transformação facial. Ele transformou Liza Minnelli em Marilyn Monroe, Wynona Ryder em Elizabeth Taylor... Isso é maquiagem!

Yamaguchi tocava o braço de Yun'er com expressão sonhadora.

— Você deve lembrar, uma mulher não é apenas um rosto, existe também um corpo, que é mais importante. Você, por exemplo, tem pernas bonitas, por que cobri-las com um vestido comprido? Devia usar minissaia e meias compridas verde-claro. E o seu tronco, sabe o que chamo de tronco? É a parte mais sensual da mulher, que inclui o peito, as costas, os quadris e as coxas — tudo tão bonito. Ah, seu peito é um pouco pequeno.

Yun'er via agora que o rosto dele ficava vermelho, suas mãos se mexiam mais rápido e sua respiração estava cada vez mais pesada. O coração de Yun'er batia rápido, e ela queria que ele parasse. Normalmente só brincava um pouco com os homens, para mantê-los interessados, sem nunca pensar em algo mais sério. Tinha medo. Não importava o quanto fosse esperta e experiente, tinha só 16 anos. Na companhia de Yamaguchi, depois de um pouco de vinho, suas defesas se foram. O cheiro de um homem de meia-idade, um pouco almiscarado, uma sugestão de colônia, a engolfou. Também ficou excitada, mas não sabia que sentimento era aquele.

— Você deveria usar um sutiã com armação para aumentar o tamanho de seus seios...

Ele sabia tanto sobre mulheres. Suas mãos pararam sobre seus seios. Seus dedos mexiam em seus botões. Um desejo curioso e instigante suprimiu seu medo. Ela queria tentar. Imaginando-se protagonista de um filme ocidental, sentiu-se mais natural e relaxada.

## 7

Não sei como aconteceu, mas senti que era tudo tão simples. Devo dizer que foi a coisa mais simples do mundo. Não sei por que minhas tias lutaram tanto pela felicidade com homens. Achei que a coisa era tão boa para as mulheres, e as mulheres eram as maiores beneficiárias.

Não senti muita dor. Só perdi um pouco de sangue. Também não senti muita alegria. A alegria real veio no dia seguinte, quando Yamaguchi me levou para fazer compras no SciTech Plaza. Aquela era minha atividade preferida — fazer compras! Encontrar algo de que eu gostasse nas fascinantes prateleiras da moda era empolgante. Muito mais que rolar na cama. Logo peguei um monte de roupas: uma blusa cinza-prata, um casaco sul-coreano de seda bordada, um casaco de outono de lã fina verde claro, um vestido comprido vermelho-vivo de lã de carneiro e um vestido comprido de seda pesada de um vermelho mais claro... Qualquer coisa que eu quisesse comprar, havia alguém lá para pagar. Comprar até cair era imbatível!

Acabei escolhendo um casaco de seda branco prateado e cetim, mais uma minissaia preta, um conjunto de joias de prata e sapatos prateados. Depois passei um pouco de pó de maquiagem prata e púrpura, presente de Yamaguchi. De pé diante de um espelho, não me reconheci.

Atraí muitos olhares. Yamaguchi ficou orgulhoso. Ele me levou ao maior centro de diversão e entretenimento da cidade, chamado Ya Bao. Percebi que Yamaguchi era cliente regular dali, porque todas as garçonetes o conheciam. Ele chamou o gerente e lhe deu um grande maço de notas, pedindo a piscina só para nós, exigindo que o gerente dissesse aos outros clientes para sair. O gerente forçou um sorriso, dizendo que isso seria difícil. Depois de prolongadas negociações, ele disse que podia nos dar exclusividade na piscina de água nascente. Yamaguchi comprou um biquíni para mim, sorrindo enquanto me entregava o que havia escolhido.

— Fique com este por enquanto. No verão que vem vou comprar um novo em Paris.

Não sei nadar muito bem, então Yamaguchi começou a me ensinar. Éramos os únicos na piscina, e, como eu esperava, ele começou a me tocar sob a água, que era de um bonito verde-escuro, refletindo os azulejos do fundo. A área de descanso ao lado da piscina estava pintada de branco e verde-escuro, com árvores de folhas grandes em volta, como um pedaço de ilha tropical.

Perguntei:

— As piscinas no estrangeiro são como esta?

Ele parou de explorar meu corpo e sorriu:

— Eu a levarei para ver como é uma piscina no estrangeiro.

— É mesmo?

— Não é grande coisa. Se quiser, podemos ir este ano.

Saindo da piscina, tomamos um banho e fomos para uma sala privativa onde já haviam servido comida. Sushi. Não gostei muito. Yamaguchi disse que aquele não era o autêntico, e que um dia me levaria ao Japão para provar o sushi verdadeiro. Ele me perguntou se eu gostava de cantar.

— Não muito — respondi.

— Você não parece ter um interesse dominante. Do que gosta mais?

Pensei e dei um grande sorriso.

— Roupas da moda e produtos de beleza.

Ele fingiu que ia desmaiar e que respirava com dificuldade, depois disse:

— Desde que não me peça para comprar o Monte Fuji.

Eu não conseguia parar de rir. Ele era tão engraçado.

Yamaguchi cantou muito bem, começando com uma canção chamada *Far Away*. Ele costumava cantar em bares de karaokê no Japão. Disse que o karaokê foi inventado lá porque os japoneses viviam muito cansados e precisavam cantar para relaxar. Muitos funcionários japoneses trabalhavam demais durante o dia, e iam a bares depois do trabalho para cantar no karaokê e beber uísque. A dona fazia macarrão frito em óleo bem quente e, às vezes, jogava pistaches no prato. Alguns iam para comemorar aniversário. A dona, então, mandava um bolo e pedia a uma pequena orquestra para tocar *Happy Birthday*. Quando falou sobre isso seus olhos pareceram vagar, como se lembrasse ou evitasse alguma coisa.

Sob pressão, escolhi uma música chamada *Dream Chaser*. A letra dizia:

*Me dê apenas um olhar,*
*Não me deixe dormir com um travesseiro vazio.*
*Nenhum arrependimento quando se é jovem,*
*Um amante é para sempre.*

Ele acenou com a cabeça, me encorajando, dizendo que meu país tinha um poema de duas linhas que dizia:

*Viva a vida ao máximo enquanto está vivo,*
*Não beba sozinho com a lua.*

Era mais ou menos o que a canção queria dizer. Dizendo isso, me abraçou e me beijou, e nós fizemos o mesmo da véspera. Depois entoou elogios a mim de novo, dizendo que eu era a mulher mais bonita que já vira.

— Então há mulheres bonitas no Japão? — perguntei.

Ele respondeu que as mulheres japonesas puras não podiam ser consideradas bonitas. Devia ser algum problema na origem da raça. Todas pareciam ter as pernas abauladas. Sem tornozelos. Mas as mulheres mestiças do Japão são muito bonitas. Então, eu disse, sua mãe deve ser mestiça. Ele olhou para mim com os olhos muito abertos. Tentei explicar que uma mulher de pernas abauladas não poderia dar à luz alguém que tinha pernas tão bonitas quanto ele. As veias de seu pescoço pareciam saltadas. Sua expressão ficou hostil, como se fosse me esbofetear. Eu não fazia ideia de por que estava tão alterado. Tentei fazê-lo se acalmar com brincadeiras. Mais tarde, depois de passar mais tempo com ele, descobri que ele podia fazer piadas, mas eu não. Esse tipo de homem é muito chato. Se não fosse pelo dinheiro, eu teria deixado de vê-lo há muito tempo.

Ele me levou mesmo ao Japão. Àquela altura, disse que tinha uma esposa e um filho crescido. Não fiquei surpresa, porque havia muitas histórias como essa no jornal. Mas fui ao Japão graças a ele, então cada um conseguiu do outro o que queria.

## 8

Na cidade, no fim dos anos 1980, houve um aumento explosivo no número de festas.

A festa de aniversário de Jinwu incluiu quase todos que ela conhecia na capital. Até Yu, que ninguém via há muito tempo, apareceu. Ainda era tímida e calada, e sentou sozinha em um canto, apenas observando pés e sapatos pelos olhos meio fechados. Jinwu estava no salão onde muitos pés e sapatos se movimentavam atarefadamente. Alguém com os pés virados para dentro e com um par de sapatos em forma de T se aproximou de Yu, depois de passar por muitos pés e sapatos. Aquele par estava fora de moda e era insuportavelmente feio.

— Yu, como vai?

Yadan parou em frente a ela. Mas era apenas a sombra da Yadan real. Ela mudara tanto que Yu não queria olhar. Estava gorda e parecia mais velha, não mais a menina bonita com cara de bebê bochechudo de que Yu lembrava. Estava acima do peso, a cintura grossa. As pálpebras tão frouxas que caíam sobre os olhos, dando-lhes um formato triangular. A pele agora era grosseira e sem cor. Mas por seus olhos se via que estava animada de estar na festa.

Yadan segurou as mãos de Yu apertado e disse repetidamente:

— Você é a mesma, não mudou! Mas olhe para mim; pareço tão velha, não é?

Yadan dizia a mesma coisa para outras pessoas. E todos tentavam consolá-la: "Não, não, não muito."

Mas Yu foi diferente, como sempre.

— Você está muito diferente, quase não reconheci você.

Isso trouxe uma expressão triste ao rosto de Yadan. Lágrimas lhe subiram aos olhos, lágrimas que vinha escondendo.

— Ah, Yu, você é tão boa. Só você me fala a verdade.

A resposta de Yu também foi emocional. Para mudar de assunto, Yadan entregou a ela uma pilha de fotos, todas dela e do filho. Yu não vira o menino, Yangyang. Yu olhou a foto de Yadan dando o peito ao bebê, um globo nu, grande, exposto. O coração de Yu sufocou de dor. Sua mente voltou rapidamente para a menininha que caíra perto do fogão, segurando um pão doce inacabado, tantos anos atrás.

Yu levou Yadan ao quarto de Jinwu, onde ninguém poderia interrompê-las. Era como nos velhos tempos, falando de coisas que apenas elas sabiam. Enquanto se atualizavam, Yu sentiu que Yadan ainda era a mesma garota, embora parecesse mais velha, e não havia abandonado seus pensamentos e escritos. Contou a Yu dos preparativos para seu próximo romance, *A história de Xiao Feng*. Seria sobre uma jovem que vai para a cidade grande, trabalhar como babá para um casal que é membro da classe dos burocratas. Embora a vida de Xiao Feng como babá traga dificuldades e trabalho duro, a história, mesmo assim, tem final feliz. Yadan falou sobre isso animadamente enquanto Yu ouvia sem dizer nada.

Finalmente, Yu disse:

— Seu coração ainda é muito jovem.

Yadan pensou e respondeu:

— A pior coisa para uma mulher é que seu corpo envelheça, mas o coração continue jovem.

Yu disse:

— Está errado. A pior coisa é o corpo permanecer jovem enquanto o coração envelhece.

Yadan olhou firmemente para Yu, avaliando em silêncio sua declaração.

— Yu, você tem namorado?

— Talvez.

— Como assim? Não vai me dizer?

— Não é segredo. Um homem... um cirurgião. Estamos juntos.

— Você o ama?

— Não sei. Não consigo imaginar o que é o amor. — Yu ergueu os olhos calmamente. — Mas estamos juntos. É muito bom.

— Então, se case.

— Não poderemos nos casar nunca. Ele tem uma esposa e não vai se divorciar.

Yadan agarrou a mão de Yu.

— Deixe-o! Ouça-me! Mesmo que ele fosse um imperador, você não pode querê-lo. Ele tem mulher e família. E você não tem nada. Ele pode ir adiante ou recuar, mas você não tem saída.

— Sim, me sinto assim. Não somos iguais. Existe igualdade em algum lugar no mundo?

Dessa pergunta reflexiva, continuou para afirmar que não, no mundo não existe igualdade e, definitivamente, não existe amor igual. Aqueles que escrevem histórias idealizadas sobre igualdade no amor devem ser os que foram abandonados pelo mundo, ou são sexualmente impotentes, ou viúvas, ou viúvos.

Elas ouviram uma comoção do lado de fora, uma voz familiar saudando a multidão. Depois de ouvi-la, Yu pareceu estar a ponto de voar para longe, para uma cena distante, mas familiar. Havia uma tempestade de neve, havia ameixeiras em flor e uma camada de gotas de sangue sobre a espinha de uma jovem; e havia um monge jovem chamado Yuanguang, com gotas de suor na cabeça raspada e lágrimas nos olhos. Naquele dia de inverno, lágrimas, suor e sangue se misturaram. Uma impressão ficou na neve, com as flores de ameixas espalhadas, que não podia ser apagada pela história ou recriada com a passagem do tempo.

A voz surpreendeu Yu e Yadan ao mesmo tempo. Para surpresa de Yu, Yadan — que parecia tão lugubremente resignada ao seu destino um momento antes — subitamente voltou à vida, como se tivesse recebido algum tipo de injeção. A expressão em seu rosto lembrava Yu de *Perguntas & respostas atrás das grades*. Na peça, Yadan era como um botão de flor; ela olhou para Zhulong quando ele entrou no quarto. Os olhos dela brilharam como estrelas. Zhulong foi cativado por aqueles olhos.

À primeira vista não mudara muito. Mas Yu o conhecia bem; aos seus olhos, a mudança era profunda, muito maior que a de Yadan. Ele costumava ter olhos límpidos, transparentes, agora estavam mortos. Ele escondia bem seus sentimentos, mas ela podia detectar um indício de dor em sua expressão.

Uma dor que Zhulong não conseguia esconder devia ser de partir o coração.

O encontro não foi tão dramático quanto se esperaria. O momento glorificado de Yadan foi passageiro. Todos acenaram com a cabeça educadamente. Era isso! Apenas uma saudação; ninguém fingiu estar surpreso nem abertamente receptivo. Seria artificial demais. Zhulong sentou e começou a conversar; claramente, essa era uma forma de esconder seus sentimentos. Enquanto falava, aos poucos perdia contato com a realidade. Seus olhos se iluminavam ao abordar questões que estavam na mente de todos. Zhulong, esse brilhante líder estudantil do passado, comentava o atual movimento estudantil com a moldura cognitiva de alguém que o havia experimentado completamente. Ele disse que o país estava passando por um momento difícil. Os intelectuais deviam se erguer para além de suas próprias insatisfações. "Não acho que o atual movimento estudantil vá desempenhar um papel ativo na solução dos nossos problemas."

Yu não fazia ideia de que aquela se tornaria uma questão nacional poucos meses depois, quando ele seria atacado de todos os lados.

Ele prosseguiu:

— Em tempos difíceis, os intelectuais devem manter a cabeça fria, separar as discussões de salão dos eventos e orientações reais da política, separar as ideias acadêmicas da realidade. Quando falamos sobre a vanguarda, tendemos a nos acalorar demais, dizemos tudo o que nos vem à mente. Isso trouxe dois problemas: primeiro, os conceitos não estavam maduros e a terminologia era imprecisa, e as definições não foram esclarecidas ou confirmadas. Segundo, quando as ideias foram postas na mesa para discussão, os estudiosos não continuaram responsáveis por seus pensamentos. Era simplesmente um processo de formação, uma maneira de deixar uma ideia tomar forma. Antes que esses pensamentos amadureçam, devemos evitar usá-los para influenciar outros. O que devemos fazer neste exato momento é minimizar os confrontos, tentar evitar desastres.

Outros tinham entrado na discussão, e as palavras de Zhulong foram logo soterradas por vozes contrárias:

— Zhulong, eu ficaria espantado se você ousasse dizer essas coisas em um campus neste exato momento.

— Ouvi os seus debates na campanha eleitoral. Não pensava que, em questão de anos, suas críticas teriam caído por terra.

— Eu ouvia seu nome com frequência naqueles dias. Hoje é a primeira vez que o vejo. Diziam que você era um revolucionário de princípios que "usaria a cabeça" para derrubar uma parede. E agora? Nenhuma parede? Sua cabeça amoleceu?

Uma voz feminina forte ergueu-se acima dos críticos de Zhulong. Jinwu, em cores brilhantes, descia a escadaria que levava ao andar de cima, e estava, como de costume, fascinante. Ela gostava de entradas dramáticas. Queria conhecer Zhulong, ver esse homem que era caçado por tantas mulheres incríveis. O que encontrou foi apenas um jovem comum, vestido convencionalmente, sem nada de especial. Jinwu não conseguiu entender como a orgulhosa Yu perdera a cabeça por ele e por que Yadan, que sonhava com a perfeição, havia deixado que sua vida fosse virada de cabeça para baixo por alguém tão inexpressivo.

A perplexidade de Jinwu é típica. Com frequência, gostamos de um único tipo de pessoa, e descartamos os outros. Mas aqueles que afastamos são muitas vezes os preferidos de outros. O que é raro é uma pessoa admirada por todos, homens ou mulheres, jovens ou velhos. Aí é que devemos ficar alertas. Em uma era sem ídolos legítimos, uma pessoa querida por todos provavelmente é um mentiroso, ou alguém que sempre concorda com o que os outros dizem.

Zhulong sorriu. Com aquela expressão, ele parecia Yuanguang. Modéstia e pureza. Em um instante seu sorriso desapareceu. Seus olhos encontraram os de Yu.

— Se existem traças na casa, podemos limpá-la; não há por que queimá-la. A revolução não é um bom método — disse Zhulong.

Jinwu tinha planejado transferir a festa para um restaurante próximo, para que todos comessem. Naquele momento todos estavam deixando o apartamento. Yu viu Zhulong de pé, imóvel. Yadan caminhava devagar na direção dele. Yu viu o rosto de Yadan e lembrou novamente da peça. Talvez Yadan tivesse a impressão errada: tudo era uma peça, uma peça de suspense, sem final. Yadan não chorou, mas sua expressão era de cortar o coração. Descobrira que ainda o amava, que isso nunca mudaria. Ninguém podia fazer nada a respeito.

Yu ouviu Yadan perguntar a ele calmamente:

— Por que veio sozinho? Onde está ela? Eu sempre quis conhecê-la.

A resposta de Zhulong foi indistinta. Yadan disse:

— Não quero falar neste momento. Mas um dia farei isso.

Yu sentiu uma súbita onda quente em seu nariz, que a fez ficar tonta. Levantou e caminhou até a porta, decidindo que não iria com os outros para o restaurante.

Yu ouviu passos leves atrás dela. Conhecia aquele passo, e ouviu Zhulong chamando-a.

— Lu Yu, por que não fala comigo? — A voz dele estava baixa, e ele parecia ferido.

Yu parou, mas não se virou.

— Tenho muito para contar — disse Zhulong. — Onde mora agora? Vou visitá-la!

Yu continua sem virar nem dizer nada. A voz atrás dela fez silêncio. Mas ela sabia que ele estava apenas um passo atrás, com as mãos nos bolsos, observando o pescoço elegante da mulher logo à frente dele.

— Zhulong, se você quer que eu fale, tudo bem, mas eu vou dizer a mesma coisa. Corra! Será tarde demais se não correr agora. — Ela saiu rapidamente depois disso, sem sequer olhar para trás.

Escurecia. Yu caminhou para dentro da escuridão profunda que era como um imenso palco vazio — não havia pedestres, nem veículos, nem edifícios, nada feito pelo homem. Entrou nessa escuridão, cada vez mais profunda, mais profunda. Não tinha arrependimentos, mas havia uma grande tristeza em seu coração. Uma voz, aparentemente de outro mundo, soou em seus ouvidos. "Corra! Você precisa correr! Senão, nunca escapará." Yu olhou em volta, mas não havia ninguém lá. Então percebeu — era o seu sussurro! Sua mensagem espiritual desde a juventude, há muito tempo não ouvida.

Os últimos raios do crepúsculo desapareceram no horizonte.

## 9

Quando vi Zhulong, lembrei do velho ditado: "Todos parecem bem aos olhos de alguém". E pensei que era verdade no caso dele.

Aquele alguém que parecia bem aos meus olhos estava longe, nos Estados Unidos. Ele deixara a faculdade muitos anos antes para voltar ao próprio país. Era a ideologia que nos separava. Após muitos anos, ele mandou uma carta. Queria que eu soubesse que se lembrava de mim, e não havia esquecido o meu desejo. Ele tinha uma pista sobre minha mãe em uma cidade pequena chamada Alan, na costa do Pacífico.

Tentei imaginar aquela cidade. Casas ao longo de ruas cheias de neve, como em um conto de fadas. Flores que não eram vistas em meu país floresciam. Elas eram de cores primárias, todas brilhantes. Como não havia vento, não era o inverno frio do norte da China. Nessa cidade pequena, no inverno, ainda se podia usar um par de sandálias de madeira vermelha para andar na neve. Mais tarde, quando cheguei à América, ficou claro que a minha imaginação estava correta.

Michael disse que, na cidade, as pessoas diziam haver uma velha senhora chinesa que raramente saía de casa desde a morte do marido. Apenas depois seus vizinhos perceberam que, ocasionalmente, ia a uma pizzaria do outro lado da rua, para comprar leite e pudim *light*. Disseram que, na Segunda Guerra Mundial, seu marido era conhecido como David Smith.

Consegui meu visto para os Estados Unidos sem problemas. Última a ser entrevistada naquela manhã, fui chamada ao guichê número 3. As pessoas diziam que, com a velha do guichê 3, era muito difícil lidar. Mas ela foi educada comigo. Depois de uma série de perguntas, sorriu e disse:

— Parece que você não tem por que voltar para a China.

Eu sabia que era uma armadilha. Respondi:

— Com certeza vou voltar. A China é tudo para mim. Aqui fui estrela de cinema durante vinte anos, e nos Estados Unidos não serei ninguém.

A velha deu um grande sorriso, Os estrangeiros eram muito simples. Eles acreditam em tudo que ouvem.

Comecei imediatamente a me preparar para a viagem. Antes de partir, teria definitivamente que encontrar Yu; não poderia ir sem vê-la. Eu encontrara um emprego para ela em uma fábrica pequena, onde faziam suéteres à mão. Melhor que trabalhar como estivadora. Mas para onde ela havia ido? Talvez para algum lugar com Zhulong. Sempre que o via ela ficava um pouco louca.

## 10

Para Ruomu, o maior evento do final dos anos 1980 seria o centenário da universidade Jiaotong. Muitos alunos, incluindo os de Taiwan e Hong Kong, eram esperados para assistir à celebração. As notícias sobre a vinda de Shao Fenni animaram Ruomu. O marido de Fenni, Wu Tianxing, era também seu colega de turma. Como estudante, Wu, de estatura pequena e tranquilo, passava despercebido. Mas, com sua natureza amável e insistência, surpreendeu a todos casando com Fenni, a flor da classe.

Ruomu leu a carta de Fenni várias vezes em voz alta para Xuanming e Lu Chen. Na época, Xuanming tinha 99 anos, mas ainda estava lúcida. A carta de Fenni parecia uma mensagem de outro tempo, distante. A velha recordou Qiao Jia'ao e seus bolos de lua, tramando todas as táticas para o casamento de sua filha, um casamento que acabou sendo infeliz.

Fenni e o marido chegaram em 2 de junho, um dia após o Dia Internacional da Criança. Todos os três membros mais velhos da família Lu a esperavam. Quando a campainha soou, Ruomu recebeu Fenni calorosamente. Quarenta anos haviam passado; a bonita jovem envelhecera com graça. Usava um vestido de cetim azul e um colete cinza, e seu cabelo estava grisalho e cheio. Um elegante par de óculos se acrescentava àquele outrora belo rosto, e ela ainda falava com o mesmo leve sotaque. Quando chamou Xuanming de "tia", todos se comoveram, inclusive Lu Chen.

Fenni trouxera muitos presentes, como se para pagar o que devia a Xuanming. Sentando para o chá, Fenni disse a Xuanming:

— Tia, em quarenta anos, nunca esqueci os seus bolos de lua. Se não fosse pela senhora e pela irmã Ruomu, eu talvez não tivesse passado dos 30. Agora estamos todas na casa dos 70. E, imagine, você está com quase 100. Ainda tão saudável. Só isso já mostra que fez algo bom.

Ao ouvir isso, Ruomu pensou em quando chamaram o médico belga para Fenni como parte de um plano para afastá-la de Lu Chen. Mas quem teria pensado que aquela reviravolta salvaria Fenni? E Ruomu conseguiu Lu Chen para si, e as brigas dos dois nunca acabaram por quarenta anos, que casamento infeliz. Que troco. Só pensar nisso já perturbava Ruomu. Ela logo mudou de assunto.

— Não há notícias da irmã Xiangyi?— perguntou.

Fenni foi dominada pela tristeza, e seu marido disse:

— A irmã Xiangyi sofria de diabetes e morreu dois anos atrás.

A velha Xuanming ficou sentida.

— Ah, Xiangyi — disse. — Aquela criança. Ela era minha favorita. Pensei que poderia vê-la novamente, mas ela partiu antes de mim.

Lu Chen mudou de assunto.

— Mengjing está bem e mora aqui ao lado. Ela é avó agora. Seu neto é lindo. Nós a convidamos para o jantar.

Fenni adorou a notícia.

— Ela era a mais nova da turma. Agora é avó também. Isso mostra como estamos velhas.

Então, começaram a falar de crianças. Após saber que as três gerações de Fenni estavam bem, incluindo dois netos e cinco netas, Ruomu pegou o álbum de família.

— Esta é Lu Xiao, ela se formou agora. Esta é Lu Yu, que ainda é temporária em algum lugar, é quem nos dá mais preocupações. E esta é minha neta, filha de Ling, que está no colegial agora.

Nesse momento, Yun'er entrou em casa, lindamente vestida, iluminando toda a sala. Ao ver Fenni e o marido, Yun'er os cumprimentou docemente, chamando-os vovô e vovó. Isso deixou Fenni feliz, e ela segurou a mão de Yun'er dizendo:

— Esta criança é muito bonita. Ela é mais bonita que todos os meus netos. Onde estuda?

— No colegial afiliado ao Instituto de Línguas Estrangeiras. É aqui perto. A senhora é de Hong Kong? Lá é interessante?

Fenni lhe deu uma bolsa de presente e disse que, se Hong Kong era boa ou má, Yun'er descobriria quando a visitasse, e poderia ficar o tempo que quisesse. Yun'er ficou feliz e foi guardar o presente.

Tudo pareceu mais animado durante o jantar. Xiao e o marido, Ning, vieram, seguidos de Mengjing e seu marido. Mengjing e Fenni deram as mãos, choraram e riram. Fenni perguntou por sua filha e seu neto.

— Eles disseram que viriam. Não sei onde estão. Não tenho ideia. Essa minha filha me preocupa o tempo todo!

Xiao foi a *chef*, e Lu Chen e Ning a ajudaram. Primeiro ela fez oito aperitivos frios: salada de ganso com mostarda, ervilhas verdes fervidas, nozes, pepino gelado, galinha ao vapor, tofu com cebolinha-verde, porco fatiado com alho picado e carne fatiada apimentada.

Fenni disse:

— Estão todos muito bons, tão bons quanto os pratos que a tia Xuanming fazia naquela época. Sempre me lembro da sopa de pato, e disse a Tianxing muitas vezes que esperava poder prová-la novamente algum dia.

Ruomu disse:

— Sabíamos que você suspiraria pela sopa de pato. Lu Chen fez para você, mas não sabemos se terá o mesmo gosto que a da minha mãe.

Ling veio quando os pratos quentes foram trazidos para a mesa. Parecia exausta e feia, o que assustou a todos. Seus protestos de que era feliz deixaram todos ainda pior. Tianxing olhou para Ling e disse:

— Esta deve ser aquela criança tirada a fórceps.

— Isso foi há muito tempo, não faz mal falar sobre isso agora. Naquela época, a mãe passou três dias em trabalho de parto e não conseguia que ela nascesse. Era uma ameaça à sua vida. Fui com vovô a um templo. Fiz duzentas reverências, batendo com a cabeça no chão, fazendo minha testa sangrar. Finalmente minhas preces funcionaram. Aquele médico belga, que tinha retornado ao seu país, resolveu voltar. Ele fez o parto pessoalmente, usando fórceps para tirá-la. Às vezes, milagres acontecem.

Ruomu olhou para a mãe, dizendo:

— Esta foi sua recompensa? A criança nasceu por causa de suas duzentas reverências?

Xuanming estava muito surda agora; sem ouvir Ruomu, continuou:

— Mas minhas preces foram apenas parcialmente respondidas. Guanyin, deusa da misericórdia, estava zangada comigo e levou um netinho embora. Aquela pobre criança, não tinha nem um ano de idade.

Ruomu deixou seus pauzinhos caírem e foi para o quarto. Lu Chen lançou um olhar aflito para Fenni e disse:

— Você vê, minha família é assim há décadas. A mesma velha história. Quem aguenta isso?

Não havia muito que Fenni pudesse dizer. Procurou alguma coisa reconfortante.

— Toda família tem seus próprios problemas.

Os dois trocaram olhares, depois desviaram os olhos tristemente. O passado voltou para ambos ao mesmo tempo. Vendo Fenni com o cabelo grisalho, imaginou as guinadas e voltas que aconteciam na vida de uma família. Quando jovem, pensava que, se não pudesse casar com Fenni, se tornaria monge e nunca casaria. Era tão ingênuo. Na verdade, não importa com quem você case, a vida continua. Lu Chen achou esse um pensamento deprimente.

Fenni quase não reconheceu Lu Chen quando o viu. Achou que eles nem se reconheceriam se cruzassem um com o outro na rua.

O jovem e belo Lu Chen! Tinha virado um homem muito velho e magro. Magro demais, como se sofresse de uma doença. Não sorria muito e, quando o fazia, era um sorriso amargo, de cortar o coração. Fenni não conseguia imaginar como tinha sido a sua vida todos esses anos, mas imaginou que um homem orgulhoso e autoconfiante como ele não pudesse viver bem em uma família como aquela. A sociedade e a família deviam tê-lo pressionado de lados opostos; talvez esse fosse o motivo da magreza.

Mengjing puxou Fenni para um lado e disse em voz baixa:

— Você não sabe o que aconteceu com a irmã Ruomu. Ela teve um filho aos 40 anos, mas ele faleceu de uma forma incomum.

— Como?

— Sufocado até a morte!

— O quê! Quem fez isso?

— A filha mais nova da irmã Ruomu, Yu. Aquela garota era estranha quando pequena. Ainda não casou, nem tem emprego fixo. Durante o dia ficava com a tola da minha filha, fazendo Deus sabe o quê. Sabíamos que elas criariam problema algum dia!

Fenni ficou chocada:

— Deus, como ela pôde matar seu próprio irmãozinho?

— É verdade. A própria velha me contou. A irmã Ruomu quase morreu. Mãe e filha ainda não se falam!

Fenni e Tianxing persuadiram Ruomu a sair do quarto. Ela chorava e disse:

— Você vê, esta é minha família. Qualquer um pode dizer o que quiser sem a menor preocupação com os outros. Ela já tem 99 e sua língua ainda é insuportável. Mais cedo ou mais tarde nos amaldiçoará, depois morrerá.

Fenni achou que isso era exagero. Felizmente, Xuanming não podia ouvir. Então, Fenni e Tianxing se levantaram e começaram a dar boa-noite. Mas, justo então, Yu chegou.

Ela não tinha aparecido recentemente. Mas recebera uma carta do pai dizendo que em 2 de junho deveria ir visitá-los, pois tia Shao e tio Wu viriam de Hong Kong para o centenário. Eles eram amigos há mais de quarenta anos e ela deveria vir prestar seu respeito. Yu ouvira as histórias sobre Shao Fenni e estava cheia de curiosidade sobre a antiga amante do pai. Como sempre, vestia-se informalmente, bastante descuidada. E uma velha senhora de cabelo grisalho não era o que esperava. Difícil imaginar que aquele rosto tivesse sido bonito. Uma mulher sem amor perde a beleza, pensou Yu. Mas, neste mundo, quantas pessoas encontraram o verdadeiro amor?

Fenni era honesta, sem pretensões. Depois de ouvir sobre o suposto crime da filha mais nova, não podia ficar à vontade na presença dela. A tensão era aparente para Yu, que imediatamente intuiu a causa — eles haviam conversado sobre ela. A família contava a essa mulher de Hong Kong o que acontecera há muito tempo. Sempre que uma situação como essa surgia, Yu ficava autodestrutiva. Esconda o rosto! Esconda o rosto!

A afabilidade inicial de Yu com Fenni não era mais possível; ela ficou na defensiva, até hostil, e voltou sua atenção para Xiao. Quanto a Fenni, seu choque inicial ao ouvir a história do bebê se transformou em surpresa após conhecer a excêntrica Yu, que, a princípio, pareceu muito gentil. Então sua disposição mudou para descrença. Devia ser um erro. Ninguém acreditaria que aquela garota seria capaz de um ato tão cruel. Mas, ao continuar a observar a jovem, percebeu uma tensão emergindo. Seria congênito, uma maldade indomável vindo à superfície?

Fenni sugeriu outro assunto. Fingindo alegria, observou:

— Que família notável! Três moças, todas tão bonitas. O segundo genro também é notável! Onde está o primeiro genro?

Então, todos pensaram em Ling, que não falara até agora e estava muito ocupada comendo. Suas bochechas fundas, amareladas, moviam-se para cima e para baixo enquanto mastigava; a elasticidade de sua pele era coisa do passado.

— Realmente, por que Wang Zhong não veio? Está ocupado?— Ruomu sentiu alguma coisa errada no ar e tentou retificar a situação.

Ling não era mais tão rápida com as palavras. Aturdida, olhou fixamente para Fenni, finalmente dizendo, sem pensar:

— Estamos divorciados.

— O que está dizendo?— Agora era seu pai que estava aturdido.

— Estamos divorciados! — As palavras não eram apenas altas e enfáticas; saíram como uma praga insultante, e ela rompeu em soluços.

Isso encerrou a conversa. Todos gelaram, sem acreditar no que tinham acabado de ouvir. O silêncio foi quebrado pelo grito de Yun'er:

— Olhem a bisavó!

A bisavó afundara a um lado da cadeira. Baba escorria de uma ruga no canto da boca.

## 11

No fim da primavera e início do verão, foi Yangyang quem salvou minha vida.

Mais tarde, mamãe ainda falaria sobre isso, dizendo que ele era a estrela da sorte de nossa família. Pelo menos isso é fato: sem ele, eu já teria partido há muito tempo.

Era o Dia da Criança, primeiro de junho daquele fatídico ano — 1989. A professora do jardim de infância pedira aos pais para pegar os filhos mais cedo; a tempestade política já estava a pleno vapor. Depois de pegar Yangyang, fiquei presa com ele em casa, exceto por uma noite, em que fui visitar Fenni na casa de Yu. Para minha surpresa, o evento que se desenrolava na praça era muito diferente daquela noite gelada e quente de abril uns dez anos antes.

Aquele abril ficará na memória. Em retrospecto, aquele foi um tempo de tristeza, expressada nas lágrimas inocentes derramadas na praça; foi também um tempo em que a clareza e a pureza de propósito vinham facilmente. Tudo aquilo foi substituído por uma complicada mescla de objetivos pessoais e políticos.

Quando a hipocrisia domina, as pessoas começam a usar máscaras. Mas quando a máscara é usada durante muito tempo, pode virar carne e se tornar um rosto permanente. Para conquistar apoio público, as pessoas devem devotar-se completamente a uma causa maior que aquelas que resultam de suas próprias ambições. Nossa situação pode ser comparada à vida em um grande jardim, onde cresce apenas uma safra, e todas as outras plantas devem ser arrancadas.

Isso leva à base da ideia coletiva do Nirvana, de que não existem sonhos individuais.

Tristemente, eu teria que engolir agora meu resquício de orgulho. Teria de desistir da propriedade de meu corpo. Ao dar meu primeiro amor a alguém que amei profundamente e, assim, gerar uma criança, mas sem formar a união de marido e esposa, eu agora devia à minha mãe encontrar outro companheiro, quase qualquer um, até alguém que eu não amasse, apenas para afastar a vergonha do status de mãe solteira imposto à minha mãe e a mim. Aparentemente, era tudo pela criação de um "lar seguro", mas isso não mudava a natureza da barganha, um negócio de prostituição, mesmo que levado adiante com um homem de acordo com todos os requerimentos legais. Ironicamente, entrei em um acordo de negócios para ganhar respeitabilidade.

Nunca me esquecerei de quando, no dia de meu casamento com Ah Quan, entrei em um pequeno pátio na periferia da capital. O ar estava saturado com o cheiro de plantas podres. Um pequeno jardim estava cheio de abóboras, que não tinham sido colhidas, comidas por insetos que haviam se transformado em vermes. Alguns dos vermes haviam endurecido, como caroços de tâmaras. Duas trepadeiras compridas vergavam ao peso das abóboras velhas, com cascas que tinham ficado marrons. Toda a treliça estava coberta de pó e teias de aranha, com sementes de abóbora secas aninhadas. Tudo estava literalmente pendurado por um fio. Cuidadosamente, caminhei atrás do meu Ah Quan, evitando os galhos da trepadeira salpicados de insetos; ele cutucou um verme, que imediatamente soltou um fluido amarelado. Quando esfreguei a mão em uma árvore, uma nuvem negra de moscas fervilhou na minha palma.

O interior da casa era igualmente nojento. A mobília de metal enferrujada se espalhava no chão sujo; só a cama conjugal era nova, pintada otimisticamente de verde e vermelho brilhantes. Naquele momento, minha sogra saiu precipitadamente. Tinha olhos redondos encaixados em círculos escuros e nariz e boca surpreendentemente grandes. Um grande cisto protuberava perto de seu nariz, mas sua pior característica se mostrou quando sorriu: era dentuça. Tinha peitos anormalmente chatos. Sem pensar, levei as mãos aos meus próprios seios. Meu sogro era alto, forte e corado. Pontuava suas frases com um pigarro automático, muitas vezes seguido de uma cusparada. Havia outra mulher na sala, que parecia ter mais de 90 anos. Minha sogra disse para chamá-la de bisavó.

O espaço estava forrado de cortinas pesadas, e a luz era turva. Um odor bolorento de repolho azedo impregnava o lugar. A bisavó, sentada em sua cama, tomava colheradas de sopa em uma panela engordurada. Sem dentes, estalava os lábios em um pedaço de joelho de porco, competindo com várias moscas pelas últimas migalhas. A cada mordida, o vermelho metálico de suas gengivas ficava à vista, mudando para uma cor mais escura enquanto ela mascava. Sopa gordurenta escorria de um canto de sua boca e pingava em uma poça aos seus pés, enquanto mais moscas participavam do banquete. Aquelas moscas eram gordas demais para voar. Como se efeitos sonoros fossem necessários para completar a cena repugnante, uma série de peidos irrompeu enquanto a bisavó abria caminho no delicioso joelho de porco.

Nauseada, espantei as moscas, mas a bisavó me empurrou, deixando marcas de sua mão engordurada em meu belo suéter estampado.

— Elas a machucavam? Por que matá-las?

Enquanto observava a cena, notei que a minha sogra e a bisavó eram muito parecidas. A estrutura óssea em torno dos olhos era triangular, assim como seus rostos como um todo, e seus dentes, ou o que restava deles na mãe, eram pequenos e horrivelmente salientes. Elas também se vestiam igual. A sogra usava um suéter preto grande, solto, e sua mãe vestia um blusão grande e solto de algodão, preto também; por que usavam roupas tão desmazeladas em um dia que se supunha feliz?

Naquela noite, Ah Quan e eu não dormimos até muito tarde. De manhã cedo, quando o céu ainda estava escuro, ouvi uma batida, como o som de um pica-pau. Grogue, nem dormindo nem acordada, cobri os ouvidos. Mas o som aumentou, como um tambor, e percebi que alguém batia à porta.

— Ah Quan, abra a porta!

Era a sogra!

Ah Quan e eu começamos a nos vestir apressadamente, mas ele abriu a porta antes que eu tivesse acabado; em frente à porta aberta, minhas mãos ainda apalpando desajeitadamente os botões, fui confrontada pela sogra, cujo olhar cortante como faca caiu direto no meu peito.

— Que horas são agora?— perguntou. — A bisavó está esperando que sua mulher faça o café!

Seu rosto parecia feito de cera, as pálpebras estavam caídas. Estava cheia de um ódio profundo. O sogro perdera seus sorrisos, mas não o hábito de cuspir constantemente. A bisavó sentou-se à mesa de cara fechada, batendo em sua tigela impacientemente. Ninguém olhava para mim, mas eu sentia seus olhos. Senti seu olhar cheio de ódio, sob o qual eu devia me vestir apressadamente, e, ao mesmo tempo, me sentir completamente nua. Pensei naqueles vermes endurecidos como caroços que pendiam dos galhos decadentes no quintal. Entrei em pânico.

— É costume da nossa família que, no segundo dia depois do casamento, a noiva se torne nora, e ela não pode mais se comportar como hóspede!

Depois que eu servi o café da manhã, os três velhos sentaram-se em volta da mesa, um dos lados da qual ficava contra a parede. A sogra entregou dois envelopes vermelhos para nós, seguidos de um pequeno discurso.

— Isso é para dar boa sorte. De hoje em diante, somos uma família. Considere isso um depósito; no ano que vem queremos um neto!

Àquela altura os velhos não faziam ideia de que eu já tinha um filho.

Ah Quan fizera o máximo para ocultar o assunto, mas, depois de um tempo, deu a notícia, em duas partes: primeiro, que não podia ser pai, fato confirmado por um exame médico. Isso foi um choque imenso para os mais velhos do clã. Ah Quan era o único homem em três gerações. Ao ver que o tratamento de choque funcionou, Ah Quan lhes falou sobre o belo e inteligente Yangyang. Apenas então perceberam que seu único filho se casara com uma mulher de segunda mão. Embora Yangyang não fosse de seu sangue, era melhor ter um neto assim que neto nenhum. Os velhos não tiveram escolha a não ser aceitar a realidade que lhes foi apresentada.

Depois de receber cinco telefonemas de minha mãe, decidi fazer uma visita. Dois dias mais tarde, após um rápido café da manhã, vesti Yuangyang com roupas bonitas e saímos em minha bicicleta. Quando cheguei à estrada principal, senti que algo estava errado. As ruas estavam sinistramente vazias. Perto da rodovia da cidade vi um ônibus batido, que pegava fogo, com as rodas para cima ao lado da estrada, fumaça oleosa ainda emanando da carcaça. Yangyang apontou com a mãozinha: "Mãe, o que há de errado com o ônibus grande?" Não respondi. O horror da cena era esmagador.

## 12

Naquele dia o céu estava cinzento. O ar, parado. Em todos os lugares, o clima parecia cheio de medo.

Enquanto Yadan empurrava sua bicicleta para dentro do complexo da universidade de Jiaotong, uma ex-vizinha veio rapidamente na direção dela, censurando-a enquanto caminhava:

— Você não sabe o que está acontecendo? Como ousa trazer seu filho?

Yadan não captou a implicação da pergunta, mas ficou amedrontada com o tom de alarme. Algo estava errado. Muito errado. Ela imediatamente pensou em Zhulong. Meu deus! Onde está Zhulong agora?

Não era mais a praça daquele abril, não mais a chuva gelada, mas quente, de quando ela andara para o altar sagrado com música de casamento no coração. Nada era real agora. Nada estava claro. Tudo havia passado. Tudo se perdera. Nada poderia voltar ao estado original. Por mais doloroso que fosse, Yadan sentiu que tudo se perdera, se fora para sempre.

Fenni ficou surpresa com o fato de a bonita Mengjing ter dado à luz uma filha tão feia. Ficou ainda mais surpresa com sua expressão angustiada.

Fenni e Tianxing haviam agendado a volta para Hong Kong em 6 de junho. Mas todo o transporte foi suspenso. O ônibus expresso para o aeroporto não estava disponível. Yadan pediu emprestado um carrinho de três rodas de carroceria plana e, alternando com Xiao, pedalou a cansativa geringonça carregando Fenni, o marido e a bagagem deles para o aeroporto. Xiao ficou espantada com as cenas no caminho, restos de uma batalha, mas Yadan só tinha pensamentos para Zhulong, Yu, e a presença deles na praça naquele distante abril. Aquela havia sido uma época intensa; os eventos na praça foram ocasionados por pessoas audaciosas, que pensaram que todos haviam renascido, deixado um velho embrião para trás e entrado em uma nova era. Pensaram que poderiam usufruir da arca de Noé para resistir à inundação, mas acabaram derrotados por seu próprio destino.

Antes de entrar na alfândega, Fenni deu as mãos a Xiao e a Yadan, dizendo:

— Não foi uma boa época para eu vir. Trouxemos problemas para vocês e seus pais. Esta foi nossa primeira reunião depois de quarenta anos, pouco sabíamos...

Yadan expressou sua própria tristeza em troca.

— Tia Shao, todos pedimos desculpas. Nossa família ia bem. Esse evento foi inesperado.

Em um gesto de carinho, Fenni acariciou o cabelo de Yadan. Ela descobriu que a garota feia, quando surpreendida em um momento de expressão emocional, era cheia de bom humor, o que a fez perceber que já teria sido atraente e bonita. A velha senhora falou em fazer outra visita algum dia, mas as duas mulheres sabiam que as chances eram remotas. Fenni e Tianxing foram desaparecendo na multidão além do portão.

Yadan pensou em procurar Zhulong para ver se poderia mandá-lo para tia Shao; Hong Kong podia ser um refúgio seguro. Nem o medo de morrer ou os constrangimentos comuns à vida de casado o impediriam de ir. Pensar no casamento dele era uma fonte de alívio para Yadan. Ele nunca falava sobre ele e estava sempre sozinho em eventos sociais — o cavaleiro solitário.

Yadan e Xiao encontraram outro rosto conhecido no aeroporto. Era Jinwu, sorridente e arrumada como sempre, usando sua blusa vermelha favorita.

— Veio se despedir de alguém? — perguntou Xiao.

— Não, sou eu quem me despeço — ela respondeu. — Por que você diria adeus a Fenni, mas não a mim?

— O quê? Você está de partida?

— E daí? Por que não posso ir para o exterior?

— Como conseguiu? Para onde?

— Para os Estados Unidos, visitar parentes. Foi tudo arranjado por um velho amigo.

— Você vai viajar assim, sem avisar?

— Preciso de despedidas exageradas?

— Quero dizer, não se despediu de ninguém?

— Estou me despedindo de vocês. Meu voo é à noite. Sabia que estariam aqui para se despedir de amigos da família, então vim cedo para encontrá-las.

Xiao e Yadan se entreolharam, e Yadan fez a pergunta que estava na mente das duas.

— Disse adeus a Yu?

Jinwu franziu a testa e, um pouco comovida, disse:

— Ela não apareceu a semana toda. Telefonei para a fábrica, mas ninguém sabia onde ela estava. Se a virem, avisem que entrarei em contato com ela de lá.

Jinwu desapareceu, exatamente como há 13 anos. Dessa vez, não fugia do interior para a capital, mas de um lado do mundo para o outro.

Naquela noite, a família Lu reuniu-se em torno da cama de Xuanming. O médico confirmou que ela sofrera um derrame cerebral. Aos 99 anos, não havia necessidade de ir às pressas ao hospital. A família deveria estar preparada para um funeral. Quando o relógio deu meia-noite, Xuanming abriu os olhos e disse claramente:

— Deixem-me dizer a todos, os sons que ouviram na noite passada, a noite inteira, não eram fogos de artifício. Eram tiros.

Todo mundo se espantou ao ouvir isso. Xuanming pediu sua roupa especial de aniversário, de cetim azul bordado com fios de prata, símbolo de longevidade.

— Deixe-a pôr a roupa que quiser — disse Ruomu. — Ela pode se animar.

Eles a ajudaram a sentar e vestir as roupas que queria e ficaram surpresos com a vitalidade que lhe restava quando acenou pedindo pela cadeira de vime. Todos concordaram ser um bom sinal, que ela talvez vivesse até os cem. A velha senhora deu a Ling um chaveiro e pediu que buscasse seu precioso candelabro, para que pudesse montá-lo mais uma vez. E foi o que fez, peça por peça, durante duas horas, enfiando cada pétala de acordo com seu código. Sob a luz embaçada, suas mãos foram empalidecendo enquanto ela enfraquecia, até parecerem brancas e finas como papel.

Suas últimas palavras foram: "Deem isso ao filho de Yadan. Ele pode ser o sangue e a carne de Tiancheng." Sua voz estava fraca e sufocada pelo catarro, e eles apoiaram sua velha cabeça enquanto ela lentamente escorregava. Estava morta.

As mulheres Lu começaram a chorar. A senhora havia guardado seus tesouros a vida toda, nunca os distribuindo entre as filhas, e agora pedia que passassem sua posse mais valiosa para alguém de fora. Ruomu e Ling imediatamente concordaram não haver escutado claramente as palavras de Xuanming. Apenas Xiao confirmou que vovó deixava o candelabro para Yangyang. Lu Chen suspirou fundo. Ruomu disse:

— Como Xiao pode ser tão tola? — disse Ruomu — Vovó nunca gostou de Mengjing; ela não iria querer fazer isso. Xiao deve estar enganada.

Xiao não disse mais nada e começou a ajudar Ruomu a limpar o corpo e dar início aos preparativos.

Yun'er acordou no meio da noite e viu o corpo de Xuanming na cama. Gritou e sentiu culpa por ter feito algo que horrorizaria a bisavó: tinha um namorado japonês, e a velha senhora não a perdoaria por isso.

# 13

Quando Xuanming morreu, Yushe estava com Zhulong no templo Jinque, na montanha Xitan. Enquanto acendia incenso, vareta por vareta, uma delas subitamente apagou. Yu disse que alguma coisa acontecera em casa:

— Minha avó morreu.

Zhulong olhou para ela sem acreditar e perguntou se suas intuições alguma vez estiveram erradas. Yu pensou e disse:

— Não.

Eles haviam tomado um trem noturno para fugir da cidade e viajaram até a montanha Xitan. Zhulong pareceu surpreso quando chegaram. De fato, concordou, ele se lembrava de um sonho, muitos anos antes. No sonho, ele era um monge chamado Yuanguang. Em uma noite de inverno com neve, quando flores vermelhas de ameixa podiam ser vistas na brancura, ajudara mestre Fa Yan a tatuar uma jovem. Essa montanha Xitan parecia exatamente a de seu sonho, mas sem neve ou flores de ameixa. O templo Jinque do sonho estava velho e dilapidado. Mas era o lugar que visitara em seu sonho, e ele era um monge chamado Yuanguang. Tudo isso era muito inacreditável.

Yu se alegrou. Sim, o lugar era aquele! O templo Jinque ainda estava lá. Tomou a mão de Zhulong quando entraram. Todos os monges ficaram surpresos: "Mestre Yuanguang! O senhor voltou!"

As memórias de Yu foram confirmadas pelo abade. Ele disse que Mestre Fa morrera no outono de 1969, aos 139 anos. A última coisa que fez na vida foi tatuar as costas de uma jovem. Fa Yan disse ser a melhor que já fizera. Depois, entrou no alojamento e nunca mais saiu.

Após sua morte, seu assistente, Yuanguang, também deixou o templo. O velho abade olhou para Zhulong:

— Esse homem se parece muito com Yuanguang.

Yu interferiu rapidamente:

— Por favor, aceitem-no como Yuanguang. Ele quer ser monge. Por favor, raspem sua cabeça.

Pela primeira vez em sua longa amizade, Zhulong ficou irritado com Yu. Pediu ao abade que os hospedasse primeiro, e depois ele decidiria.

Escolheram o quarto onde mestre Fa Yan morrera. Que mudança de cenário! Ontem mesmo haviam estado no meio de uma praça barulhenta. Hoje, como se hoje fosse separado por toda uma vida, estavam ali. Zhulong fizera preparativos para ajudar seus amigos e saíra da cidade caótica à meia-noite. Na estrada, havia deixado Yu decidir o caminho. Achava que o templo da imaginação dela não poderia existir.

Mas não apenas o encontraram, como encontraram também o próprio lugar onde o espírito de mestre Fa Yan havia deixado a terra. Zhulong observou o quarto empoeirado, buscando em vão vestígios do velho. O abade disse que ele morrera na posição do Buda Adormecido, reclinado. Zhulong sabia muito bem que não era o verdadeiro Yuanguang, mas se encheu de admiração por Fa Yan. Ele era apenas Zhulong, o deus do fogo de mitos antigos. No meio da noite, às vezes, pensava da forma como acreditava que um deus do fogo pensaria: ele se incendiaria até só sobrarem cinzas, iluminando a estrada à frente. Mas, seu sangue fervente ia esfriando nesse quarto frio, e seus pensamentos se voltavam para os companheiros foragidos e para o próprio futuro. Todos estavam escondidos mas, no momento certo, alguém deveria levantar e assumir a responsabilidade pelos graves acontecimentos recém-encerrados na praça. As consequências da negação seriam impensáveis.

Yu ajoelhou-se em frente ao leito de morte de mestre Fa Yan e novamente queimou incenso e fez uma oração silenciosa por Zhulong. "Mestre, proteja-o. Tenha sido ou não seu assistente, ainda é um homem bom. Proteja-o das consequências desse desastre."

Enquanto dizia isso, um súbito golpe de vento apagou o incenso. Ela se assustou e, enquanto se levantava, disse:

— Temos que ir embora, não é seguro.

Zhulong recusou-se a se mexer. Amanhã não seria tarde demais.

Yu não teve escolha. Sentou-se perto de Zhulong. Ele a abraçou, seus olhos e sorriso refletindo paz interior.

— Lembro do sonho agora. Vim para este salão lateral e um raio do crepúsculo brilhou. Vi uma garota magra, não muito claramente à luz fraca. Ela estava nas sombras, como se obscurecida pela neve e pelo gelo. Aquela garota era você.

Ela agradeceu a revelação.

Ele continuou:

— Lembro que aquela garota não chorou sequer uma vez durante a tatuagem. Sua resistência era notável, e cheguei a pensar em testar seus limites com uma agulha pontiaguda, testar seu corpo para ver se era ou não real.

Yu disse que mestre Fa Yan usou algodão para remover o sangue e que havia dito: "Jovem, sei que está sentindo dor. Sua pele está muito tensa e não posso continuar. Só há um jeito de você relaxar. Esse jovem pode ajudar, e vamos conseguir a tatuagem mais linda do mundo.

— Eu sabia que não poderia resistir a mestre Fa Yan. Eu não tive escolha — disse Zhulong

— Desde o primeiro momento eu soube que você não era qualquer um. Por isso o aceitei.

— Mais tarde, peguei as ferramentas do mestre e quis tentar fazer uma pequena tatuagem, mas não sabia como nem onde. Você se virou e apontou para os seus seios. Disse: "Venha. Deixe uma lembrança." Estava escuro, mas sob a luz da lua me concentrei por trinta minutos e fiz duas flores de ameixa, uma em cada seio.

Yu se comoveu com a descrição dele, dizendo:

— Você realmente se lembra. De tudo. No fim, quando acabou, caiu ao chão e disse: "Nunca poderei ser tão bom quanto o mestre."

— Fa Yan disse mesmo, e agora lembro disso, que aquela foi a melhor tatuagem que já fizera na vida. E continuou, dizendo que era "a maravilha e o tesouro do mundo. Nunca a farei novamente. Jovem, vá embora. Vá para longe e nunca me deixe vê-la novamente."

Zhulong e Yu se abraçaram no silêncio escuro, e o quarto poeirento se encheu de paixão. Não havia mais sangue, nem tristeza, era tudo claro e sem pressa. O que ficou foi a pureza daquela paixão, e uma renovada crença na verdade. Foi o ápice da beleza dos sentimentos humanos.

Zhulong acariciou suavemente a peie de Yu, lisa como porcelana, e fria, e as duas pequenas flores de ameixa que haviam escurecido com o tempo. Essa garota mágica tinha virado mulher. Poderia continuar sua mágica em um mundo entorpecido de trabalhadores acomodados? Ele usou as mãos para fazer reviver seu corpo. Tocou as duas florzinhas de ameixa e ela estremeceu — uma reação forte que despertou nele o desejo. As flores azuis ficaram vermelhas, como se sua mão guiasse uma onda de sangue por baixo da pele macia dela. Yu balançou seus longos cabelos escuros no rosto e no peito dele, levando um ímpeto de prazer embriagador às raízes da espinha dele. Nunca se sentira tão real, tão feliz. Yu respondia a cada movimento dele, e seu corpo, totalmente relaxado, mas ainda completamente excitado, ondulava e vibrava, como um peixe nadando contra a corrente. Toda a existência dela passara a um novo estágio da realidade. Congelado durante tantos anos, o corpo de Yu por fim estava pronto para se unir ao do homem que ela tanto havia desejado.

Mas não era para ser. Ele parou, as veias da testa pulsando no ritmo das batidas do seu coração. Puxou os joelhos à cabeça e neles enterrou o rosto, dizendo:

— Perdão, não posso.

Yu despertou de um estado de sonho.

— O quê? O que disse?

Zhulong não disse mais nada. Mas naquela noite ele agiu como um animal enjaulado, gemendo tão alto que foi ouvido pelos monges.

Yu caiu no sono. Acordou com a luz do dia. Esfregando os olhos, percebeu que Zhulong partira. Encontrou um recado seu: "Yu, fui embora. Não importa o que aconteça, alguém tem que assumir a responsabilidade pelos eventos na praça... Não me procure. Nos veremos novamente."

Yu viu as próprias mãos ficarem brancas. Seu pulso latejava. Procurou no quarto provas de que suas lembranças eram verdadeiras. Encontrou algo que escorregara do bolso dele — um vidro pequeno com pílulas e um pedaço de papel. Era um bilhete de outra: "Zhulong, sinto muito. É tudo culpa minha, passar essa doença para você. Tome esse remédio, melhoras. Esposa: Xiaotao. 20 de Maio."

Yu leu o papel três vezes, em cada uma sentindo a mensagem como uma faca a cortar seu coração. Para interromper a dor, enroscou o corpo e puxou o cabelo. Seus olhos queimavam, e ela não tinha mais lágrimas.

Yu corria contra o vento, sob o sol ardente da montanha Xitan. Foi sob o vento e o sol que viu a vasta floresta de túmulos. Parecia ter surgido da noite para o dia. A floresta se espalhava por todas as partes da montanha, da cor de nuvens cinzentas. Yu notou que não havia inscrições nas lápides. Nenhum nome.

As lápides mudas se espalhavam pela paisagem até o horizonte!

Muitos anos depois, quando Yu recordava esse momento, ele ainda lhe dava uma sensação de choque.

Essa era a floresta de túmulos que Yu guardava no coração.

# Capítulo 11 | TRAVESSIA

## 1

Cinco anos depois, Yushe teve um sonho. Nele, todas as estrelas do céu estavam tecidas em uma rede única, sem emendas. No céu escuro como breu, um bote pequeno, feito de ossos humanos, navegava no mar profundo. Sentada no bote havia uma pessoa, vestida como criado, segurando um crânio.

Mais tarde, Yu fez uma pintura com base nesse sonho. Michael, dos Estados Unidos, disse que a pintura deveria chamar-se *A travessia.*

A avó Xuanming dissera uma vez que a palavra "travessia" tinha um significado especial no budismo.

Yu ponderou o significado do termo. O que a intrigava era que o seu significado religioso era o mesmo nas tradições do Oriente e do Ocidente.

Mais tarde, ela mudou a pintura, acrescentando o rosto de Zhulong ao crânio e fazendo a imagem do criado à sua semelhança.

## 2

Voei do Oriente ao Ocidente. Senti como se as asas do avião fossem parte de mim. Sim, eu era um pássaro grande, pesado, voando sobre aquele famoso oceano, deixando uma trilha imensa, em forma de crescente, pelo céu púrpura e profundo cheio de nuvens brancas perpétuas.

Eu sentia o calor do seu corpo na brisa. Sabia que estava chegando cada vez mais perto de você.

Washington, D.C. em abril parecia uma aquarela britânica do século XIX, flutuando em um nevoeiro cinzento, colorida com um lânguido ar aristocrático, com flores de cerejeira balançando-se em harmonia com o fundo cinza. Apenas a mão de Deus poderia misturar cores e produzir essa ilusão de sonho. Isso me levou a outro sonho, não do tipo que fica à espreita, mas um genuíno, com milhares de ferimentos não cicatrizados. Tinha uma beleza murcha, como a de uma mulher outrora bonita, cujo rosto tivesse sido arruinado pelo tempo, restando apenas um indício de sua graça. Um encanto elusivo poderia cintilar em seu rosto, mas só com ajuda dos cosméticos certos; sua beleza vinha apenas com despesa e esforço. E agora um mundo outrora exausto e moribundo se levantava novamente. Indícios daqueles tempos, sob diferentes formas e contornos, foram encontrados após a catástrofe, enterrados fundos sob a terra.

Não pude deixar de cair de joelhos e beijar um desses indícios. O beijo foi gentil, pois eu temia que sangue fresco pudesse espirrar de repente, como suco de fruta madura. Uma única outra vez, já havia se aberto aquele indício como uma flor, iluminando céus escuros.

Você disse: "Union Station, amanhã de manhã, às 7 horas."

Segurei o telefone sem saber o que dizer. Eu não ouvia sua voz há cinco longos anos, mas seu eco permaneceu em meu coração desde nosso último encontro. Na floresta de túmulos, aquele eco perdera direção, se transformara em milhões de trilhas sonoras viajando como raios por jardins abandonados, jardins de espinhos. O som do seu eco deslizava em amplas folhas de palmeira, transformando suas pontas em dentes agudos como a serra do lenhador. Foi assim que o eco da sua voz ficou no meu coração, como aqueles dentes. Fui profundamente ferida.

Mas não choraria quando o visse.

Minhas lágrimas haviam secado antecipadamente. Elas só voltariam depois que eu tivesse visto você. Mas eu não teria lágrimas durante o nosso encontro.

Eu não choraria, não ficaria sem palavras e não usaria nenhuma linguagem corporal. Nem sequer olharia fixamente para você, nem ficaria em silêncio ou me perderia em meus próprios pensamentos. Sei que você faria exatamente o mesmo.

Isso é porque não somos mais jovens.

Naquela noite, cinco anos atrás, você foi embora sozinho, andando silenciosamente para a escuridão até a cruz que se abriu e o engoliu. Você foi crucificado pela escuridão da noite. Perdeu tanto sangue, mais sangue que Jesus Cristo. Mas você não era Jesus, nem poderia ser. Este século não é capaz de produzir um Cristo. Naquela noite escura, ninguém olhou para você; ninguém estava lá para enterrar seu corpo. Todos pareciam ter desaparecido por mágica. Ninguém ousava revelar seus próprios atos mesquinhos face à sua nobreza. Eles tentaram, em vão, explicar que seus atos eram frutos do seu egoísmo e desejos desprezíveis. Depois, elevaram você aos céus, como um herói glorioso, com os elogios mais nobres e pomposos, porém inúteis, dizendo o tempo todo para ficar e não descer mais. Mas você desceu — a coisa mais terrível que poderia ter feito.

## 3

Na Union Station, a maior estação de trem de Washington D.C., Yu reconheceu Zhulong com alguma dificuldade entre a multidão de não chineses. Sua estrutura estava intacta, mas, por dentro, havia sido completamente estraçalhado. Ela estudou calmamente seu rosto acabado, tentando com dificuldade não trair as próprias emoções. Ele usava um casaco grande, solto — perfeito para disfarçar a barriga. Esse homem gordo, inchado por uma dieta de fast food, com um rosto melancólico e uma cabeça que começava a perder cabelos, era apenas uma sombra do jovem belo e cheio de vida de cinco anos atrás. Ele disse que morava com a mulher, An Xiaotao, perto de Baltimore. Disse ser grato a Xiaotao, porque sem ela nunca teria reemergido da escuridão.

Yu notou imediatamente as manchas no colarinho da camisa dele.

Não havia nada que quisesse dizer, nada mesmo. Uma pequena sereia nadou para o mar depois de salvar o príncipe. Quando o príncipe voltou a si, viu uma bela princesa ao seu lado. Naturalmente, pensou que a princesa havia salvo sua vida. A língua da pequena sereia tinha sido cortada. Não podia falar, e nada podia ser dito. É uma metáfora tão bonita e também uma advertência, servindo de exemplo para todos os mal-entendidos e tragédias por todo um milênio. Nenhuma outra história é tão apropriada para explicá-las.

Algumas pessoas estão destinadas a ter a língua cortada.

Ele pediu chá. Como em todos os restaurantes chineses nos Estados Unidos, a garçonete trouxe também biscoitos da sorte. Olhando para os biscoitos em completo silêncio, nenhum dos dois disse uma palavra, nem se incomodaram em abri-los.

Não. Ela não queria vê-lo nos Estados Unidos. Preferia que estivesse morto a vê-lo assim. Então, evitou olhar seu rosto; manteve os olhos nos biscoitos da sorte e ouviu a voz dele em silêncio, esperando ressuscitar o passado em sua voz. Nesse café de estação de trem em um país estrangeiro, tentava recuperar a voz que perdera por tantos anos — uma voz que aparecera no momento exato em que uma música de igreja encheu o ar.

*Temos provações e tentações?*
*Existe algum problema?*
*Não devemos nunca perder a coragem;*
*Leve a Deus em uma oração.*
*Podemos encontrar outro amigo tão fiel*
*Que compartilhe todas as nossas dores?*
*Jesus conhece todas as nossas fraquezas;*
*Leve a Deus em uma oração.*

*Somos fracos e orgulhosos,*
*Sobrecarregados de cuidados?*
*Precioso Salvador, ainda nosso refúgio;*
*Leve a Deus em uma oração.*
*Seus amigos o desprezam, o renegam?*
*Leve a Deus em uma oração!*
*Em seus braços Ele o tomará e o protegerá;*
*Encontrarás consolo lá.*

Mas, anos depois, aquela noite ficou na lembrança. No saguão vazio e calmo da estação, o azul-acinzentado do luar engoliu o casal. Zhulong disse:

— Yu, lembra-se do que eu lhe falei aquele dia? Uma pena que se soltou da asa não está voando, mas flutuando?

Ninguém, ao que parece, pode escapar ao destino de flutuar ao acaso. "Corra, Zhulong, corra. Ainda há tempo" Yu o avisara então.

"Fugir? Por quê? Se uma barricada bloqueia o nosso caminho devemos contorná-la? Ela pode continuar lá depois que morrermos. Mas se eu investir contra ela, talvez consiga derrubá-la, mesmo perdendo a vida. Yu, eu entendo, estou preparado para tudo." Na época em que havia dito aquelas palavras, Zhulong era jovem e entusiasmado, cheio de energia.

"Mas alguns destinos são piores que a morte."

"Eu sei."

"Se algum dia olhar para si mesmo no espelho, pode ver alguém que não será mais você. Você não se reconhecerá e esquecerá completamente como costumava ser... Se isso acontecer, o que fará?"

"Mas não vai acontecer", Zhulong comentou naquela época, enquanto se levantava devagar. "Não vai acontecer."

Yu percebia que foram precisamente aquelas palavras que atingiram Zhulong, e o atingiram com força.

Naquele exato momento, no passado, a voz de um pregador se fizera ouvir da igreja. "Deus ama a todos, inclusive os que não acreditam nele. Deus salva os bêbados, os criminosos e aqueles que o ferem. Até mesmo aqueles que pregaram seu filho na cruz! Jesus usou sua vida para trazer a vida eterna, para trazer o perdão e a alegria. O verdadeiro amor espiritual, o amor puro e verdadeiro, não pode acabar, porque Deus é amor! Deus é eterno!"

Amor? Para sempre? Yu só podia rir. A música da igreja daquela noite, os reflexos nos vidros das janelas, o cheiro das flores de maçã no ar: só eram objetos para compor um espetáculo. Os personagens masculino e feminino haviam entrado no drama e atuavam como na vida real. Eles haviam progredido além de *Perguntas & respostas atrás das grades*. Mas depois que viu *Viúva Negra*, Yu enxergou a falsidade por trás de *Perguntas & respostas*. *Viúva Negra* lhe recordara aquele mexilhão de sua infância — assim é a vida. *Perguntas & respostas* indicou que sua vida poderia ser diferente. Mas qualquer vida contrária à natureza seria punida, não importa o quão nobre seja a fé de uma pessoa. Feitos nobres e ações proibidas estão igualmente em desacordo com a natureza humana.

Como Yu, Zhulong voltou seus pensamentos para aquela noite perto da igreja. A jovem sentada à sua frente, pensou, era na verdade parte de um conto de fadas, pura ilusão, uma ilusão que surgira nos bons dias de sua juventude. Ele deixara a si mesmo e suas ilusões na terra natal. Não foi sentimental quando pensou naquela noite e na igreja, pois sabia que havia sido destruído, destruído por um poder imbatível. Quando jovem, se perguntava muito por que algumas figuras históricas acabaram traindo suas causas. Agora ele as compreendia, lição que aprendera à custa da própria vida. Aquele conhecimento podia ser aplicado ali: só ao fazer "a travessia" é que a experiência essencial é adquirida. Mas assim que a travessia é completada, você nunca mais pode voltar ao ponto de partida. Aí está a origem da maior parte das tragédias do mundo. Mas relembrar e reviver o passado não interessa. Ele queria evitar qualquer coisa que tivesse a ver com o passado, incluindo as ilusões. Era sua frágil defesa; uma vez rompida, nunca mais encontraria uma razão para viver.

Ele foi com ela ao Smithsonian Institute, onde ela pediu que tirasse uma foto dela ao lado de uma escultura estranha de arame e materiais reciclados. O arame estava enferrujado, mas, de algum modo, a ferrugem natural criava uma imagem rústica. Ela foi até a estrutura e abriu os braços de forma que seu xale se parecesse com as asas de uma feiticeira. Pensou no termo "performance art", o que a fez lembrar de Jinwu, que morava ali perto, buscando desesperadamente pela mãe perdida há tanto tempo.

Quando subiram os degraus para o terceiro andar, Zhulong começou a suar.

— Então, o que faz para viver? — perguntou Yu.

— Entrego comida. Não aceito caridade.

— Como consegue entregar comida estando em condição física tão ruim?

— Bem, não é tão mal. Faço duas refeições por dia e compro dois sacos de bolinhos congelados em uma pequena loja de um chinês. São muito gostosos.

— Quem cuida de você? — perguntou Yu, enquanto olhava as manchas no colarinho da camisa dele.

— Por que eu precisaria que alguém cuidasse de mim? Não sou doente.

— Mas está doente. Sei que tem estado muito doente. Passou três anos trancado em uma cela de apenas quatro metros quadrados. Havia uma latrina, só um fosso aberto, com um cheiro que ficava insuportável no verão. Havia vermes por toda parte e, no fim das contas, você ficou com urticária, coçando tanto a pele que expôs os próprios ossos. Você quase morreu naquela prisão... Conseguiu passar uma mensagem, exigindo um tratamento melhor. Senão, acabaria defendendo sua dignidade com a morte...

Ele apertou os dentes.

— Tudo isso faz parte do passado.

Mas Yu não estava disposta a desistir.

— Mas você já estava doente antes de ser jogado na prisão. Vi um vidro de remédio no templo Jinque...

Naquele momento, ele gritou:

— Eu disse que tudo isso faz parte do passado!

Ela arregalou bem os olhos, encarando-o, e imediatamente cada grama de sua energia se esvaiu. Novamente sentiu o horror da simplicidade e precisão da língua chinesa. Uma palavra, "passado", era tudo de que se precisava para apagar tudo. Isso a fez pensar na palavra "crueldade", mas aquela era pálida e fraca comparada com "passado". Os olhos podem mudar de cristalinos para opacos; a pele brilhante pode ficar cinzenta; a força interior pode murchar; a mente pode acabar lenta — todas essas mudanças são um processo terrível. Uma linda criatura pode ser vencida sem deixar sequer um eco no universo. Uma vez vencida, é coisa do passado. Assim, um corpo vencido junto a uma alma vencida é coisa do passado, deixado para trás em outro mundo.

E foi nesse passado que ela foi ver o Dr. Danzhu, cheia de medo e dor, pedindo ao pai do médico que provasse que a doença de Zhulong era tão séria que requeria assistência do lado de fora da prisão. Depois de procurar em todo lugar, encontrou também para ele o melhor advogado para tentar salvá-lo. Não tinha dinheiro, mas por ele cortaria a própria alma e carne em pedaços.

— Existe uma coisa que você não resolveu. — Ela olhou para ele calmamente.

— O quê?

— Você tem um filho de 10 anos.

Os lábios dele empalideceram.

— Você quer dizer... Yadan?

Yu sentiu uma inexorável amargura em seu coração. Queria que ele sentisse dor, sofresse. Deu uma pequena risada.

— Você acha que foi justo com ela? Senhor grande herói?

Ele não ficou arrasado. Seus olhos viajaram para um lugar distante.

— Você leu *Homem e o Deus da floresta*? O deus da floresta diz: "quando nossa sabedoria nasceu, era hora de a sua sabedoria acabar". O homem responde: "O tempo dos contos de fadas passou, embora um tempo sem contos de fadas não tenha encanto." Na verdade, o homem moderno quer escapar da liberdade, tanto quanto a deseja. No passado, eu ansiava pela liberdade. Mas agora, quero apenas... escapar dela...

Yadan é uma grande mulher. — Ele parou de falar. Depois, parecendo muito relaxado, perguntou: — Como está o meu filho?

Yu sorriu. Zhulong pareceu achar seu sorriso bonito pela primeira vez. Yu parecia ainda mais relaxada que ele.

—Vamos abrir os biscoitos da sorte?

Eles abriram os biscoitos ao mesmo tempo. A sorte de Zhulong dizia: "Você encontrará o amor da sua vida." Lentamente, ele fez uma bolinha de papel com ela. A de Yu dizia: "Aquilo que deseja está para chegar."

"Aquilo que deseja está para chegar." Yu ergueu os olhos surpresa. Todos os objetos do museu em volta dela pareciam os mesmos. Era o maior museu dos Estados Unidos. As pessoas preferidas de Deus, com seus cabelos louros e olhos verdes, andavam por ali com sorrisos felizes e ligeiramente tolos. Mas aquele sussurro que pertencia a outro mundo estava escrito no biscoito! Como? Yu sentiu que algo no escuro a perseguia, a observava e guiava. Aquele algo lhe dizia que ela não sentia saudade de Jinwu, nem de Mestre Fa Yan, nem de Yuanguang, nem mesmo de Zhulong. Alguma coisa a guiava gradualmente a um pequeno caminho para um labirinto que escondia a resposta final. O que ela desejava? Um suspense irresistível a aprisionou. Ela tanto queria quanto temia a revelação.

À meia-noite, o último trem para Baltimore finalmente entrou na estação. Amantes se abraçavam e beijavam na plataforma. Zhulong e Yu evitaram se olhar enquanto diziam um ao outro palavras sem importância. Quando o último sino tocou, Zhulong estendeu a mão antes de subir. Por um segundo, quando ele se virou, Yu pôde ver lágrimas escorrendo por seu rosto.

Yu fingia muito mal. Ficou ali o máximo que pôde, sem nenhuma outra alma na plataforma vazia e a chuva caindo do céu infinito. Sempre que uma asa cruza rapidamente o céu, deve haver uma ferida. Todo ferimento, por mais leve que pareça, tem sempre uma história de partir o coração. Mas a própria história de Yu não a faria chorar. Ela ficou lá sozinha, na plataforma vazia, deixando que as lágrimas escorressem com a chuva incessante, como se desejasse que todo o seu ser pudesse se derreter em lágrimas. Dobrou os dois pedaços de papel e fez dois barquinhos, que colocou em uma poça, observando-os rodar e virar.

Um mês depois, Zhulong morreu de hemorragia cerebral. As circunstâncias de sua morte foram muito simples. No caminho para a entrega de um pedido ele caiu, batendo com a cabeça, e assim se foi. Vivendo em um país estrangeiro, foi tratado como indigente e imediatamente levado a um hospital público. Nenhum nome, ninguém sabia quem ele era. A julgar pelas roupas, sabiam que vivia em uma das áreas pobres da cidade. Quanto a An Xiaotao, estava em outra cidade. Quando soube da notícia, Zhulong já havia sido enterrado no cemitério comum local. Sem lápide. Ninguém sabia que ele havia sido um jovem cheio de visões e ambições, um líder estudantil lendário de um grande país, e que poderia ter trazido a vitória para uma causa nobre e gloriosa. O administrador do cemitério se lembrava dele como um homem pesado e careca, chinês ou japonês. Sem parentes e de orientação religiosa desconhecida, foi enterrado rapidamente, sem uma simples cerimônia sequer.

## 4

Falamos antes que Jinwu não tinha idade, existindo em um presente perpétuo.

Conta-se que Jinwu teve inúmeros homens em sua vida. Seu atual namorado se chamava Peng. Conheceram-se em um cassino mundialmente famoso dos Estados Unidos, um lugar constantemente cheio de imagens em movimento das cores do arco-íris, onde à noite o ar tinha um cheiro metálico diferente. Assim que entrou no cassino, Jinwu pôs os olhos em uma máquina caça-níqueis com desenhos de frutas girando. Uma linha de uvas roxas parecia indicar sucesso, então, quando uma apareceu, Jinwu sentou e pôs um quarto de dólar dentro da máquina. Mas, daquela vez, tipos diferentes de frutas apareceram e ela engoliu sua moeda. Quatro outras vezes com os mesmos resultados, mas, na sexta, em vez de apertar o botão "vá", puxou a alavanca. Pronto! A luz no alto da máquina piscou quando as quatro mesmas imagens de fruta se alinharam ordenadamente. Naquele momento, a funcionária cujo trabalho era dar moedas aos jogadores empurrou seu carrinho até Jinwu, enquanto os olhares de todos os jogadores se voltaram para ela, maravilhados. Jinwu sabia que ganhara muito.

Foi naquele momento de entusiasmo que ela viu Peng, caminhando na sua direção. Um breve olhar e ambos souberam que queriam um ao outro. Para Peng, Jinwu era a mulher certa no lugar certo, e para Jinwu nenhum homem poderia ser melhor que aquele.

Na mesma noite alugaram um quarto em um grande hotel, em cuja fachada se viam imagens cintilantes de esqueletos e mulheres, além de uma cruz. Mulheres pareciam sempre relacionadas com a morte, o que era comum nas culturas oriental e ocidental. Jinwu e Peng não fizeram sexo naquela noite; como dois velhos amigos em uma relação platônica, sentaram a certa distância um do outro, conversando e bebendo café enquanto Peng contava uma história.

Como Jinwu, Peng também vinha do continente chinês, onde havia sido proprietário de uma grande empresa com mais de dez subsidiárias. Mas depois de se envolver em um grande escândalo financeiro, havia sido forçado a deixar a China. Sozinho em um país estrangeiro, se sentia solitário, os dias fabulosos em que estava cercado de adoradores e bajuladores perdidos no passado. Dera adeus à satisfação de dar ordens, pois passou a ter que lutar com seu limitado conhecimento de inglês, o que, para um ex-patrão como ele, era fatal. Não tinha saída. Ao ver que Jinwu era capaz de conversar em inglês fluente com a funcionária do cassino, Peng imediatamente decidiu se aproximar dela.

A história de Peng não era incomum na China. Ele trabalhara como sócio e, às vezes, intermediário de um empresário chamado Chi Dang no negócio imobiliário. Mas o homem por trás das cortinas era um tal de Sr. Li, funcionário do governo de nível médio com influência política e burocrática considerável. Por vários anos, Peng e o Sr. Li haviam se engajado em diversas transações particulares de negócios, em que Peng oferecia subornos de mais de 100 mil dólares americanos. Mas, como um lobo sedento de sangue atrás da próxima caça, o Sr. Li era insaciável, sempre impaciente pela infusão seguinte de dinheiro.

Os problemas de Peng começaram quando o empresário, Chi Dang, ficou ansioso para comprar um edifício. Por intermédio de um sócio chamado Zheng, Chi se encontrou com Peng em um bar de karaokê, lugar aonde empresários chineses iam para fazer negócios em um cenário de música barulhenta e muito álcool. Antes do primeiro encontro com Chi, Peng havia obtido novas informações sobre o potencial de venda do prédio. Chi imediatamente agarrou a oportunidade e adquiriu o direito de comprar a propriedade em 9 milhões de iuanes dentro de três anos. Na época, Peng achou que o tempo previsto no contrato seria longo o bastante para fechar o acordo. Mas passaram-se três anos e nada de acordo.

A habilidade de Peng para fechar o negócio dependia inteiramente da aprovação do Sr. Li. O valor real do edifício, Peng sabia, era de 7 milhões de iuanes, o que o deixaria com 2 milhões. Após oferecer a Zheng, que fizera as apresentações, uma comissão de 300 mil iuanes, Peng poderia embolsar o resto, enquanto o Sr. Li receberia os 7 milhões em três parcelas separadas, providenciando a papelada necessária que acompanhava a venda de ativos do Estado para proprietários particulares. Tudo corria bem; isto é, até Peng descobrir que, antes de ele obter os direitos legais de propriedade para executar a revenda para Chi Dang, o Sr. Li fugira com o dinheiro e a família para os Estados Unidos, deixando Peng à mercê de Chi Dang. Agora Peng estava em apuros, apavorado, porque sabia que Chi Dang viria atrás dele.

Quando jovem, Peng lera o clássico chinês da estratégia militar e política, *A arte da guerra*, de Sun Tzu, e entendia o conceito de retirada estratégica. Sua única escolha foi fugir da China e, tirando vantagem de um visto de múltipla entrada que conseguira adquirir antes, evitar o desastre vindo para os Estados Unidos.

## 5

Às 4 horas da manhã, Jinwu e Peng emergiram do hotel para a cidade insone, com suas noites cheias de cores e sons. Sem nenhum lugar especial para ir, os dois se demoraram em frente ao hotel, perto de um chafariz com a estátua de uma artêmia mítica, com cabeça de cavalo e rabo de peixe, pintada de dourado com matizes vermelhos. Peng tirou muitas fotos de Jinwu, que falou de sua carreira como atriz de cinema na China, onde uma vez interpretara o papel de espiã e também fora escolhida como personagem de uma das minorias étnicas chinesas. Nos Estados Unidos, seu sonho de ser atriz de cinema se reacendeu, com a esperança de ser a atriz asiática que fascinaria Hollywood. Do jeito que posava para as fotos, Peng sentiu que seu comportamento e suas habilidades eram de uma superestrela em potencial. Só lhe faltavam oportunidade e dinheiro.

Jinwu conheceu Peng de verdade na noite em que foram a uma boate local de dançarinas topless. Como alguns dos donos eram asiáticos, eles se sentiram um tanto constrangidos. Sentado sozinho em frente a uma das dançarinas, que se empinava e balançava os enormes seios na cara dele, Peng parecia indiferente. Apesar de seus intermináveis truques, a dançarina não conseguiu empolgá-lo, e ele prontamente se levantou, atirou uma nota de 10 dólares na direção dela e chamou Jinwu para irem embora. Aquele era um homem bonito e elegante, pensou Jinwu, poderia ser um verdadeiro parceiro na sua vida.

Jinwu levou Peng para casa, em uma cidade pequena a duas horas de carro da metrópole do jogo e dos bares. Era um lugar arruinado, em contraste com o brilho do antro de jogatina. O apartamento de Jinwu era velho, em um prédio simples, comum, mas tinha também um lindo assoalho de madeira e paredes que imediatamente chamaram a atenção de Peng, com uma decoração que exibia o bom gosto da proprietária. Peng sentou no tapete perto da lareira, enquanto Jinwu pegava seu conjunto de louça chinesa e oferecia uma bebida quente. Peng sentiu-se o astro de um filme sobre duas pessoas que se encontravam pela primeira vez. Jinwu aumentou a aura cinematográfica pondo um disco com músicas tocadas no violino. O único desejo de Peng era que o tempo parasse, para que ele pudesse desfrutar inteiramente o momento de astro, mas então alguém andou pelo "palco" no momento errado, arruinando sua disposição.

## 6

Peng foi o primeiro a ver aquele par de olhos brilhantes na escuridão. Eles o fizeram estremecer.

Jinwu apresentou os dois com um sorriso:

— Esta é Yu, minha jovem prima. Este é Peng, meu novo amigo.

Yu, uma mulher jovem de rosto suave e amarelado, saiu da escuridão usando uma camisa grande e solta, com as mangas balançando abaixo de suas mãos, na moda tradicional chinesa. Seu corpo, leve, como se não tivesse ossos, movia-se livremente dentro da camisa larga. Ela não usava maquiagem e, quando sorria, seus olhos emitiam um medo latente.

Mais tarde, Peng comentou com Jinwu que Yu era a personificação do velho ditado chinês de que os ossos das mulheres são feitos de água.

## 7

Jinwu fora para os Estados Unidos atrás da mãe.

Sua primeira parada, naturalmente, acabara sendo a casa de Michael, onde fora carinhosamente recebida. Mas Michael teve de dizer que a possível pista de sua mãe na cidade se perdera. Ele aparecera três vezes na casa da velha senhora até que um dia ela desaparecera misteriosamente, aumentando suas suspeitas. Trabalhando agora como representante de vendas de uma grande companhia, Michael recebera educação primária na China. Apesar da agenda lotada, levou Jinwu de carro por toda a costa oeste, indo a todos os lugares, conversando com todo tipo de gente que pudesse dar uma pista sobre o paradeiro da mãe, tudo sem resultado.

Depois de seis meses, Jinwu decidiu partir sozinha e tentar a sorte naquela nova pátria, apesar de Michael lhe pedir para ficar com ele. Por meio dele, Jinwu conheceu um diretor de cinema e conseguiu papéis pequenos, um como uma refugiada vietnamita e outro como uma personagem do submundo em um filme sobre Chinatown. Seu sangue misto funcionava em seu favor, tornando as coisas mais fáceis para ela que para a média dos chineses que se mudam para os Estados Unidos. Mas ela estava longe de se dar por satisfeita. Tendo sido uma estrela na China, no papel de espiã, não ficaria contente interpretando mulheres subservientes nos Estados Unidos. Depois dos dois papéis pequenos, sacou todo o dinheiro do banco e foi para a cidade do jogo.

Yu ficou com eles. Já que Peng conseguira escapar da China com uma boa quantidade de dinheiro, os três poderiam continuar a viver juntos sem preocupações por mais um ano e meio. Peng tratava Yu com cautela, não tanto por ter conversado com ela, mas porque a história contada por Jinwu o enchia de um medo que não conseguia identificar.

— Desde jovem— explicou Jinwu — Yu se envolveu com bruxaria e, com apenas 6 anos, matou o próprio irmão. Ela tentou até se matar, e mais de uma vez.

Vindas de Jinwu, essas palavras tiveram um impacto dramático em Peng. Ele já achava Jinwu uma criatura notável, mais inteligente que qualquer pessoa que tivesse conhecido antes. Antes que terminasse uma frase, ela já sabia o que ele diria. Apesar de não ter educação formal em finanças, quando soube do desastre financeiro de Peng na China, ela imediatamente absorveu a situação e enviou uma série de telegramas e faxes para a China afim de corrigi-la. Tudo que envolvia o caso foi posto por escrito, sem nenhum indício de ter sido escrito por ela. Ao longo de seus muitos anos no mundo de negócios chinês, Peng havia encontrado sua cota de mulheres, e as dividido em dois grupos: aquelas que podia levar para a cama e aquelas que não podia levar para a cama. À medida que os negócios prosperavam, o número de mulheres que o perseguia crescia geometricamente e, sempre que entrava em um salão de festas, elas vinham em bandos. Aquelas que conseguiam um encontro sentiam orgulho. Mas os desejos de Peng eram simples; ele não permitiria que o romance interferisse em seus negócios, que, para ele, eram um campo de batalha em constante mudança. A ideia de perder uma oportunidade de ganhar dinheiro por um rosto bonito era impensável, literalmente o deixava enjoado. Além disso, em sua opinião, quanto mais bonito o rosto, menos inteligente o cérebro.

Mas Jinwu desafiava tudo isso. Ela era como uma aurora iluminada, com olhos faiscantes que colocavam em xeque a presunção de Peng.

Em sua presença, ele se via transformado de homem de negócios duro e decidido em um menininho seduzido por um poder sobrenatural. Ele mais tarde aprenderia que um antigo significado do nome dela, Jinwu, era "sol", significado compartilhado com Yu She — serpente emplumada — ,algo que ele achou ainda mais assustador. Preso entre dois sóis, Peng sentiu não apenas o calor e a glória, como também uma supressão diferente da fome e da ansiedade que carregava há tanto tempo. Pela primeira vez na vida, sucumbiu à pressão da desvantagem ante a inteligência superior de duas mulheres, acabando em terceiro lugar. Ofuscado pela inteligência das duas mulheres, ele descobriu que sua visão do sexo feminino havia mudado para sempre.

Em um domingo, Peng quis ostentar e levou Jinwu e Yu a um grande shopping. Ele disse para comprarem tudo que excitasse sua imaginação, sem se preocuparem com o preço. Para Jinwu, a generosidade de Peng parecia exagerada, mas, sem hesitar, aceitou a oferta, e escolheu uma casaca moderna de ombros largos e cintura fina, em couro de almiscareiro verde-oliva. Escolheu também um colar turquesa estilo indígena americano e um grande chapéu de sol verde de abas largas. Os artigos eram caros e elegantes, com um preço total de 1.400 dólares. Peng puxou o cartão de crédito e se voltou para Yu:

— E você? Gostou de alguma coisa?

Usando um vestido longo de linho rústico, Yu se decidiu por uma garrafa de remédio com um crânio e ossos cruzados no rótulo. Embora não conseguisse ler em inglês, Peng percebeu que se tratava de um veneno.

## 8

Jinwu contou a Peng que, desde criança, Yu sofria de graves crises de insônia, que se tornaram resistentes aos tratamentos médicos convencionais. Ela também tentara suicídio em três ocasiões, mas seu corpo evidentemente desenvolvera a habilidade de neutralizar venenos. Não havia nada demais nisso, insistiu Jinwu e, portanto, Peng não deveria se preocupar.

Naquela noite, Peng também teve dificuldades para dormir e recorreu a cinco pílulas de Valium para apagar. Jinwu zombou dele por sua fraqueza, dizendo que ele acabaria na mesma situação de Yu, precisando de uma dose de drogas toda noite. Jinwu dormiu logo, enchendo o ar da noite de um ronco suave, com um leve aroma de perfume Chanel.

Ao amanhecer, Peng ouviu um ruído sussurrante vindo do quarto de Yu. Nas manhãs frescas e calmas de uma cidade tão pequena, a audição de Peng ficava especialmente sensível. Não resistiu ao desejo de levantar ao ouvir a porta abrir e fechar. Olhando a distância, avistou a figura de uma jovem manca se afastando.

Atrás da cidadezinha, havia uma floresta de aspecto místico e fantasmagórico, como a retratada na famosa pintura do artista francês Jean-Baptiste-Camille Corot. Especialmente ao crepúsculo, as copas negras das árvores pareciam recortes de papel colados contra um céu púrpura. Podia-se facilmente imaginar uma multidão de ninfas douradas, dançando entre as árvores.

Peng seguiu a jovem Yu para dentro da floresta. Ele observou enquanto ela se abaixava várias vezes para pegar qualquer coisa, provavelmente, cogumelos frescos, pois eles sempre brotam depois da chuva. Peng queria voltar, mas logo percebeu que havia ido tão longe dentro da floresta, onde apenas cacos de luz penetravam no dossel espesso de árvores altas, que nunca encontraria a saída. Sua única escolha era continuar atrás de Yu, o que ficava cada vez mais difícil à medida que o sol abrasador começava a penetrar na cobertura da floresta como uma espada cintilante. Ofuscado pela luz, só conseguia enxergar vislumbres da mulher. Suas roupas cinzentas, o cabelo preto, as mãos, o corpo todo pareciam fragmentados. Seu corpo parecia irreal, como o reflexo da lua em uma poça d'água. A luz do sol se tornava cada vez mais intensa e agora penetrava em todas as partes, tanto que a figura da jovem se confundia com a luz.

Peng estava exausto e sentia uma dor aguda atravessar o lado esquerdo do corpo. Podia senti-la — a pedra no rim, que o atormentava há tantos anos, mesmo após grandes doses de remédios fitoterápicos, voltava ainda mais forte sob o estresse do momento. A pedra podia causar dor martirizante e, desde que viajara para os Estados Unidos, pensava em comprar um seguro-saúde e cuidar dela. Se a pedra se tornasse um problema, procurar um médico sem seguro custaria uma tonelada de dinheiro. Enquanto ponderava novamente sobre o custo do tratamento, seus olhos foram ofuscados por uma árvore antiga e estranha, que parecia um gigante, os galhos curvando-se para cima ou vergando-se para baixo como seus braços. Os caroços que cobriam o tronco pareciam rostos de bebês recém-nascidos. Céus, pareciam mesmo bebês! Reunindo coragem, estendeu a mão para encostar em um dos galhos, que se agitou à volta dele como uma serpente, agarrando-o e enroscando nele com tanta força que ele mal conseguia respirar. Então, o galho parou de apertar e o atirou ao alto. Ele rodopiou e caiu no chão, perdendo a consciência.

Quando, anos mais tarde, Peng me contou essa história, não acreditei, já que a descrição lembrava a de um filme de terror que eu vira uma vez. Mas depois revi o filme e, veja só!, ele fora feito depois da experiência de Peng. Era mesmo horrível.

## 9

Peng acordou com a fragrância forte e enjoativa de uma medicação e imediatamente ouviu a voz magnética de Jinwu:

— Ei, você está bem?

Ele se virou para ver a figura pálida e cinzenta, a catadora de cogumelos, mexendo em uma panela de ervas medicinais com uma longa colher. Yu aprendera sobre remédios chineses, explicou Jinwu, então toda manhã saía para catar ervas. Jinwu devia aos remédios de Yu o brilho e a maciez de sua pele, que Peng notara imediatamente. Ela também raramente ficava doente, era muito mais saudável que outras mulheres da sua idade. "Experimente um dos remédios de Yu", sugeriu a Peng. Embora ainda fosse cético a respeito das alegações extraordinárias, ele concordou, mas perguntou por que ela não tomava os próprios remédios, pois parecia precisar deles mais que qualquer um. Jinwu explicou que Yu havia tomado remédios demais na vida, e agora só os venenos faziam efeito. Depois de tomar um pouco do chá medicinal, Peng sentiu muita dor e, antes que pudesse gritar, urina e um pouco de sangue esguicharam dele. Minutos depois, estava relaxado e sentindo-se muito melhor, percebendo que a mistura de Yu expelira sua problemática pedra no rim.

Naquela noite, pela primeira vez Peng sorriu para Yu, e prometeu apoio financeiro se ela decidisse abrir uma clínica. "Isso não é pouco", comentou Jinwu, pois, para abrir uma clínica nos Estados Unidos, era necessário um diploma de medicina, além do status de imigrante legalizado e uma licença para abrir um negócio. Uma amiga de Jinwu conseguira o diploma em outro país e não obtivera licença para exercer a medicina nos Estados Unidos. A atitude de Peng era simples: onde existe vontade, existe um meio. Uma vez, no segundo grau, esculpiu em um nabo a réplica de um selo oficial usado em documentos legais, e conseguiu aprovação para numerosos projetos diferentes, inclusive sua própria companhia. No início dos alegres dias das reformas econômicas, começar uma empresa era muito fácil, tão fácil que se podia registrá-la sem um mínimo de capital real. Bebendo alguns drinques, explicou a Jinwu e Yu como conseguira levantar a empresa até o ponto em que ela finalmente começou a crescer com rapidez. Jinwu ouviu cuidadosamente e deu um grande sorriso para Yu, que observava Peng como se ouvisse um conto de fadas.

Peng estava de bom humor. Livrara-se de sua problemática pedra no rim, e propôs às suas duas companhias uma viagem à Europa. Foi lá, durante a viagem, que Yu caminhou pelos cemitérios e viu as lápides.

Quando estavam em Viena, com música ao fundo, Jinwu vestiu a camisola que Peng comprara para ela, revelando os grandes seios e as pernas sensuais. Jinwu tinha um corpo perfeito, exceto pelos dois seios enormes, inchados como balões, com leves veias azuis visíveis e anéis escuros em torno dos sedutores mamilos que balançavam enquanto caminhava para Peng. Agora ele saberia algo sobre o passado dela, e tudo sobre o seu próprio presente: nunca um homem poderia, acreditava Peng, resistir ao que balançava à sua frente.

Eles tiveram uma boa transa, até bem tarde. Quando, muito depois da meia-noite Peng se levantou para ir ao banheiro, viu a luz no quarto de Yu acesa. Ela mexia desajeitadamente em um velho computador, cuja tela preta parecia um vácuo escuro profundo, refletindo sua face vazia.

## 10

Algum tempo atrás, me deparei com um velho computador em um hotel de uma antiga cidade da Europa. Era a primeira vez que via um. Sem saber que botão apertar, escolhi qualquer um e, de repente, a tela inteira se cobriu de fileiras da mesma palavra chinesa — *zi*. Repetida incontáveis vezes de diferentes formas, a palavra preenchia a tela inteira, o que achei mesmo alarmante. A palavra era por si só assustadora. Durante muito tempo eu não soube seu significado, pois foi a primeira resposta do computador à minha tentativa de diálogo. Fiquei amedrontada com essa primeira resposta e fiz tudo que pude, batendo freneticamente nas teclas, para apagá-la, tudo inutilmente. A palavra, em sua multidão de formas, olhava diretamente para mim, sem se mexer.

Comecei a me sentar na frente do computador toda noite, olhando para ele sob a luz esverdeada do abajur, que deixava o meu próprio rosto verde. Sempre que se levantava no meio da noite e, incrédula, me via ali, Jinwu não poderia nunca adivinhar o pequeno segredo que eu dividia com a máquina, segredo que nunca revelaria, nem mesmo em meu leito de morte.

O segredo começou por coincidência. Uma noite, acordei de um sono profundo e me vi ainda sentada na frente do computador, a tela parecendo assustadoramente grande. Era uma gigantesca porta vermelha. Atrás dela havia um espaço vazio. Quando me inclinei, fui sugada para dentro por uma força poderosa.

Atravessei a porta com a velocidade de um raio, me movendo tão rápido que meu corpo flutuava sem peso, o que me deixou tonta. Aos poucos e inconscientemente, abri os braços e, como um pássaro, comecei a voar — uma pena que cai da asa não voa, só flutua. Mas eu voava, não flutuava. Era um voo que eu mesma não conseguia controlar.

Parei ao alcançar um mundo completamente imóvel. Havia uma floresta, a floresta conhecida da minha infância. Ela exalava uma misteriosa sensação sobrenatural. Essa impressão era maior no crepúsculo, quando a copa escura das árvores parecia muitos recortes de papel colados contra um céu azul púrpura. Podia-se facilmente imaginar uma multidão de ninfas douradas dançando entre as árvores.

Senti como se tivesse voltado à infância. Eu colhia cogumelos que brotaram depois da chuva, mas sua cor era anormalmente clara, dando-lhes uma aparência assustadora. Na mata fechada, um homem veio em minha direção. Seu nome era Peng.

Por que Peng estaria ali àquela hora? Teria me seguido? O sol quente atravessava as árvores e resplandecia nos meus olhos. Quando ele se aproximou, vi horror na sua expressão: seus lábios eram da cor do sangue, seu cabelo, cinza, e seus olhos, verdes. Ele flutuava, como se não tivesse peso. Também começou a catar cogumelos, mas assim que os pegava, eles jorravam sangue. Céus, o que eu via não eram cogumelos, mas bebês. Peng estava quebrando seus pescoços! Ele os jogou, um a um, embaixo de uma árvore estranha. Aquela velha árvore parecia um gigante; seus galhos balançavam como braços enormes. Os caroços em seu tronco pareciam rostos de bebês pequenos. Céus, eles pareciam mesmo bebês! Eu o vi estender a mão para tocar em um ramo da árvore. O ramo o colheu como se fosse uma cobra, enrolou-se nele tão apertado que ele não conseguia respirar. Depois, afrouxou o aperto e o atirou longe. Fiquei perplexa. Por muito tempo procurei por ele na estrada de volta, mas não o encontrei. Um lago bloqueava meu caminho, o lago da minha infância. Deitei ao lado do lago. Deveria haver um mexilhão, um mexilhão negro. Mas também não vi o mexilhão. Vi apenas uma imagem rindo zombeteiramente para mim: lábios sangrentos, cabelos cinza, olhos verdes, flutuando como se toda a gravidade tivesse desaparecido, como uma figura de desenho animado — aquela imagem era eu.

Acordei chorando. Os ponteiros do relógio diziam ser 3 horas da manhã. Eu estava sentada na frente do computador.

## 11

Jinwu correu para fora do quarto quando ouviu o grito de Yu. Yu estava sentada, inclinada sobre a mesa em frente ao computador, despertando de um sono profundo. Jinwu olhou atentamente para ela, e percebeu que Yu tinha um segredo, segredo que não contaria nem a ela.

Jinwu foi até o computador e tocou uma tecla ao acaso. Quando duas linhas de palavras em inglês pularam na tela, franziu a testa e permaneceu em silêncio. Yu perguntou o que significavam, mas tudo que Jinwu disse é que não entendia.

A manhã chegou e, quando Yu saiu do banheiro, Peng perguntou se ela sabia o que as palavras em inglês no computador significavam, antes de dizer: "Seu pai está doente, com câncer, e sua mãe lhe pede que você volte para casa."

Naquele momento, Jinwu interrompeu Peng e disse que Yu não devia voltar para a China, porque nunca mais teria permissão para sair. "Pense nisso", aconselhou, "pode ser uma armadilha." Yu não disse nada e voltou para o quarto para fazer as malas. Olhou para Jinwu e disse: "Mesmo que seja uma armadilha, devo voltar."

Na noite em que Yu partiu, Jinwu mudou-se para o sofá da sala, pondo uma distância fria entre ela e Peng. Sempre inteligente, Jinwu fez Peng entender que perdera todo o interesse nele. Seu olhar sarcástico e o modo como o ignorava fizeram com que todo o desejo físico dele desaparecesse em pouco tempo. Ele sentiu-se culpado e cheio de vergonha.

Jinwu disse que queria ir também, e continuar a busca pela mãe.

## 12

Aquele lago azul foi a última parada de Yu antes de deixar os Estados Unidos de volta para casa.

Era um dia de ventania. Fortes lufadas jogavam os barcos ancorados no lago uns contra os outros.

Quando Yu pôs os olhos em um barco, imediatamente soube o que queria. Como uma estrela suspensa entre os céus e o lago, um barco vinha até ela, cortando a superfície da água e brilhando.

O menino estranho que o manejava lançou rapidamente um sorriso igual ao raio mais brilhante do sol. Falou em inglês: "Suba, por favor." E assim Yu entrou no barco.

Yu sentiu que esse era o dia que desejara a vida inteira. Aquele jovem parecia um enviado do céu. Tinha cabelos louros, olhos azuis, dentes brancos como a neve e um corpo atlético que irradiava vitalidade. Seu sorriso vinha direto do coração. Pela primeira vez na vida, Yu não teve medo. Ajudou o rapaz a puxar a âncora e sorriu para ele quando ele disse em inglês, "assim, como eu". Seus olhos eram tão honestos, nada de falso ou artificial. Pela primeira vez, Yu sorriu espontaneamente.

Ela sentiu que ele entendia a sua voz interior; esperava que ele a abraçasse, e ele o fez. Gentilmente, pôs os braços em volta do pescoço dela. Yu fechou os olhos e se permitiu sentir seus braços quentes e fortes, enquanto lágrimas lhe subiam aos olhos e escorriam por seu rosto. O jovem gentilmente as enxugou, olhando para ela com olhos muito puros, olhos que lembravam sua primeira vez com Yuanguang. Aqueles olhos que podiam fazer qualquer mulher voar de fato já tinham feito isso por ela. Em troca, os olhos dela diziam:

— Por que me fez esperar tanto?

Ao que ele respondeu, também com seus olhos:

— Não é tão tarde.

Os olhos de Yu perguntavam:

— Para onde você vai me levar?

— Não sei — ele respondeu. — Vamos seguir o vento em nossa Arca de Noé.

— O quê? Arca de Noé? — Yu estava espantada.

— Sim. Arca de Noé. — O jovem levantou seu braço forte para içar a vela.

Yu irrompeu em lágrimas.

— Arca de Noé? Isso é maravilhoso. Sim. É a Arca de Noé.

Yu entendeu que o jovem havia sido mandado pelos céus e a levava na "travessia" até a outra margem.

O que a aguardava lá não era importante. Era a viagem em si que contava, a "travessia", ao mesmo tempo encantadora e empolgante! Uma viagem que Yu esperava que nunca acabasse.

## Capítulo 12 | FINAL E FINALISTAS

### 1

*Diário de Xiao.*

Quatro meses se passaram desde que papai foi internado. "Nenhum filho verdadeiramente devotado", diz o velho ditado, "consegue passar muitas horas ao lado da cama de um doente." No caso da minha família, esqueça qualquer filho devotado. Até a mãe era indiferente à doença do pai. Não sei o que, se qualquer coisa neste mundo, pode fazer minha mãe sentir dor, dor real que machuca o coração. O som débil e cansado de seus passos ficou marcado para sempre em nossas mais profundas lembranças. Mas não existe recordação, nenhuma, de nossa mãe fazendo uma refeição para nós. Por mais tarde que chegássemos em casa e por mais fome que sentíssemos, a velha e bamba mesa de jantar que estava conosco há mais de quarenta anos estaria sempre vazia. Quando a vovó Xuanming estava viva, disse uma vez que a velha mesa era feita de pau-rosa dourado, muito valorizado.

Qualquer coisa podia causar desacordo e uma briga que acabaria em pratos quebrados e linguagem grosseira. Era uma família presa em um círculo vicioso que, depois de tantos anos finalmente tirou a vida de papai, e tivemos que mandá-lo ao hospital.

— Vou morrer no hospital. Nunca voltarei para casa!

Quando disse isso, seu rosto sombrio e enrugado mostrava nada mais que cansaço, e meu coração tremeu quando fui tomada pela sensação de que, daquela vez, suas palavras poderiam tornar-se realidade.

Ontem, um de seus colegas, que foi visitá-lo, veio contar que papai havia cuspido um pouco de sangue. "Não muito, só uns seis bocadinhos. Talvez alguma galinha esteja bicando a garganta dele com muita frequência", brincou o colega, obviamente tentando deixar a situação mais leve. Mas todos nós entramos em pânico. Mamãe e eu corremos para o hospital e fomos direto para o escritório do médico-chefe. Ele não estava, e a transmissão das notícias ficou a cargo de uma enfermeira jovem, que fez isso muito despreocupadamente:

— Vocês são da família Lu Chen? Por favor, evitem discutir o tumor no pulmão com ele.

Naquele momento, a mão de mamãe, que segurava a minha, esfriou. O doutor Ke, jovem estudante recém-graduado na escola de medicina afiliada ao hospital, era o médico encarregado do caso.

— Este é o estado dele: desde a última semana, sua tosse piorou — comentou o médico, com um olhar claramente arrogante e dominador, enquanto levantava as sobrancelhas refinadas. — Anteontem, encontramos um pouco de sangue em seu catarro e, depois, ele cuspiu sangue em seis ocasiões. Imediatamente tomamos medidas para conter a hemorragia. Fizemos um diagnóstico em conjunto com o departamento de radiação. Tiramos mais de dez radiografias dos pulmões de ângulos diferentes e encontramos um grande tumor, do tamanho de um ovo de ganso, de 10 por 15 centímetros, em seu pulmão direito. Planejamos fazer mais exames em seu...

Depois da visita, a atitude de mamãe pareceu relaxar nos dias seguintes. Ela começou a nos importunar para construirmos um barracão no quintal, e parou inclusive de mencionar meu pai. A doença dele também teve o efeito de fazer minha irmã Ling e eu voltarmos a nos falar. Quatro meses antes, quando meu marido e eu entramos no carro para levar o pai ao hospital, Ling veio até nós e tomou a iniciativa de falar comigo, e, eu naturalmente, respondi com educação. Meu velho pai, fraco e frágil como estava, ainda era resoluto e teimoso quase ao ponto de parecer infantil; ele recusou minha oferta para ajudá-lo a descer as escadas. Apoiado em sua bengala, andou cambaleante, fingindo animação. Se recusou a deitar no carro, insistindo em vez disso em se sentar entre Ling e eu. A caminho do hospital, ele constantemente cuspia catarro. Eu tinha arrumado uma pilha de lenços para enxugar seus lábios. Mas Ling ainda virava a cabeça para evitar vê-lo babar.

Meu marido Ning e eu éramos a imagem de um casal feliz até a década de 1990, época em que ele já era um fotógrafo famoso e, por isso, muito ocupado. Nunca tivemos filhos, mas consegui um mestrado em literatura inglesa e americana e garanti uma posição como professora universitária. Nosso lar era um ninho vazio, mas eu era muito feliz. De repente, tudo mudou, quando encontrei um maço de fotos em um livro, ao arrumar as coisas dele. Eu as espalhei na mesa e o que vi em todas elas foi a mesma mulher, bonita e de aparência inocente, que posava parcial ou totalmente nua. Fiquei cativada pelo contraste entre a nudez e seu ar angelical. Levei algum tempo até perceber que havia um homem em algumas das fotos. De pé, como guardião da estrela fotogênica, olhava com amor para seu corpo. Quem poderia ser senão meu marido, Ning.

Guardei as fotos, não disse nada e resisti a compartilhar minhas tristezas com terceiros. Um hábito de que eu desistira há muito tempo, depois do fim do meu primeiro e único caso de amor. Ao longo dos anos, aprendera a manter silêncio, razão pela qual progredia tão bem em outras áreas da minha vida, enquanto continuava cozinhando e lavando a roupa para Ning. Mas acrescentei um compromisso à rotina diária, me preparar para o teste de língua inglesa requerido para ser admitida em uma universidade americana. O teste era realizado uma única vez por ano, e levei três anos para passar, aos 40 anos, quando fui aceita por uma universidade da costa oeste. Arrumei as malas, troquei toda a minha poupança por dólares americanos e parti. Três anos depois me mudei dos Estados Unidos para a Europa, de onde escrevi minha única carta para Ning, pedindo o divórcio.

Mais tarde, soube por Yu que a jovem angelical das fotos era, na verdade, An Xiaotao, mulher de Zhulong, por quem Yu e Yadan se apaixonaram loucamente. An Xiaotao havia virado negociante nos Estados Unidos.

À noite, mamãe perguntou: "Por que não pedir a Yu para voltar? A terceira filha é a favorita de seu pai. Agora que ele está doente, ela devia assumir sua parte nas obrigações!"

## 2

Quando Yu voltou para a China, o câncer de Lu Chen estava no estágio terminal. Ela ficou tão assustada ao ver o pai reduzido a algo parecido a uma múmia, que tinha medo até de olhar para ele.

Mas ela agarrou-se à crença de que ele poderia sobreviver. Noite após noite, sentava ao lado dele e prestava atenção, esperando ouvir o que seu deus sussurrante diria a ela. Mas o sussurro não vinha.

Yu pensou em Danzhu. O médico de Lu Chen disse que seu pai precisava de grandes quantidades de soroalbumina e drogas antimetástase para fortalecer o sistema imunológico. Yu sabia que só Danzhu conseguiria tais coisas.

Danzhu havia sido transferido para um hospital distante, guardado por muitos seguranças. Yu levou uma manhã inteira para encontrá-lo. Ele ouviu com atenção, depois respondeu calmamente:

— Isso é fácil. Pedirei ao meu pai para escrever um bilhete.

— E depois? — perguntou Yu.

— E depois mando o material para você.

Yu examinou o rosto dele, ainda em dúvida. Mas isso era típico de Danzhu, que, como antes, trouxe conforto quando ela menos esperava. O próprio Danzhu nunca sentia estar fazendo nada fora do comum, ou que nem sequer remotamente pudesse ser considerado como um gesto nobre. Yu perguntou como Danzhu, que vinha de uma família importante, podia manter contato com pessoas comuns. Danzhu só riu da ideia e destacou que simplesmente agia de acordo com sua ética profissional. Nada mais.

— Mas o que estou lhe pedindo não é parte dos seus deveres — disse Yu. — Mesmo assim você é muito gentil.

Danzhu sorriu e voltou ao trabalho, ignorando Yu.

Para ela, Danzhu continuava um enigma. Uma vez acreditou que ele a amava, mas, sempre que estavam juntos, ele nunca revelava nenhum sinal de paixão. Fazia apenas o que precisava ser feito. Quando Yu partiu e desapareceu por um ano sem dizer nada, ele pareceu não sentir qualquer ressentimento, e nem sequer se deu ao trabalho de perguntar aonde ela havia ido. Quando ela reapareceu, ele não pareceu nem um pouco surpreso, agindo como se os dois tivessem se visto na véspera.

Em três dias, Danzhu trouxe a soroalbumina e as drogas antimetástase ao hospital onde Lu Chen estava internado. Todos os médicos ficaram de queixo caído ao vê-lo. Yu ficou surpresa com as reações, e se perguntou quando Danzhu havia virado uma pessoa tão importante aos seus olhos. O diretor do departamento de oncologia o bajulou com um sorriso amigável.

— Doutor Danzhu, o senhor só precisava telefonar. Por que se incomodar de vir até aqui por uma coisa tão trivial? Isso é tudo culpa minha...

O diretor do hospital também veio correndo e insistiu para que Danzhu ficasse até o almoço, e o bajulou ainda mais:

— Não sabíamos que o velho professor era seu parente. O senhor deveria ter dito. Nós o transferiremos imediatamente para a enfermaria exclusiva para funcionários de alto nível e o colocaremos sob cuidado especial.

Tudo isso ia além da compreensão de Yu. Mas, claro, ficou muito satisfeita que seu pai fosse receber um tratamento melhor.

No pequeno jardim no centro do hospital, os salgueiros haviam começado a florescer. Yu sentiu a primavera no ar, e ela e Danzhu empurraram a cadeira de rodas de Lu Chen até o jardim. Ele não conseguia mais falar, mas inspirou o ar primaveril com força, enquanto lágrimas apareceram em seus olhos.

— O pai se tornou sentimental depois que ficou doente.

— Todos são assim.

— Você é assim?

— Eu quis dizer que todos ficam assim.

— Por que as pessoas no hospital ficam tão apavoradas na sua presença?

Danzhu olhou para ela e disse sem rodeios.

— Sou o médico exclusivo de um oficial do alto escalão.

— Graças a Deus eu não sabia, ou não teria ousado procurar você.

Danzhu parou e a olhou intensamente.

— Você não pode ter se tornado tão banal quanto eles.

Eles empurraram Lu Chen para um canto iluminado pelo sol, e caminharam até as árvores próximas.

— Não sou apenas banal... — Yu tremia por dentro. Sabia que estava para dizer algo errado e tolo, mas, como sempre, não conseguiu se controlar. — Danzhu, na verdade sou muito desprezível. Não sou justa com você...

— O que quer dizer é que nunca me amou de verdade, não é? — disse Danzhu sorrindo. Ele parecia surpreendentemente sereno. — Eu sempre soube. E daí? Tudo bem. Você tem alguém em seu coração e o ama muito. Tem liberdade para perseguir seu amor. O mesmo serve para mim. Não quero falar de amor. É uma palavra grande. Mas, para mim, você é muito importante. É verdade que é muito importante... mas...

— Mas o quê?

— Mas, honestamente, eu ou o homem que você ama muito... na verdade, qualquer homem acharia difícil entrar no seu mundo. Não só difícil, mas virtualmente impossível. Ninguém se atreve a querer você. Para os homens, você é muito... intimidante.

Yu olhou para ele, surpresa.

— Você está dizendo que não há esperança.

Danzhu riu.

— Só se você passar por uma lobotomia e ficar tão boba quanto o resto de nós.

Se soubesse o que aconteceria mais tarde na vida de Yu, Danzhu nunca teria dito isso. Zhulong morreu, e Danzhu partiu. Agora estamos prontos para ir com Yu até o fim. Vários anos depois, quando as notícias da lobotomia chegaram até ele, sua dor foi inacreditável.

Yu disse adeus a Danzhu e empurrou o pai de volta à enfermaria. Depois de uma injeção de soroalbumina, seu estado melhorou claramente. Ele podia levantar-se sozinho para usar o banheiro, e quis comer um pouco de sopa de ginseng. Xiao e Yu juntaram dinheiro e compraram caríssimas sementes. Com uma pequena concha, Xiao pacientemente pôs a saborosa sopa de ginseng, feita em fervura lenta, entre os lábios escurecidos e enrugados de Lu Chen.

Naquele momento, Ruomu chegou para uma visita.

Vestida com um casaco de lã fina à moda antiga, o corpo exalando uma fragrância perfumada, ela inscrevera em seu rosto a expressão melancólica que pertencera aos anos 1940, ou antes. Ruomu era um espetáculo só. Quando Yu viu aquele olhar, soube que a dor passageira e o sentimento de perda haviam desaparecido.

Ruomu sentou, parecendo ainda mais melancólica.

— Ah, Lu Chen, pobre de mim, perdi muitas noites de sono esses dias. Há pouco, no caminho, quase desmaiei algumas vezes.

Ela cobriu o nariz com um lenço, dando ao rosto uma expressão deplorável e grave.

— Pobre de mim. Vivi com você por tantos anos e não houve um dia em que a vida fosse boa. Agora as crianças finalmente estão adultas e você caiu doente. Você é a pessoa com quem aceitei viver o resto da minha vida. Se algo lhe acontecer, em quem encontrarei apoio? — Aquilo foi claramente dirigido a Xiao e Yu.

Xiao só franziu a testa e disse:

— Mamãe, por que está falando assim com papai tão doente?

Mas Ruomu ignorou isso e continuou seus choramingos:

— Você ainda está vivo e elas já me tratam assim. É bom que estejam cuidando bem de você. Mas sou feita de ferro? Não preciso de alguma comida? Como diz o velho ditado, "é mais fácil ver um pai funcionário público morrer que ver uma viúva empobrecida..."

Ao ouvir isso, Lu Chen se sufocou com a névoa de lágrimas que enchia seus olhos.

Imediatamente, Xiao estendeu uma tigela de sopa de ginseng para Ruomu e disse:

— Mamãe, imploro a você que não diga mais nada. Por favor, deixe o papai descansar um pouco.

Ruomu sorveu a sopa e disse:

— Ouça o que essa criança diz. Vivi com seu pai minha vida inteira. Como poderiam as poucas coisas que tenho a dizer aborrecê-lo? Ele está aqui sozinho, morrendo para que alguém converse com ele!

Enquanto falava, Ruomu lançou um olhar para Yu, exatamente quando Yu olhava para ela com olhos cheios de desprezo e ódio.

Ruomu jogou sua tigela na mesa com um ruído alto.

Lu Chen tinha um olhar de súplica no rosto, que parecia dizer: "Imploro a todas, parem de brigar..."

Mas Ruomu, com 70 anos e ainda forte, estava, como sempre, cheia de si.

— Olhe para ela, olhe para sua amada terceira filha. Como ela me trata? Está certo, sua mãe não tem dinheiro, nenhum poder, você não precisa lidar comigo. Mas vamos pôr as coisas no lugar. Fui eu quem deu você à luz. Não o contrário!

Yu não conseguiu se controlar. Baixou a voz para que o pai não a ouvisse, mas cada simples palavra sua parecia uma bala disparada por entre seus dentes trincados:

— Deixe dizer uma coisa mamãe. Você me dá ânsia de vômito!

Isso atingiu Ruomu, e com força. Na guerra sem tréguas da família Lu Chen, quando palavras como essas começavam a voar, o fogo não podia ser apagado. Ruomu extravasou toda a sua raiva, soltando todas as palavras feias que usara nas décadas passadas, mas daquela vez foi mais feroz e incontrolável:

— Eu disse a você o tempo todo que essa maldita garota ia matar alguém. Matou seu próprio irmão. Não foi suficiente. Vai matar o próprio pai e toda a família; ela vai nos matar um por um!

Talvez a palavra "matar" tenha soado realmente assustadora. O médico, a enfermeira-chefe e todas as outras enfermeiras correram para a enfermaria. Ruomu mudou seus rugidos para um choro de causar pena. Durante seus gritos de raiva, Lu Chen sacudia a cabeça em amarga agonia. Mas agora se aquietara; sua pele ficou cinzenta, as faces afundaram, todo o seu corpo se encolheu como uma bola, uma bola cada vez mais murcha.

Yu saiu da enfermaria devagar e se encolheu perto da parede, pois o seu corpo havia sido exaurido da última gota de força. Seus olhos em brasa tinham secado todas as lágrimas. Ela percebeu que não dormia nem comia há cinco dias. Se apoiou na parede gelada, ensopada de suor frio. Antes que pudesse gritar, caiu suavemente no chão.

Lu Chen morreu naquele dia, à meia-noite. Antes de seu último suspiro, sua aparência permaneceu a mesma. Não deixou nenhum testamento ou qualquer documento relativo ao legado de sua vida. Suas últimas palavras para Yu, dias antes, ela lembrava, foram simples: "Vá e compre alguns pães cozidos para você." Havia uma pequena barraca do lado de fora do hospital que vendia pão com carne de porco cozida para os parentes dos pacientes. Durante a hora do almoço, o cheiro de carne de porco e cebolinha flutuava para todas as enfermarias, mas o cheiro não abriu o apetite dela.

O corpo de Lu Chen encolheu, mas continuou pesado. Quando Xiao e as enfermeiras trocaram suas roupas, suaram. Ruomu, Ling e Yun'er chegaram correndo no hospital. Yadan até trouxe o filho de 10 anos, Yangyang. O som do choro começou imediatamente. Mas Yu ainda estava inconsciente, no meio de um sonho com seu pai vestido como taoista, sentado ao lado do velho mestre Lao Tzu, que, no século IV a.C. escrevera o *Tao Te Ching*. Juntos cantavam à beira do lago. Ah sim, o lago da infância no meio da floresta. O rosto de Lu Chen estava em completa serenidade, sem nenhum sinal do desgaste e do pranto de sua vida real. Um veado passeava de um lado para o outro perto dos dois homens.

Mas a cena, parecida com um conto de fadas, teve vida curta, pois luzes brilhantes apareceram subitamente diante dos seus olhos, como uma grande tela de cinema, com narração: "O professor Lu Chen descansará em paz em montanhas e rios verdes." Yu acordou tão tonta e enjoada, que se inclinou para fora da cama e vomitou. Sob a cama havia uma bolsa de Ling cheia do ginseng que Xiao e Yu haviam comprado para o pai; a visão fez Yu vomitar tudo que havia dentro dela.

"Vá e compre alguns pães cozidos para você." Ela não conseguia tirar as palavras da cabeça. Sempre que pensava nelas, sentia como se uma faca cortasse seu coração.

## 3

Ling sentiu que finalmente chegara ao fundo do poço, tão fundo que acabou com uma estranha doença: uma urticária vermelha lhe cobriu todo o corpo, acompanhada por febre baixa, suores noturnos e fadiga persistente. Depois que procurou tratamento em vários lugares, disseram a Ling que ela havia contraído uma doença de pele conhecida como lupo eritematoso.

Sua reação foi chorar sem parar. Sem poder continuar a representar o papel de menininha mimada depois que a avó Xuanming morrera, Ling não conseguia dormir nem comer por dias inteiros. Então, uma tarde, quando aos poucos caía no sono, sua ama de leite, Xiangqin, apareceu em um sonho. As duas passaram um tempo sem contato, mas havia um lugar aonde Ling poderia ir e ela imediatamente aceitou a oferta. No mesmo dia, comprou uma passagem de trem, e por dois dias e uma noite ficou sentada na condução enquanto ela retinia até seu destino, um canto desolado do país que recentemente se transformara em um próspero ponto turístico, a montanha Xitan.

Ao encontrar Xiangqin, Ling ficou em choque. Ali estava a mulher que a amamentara há várias décadas, e sempre tivera orgulho de seus seios magníficos, grandiosos. Depois de tantos anos, não mudara nada. Com seus dois seios gigantescos ainda empinados e uma voz que soava como a água corrente, Xiangqin transpirava uma energia, e seu bom humor emanava de todos os poros de um corpo inacreditável para seus 67 anos. A princípio perplexa, Xiangqin reagiu imediatamente, pondo os braços em volta de Ling e, depois gritando, derramando lágrimas que fizeram seu nariz escorrer ao mesmo tempo. "Minha pobre criança, como conseguiu acabar assim?" "Pobre criança" era tudo que Ling queria ser aos 47 anos; como uma represa destruída, Ling deixou escapar uma inundação de lágrimas. Ainda com o cabelo preso em dois rabos de cavalo infantis e vestida com roupas de boneca, Ling e sua suposta juventude haviam desaparecido há muito tempo, e sua aparência agora era muito pouco lisonjeira.

Ao encontrar Xiangqin, ela se sentiu livre para liberar todo o seu ódio.

—Tia, é tudo por causa daquele filho da puta do Wang Zhong, aquele infeliz. Ele me largou por uma mulher estúpida. Ele merece mil feridas e uma morte horrível!

— Eu lhe avisei que ele não prestava. Você vem de uma família de estudiosos. Qual é a família dele? Três gerações de mendigos! Já houve um mendigo bom? Você diz que ele não a quis. Não. Foi você que se livrou dele!

Xiangqin enxugou as lágrimas de Ling e lhe deu uma tigela de sopa de flor de lótus com ovos e açúcar.

— Tia, estou chegando aos 50. Quem vai me querer agora?!

— Bobagem! Há muitos homens que ninguém quer. Nunca ouvi falar em uma mulher que ninguém quisesse. Mulheres são tesouros em qualquer idade. Olhe para sua tia. Estou perto dos 70. Estou com falta de homem? Menina tola. Todas as mulheres são iguais. Por ler livros demais você foi feita de boba. Fique comigo. Verá que, em um ano, sua tia vai arrumar você muito bem.

De fato, passados seis meses, sendo atendida e alimentada dia e noite por Xiangqin, que trazia excelentes refeições e bebidas saudáveis, mais doses de remédios de ervas que seu neto colhia nas montanhas próximas, Ling começou a se recuperar. A urticária vermelha e a febre baixa aos poucos desapareceram. Uma noite, como sempre, Xiangqin fazia uma sopa de lótus e lírios para Ling enquanto bebia um drinque, e sentou sob a luz fraca. Xiangqin comentou com Ling, bastante à vontade.

— Fique aqui comigo o tempo que precisar. Tenho dinheiro agora e estou bem estabelecida. Você não deve se preocupar com nada neste mundo. Embora tenha apenas um filho, tenho toneladas de sobrinhos e sobrinhas. Eles são bons para mim, mandam dinheiro o tempo todo. Agora até meu neto está trabalhando. A única com que me preocupo é você. Se achar que ainda sou útil, me deixe cuidar de você, cozinhar, lavar e lhe fazer companhia. É melhor que ficar sozinha o tempo todo.

Ling sabia que aqueles "sobrinhos e sobrinhas" deviam ser filhos dos antigos amantes da sua ama de leite. Fez uma grande reverência para Yuangqin.

— Tia, vai salvar a minha vida. Mas o que será de meus irmãos e irmãs? Você tem uma família grande para cuidar.

— Eles nasceram aqui e se criaram aqui. São durões e não precisam de mim. Mas você é de uma família altamente respeitável, o que nos velhos tempos teria feito de você candidata a concubina de alguém. Agora que foi enganada e ameaçada por um cara sem valor, quem mais além de mim tomará conta de você? Nos velhos tempos, minha mãe me disse que nunca seria capaz de pagar, mesmo em sua vida inteira, a gentileza de sua avó. Como minha mãe falhou em pagar a dívida, agora é minha vez de consertar isso. Você era a favorita. Se a velha senhora ainda estivesse aqui, teria amaldiçoado a morte daquele Wang Zhong, junto com todos os seus ancestrais de 18 gerações! Minha boa menina, não se sinta como se me devesse alguma coisa. Uma mulher como eu... bem, ser sua ama de leite era mais do que eu esperava!

Vendo que Ling ainda estava intrigada, Xiangqin tomou outro gole da sua bebida e continuou:

— O que você acha que eu era? Eu não podia contar quando você era pequena. Agora posso dizer. Eu era prostituta, em um bordel onde ganhava mais drinques que qualquer uma das outras garotas! Homens com dinheiro e status costumavam brigar por mim. Comecei aos 14 anos, para sustentar minha família. A mulher não precisa ter só um rosto bonito e um corpo bom, também precisa saber como fazer para que os homens a desejem tanto que farão qualquer coisa para tê-la. Seja charmosa! Isso é o que você precisa aprender. Mas se o assunto é casamento, melhor pensar bem. Primeiro, as duas famílias precisam combinar. Se não estiverem no mesmo comprimento de onda, mais cedo ou mais tarde vocês terão que se separar. Você era jovem na época. Por causa do seu casamento, a velha senhora quase morreu de vergonha! É bom que tenha terminado...

Ling olhou para Xiangqin maravilhada.

— Tia, você tinha 20 anos quando veio me amamentar. Como conseguiu sair daquele lugar?

— O senhor de uma grande família comprou a minha saída depois de me engravidar. Infelizmente, a criança morreu no parto prematuro. O amo ainda queria casar comigo e me fazer sua segunda mulher, mas minha mãe recusou. Quando a sua mãe lhe deu à luz e não tinha leite, a minha me ofereceu para a sua família. Mamãe foi completamente devotada à sua avó durante toda a vida, a não ser por manter meu passado em segredo. Ela nunca contou nada disso à sua avó.

Ouvindo isso, Ling se surpreendeu, sabendo que sua teimosa e protetora avó teria esmagado a cabeça contra a parede se soubesse que a ama de leite da amada primeira neta havia sido uma puta! Mas, pensando bem, Ling percebeu como era maravilhoso que a avó desconhecesse o passado sórdido de Xiangqin, já que sua amada primeira neta tinha mais alguém no mundo para cuidar dela. Ling lembrava vagamente de espiar o banheiro de Xiangqin quando pequena e ver um sujeito com cara de bruto no chuveiro. Seria um dos amantes da tia? Ela também lembrava de apertar os seios de Xiangqin para diminuir sua dor, e se perguntou se o garoto magrinho deitado ao lado dela seria seu único filho. Lembrou que, naquele dia, o marido de Xiangqin, então um professor da escola elementar, estava a caminho do armazém. Lembrando agora de como a cena deixava os gigantescos e molengas seios de Xiangqin à vista, Ling entendeu que foi justamente a aparência dos imensos seios e mamilos que despertou seus primeiros desejos. Só de lembrar deles, a coceira que há muito se fora dentre seus ossos pareceu voltar, formigando em suas juntas. Ling voltara à vida.

No dia seguinte, Xiangqin levou Ling ao templo Jinque para cumprir uma promessa a Buda. Elas viram uma mulher de cabelos grisalhos ajoelhada em frente a uma estátua dourada de Buda e perguntaram ao monge quem era.

— Aquela é a famosa tia Mei da montanha Xitan! Ela confessa seus próprios pecados e reza pela filha.

Surpresa com a resposta, Xiangqin perguntou:

— Mas a tia Mei não morreu há alguns anos?

O monge apenas sorriu. Correndo de volta ao templo para dar outra olhada, Xiangqin e Ling não encontraram uma só alma.

## 4

Quando se trata de saber os verdadeiros sentimentos de qualquer um, palavras são basicamente inúteis e ineficazes. Então, como saberemos quais são? No caso de Yadan, ela não consegue mais escrever com sinceridade. Veja você, os seres humanos são animais muito estranhos. Quando você os amarra, eles não conseguem se mexer. E quando os desamarra, eles ainda não conseguem, porque se acostumaram tanto a ficar amarrados que seus braços e pernas são incapazes de se movimentar livremente. Para alguém como Yadan, a situação era ainda pior. Quando amarrada, lutou com todas as forças e ganhou em caráter. Mas, ao ser desamarrada, não teve mais nada em que se engajar, e sua vida ficou vazia, sem qualquer fonte de estímulo ou desafio. O tédio a deixava sem o mínimo de criatividade, tanto que até os grandes acontecimentos do mundo não tinham qualquer impacto sobre ela. Uma enorme fenda se abriu entre ela e esse mundo, particularmente entre o sexo oposto. Vivia com um homem completamente impotente, e recorrer à masturbação a privara de sua força vital. Era um hábito que havia adquirido quando jovem e que se intensificara após o nascimento do filho. Para sua surpresa, seus desejos sexuais se tornaram cada vez mais incontroláveis. Por mais que tentasse, não podia pôr sua libido de lado.

Certa ocasião, quando estava ardendo de volúpia, começou um passeio de bicicleta já tarde da noite e não parou até a total exaustão. E, quando parou sozinha em uma esquina tarde da noite, se convenceu de que se fosse atacada, mesmo pelo pior tipo, não resistiria, pois estava tão faminta por sexo que chegava a querer ser violentada. Não fossem as palavras — as palavras falsas que escrevia para se esconder —, nossa Yadan teria provavelmente enlouquecido. Aquelas palavras falsas e vazias se tornaram uma teia de aranha que encobriu uma Yadan outrora cheia de vida com o mesmo cinza da cidade em que vivia.

Durante muito tempo ela evitou o espelho. Mas escapar dos nossos olhos era outra questão. Yadan, mãe de Yangyang, virou uma mulher gorda, suja, de cabelo despenteado e completamente grisalho — uma mulher sem forma e sem estilo. Seu rosto ficou cheio de rugas, e os poros de seu pescoço se abriram muito; a pele é manchada com vários tons e se pendura em seus ossos com camada após camada de dobras, algo que só se costuma ver em pessoas muito velhas. Suas pernas grossas pareciam encurtar o corpo já gordo, o que a fazia parecer, de longe, um jarro d'água. Pessoas antigas na vizinhança suspiravam ao vê-la, observando que a idade acaba alcançando todo mundo. Se Yadan ficou assim, o que será de nós, se perguntavam. Seus amigos de infância, que lembravam de Yadan como uma gordinha com cara de bebê, passaram a enxergar alguém que, do dia para a noite, virou algo horrível que achavam difícil de aceitar.

A obesidade é a doença do século. Enquanto a medicina moderna cria vários caminhos para conter a gordura, os médicos parecem ter esquecido um fato fundamental: a força vital de nossos corpos deve crescer e se expandir. Quando não cresce e se desenvolve em seu próprio curso, ela fica presa e se torna um resíduo a bloquear as funções normais do corpo. Yadan se embrulhou numa teia de aranha cinzenta e ganhava seu sustento jogando palavras no papel, usando todos os meios possíveis para se recolher em si mesma, como uma tartaruga no casco. Às vezes, chorava e perdia as esperanças, porque sabia que nenhum outro homem mostraria interesse por ela novamente. Ela e o marido, An Quan, não compartilhavam a cama há seis anos. Toda noite, quando mexia seu enorme corpo com dificuldade e deitava na cama fria sob o lençol vazio, se surpreendia com o mau cheiro suspenso no quarto, como se o peido alto da vovó desdentada no dia de seu casamento nunca tivesse se dissipado. Achando difícil acostumar-se à vida ali, evitava tocar a si mesma, enquanto os fluidos quentes dentro dela escapavam na forma de lágrimas, pingando devagar dos cantos de seus olhos. Aquele era seu fluido vital, saindo do corpo em um completo desperdício, e não havia nada, absolutamente nada, que ela pudesse fazer a não ser assistir.

Continuou a se enganar por meio da escrita, com histórias nas quais se retratava como dotada de uma beleza ímpar, adorada e amada por muitos homens. Seus romances se tornaram literatura feminina barata, daquelas que seguem uma fórmula nada original. Como muitos escritores, sentou-se à mesa por anos, jogando seu lixo no papel, sem sentimentos ou emoções reais, o tipo de escritor que costumava desprezar e odiar.

Yangyang passou a ser sua única felicidade, Yangyang e só ele. Era um belo garoto de 10 anos, que a lembrava o que o jovem Zhulong havia sido. Sem saber da morte de Zhulong, continuou a acreditar por vários anos que ele um dia veria seu filho de carne e sangue. Quando essa hora chegasse, ela planejava fazer cirurgia plástica, perder peso e comprar roupas mais caras e bonitas. Ela se transformaria em uma pessoa diferente, uma mulher diferente, uma mulher notável. Por ele, e apenas por ele, aceitaria todos os sofrimentos de boa vontade. De fato, sempre que pensava nesse dia, sentia-se um pouco melhor. Yadan, como sabemos, tem um lado ingênuo, acreditando que os outros compartilham seu sonho. Ela dera à luz o filho de Zhulong, uma coisa importante para qualquer homem. Não importava que truques An Xiaotao tivesse na manga, Zhulong escolheria Yadan. Além disso, Yadan sabia que a relação de Zhulong e Xiao tao já estava indo mal. Ela acreditava piamente que o dia da volta de Zhulong seria o dia da reunião de uma família feliz.

Zhulong nunca voltou, mas An Xiaotao sim.

## 5

Na época, casas de luxo foram construídas nos subúrbios da cidade, casas vermelhas ou brancas, ao estilo das mansões russas próximas dos portos. Duas fileiras de bandeiras tremulavam nos telhados e, durante os festivais, balões coloridos enchiam os céus acima delas. Longe da cidade, o ar era mais limpo e o céu mais azul, com uma ocasional nuvem branca. As pessoas costumavam dizer que a cor do céu lembrava os dias puros dos anos 1950. Muitas casas tinham sido compradas por celebridades do show business, que só passavam por lá de vez em quando.

Ninguém acreditava que algo errado pudesse acontecer naquele paraíso, até que, um dia, vinte ou trinta famílias informaram o roubo de joias e bens de valor, que ocorrera quase simultaneamente em todas as casas. A polícia verificou as entradas de cada uma das casas e não encontrou pistas, já que todas as portas tinham correntes que não haviam sido arrebentadas ou cortadas. As janelas não mostravam sinais de arrombamento. A polícia não conseguiu descobrir como os ladrões entraram.

Durante um mês inteiro, policiais inspecionaram a área e a única pista que conseguiram foi a informação de um velho fazendeiro, que vira uma mulher bonita saindo de um carro caro e entrando em uma das casas. A polícia mostrou ao fazendeiro um esboço feito por computador da mulher baseado na descrição dele, mas ele sacudiu a cabeça. Os detalhes, incluindo a placa do carro, escaparam de sua memória. A pista não levou a nada.

Alguns meses se passaram, e a maior agência de correios da cidade também foi roubada. O ladrão usava uma máscara preta e entrou no edifício na hora do almoço, trancando os três funcionários no banheiro e ordenando a todos os clientes que deitassem no chão. A caixa-forte foi aberta e o ladrão guardou todo o dinheiro em pacotes.

Dentro de minutos a polícia chegou à cena do crime e conseguiu cercar o lugar e impedir qualquer um de fugir, inclusive sete clientes, quatro homens e três mulheres. Entre elas estava uma linda mulher que protestou quando a polícia começou a revistá-la. Ela prontamente puxou uma carteira de identidade que indicava ser uma chinesa com um *green card*.

Levada a um aposento separado, foi completamente revistada por uma policial feminina, mas nada foi encontrado.

O velho chefe de polícia lembrava que a bela mulher na agência dos correios tinha olhos brilhantes e longos cílios e que, quando criança, devia parecer uma boneca. Era difícil determinar sua idade, talvez 30, talvez até 40 anos.

Nem ele poderia imaginar que, três dias depois, em uma mansão luxuosa no oeste da cidade, aquela mulher a quem haviam revistado sem nada encontrar receberia um pacote com o dinheiro roubado dos correios.

A mulher era, sem dúvida, An Xiaotao.

A beleza de Xiaotao não mudara e, de certa forma, parecia mais elegante e calma que nunca. Usando um pijama vermelho, serviu-se de um drinque e sentou, uma perna cruzada sobre a outra, brincando com o chinelo vermelho pendurado no pé. Ao fundo, um disco de Whitney Houston tocava as músicas pelas quais ficou louca quando se mudou temporariamente para os Estados Unidos. Sempre que saía de carro para fazer seus "negócios", a voz de Houston berrava do rádio, criando uma atmosfera que a ajudava a bolar seus planos e, segundo acreditava, trazia boa sorte.

O sangue de An Qiang corria nas veias da filha. Lá estava Xiaotao, bebendo seu drinque com um sorriso frio. Quem pensaria que, naquele dia, nos correios, a mulher de forte sotaque camponês que despachava um embrulho fosse a própria An Xiaotao! Ela colocou duas camisas no pacote, escreveu à mão o endereço de sua sofisticada casa no subúrbio e o enviou, registrado. Depois, pôs maquiagem, cobriu o rosto com uma meia preta, pegou o dinheiro do cofre, reabriu o pacote, pôs lá o dinheiro e tornou a selá-lo. Como o pacote havia sido entregue antes do roubo, ninguém pensou em verificar. Até o velho e esperto chefe de polícia e o chefe da agência deixaram passar esse detalhe crucial. Para surpresa de Xiaotao, a polícia chegou tão rápido ao local que não conseguiu escapar. Ela então voltou ao banheiro, tirou a máscara preta, jogou o pequeno revólver de brinquedo no vaso e deu descarga.

Ela mais tarde se lembraria do velho chefe de polícia pedindo que todos os pacotes fossem examinados. Mas todos haviam sido selados antes que o roubo ocorresse e nunca foram abertos. Ela riu discretamente do velho careca, sabendo que fora mais esperta que ele.

Os roubos nas mansões do subúrbio também foram, naturalmente, parte de sua extraordinária performance.

Ela havia estabelecido um recorde admirável nos Estados Unidos. Mas se havia algo no passado que pudesse contê-la, era Zhulong. Ela se sentia atraída por ele. Zhulong era especial, e tudo nele era o oposto dela. Depois que ele se meteu em problemas na China, ela o tirou do país. Depois disso, nada restou entre eles. Certamente ela não recebia nada excitante ou estimulante de Zhulong, que se tornou um homem gordo e triste. Xiaotao não tolerava ficar perto dele, que dirá dormir na mesma cama. A única coisa que poderia estimulá-la na vida seria voltar ao velho ofício. Ficou surpresa ao descobrir que os norte-americanos não estavam atentos a nada, talvez porque não tivessem enfrentado a luta de classes que se espalhou por toda a China. Ela descobriu que roubar nos Estados Unidos era muito fácil. Uma vez, em um aeroporto, pôs os olhos em um colar de cristal. Planejou o crime, mas acabou simplesmente tirando-o da vitrine e indo embora. Tornou-se quase rotina, tão fácil que a entediou. Ela era a filha de An Qiang e tinha um amor natural por jogos inteligentes e desafiadores. Se roubar tinha ficado tão fácil, não tinha mais graça para ela.

A morte prematura de Zhulong era esperada. Um homem como ele estava destinado a morrer jovem, porque o destino de todo mundo é decidido antes do nascimento. Ninguém poderia salvá-lo. Ela conseguiu levá-lo aos Estados Unidos, depois voltou para a China, pois tinha prometido a Zhulong que procuraria seu filho.

A essa altura, sabemos que praticamente todos os membros da família de Xuanming eram proeminentes. Mas todos haviam afundado no mar de pessoas, ficando difícil para eles reconhecer uns aos outros. Veja o caso da quarta irmã de Xuanming, Xuanzhen, que estava muito ciente da fuga do filho e seu destino de bandido. Mas como poderia saber que seu filho tinha uma filha, An Xiaotao? Nem a neta mais nova de Xuanming, Yu, tinha como saber que a inteligente e um tanto esquisita Xiaotao era filha de um de seus tios. Quanto a Jinwu, era filha de um casamento misto da mãe, Shen Mengtang, e um homem americano chamado Smith. Shen Mengtang era filha do sétimo irmão de Xuanming, Xuanyu. Mas nesse vasto mar de pessoas, se acontecesse de se encontrarem, não reconheceriam uns aos outros. Ainda assim, a vida é cheia de mistérios. No final das contas, foi por isso que se conheceram e atraíram uns aos outros, observando-se de vários ângulos, como se olhassem no espelho. Esse mistério do qual falo são os laços de sangue, que, até mesmo na probabilidade de 10 mil chances contra uma, vão criar aquela sensação de atração mútua, de algum jeito, em qualquer lugar.

Pense de novo na estrutura do nosso capítulo de abertura: uma rede de árvores espalhando-se em formas e feitios diferentes, representando os laços de sangue. A real formação dos laços de sangue é função do acaso, que consolida e se propaga como o vento espalha as cinzas, ou a água se bifurca nas pedras, ou a imensa rede de defesa da rainha se distribui num tabuleiro de xadrez. Eles demonstram a arte de alterar formações — espalhar as linhas de defesa — de um jeito complicado, mas puro, e do relacionamento profundo entre essas formações e o mundo real.

Mas quem pode comprovar a existência de tal relacionamento? Se Mengjing não insistisse, quem provaria que Yadan era filha de Tiancheng? Se fosse um julgamento, nenhuma das provas seria válida e nenhuma das alegações se sustentaria.

A única prova seria o sangue.

Estranhamente, o tipo sanguíneo de Yangyang é B positivo, um tipo raro. Yadan lamentava nunca ter perguntando a Zhulong o seu tipo sanguíneo. Mas ela tolamente acreditava que B positivo devia ser o tipo sanguíneo dos gênios. Sendo Zhulong tão inteligente, Yangyang, ela pensava, nunca poderia ir mal.

## 6

O atual trabalho de Yadan é de editora. Seu escritório é cheio de pilhas de manuscritos. Seu superior, o editor-chefe, a convidou para ser editora executiva de uma série de livros de autoras estrangeiras. Ele esperava que ela se empolgasse, mas se decepcionou.

Enquanto lia os manuscritos, Yadan reclamava para si do quanto eram mal escritos. *Quando as lágrimas secam*, *O espírito ferido do lago Sun-Moon*... todos cheios de desejos e lamúrias sem propósito. Essas mulheres que escrevem enquanto seguram no colo seus cãezinhos, o que sabem do sofrimento e da infelicidade? Se o editor-chefe não perdeu o juízo, como podia ter aceitado esses manuscritos? Há bons escritores lá fora, de tal bom gosto que jamais se misturariam com homens como esse editor-chefe. Exatamente como a Yadan de antigamente, eles se mantinham limpos, não tocavam em nada sujo e não se associavam com famosos, ricos e autoridades. Yadan não aprenderia nem se envolveria nas artimanhas dos outros para atingir suas metas pessoais, e desprezava os que o faziam. Na época, pensava a orgulhosa Yadan, quem precisava de truques? O juízo final estava na escrita.

No passado, ingênua como era, acreditava que os críticos iriam realmente ler seus livros. Quando morou naquele pequeno quarto precário, sem mesa, sentava na cama e a usava de apoio, escrevendo milhões de palavras sobre ela própria. Cada palavra vinha do coração, exatamente como seu filho. Yadan poderia ter sido uma heroína da maternidade, mas, em vez disso, virou uma heroína das palavras. Meticulosamente esquematizava a trama de cada história, criava suspense e secretamente sonhava com alguém que decodificaria suas histórias e se tornaria seu amigo íntimo e confidente. Mas não, isso não aconteceu. Ela escrevia com o coração e a alma cada história e romance, mas, uma vez publicados, eles silenciavam ou desapareciam sem deixar traço, como um boi de barro jogado ao mar. A empolgação com livros dos anos 1980 não existia mais. A década de 1990 via uma literatura pura, mortalmente entediante. "Badalação" era um termo novo. A gorda e feia Yadan, que tinha medo de ver ou ser vista, tinha um medo natural da badalação. Portanto, sua carreira de escritora enfrentou sua primeira crise. Cada vez menos revistas e editores pediam sua contribuição. Sua renda caiu dramaticamente. Obviamente, Yadan havia se tornado ultrapassada sem nem mesmo alcançar o topo.

Em segredo, com um pseudônimo, ela escreveu um romance popular. Achou aquele o seu pior livro e, ao terminá-lo não ousou fazer a leitura final. Simplesmente o mandou para o editor. Fez isso porque precisava de dinheiro para comprar um piano para Yangyang. Mas o livro lhe trouxe boa sorte. Mesmo depois de várias edições, continuou a vender. Edições piratas inundavam as barracas de ambulantes. A renda desse livro foi cinco vezes maior que sua renda total em décadas anteriores. Cartas de fãs chegavam aos montes. Só então Yadan percebeu: "É isso!"

Yadan abandonou suas antigas metas literárias e foi atrás do novo, tornando-se uma romancista de alto escalão. Mas depois do entusiasmo inicial, a renda aumentada não lhe dava muita alegria. Sempre que via os bons escritores que amava, ou lia romances clássicos, sentia uma dor no coração. Lembrava sempre aquela tarde, muitos anos antes, em que viu Zhulong caminhando para sua casa, mas não quis vê-lo, porque se achava feia na gravidez. Era o mesmo sentimento. Quando entrou de verdade no campo da ficção popular, percebeu que perdera os dois amores de sua vida, os dois pilares que a amparavam. As palavras que escrevera muitos anos atrás em *Perguntas & respostas atrás das grades* pareciam vir através do tempo e apareciam diante de seus olhos novamente.

*A vida está em uma encruzilhada.*

*Uma estrada é lisa, enfeitada por ramos de oliveiras, com tapete vermelho, e leva à fama, ao dinheiro, ao status social, ao favoritismo, à conveniência e a uma família feliz e aconchegante. Em resumo, todos os ganhos pessoais. Outra estrada é um caminho sinuoso, esburacado, cheio de moitas; com tigres, leões e lobos à espreita, escondendo pelo caminho. Essa estrada leva a uma vida perigosa, dores físicas intermináveis, tortura mental, listas negras desconhecidas, ataques maliciosos, prisão e desastre para as famílias e seus descendentes. Nessa estrada, não há conforto, não há felicidade pessoal à vista.*

*Mas anos depois, dez ou mil anos depois, a história — o honorável juiz — trará o julgamento merecido. Existem sempre dois modos de viver a vida: um é curto; o outro, eterno, como o sol e a lua.*

*Que caminho seguir? É hora de escolher.*

Yadan riu friamente, pensando que, depois de tantos anos, o que a aborrecia agora ainda era o mesmo. Poderia escolher a primeira opção sem hesitar. Sem dúvida, ficaria com a primeira opção, ainda que fosse difícil abrir mão da segunda.

Um telefonema de An Xiaotao veio bem naquele momento.

Yadan pegou o telefone e disse alô, e então ouviu uma voz sensual de mulher:

— Alô, é Yadan? Meu nome é An Xiaotao, a mulher de Zhulong... Preciso me encontrar com você. Pode arranjar tempo?

O editor-chefe entrou na sala naquele momento e viu a mão de Yadan tremer e seu rosto se cobrir de um verde-amarelado. Ele gritou:

— Yadan, o que houve?

## 7

Agora voltamos ao começo.

As portas da ala cirúrgica se abriram lentamente. Uma cama emergiu tão tranquila quanto um barco navegando por águas calmas. A mãe de Yu, Ruomu, pela primeira vez derramou lágrimas, como uma mãe amorosa pela filha que acabou de sofrer uma lobotomia. Acreditava que todos os ressentimentos de tantos anos entre ela e a filha caçula finalmente haviam sido apagados.

Tudo começou no funeral de Lu Chen. Naquela época, as pessoas ainda faziam velórios para os mortos, para que parentes e amigos viessem dar adeus. O corpo de Lu Chen, que encolhera tanto, tinha crescido. Seu rosto, como um pedaço de porco injetado com água, mudou completamente de forma e estava pintado de vermelho e rosa. Quando Yu viu aquele rosto, não conseguiu parar de gritar: "Não, não, este não é o meu pai. Não. Para onde levaram meu pai?"

No funeral solene do professor Lu Chen, vimos Yushe, pálida e exausta, o cabelo despenteado e torto, sair do meio das pessoas, jogar-se sobre o corpo do pai, levantar o cetim vermelho que o cobria e, como uma feiticeira, entoar um canto assustador: "Meu mentor espiritual, por favor, me ilumine: este homem deitado diante de mim — é ou não é meu pai?"

Sabemos que, desde criança, Yushe costumava falar assim, mas o fazia silenciosamente, para si mesma. Dessa vez as palavras escaparam, um cântico alto, ouvido por todos.

Não admira que sua mãe tenha perdido o controle e começado a urrar. Por várias décadas, as pessoas na universidade falaram sobre a terceira filha da família Lu. Ela sufocou seu irmão ainda bebê quando era pequena. Mais tarde, pulou em um lago para cometer suicídio e depois de um prédio, danificando o fígado e sofrendo muitos outros ferimentos... Graças a Deus, não sabiam nada sobre a sua tatuagem. Só aquilo teria sido o bastante para convencer as pessoas de que Yu era louca.

Logo, os berros de Ruomu foram compreendidos. Muitas mãos se estenderam para agarrar Yu. Eles a afastaram do corpo do pai, e ela desmaiou. Em seu estado de torpor, sentiu que era empurrada para um veículo por vários homens fortes, e o carro soou sua sirene, o que a fez lembrar-se daquela terrível noite muitos anos antes. Era também um carro com sirene, e Yadan e Zhulong, que caminhavam à sua frente, desapareceram. Enquanto estava deitada, entorpecida, sentiu que também ia desaparecer. Depois disso, não se lembrou de mais nada.

Yushe realmente desapareceu. Seu corpo ainda está lá, mas sua alma, sua memória e sua inteligência se foram, desapareceram completamente. Afinal, sua mãe foi gentil. Recusou-se a mandar Yu para um hospital psiquiátrico, mas concordou com outro tratamento. Esse tratamento faria de Yu uma pessoa normal para sempre.

Nossa protagonista, Yushe, agora é finalmente uma pessoa normal. É muito alegre e otimista. Se dá bem com todos. Não apenas isso, gosta de todos, gosta de fazer amigos, gosta de fazer o bem. Ouve seus patrões e é especialmente carinhosa com a mãe. Diz sim a tudo que ela quer. Também realiza todos os seus desejos e caprichos. Quando ela quis uma plantação no quintal, Yu comprou sementes de milho e girassol e as plantou em apenas duas horas. Quando ela queria passear no parque, Yu pedalava o velho triciclo e a levava aos portões. É prestativa e jeitosa como um homem jovem. O estilo de vida de Ruomu finalmente voltou ao que era antes da morte de Xuanming. Ela sentava na velha cadeira de vime, consertada algumas vezes, e limpava lentamente as orelhas com a colher dourada. Nas refeições, era Yu quem levava os pratos quentes para a mesa. Yu trabalhava em uma fábrica de tricô, especializada em suéteres. Costumava desenhar ou pintar, e desenhou alguns padrões florais para o patrão, que, em consequência demitiu o desenhista. Yu nunca pedia pagamento por seus desenhos. Era muito popular entre todos na fábrica.

Poucos anos depois, Yun'er voltou do Japão. Embora parecesse bastante cansada, ainda era muito bonita, e estava muito rica. Só de vez em quando visitava a família. Na maior parte do tempo, se hospedava em hotéis cinco estrelas. Todas as preocupações de Ruomu foram de Yu para Yun'er. Todo dia, além de limpar as orelhas, Ruomu, de 80 anos, levantava o assunto: "Como está Yun'er? Como foi que voltou sozinha? Ela é tão preocupante!"

Yun'er voltou mais ou menos na mesma época que Xiaotao. Isso foi seis anos depois da neurocirurgia de Yu, perto do fim da história.

## 8

O encontro entre Yadan e Xiaotao pareceu ter algum significado histórico. Embora Yadan tivesse se arrumado para a ocasião, Xiaotao ainda ficou chocada ao vê-la: velha e exausta, nenhuma beleza, nenhum brilho, absolutamente nada naquela mulher agradaria Zhulong. Como ele poderia ter caído tão baixo a ponto de ter um filho com uma sacola velha como aquela?

Yadan não ficou menos surpresa! No que dizia respeito à idade, Xiao tao não era mais que dois anos mais nova. Com seus vestidos e penteados de garota, Xiaotao podia facilmente se passar por uma linda moça! Yadan sabia que era esse o tipo de Zhulong: mulheres com aparência jovem. Era por isso que gostava tanto de Yu. Xiaotao era infinitamente superior a Yu em um aspecto: sabia se vestir. Se apresentava ao mesmo tempo tão bonita e pura, a amante clássica dos sonhos masculinos. Quando Xiaotao mostrou seus olhos grandes e brilhantes para Yadan, ela até esqueceu de que havia odiado aquela mulher. O ódio de tantos anos se foi instantaneamente, como gelo derretido, pois Yadan só conseguia pensar no casal divino que Zhulong e essa jovem mulher haviam formado.

A filha de An Qiang tinha a excelente habilidade de lidar com qualquer situação. Xiaotao só se espantou por poucos segundos e, depois, rapidamente mostrou calorosa hospitalidade. Deu as boas-vindas a Yadan, oferecendo à visitante um par de chinelos de seda e um coquetel com gelo, e a cumprimentou com voz convidativa e sensual:

— Você não trouxe Yangyang?

Isso foi suficiente para envergonhar Yadan quanto a sua óbvia desconfiança da anfitriã. Desajeitadamente, tirou uma foto da bolsa e disse:

— Em primeiro lugar aqui está uma foto dele para você. Ainda está no quinto ano e tem muito dever de casa. Da próxima vez, você irá à minha casa e poderá vê-lo.

Nem um pouco ofendida, Xiaotao sorriu.

— Sei que vocês dois vivem com um orçamento apertado. Zhulong sente falta do filho o tempo todo. Ele pediu que trouxesse dinheiro para Yangyang. Não é muito, mas são mil dólares americanos. Com a atual taxa de câmbio, você pode conseguir 9 mil iuanes!

Yadan ficou comovida e, ao ver Xiaotao tirar um envelope de sua bolsa de couro de crocodilo, perguntou:

— Como vai a saúde de Zhulong?

Xiaotao foi surpreendida, mas disse rapidamente:

— Muito melhor que antes, mas ainda não cem por cento. Está fraco demais para uma cura definitiva. Tem que ir com calma. Quando eu voltar, vou levar umas ervas comigo, como gojis, longanas, bulbos de lírios e leite de ervilhaca para lhe fazer uma sopa.

— Tenho várias ervas em casa. Você não precisa comprar... Tem uma foto de Zhulong? Eu queria levar e mostrar para Yangyang. — Enquanto dizia isso, seus olhos avermelhados estavam a ponto de derramar lágrimas.

Xiaotao segurou as mãos de Yadan.

— É tudo culpa minha. Esqueci. Sinto muito... não se preocupe. Quando voltar para os Estados Unidos, vou ajeitar tudo para uma visita de vocês. Quando forem lá, vocês se encontrarão novamente. Yangyang é tão inteligente que quando crescer, vai para a universidade nos Estados Unidos. Então com certeza pai e filho vão se encontrar. Agora nós nos conhecemos e estamos nos dando bem. De agora em diante, seremos irmãs. Não quero ter filhos. Nossas duas famílias podem ser uma só. Vamos comprar uma casa nos Estados Unidos onde todos viveremos juntos. Isso seria ótimo!

Xiaotao, então, beijou a foto de Yangyang.

— Que criança adorável. Se eu tivesse um filho como ele, aceitaria minha vida como é, mesmo que nunca mais tivesse um homem!

Yadan ficou tão incomodada com as últimas palavras que se levantou para sair, mas, novamente, não resistiu a fazer a pergunta seguinte:

— Zhulong alguma vez falou de mim?

O rosto sorridente de Xiaotao se congelou.

— Claro que sim... Ele disse... que você devia cuidar da saúde... cuidar de uma criança... é bastante cansativo...

— Ele deve ter dito alguma coisa sobre eu ser escritora?

— Escritora? Não. Ele nunca mencionou isso.

O interesse de Xiaotao naquela mulher feia acabou. Apertou os lábios e observou com certo prazer como o vermelho subiu das bochechas de Yadan até a testa.

Com as mãos suadas, Yadan apertou a bolsa, onde guardava seu romance popular. Relembrou a noite no chafariz no meio da universidade. Naquela época, já havia iniciado sua carreira, e seu primeiro conto publicado, *Bolo de creme de manteiga*, havia atraído uma irresistível atenção. Todos a viam como estrela em ascensão, de futuro imensamente promissor. Naquela noite, a lua pertencia a uma estrela, e o reflexo de seus rostos jovens flutuava na água. O luar prateado como neve se misturou com o chafariz para criar uma serenidade, como música para seus ouvidos. Naquela noite, seu sangue e o de Zhulong correram no mesmo ritmo enquanto se banhavam na névoa do luar molhado.

Yadan e Yangyang saíram da casa de Ah Quan. Com o dinheiro do romance popular, alugou um apartamento de dois quartos no norte da cidade. Daquele dia em diante, Yadan quis começar uma vida nova. De manhã, antes de ir para o trabalho, frequentava a uma pista de boliche local para se exercitar. Seu corpo pesado, como as bolas de boliche que jogava, escorregava com força no assoalho encerado, atraindo uma série de olhares desgostosos das jovens próximas ao virem a mulher velha e balofa que conseguia sempre atirar a bola na canaleta.

Uma noite, algumas semanas depois, Yadan foi pegar Yangyang na aula de piano. O professor disse:

— Seu filho vai muito bem. Ele terminou o livro de John Thompson, *Ensinando dedinhos pequenos a tocar*. Na próxima semana, começaremos o *Livro Um* de Thompson e algumas canções de Canon, mais o básico do piano de Beyer. Não esqueça os livros.

Aconteceu quando Yadan levava Yangyang por uma passarela de pedestres. De repente, ao longe, ela ouviu o som de um carro de polícia se aproximando de sirene ligada, cada vez mais perto. Por muitos anos, o som das sirenes a fazia tremer. Enquanto se apressava freneticamente, Yadan viu uma mulher mascarada sair de um edifício próximo, onde uma filial do Banco da China ocupava o térreo. Antes que Yadan se desse conta, sentiu a mãozinha quente de Yangyang escorregar da sua, quando ele correu até o carro estacionado do lado de fora do banco gritando: "Pegue o ovo podre!" Sua vozinha soou frágil e delicada no ar poluído da cidade, como se estivesse irremediavelmente envolvida por uma substância espessa e viscosa. Instantaneamente, a mente de Yadan se desligou.

Yangyang caiu de cinco metros de altura, bem em frente ao carro, justo quando o motor pegou. Yadan teria tido uma chance de alcançar Yangyang, mas a polícia abriu fogo por trás. O carro do lado de fora do banco arrancou com a velocidade de um raio. Nos seus últimos momentos de consciência, Yadan ouviu o carro rugir como um pássaro levantando voo e cujas asas agitassem a sujeira e o pó enquanto ele partia para longe na noite tranquila. Com o pó nos olhos, sentiu as balas dos revólveres da polícia atravessarem seu corpo vindas por trás. Instintivamente, Yadan estendeu as mãos para o filho. Depois de chegar à cena do crime, a polícia viu uma mulher gorda deitada de bruços com um braço esticado para a frente e a cabeça levantada.

O jornal local deu a seguinte notícia:

FILIAL DO BANCO DA CHINA EM YONGCHUN É ROUBADA.

POLÍCIA NÃO PRENDE O LADRÃO.

*Ontem à noite, às 9h45, a polícia recebeu uma ligação do Banco da China em Yongchun. Os policiais chegaram rapidamente ao local, mas o ladrão já havia escapado em um carro vermelho. Uma mulher e uma criança de 11 anos foram atingidas no confronto. A criança foi atropelada pelo carro e a mulher morreu durante o tiroteio. A identidade de ambos não foi revelada. A criança foi levada ao hospital e seu estado é crítico.*

## 9

A tragédia de Yadan e Yangyang foi a maior notícia no campus da universidade de Jiaotong. Mengjing recebia visitas dia e noite e chegou a desmaiar de tanto chorar. Quando voltou a si, continuou a descrever sua dor profunda. Mas suas palavras pesarosas, depois de tanta repetição, pareciam ter perdido toda a relevância, embora todos entendessem a natureza triste do assunto. As pessoas começaram a desviar sua atenção para Yangyang. "Você tem Yangyang. Precisa salvar Yangyang." Mengjing dizia entre em lágrimas que Yangyang tinha um tipo raro de sangue, B positivo, que só uma em 10 mil pessoas tem. As pessoas ficavam em silêncio. Apesar da profunda dor de Mengjing, as pessoas iam embora deixando apenas uma expressão superficial de simpatia.

Ruomu, no entanto, foi diferente de todos os outros daquela vez, parecendo genuinamente chocada. Voltou para casa em silêncio e sentou na velha cadeira de vime, perdida em pensamentos. Acontecimentos de cinquenta anos atrás apareciam indistintos diante dos seus olhos, mas ela lembrou que Tiancheng tinha um tipo raro de sangue e que, se não fosse isso, ele teria sido salvo.

Se esse era o caso, a história de Mengjing não era pura mentira. Podia ser verdade que Yadan era filha de Tiancheng. Logo, Yangyang era sobrinho-neto de Ruomu! Deus do céu! Se Xuanming estivesse viva, a revelação teria sido um grande choque para ela! Xuanming, que esperara um menino a vida toda, teria um bisneto! A família tinha falta de meninos, mas excesso de meninas, *yin* demais e *yang* de menos. Seria como a chuva da primavera em uma terra assolada pela seca.

Ruomu lembrou-se das últimas palavras de Xuanming: "Deixe o candelabro para o filho de Yadan, Yangyang." Mãe, a velha e esperta mãe, havia pensado nisso, afinal de contas. Os tolos eram ela, eles, os últimos. As sementes se deterioram. As últimas gerações não se comparam às anteriores. Essa tendência está gravada em pedra, irreversível.

Ruomu continuou pensando profundamente até Yu chegar do trabalho. Olhou fixamente para ela para assustar.

— Criança, vá checar o seu tipo sanguíneo. Yadan faleceu, e Yangyang ainda está no hospital. Pobre criança. Se pudermos ajudar, vamos ajudá-los.

Já dissemos que, depois da lobotomia, Yu se tornara muito obediente com sua mãe e seus patrões. Imediatamente correu ao hospital e fez o teste sanguíneo. No sujo laboratório, Yu estendeu seu braço fino.

O resultado, que já havíamos previsto, foi que, de fato, o sangue de Yu era compatível com o de Yangyang. Enquanto tirava o sangue, uma enfermeira expressou preocupação com o fato de a mulher ter um nível baixo de plaquetas, e perguntou se doar sangue causaria algum problema. Mas o médico-chefe não pensou duas vezes, pois estava empolgado de encontrar o tipo certo de sangue, e ordenou que a transfusão começasse imediatamente.

Ruomu foi ao hospital na tarde da transfusão. Mengjing ficou muito comovida com a visita. Ruomu inclinou-se sobre o lençol branco que cobria o menino na maca, olhando fixamente para Yangyang durante muito tempo. Mengjing pensou ouvi-la sussurrar: "Pobre criança..."

## 10

Yu adoeceu. Contraíra uma doença estranha. Não sentiu nada errado logo depois de doar sangue, mas, naquela noite, todo seu corpo começou a sangrar pelos poros. Devagar, levemente, pequenas bolhas vazavam de cada poro. Quando mestre Fa Yan a tatuou, o sangue de Yu era muito espesso. Mas ele perdera o vigor. As pequenas gotas vazavam em intervalos de poucos minutos, poucas horas ou poucos dias. Todas as vezes que o sangue minava através dos poros, todo o rosto de Yu mudava vagarosamente de cor, finalmente ficando de um vermelho assustador. Ruomu punha lenços de papel perto do travesseiro, mas nada parava o sangue ou mantinha os travesseiros limpos. O lençol ficou permanentemente manchado de sangue ralo.

Esses foram os últimos momentos da vida de Yushe. Podemos dizer que foram felizes. Sua vida havia se transformado em ilusão. Sentia que sua mãe a amava muito, algo que nunca sentira antes. Por isso, estava feliz e satisfeita. Sua felicidade aumentou quando, ao crepúsculo (outro crepúsculo), viu um jovem adorável abrir a porta de sua casa. Era o anjo que navegava a Arca de Noé nos Estados Unidos. Ela estava muito feliz, o jovem também. Ele se ajoelhou em uma perna ao lado da cama dela e propôs casamento. Ela disse, zombeteira:

— Não pode ser. Sou muito mais velha. Tenho idade para ser sua mãe.

Mas o jovem insistiu:

— Você é a mulher mais bonita, mais honesta e mais adorável que já conheci. Devo me casar com você.

Os dois disseram muitas outras palavras, mas Yu esqueceu todas. Mais tarde, Ruomu veio até o quarto convidar o jovem para o jantar.

Yu lembrou que ele gostava da comida chinesa, mas não sabia usar os pauzinhos. Ruomu buscou um jogo de talheres prateados que havia usado apenas para o médico belga. Naquele momento, Yun'er chegou. Deu um grande sorriso ao ver o jovem. Sentou muito perto dele e disse que ele era muito bonito. Yun'er era muito natural no flerte. Yu olhava para Yun'er como se visse um lindo casal de jovens em um filme. Yu pensou que Deus faz as pessoas em pares, mas a deixara sozinha, sem outra metade. Deus devia ter ficado sem barro quando chegou a hora dela. Ela não tinha outra metade e estava condenada a ficar sozinha a vida toda.

Tudo que Yu via parecia estar por trás de um véu fino e, ainda assim, era muito claro. Ela viu Yun'er beijando o jovem e dizendo:

— Sou prostituta. Está com medo?

Então, viu Yun'er abrir o casaco para expor seus dois seios em miniatura, esfregando-os, depois, contra o jovem. Enquanto fazia isso, Yun'er pegou um pedaço de comida com seus pauzinhos e colocou-o dentro da boca do rapaz.

Depois, Yu os viu no chão fazendo amor. Os movimentos dele eram desajeitados, era obviamente sua primeira vez. Mas Yun'er parecia um peixinho vivo rolando no chão e rapidamente o pôs no ritmo. Eles se viraram e rolaram até que o jovem encarar Yu. Ele começou a gritar. "Veja, o que há de errado com ela?" Yu viu a imagem do jovem sair de trás do véu. Seu rosto chegou cada vez mais perto, mais perto, como uma figura deformada quando muito próxima, e ela percebeu que ele não era um anjo. O rosto dele aumentado era terrível.

## 11

A última ilusão de Yushe foi linda.

Sonhando, Yu sentiu-se sair da cama, lavar-se e pôr um pouco de maquiagem. Disse a Ruomu que queria visitar o lugar em que vivera quando criança. O jovem dos Estados Unidos se ofereceu para ir com ela.

Com ele segurando sua mão, os dois caminharam até um imenso pássaro que os esperava à porta. Yu não ficou surpresa ao vê-lo, como se esperasse tudo aquilo. Era o pássaro que havia visto muitos anos antes. O pássaro olhou para eles com olhos calmos e pacíficos. Atrás daqueles olhos parecia haver outro par de olhos — os olhos de Zhulong. Quando Yu os viu, se encheu de tranquilidade e paz. Devagar, mas com segurança, ela e o jovem subiram às costas da imensa criatura. Yu pensou que aquilo parecia mesmo um conto de fadas.

O pássaro voava firmemente. O jovem disse que nenhum avião de passageiros dos Estados Unidos poderia ser melhor que aquele.

O pássaro voou alto, acima das nuvens, nos céus azuis. Naquele azul profundo e na luz solar dançante, Yu pensou ouvir água caindo. Quando virou os olhos para cima, em direção aos céus, ela iluminou o céu como um sol. Ela é Yushe — uma serpente emplumada, o sol de uma época antiga, o sol do mundo *yin*. Este sol pertence apenas às mulheres.

Chegaram tão rápido ao lugar onde Yu vivera quando criança que ela não acreditou. O lugar era agora uma um ponto turístico pitoresco recentemente desenvolvido. A floresta e o a lago azul-celeste de sua infância pareciam ainda estar lá, mas, ao mesmo tempo, não estavam. Sua beleza, a beleza originalmente intocada, se fora; aquela beleza única, escondida sob a cobertura de neve fantasmagórica, se fora. Agora, dia após dia, eram submetidos a ondas intermináveis de turistas com seus comentários indesejados. Suas fotos eram tiradas com vários estranhos; eram inundados por lixo e incontáveis abusos. Sua pureza virginal se fora, eles haviam se aberto para divertir aqueles que atiravam moedas neles. Haviam esquecido há muito o coro secreto dos céus, esquecido sua secreta comunhão de todos os dias ao crepúsculo com os céus e as nuvens.

Yu sentou-se à beira do lago. Sentiu que retornava ao tempo em que tinha 6 anos. Naqueles dias, Yu ficava de pé, olhando fixamente para o lago como se estivesse em transe quando, à luz do pôr do sol, as muitas espécies de flores das suas margens tranquilamente fechavam as pétalas. Naqueles momentos, quando o sol poente e a lua dividiam o céu noturno, as flores assumiam tons mais escuros, suas pétalas ficavam tão translúcidas e frágeis quanto vidro. Para Yu, quando espremidas entre os dedos, elas emitiam um som tilintante e caótico. Naqueles dias, Yu via também o gigantesco mexilhão, calmamente deitado e absolutamente imóvel no fundo do lago. Em uma noite de tempestade de raios e trovões, esgueirando-se para fora de casa sem ser vista, Yu foi para a margem com seus cabelos dançando ao vento como fumaça, seu rosto escuro ou iluminado pelos clarões dos raios. Naquela noite, sem lua ou estrelas, o lago era um manto de escuridão. Justamente quando Yu abria caminho entre aqueles amontoados de flores estranhas, um grande clarão de raio iluminou todo o lago, e ela viu o gigantesco mexilhão se abrindo lentamente. Estava vazio, não havia absolutamente nada dentro. Yu se inclinou para olhar mais de perto, seu cabelo flutuando na água como uma água-viva verde-pálido. Naquele momento, em conjunto, o ribombo dos trovões, os clarões dos raios e a chuva torrencial desabaram sobre o corpo daquela garotinha de 6 anos. Naquele tempo, ela ainda não conhecia o medo de trovão ou de raio. Tudo que sentiu foi uma certa empolgação, como se algo estivesse para acontecer.

Mas depois de um tempo, os lampejos de uma lanterna se acrescentaram aos clarões dos raios. A mistura de fontes de luz quebrou as imagens tanto de Yu quanto da superfície do lago em miríades de facetas, reminiscentes das janelas de vitrais rococó das catedrais europeias. Ao mesmo tempo, Yu começou a ouvir os gritos roucos e exaustos da avó.

Um lampião se aproximava e Yu sentiu o cheiro de folhas de chá

Sua má sorte começou ali talvez.

Mas agora não havia lampião se aproximando, nenhum cheiro de folhas de chá, nenhuma vovó, nenhum pai, nem mãe, nem irmãs, nenhum membro da família, aqueles membros de sua família que odiavam e amavam uns ao outros profundamente, que se opunham e, ao mesmo tempo, eram fortemente atraídos um pelo outro; nenhum deles estava ali. Apenas o jovem de um país estrangeiro. Ele, que a acompanhara, a trairia. O hoje de Yu está enfeitiçado por palavras cintilantes como "traição", "deserto" e "subversão".

Porque ela entendeu o segredo do coro celeste.

Yu esperou até que o crepúsculo caísse. Aquele era o seu último desejo na vida. Quando o último raio do crepúsculo apareceu, ela ouviu claramente a frase divina que não ouvira durante muito tempo. "Aquilo que você desejava está para chegar." Ela sorriu. Pensou consigo que gastara toda a vida tentando compreender aquela mensagem sussurrada. Chegara a pensar que era ódio, vingança, amizade, ou até amor, mas não era nada disso. Só agora começava a chegar perto do significado.

Caminhou para o lago e olhou para trás, para o jovem, com um olhar de grande decepção e disse:

— Aquele mexilhão se foi, se foi para sempre.

Devagar caminhou para dentro do lago, deixando a água azul engoli-la. O jovem achou que ela parecia uma ninfa da água que aparecia ao crepúsculo. Ele só esperou, imperturbável, que a ninfa se levantasse novamente na escuridão.

## 12

Yu morreu em um pôr do sol como outro qualquer.

Naquela hora, Yun'er examinava as manchetes dos jornais:

TELEFONE CELULAR SE ATUALIZA COMO
ROUPAS EM UMA NOVA COLEÇÃO DE PRIMAVERA

AMOR ESPECIAL SÓ PARA VOCÊ

COSMÉTICOS MASCULINOS SÃO TENDÊNCIA MUNDIAL

DEZ ANOS DE SILÊNCIO APÓS ENTRAR PARA A OMC,
A LAVADORA DE PRATOS CHAMA ATENÇÃO

*TITANIC* AFUNDOU NO MAR GELADO, MAS REEMERGE
EM OCEANO COMERCIAL 86 ANOS DEPOIS

CONTAGEM REGRESSIVA PARA A ÚLTIMA
COPA DO MUNDO DO SÉCULO

Na véspera da morte de Yushe, seu sangue parou de vazar. Sua pele ficou tão macia quanto a de uma garotinha. Todos os ferimentos de seu corpo se curaram. Quando a última luz do dia brilhou sobre seu rosto, ele estava branco e translúcido, como uma xícara transbordante de água límpida, refletindo o movimento das nuvens do céu. Era uma época de ouro, cheia de sonhos, ternura e vinho. Contra o pano de fundo das paredes recém-pintadas de branco, seu corpo parecia prata branca profundamente enterrada no leito do rio. As duas flores de ameixa em seus seios também ficaram brancas, como se tivessem sido pintadas com tinta a óleo branco-titânio.

Nesse mundo de brancura, Yu abriu os olhos lentamente. Viu sua amada mãe ao seu lado. A imagem de uma mãe amorosa e de uma filha amorosa finalmente apareceu nos últimos momentos da vida de Yushe. Ela olhou para a mãe e disse claramente:

— Mãe, o que eu devia já paguei. Está feliz agora?

A mãe amorosa novamente se derramou em lágrimas:

— Criança, não fale no passado. Você é a filha favorita.

Yu fechou os olhos feliz depois de ouvir isso. Pensou que levara a vida inteira para se redimir de seu pecado. O custo fora alto demais. Se tivesse outra vida, iria querer que fosse diferente.

Ruomu viu a tatuagem nas costas de Yu pela primeira vez. Ficou surpresa com o desenho delicado. Não fazia ideia do que essa garota misteriosa havia feito a si mesma. Lamentou sinceramente pela filha. Ruomu sentiu que seria uma pena perder aquele desenho bonito para sempre, então pediu a Yun'er para copiá-lo. Yun'er achou sua avó burra por pedir isso. Mas, usando um lápis, copiou a tatuagem em uma folha de papel. Ruomu não ficou feliz com o resultado. Disse que, em questão de talento, ninguém poderia competir com sua filha mais nova, que desenhava flocos de neve, lindos flocos de neve, já aos 6 ou 7 anos.

Ruomu, então, mergulhou em memórias profundas do passado distante. Aquela tempestade de neve de tantos anos atrás parecia cair sobre sua família outra vez. O branco estava em todos os lugares da casa, pedras brilhantes de açúcar branco, lençóis brancos como o luar, xícaras de leite branco, bibelôs branco-pálido e um céu branco do lado de fora da janela. Todo o mundo parecia coberto por um grande cobertor branco, de uma estranheza de muitas camadas.

# Epílogo 1

A notícia da morte de Yushe passou despercebida, como se tivesse sido enterrada na neve.

Sua morte foi como um desaparecimento, um sumiço completo, como se ela nunca tivesse existido. Mas, um ano depois, Yadan ficou famosa. Seus livros se espalharam por todos os lados, assim como seus escritos particulares, que guardara no computador mas não quisera publicar. Todos falavam de Yadan assim como dez anos antes só falavam de Freud. As pessoas que não falavam sobre ela eram consideradas sem cultura. Os leitores que sabiam do tratamento cruel e injusto que havia sofrido ficaram enraivecidos. "Ela é uma escritora tão talentosa, conhecida por *Bolo de creme de manteiga*, dez anos atrás. Mas, para sobreviver, teve que escrever com outros nomes, depois partir para romances populares inferiores. Que grande e imensa tragédia!" Funcionários públicos e críticos não podiam mais aguentar tais críticas. Aqueles que se diziam amigos de Yadan ficaram orgulhosos e felizes, achando aquela a melhor época de suas vidas. Ah Quan se tornou o maior beneficiário. Royalties chegaram sem descanso, de todos os lugares; cartas de fãs acumulavam-se, anunciando sua tristeza. Muitos repórteres sem importância imploravam por qualquer história sobre a vida da autora. Um dia, a bisavó, depois de comer seu joelho de porco macio e limpar as gengivas desdentadas, disse que o velho ditado sobre o dinheiro estava certo: "Uma esposa feia vale mil em ouro." Ah Quan ficou profundamente comovido.

Jinwu ainda procurava em vão pela mãe nos Estados Unidos. Mas se acostumou a viver lá depois de tanto tempo. Conseguiu, finalmente, começar carreira no cinema, em papel coadjuvante. Mas, na sua idade, o futuro no show business era limitado. Começou a mexer com negócios e foi muito bem-sucedida. Enviou cartas e faxes, mas Ruomu nunca respondeu, então ela não ficou sabendo da morte de Yu.

O esquema de An Xiaotao cresce a cada dia. Já é a proprietária legal de uma companhia multinacional. Sai e entra no país várias vezes por ano e conhece quase todo mundo na alfândega. Vira amiga de qualquer pessoa no mundo oficial, ou no submundo, e desfruta de alta reputação como uma espécie de poderoso chefão de saias. De vez em quando se mete em assuntos como liquidar inimigos. Por exemplo, no ano retrasado, ajudou a polícia a desvendar um caso de drogas. A filha de An Qiang amadureceu e ultrapassou o pai. Para ser justo, ela não sabia que a criança que atropelou naquela noite era Yangyang, filho de Zhulong, e que a mulher que morrera era Yadan. Claro, ela nunca saberá dos laços de sangue incomuns que tinha com Yadan. An Xiaotao vive livre de preocupações.

Lu Ling casou novamente, cinco anos após o divórcio. Seu novo marido é seu chefe, filho de Xiangqin e um de seus antigos amantes. É bem surpreendente que a filha mais velha dos Lu tenha acabado com um bom temperamento e aprendido a cuidar da casa depois de casar de novo. No segundo ano do casamento, o marido foi promovido, e Ling largou o emprego. Como a própria mãe antes dela, passou a ficar em casa, e levou Xiangqin para cozinhar para eles. O marido de Xiangqin morreu há alguns anos, e seus netos e netas estão todos na cidade. Morar com Ling, sua filha adotiva, arrumar a casa e cozinhar para o casal não é problema.

Em seu tempo livre, as duas sentam juntas e jogam mahjong. A vida é boa. Quando Yu morreu, Ling mandou um telegrama, que dizia: "Grande tristeza. Cuide-se." Muitos telegramas como esse foram enviados por Ling na década seguinte. Mas a foto de Yun'er a deixou um pouco surpresa: "Yun'er é tão bonita. Ela se parece comigo quando eu era mais nova." Yun'er franziu os lábios ao ler a carta: "Uma ova que pareço com ela."

Hoje, Yun'er não parece com ninguém. Tem dinheiro e ninguém sabe onde consegue. Mora em um hotel, levando vida de princesa. Vez ou outra volta para visitar a avó. A moça de 25 anos é mais sofisticada que uma mulher de 52, e ninguém sabe no que pensa. Fala pouco, na maior parte do tempo apenas lê jornais, ou sonha acordada com o candelabro de pedras de cristal violeta.

Com a morte de Yu, Xiao voltou da Europa. Largou o amante e vive sozinha. Seu cabelo está grisalho, mas é feliz. Chorou ao ver a mãe. Levou uma cópia da tatuagem quando partiu, dizendo que desenhos como aquele, cheios de misticismo oriental, eram populares na Europa.

No fim, os mais velhos são mais vigorosos, flexíveis e resistentes que os jovens. Como duas irmãs, Ruomu e Mengjing são muito próximas, tendo Yangyang como sua principal ligação. Ruomu aceitou plenamente Yangyang como seu sobrinho-neto, e por isso é gentil com Mengjing. Mas elas têm um problema: embora Yushe tenha salvo a vida de Yangyang com seu sangue, ele ficou paralisado do pescoço para baixo por um ferimento na coluna. Não é mais o Yangyang original, adorável e inquieto. O jovem, a única pessoa da família com aquele tipo sanguíneo a ter sobrevivido, nunca poderá viver uma vida normal.

# Epílogo 2

*Partir, eu parto; ficar, eu fico.*
*Ficar, eu parto; partir, eu fico.*

*Correr, eu corro; parar, eu paro.*
*Parar, eu corro; correr, eu paro.*

*Levantar, eu levanto; sentar, eu sento.*
*Sentar, eu levanto; levantar, eu sento.*

*Viver, eu vivo; morrer, eu morro.*
*Morrer, eu vivo; viver, eu morro.*

— Sandor Weöres, poeta húngaro.

# Epílogo 3

Não sei quando adquiri o hábito de comprar CDs piratas.

Esta é a era dos CDs piratas. Música ou imagens são comprimidas e trancadas com códigos, mas o centro de um CD vira como um cavalo a galope. O CD em movimento cria um redemoinho de círculos, como um círculo perfeito no centro de uma cidade. Cada círculo tem seu próprio centro, cada centro brilha com suas próprias luzes, assim como um girassol que, ao abrir-se na direção do sol, cria seu próprio coração.

Um dia à meia-noite, ao acabar de ver um filme pirata, quando o computador ejetou o DVD, uma figura apareceu na tela do computador: um bastão entalhado com duas serpentes enroscadas em torno de uma pluma negra. As duas olhavam uma para a outra sem amor. Na verdade, sem emoção, mas com um mistério frio, sem sentimentos.

Me espantei com a aparição daquela imagem em meu computador, pois estava escrevendo um romance sobre uma serpente emplumada.

# PERSONAGENS PRINCIPAIS

| | | | | | |
|---|---|---|---|---|---|
| **Primeira geração:** | Sra. Yang →→ (mãe de Xuanming) | Yang Bicheng → (tia de Xuanming) | | | Fa Yan ↓ |
| **Segunda geração:** | Xuanming →→ (mãe de Ruomu) | | Xuanzhen → (irmã de Xuanming) ↓ | Xuannyu (irmão de Xuanming) | |
| **Terceira geração:** | Ruomu →→ (mãe de Yu) | Tiancheng (tio de Yu) ↓ | An Qiang ↓ | Shen Mengtang (mãe de Jinwu) ↓ | |
| **Quarta geração:** | Ling → Xiao → (irmãs de Yu) Yu ↓ | Yadan (amiga de Yu) ↓ | An Xiaotao (amiga de Yu) | Jinwu (amiga de Yu) | Yuanguang |
| **Quinta geração:** | Yun'er (filha de Ling) | Yuangyang (filho de Yadan) | | | |

# LISTA DOS PRINCIPAIS PERSONAGENS

An Qiang — pai de An Xiaotao, bandido, sequestrador de Meihua
An Xiaotao — filha de Meihua e mulher de Zhulong
Tia Tian ou Shun'er — empregada de Ruomu
Danzhu — médico de Yu
Fa Yan — monge budista
Jinwu — amiga de Yu
Sra. Yang — mãe de Xuanming
Ling — irmã mais velha de Yu
Lu Chen — pai de Yu e marido de Ruomu
Meihua — empregada de Ruomu e mãe de An Xiaotao
Mengjing — mãe de Yadan
Qin Heshou — marido de Xuanming
Ruomu — mãe de Yu
Shen Mengtang — mãe de Jinwu
Tiancheng — filho de Xuanming e irmão de Ruomu
Wang Zhong — marido de Ling
Wujin — soldado e amigo de Shen Mengtang
Xiangqin — ama de leite de Ling e filha da Sra. Peng
Xiao — segunda irmã mais velha de Yu
Xuanming — avó de Yu e mãe de Ruomu
Yadan — amiga de Yu e filha de Mengjing
Yangyang — filho de Yadan
Yuanguang ou Zhulong — amigo de Yu
Yun'er — filha de Ling
Yushe ou Yu — filha de Ruomu e Lu Chen
Yuxin ou Yang Bicheng — tia de Xuanming

# NOTAS HISTÓRICAS

*Linha do tempo dos grandes eventos na história da China da metade do século XIX até o fim do século XX, período coberto por este romance:*

1851/64: A Rebelião de Taiping Tianguo (ou Reino da Paz Celestial) contra a Dinastia Qing, na qual morreram cerca de 20 milhões de pessoas, varreu o país.

1861: A ascensão ao poder da imperatriz Dowager Cixi, que manipulou o governo por 47 anos e se tornou conhecida por sua extravagância, seus caprichos e seu abuso de poder.

1898: Reforma dos Cem Dias, tentativa do jovem imperador Guangxu de inaugurar reformas políticas, econômicas e militares moderadas, que terminou fracassando nas mãos da imperatriz Dowager Cixi.

1911: A Revolução Xinhai derrubou a dinastia Qing (1644/1911). O Dr. Sun Yat-Sem estabeleceu-se como presidente da República da China no ano seguinte, mas foi rapidamente derrubado por um grupo de poderosos senhores da guerra liderado por Yuan Shikai.

1935: O Exército Vermelho chegou a Yan'an, pequena cidade na província de Shaanxi, após a Grande Marcha, que começou em 1934. Servindo como base comunista até a eclosão da guerra civil de 1946, Yan'an receberia também o Grupo de Observação do Exército dos EUA, conhecido como "Missão Dixie", durante a Segunda Guerra Mundial.

1937/45: A Guerra Sino-Japonesa, que começou com o incidente da ponte Marco Polo em julho de 1937, culminou na derrota do império japonês por forças aliadas, incluindo a China.

1946-49: Uma guerra civil de quatro anos após o término da Segunda Guerra Mundial levou à derrota das forças nacionalistas pelo Exército de Libertação do Povo, do Partido Comunista Chinês, e ao estabelecimento da República Popular da China em 1º de outubro de 1949.

1957: A "Campanha Antidireitista" viu a censura e perseguição de intelectuais, que haviam sido estimulados a falar por Mao Tse-Tung durante a Campanha das Cem Flores, ocorrida antes no mesmo ano.

1958/60: O Grande Salto para a Frente trouxe mudanças radicais nas políticas econômicas e agrícolas. Foi iniciado em grande parte por Mao Tse-Tung e centrou-se na criação em larga escala de "comunas do povo", e as chamadas fornalhas de aço caseiras, destinadas a superar em curto prazo o atraso econômico chinês, mas que resultaram em um grande desastre econômico e demográfico.

1960/62: Os "Três Duros Anos" de fome e empobrecimento econômico que se seguiram ao Grande Salto para a Frente resultaram na morte estimada de mais de 30 milhões de pessoas, especialmente nas áreas rurais.

1966/76: A Revolução Cultural foi o acontecimento seminal da China pós-1949, representando a cruzada pessoal de Mao Tse-Tung e seus seguidores radicais, liderados por sua mulher, Jiang Qing, para purgar o Partido Comunista de oponentes políticos e ideológicos, rotulados de "centristas capitalistas". Em seguida a uma explosão de violência e caos nas grandes cidades da China, jovens guardas vermelhos foram expulsos para áreas remotas do país, onde ficaram conhecidos como "juventude expulsa", e frequentemente fizeram trabalho pesado sem conseguir permissão para voltar para casa até meados dos anos 1970.

1976 (janeiro): A morte do premiê Chu En-lai foi seguida em abril pela reunião de multidões na praça Tiananmen, em Pequim, para comemorar sua morte, e resultou na primeira demonstração de massa contra o Partido Comunista Chinês, especialmente a ala radical liderada por Jiang Qing e a "Gangue dos Quatro".

1976 (julho): Um forte terremoto na cidade de Tangshan, no norte do país, levou à morte de 250 mil pessoas, e é interpretado por muitos chineses tradicionais como o precursor de grandes desdobramentos políticos. Ocorrido entre a morte de Chu En-lai, em janeiro, e o falecimento de Mao Tse-Tung, em setembro, levou muitos a rotularem 1976 como "ano maldito".

1976 (setembro): Mao Tse-Tung, presidente do Partido Comunista desde 1943, morre, desencadeando uma enorme disputa na liderança política por supremacia, culminando na prisão de Jiang Qing e seus seguidores radicais.

1978 (dezembro): Deng Xiaoping volta ao poder e imediatamente inaugura grandes reformas políticas, incluindo a abertura da China ao comércio e ao investimento externo, além de grandes mudanças na política educacional, como a reabertura das universidades a qualquer aprovado nos exames de admissão.

1989 (4 de junho): O protesto na Praça da Paz Celestial, interrompido pelas ordens de Deng Xiaoping ao Exército de Libertação para que atacasse os estudantes que participavam das demonstrações pró-democracia, atraiu atenção internacional.

Este livro foi composto na tipologia Minion Pro
em corpo 11/16, e impresso em papel off-white 80 g/m²
no sistema Cameron da Divisão Gráfica da Distribuidora Record.